中国古代名著全本译注丛书

# 西湖梦寻

## 译注

[明] 张 岱　著

程维荣　译注

**图书在版编目（CIP）数据**

西湖梦寻译注／（明）张岱著；程维荣译注. —上
海：上海古籍出版社，2022.9
（中国古代名著全本译注丛书）
ISBN 978－7－5732－0244－4

Ⅰ．①西… Ⅱ．①张… ②程… Ⅲ．①古典散文－散
文集－中国－明代 Ⅳ．①I264.8

中国版本图书馆 CIP 数据核字（2022）第 029842 号

中国古代名著全本译注丛书

## 西湖梦寻译注

〔明〕张 岱 著

程维荣 译注

上海古籍出版社出版发行

（上海市闵行区号景路 159 弄 1－5 号 A 座 5F 邮政编码 201101）

（1）网址：www.guji.com.cn

（2）E-mail：guji1@guji.com.cn

（3）易文网网址：www.ewen.co

江阴市机关印刷服务有限公司印刷

开本 890×1240 1/32 印张 12.625 插页 5 字数 299,000

2022 年 9 月第 1 版 2022 年 9 月第 1 次印刷

印数：1—3,100

ISBN 978－7－5732－0244－4

I·3617 定价：52.00 元

如有质量问题，请与承印公司联系

# 前　言


　　明朝晚期(万历至崇祯年间)，是一个多彩多姿的时代。一方面，封建城市经济繁荣，市民力量迅速壮大，思想学术活跃；另一方面，地主豪强肆意兼并土地，广大农民流离失所，统治集团腐朽黑暗，各种社会矛盾极度尖锐，终于引发明末大起义，推翻了明王朝的统治，山海关外的清政权趁机进兵关内，定鼎北京。就在这种历史风云激荡变幻的背景下，晚明文化特别是在哲学、文学、书画、戏曲、史学、地理学、园林、佛学等领域，分别取得了令人瞩目的成就。

　　张岱，就是活跃在明朝晚期至清朝初期的一位文学家。


## 一


　　张岱(1597—1680，一说1689)，字宗子、石公、天孙，号陶庵、蝶庵、古剑老人，出身于山阴(今浙江绍兴)的一个士大夫家庭。张氏家族在南宋时由临安(今杭州)迁至绍兴。高祖天复、曾祖元忭、祖父汝霖皆举进士入仕，并有著述。父耀芳屡试不中，仅以乡试副榜谒选，年逾五十始授兖州鲁王府长史，不久解职回乡。其生活挥霍无度，家族逐渐式微。

　　张岱为族中嫡长子，早年居家读书，在祖父的指导下读书写作，有"神童"之称，立志修史，却为纨绔子弟，爱好鼓吹、旅游、古董、花鸟，徜徉于山水，浸润于繁华与享乐。后来屡次参加科举不第，在失意中对严峻的现实有所认识，因而绝弃功名，专心于自己的爱好，致力于著述。

顺治元年（1644），李自成义军攻入北京，建立大顺政权，明朝270多年的大厦轰然倒塌。紧接着，明朝山海关守将吴三桂投降关外清政权，引清军入关，李自成被迫退出北京。清朝定鼎北京后，派出各路军队先后剿灭农民军与各南明政权，镇压南方各地人民的反抗斗争。

顺治二年五月，南京沦陷，弘光政权瓦解。六月，潞王朱常淓在杭州监国，没过几天清军兵临城下，朱常淓投降。不少州县也递上降表，归顺清朝。为了报复潞王，摧毁当地汉族士人与民众的反抗意识，清军"立刻进攻监国的部队，残酷地进行屠杀"；"数以千计的人死去"[①]。朱舜水在《中原阳九述略》中有一篇《虏害十条》，记述清兵在杭州及各地城镇抢夺，人们只得"任其匄夺"，"诸凡所为，何惨刻之甚！""百姓不胜扰害"，"穷民何以聊生！"[②] 张岱说，清初"兵燹之后，半椽不剩，瓦砾齐肩，蓬蒿满目"（《西湖梦寻》卷四《柳州亭》）。直至康熙十三年（1674），李渔所写七古《赠许于王直指，时视嵯两淮》中仍说杭州"民苦征徭官苦饷"，"六桥凄绝无行人"，[③] 昔日繁花似锦的西湖周边沦为一片废墟。在此前后，以扬州、江阴、嘉定等地为代表，以强迫薙发为引线，亡国之痛迅速点燃了一场反清的熊熊烈火。顺治二年七月，鲁王朱以海在明朝官僚和浙东士大夫拥戴下于绍兴就任监国，改明年（1646）为监国元年。

张岱作为士大夫出身的江南知识分子，与同一阶层的许多成员一样，出于传统爱国忠君观念与华夷之辨的正统意识，在改朝换代的巨大震撼之下，参加了江南人民抵抗清朝的斗争，但是始

① ［意］卫匡国撰，戴寅译：《鞑靼战纪》，转引自杜文凯辑《清代西人见闻录》，中国人民大学出版社1985年版，第35—36页。
② 《朱舜水集》，中华书局1981年版，上册，第6—11页。
③ 以上参见金普森等：《浙江通史》，浙江人民出版社2005年版，第8卷，第9—15页等。

终没有能够实现自己的抱负。鲁王政权在绍兴建立后，张岱曾上疏要求严惩误国奸臣，结果遭到斥逐。他一度任兵部职方司主事，深感这个小朝廷不思进取，碌碌无为，两个月后就愤然辞职离开。不久清军攻陷绍兴，鲁王政权倾覆，适逢张岱50岁，"作自挽诗，每欲引决，因《石匮书》未成，尚视息人世"。国破家亡，面对清兵的追捕，张岱为了完成自己的著作，没有就死，而是选择携家辗转逃亡，先逃到绍兴西南的一座庙里，之后继续逃亡隐蔽，饥寒交迫，乃至"无所归止，披发入山"，进入嵊县西丛山里，有如"野人"①。三年后始回山阴城中，故宅已废，改属他姓，于是租下城郊诸氏快园废地栖身，20年后将诸园让于儿辈，自己迁至城南15里的项里潜心著述，直至终老。

明朝由繁华陷入衰败灭亡，张岱由前半生的悠闲放浪沦为后半生的贫困潦倒，社会环境的急剧变化，生活的巨大反差，使张岱深感有许多东西可以探索，可以揭示。他忍痛不死，保持气节，拒绝服务于新政权；同时致力于修纂明代史实。他一生著述等身，不下五十种，包括《石匮书》、《琅嬛文集》、《史阙》、《夜航船》、《陶庵梦忆》，以及这部《西湖梦寻》等。

西湖，位于今浙江杭州，原为与杭州湾相通的浅海湾，后因泥沙堰塞，海水被隔断而形成一个泻湖。汉代称明圣湖，唐代因湖在城西而称西湖。湖周约15公里，湖面面积6.38平方公里。环湖山峰耸立，湖内由堤分隔并有岛。西湖所在地由隋朝于开皇九年(589)置杭州郡，从此有杭州之名。经过历代地方官的筹划治理与当地百姓的辛勤开垦建设，杭州逐渐成为东南大邑。唐朝白居易的诗篇，反映了当时杭州一带景色。吴越国钱氏开始大规模建设。北宋时，经过苏轼等人对西湖的整治，杭州已经是一座"重湖叠巘清佳，有三秋桂子，十里荷花"，山清水秀、经济发达的名

① 张岱：《陶庵梦忆·自序》。

城，享誉遐迩。到南宋，更成为都城所在，也是东南佛国、游览胜地。明代西湖以"十景"著称，游客络绎不绝，茶叶、丝织、瓷器等农业与工商业尤其发达。

张岱的家乡距杭州不远，与杭州具有密切的关系。他一生多次到过杭州，他自己有明确记载的如：天启四年（1624），28 岁，在杭州岣嵝山下读书大半年。天启六年（1626），30 岁，至杭州访问了名士黄贞父。崇祯五年（1632），36 岁，住杭州，往湖心亭看雪。崇祯七年（1634），38 岁，游杭州不系园，至定香桥。崇祯十二年（1639），43 岁，游西湖。崇祯十四年（1641），45 岁，在杭州，目睹城内饥馑。顺治元年（1644），49 岁，自淮安至杭州。顺治十一年（1654），58 岁，至西湖，过柳州亭。顺治十三年（1656），60 岁，年底由谷应泰聘，至杭州参编《明史纪事本末》。顺治十四年（1657），61 岁，居杭州，至西湖，访灵隐寺具德和尚。

张岱这样频繁前往杭州，在杭州进行过各种游览与交际活动，可以说具有深厚的西湖情愫；加上饱阅群书，多年醉心并致力于西湖文化的搜集整理，尤其在饱经战乱与颠沛流离的年代，难免有感而发，对西湖的情感就会喷涌而出。作为明朝最后的、也是清朝最早的散文大家之一，这部《西湖梦寻》就是他晚年关于西湖的剪影与记述。

## 二

《西湖梦寻》除开头的《自序》以外，全书七十二篇。每一篇都包括两个部分，第一部分是张岱本人所撰正文，介绍西湖各景点的概况。其各篇撰写年代，部分在明末，大多则在清初康熙十年（1671）前的一段时间。《西湖梦寻》中的许多篇目都包含写作年代的信息。如《自序》有年月日的明确落款"辛亥（1671）七月既望"，并称"今余偬居他氏已二十三载"。卷一《昭庆寺》说："及至清初，踵事增华"；《玛瑙寺》："鼎革以后，恐寺僧惰慢，不克如前"；卷三《关王庙》："顷者四川歼叛"，"惟辽西黠卤尚缓天诛"；卷四《柳洲亭》："今当兵燹之后"；《小蓬莱》："今当丁酉（指顺治十四年，1657）"，都透露了其写作年代。卷三《湖心亭》"明弘治间，按察司金事阴子淑秉宪甚厉"，以及卷四《钱王祠》"明嘉靖三十九年（1560）"的说法（不尊称"大明"、"皇明"或"我朝"），也表明各篇分别写于清初。第二部分是各篇附录，由张岱抄录前朝或者当时各家相关作品而成，以进一步发掘展示各家对西湖景点的相关评论，从而拓宽本书的内容。

本书素材主要有以下几个来源。

首先是张岱自己在西湖一带的生活经历与所见所闻。如卷一《明圣二湖》、《智果寺》、《紫云洞》，卷二《飞来峰》、《冷泉亭》、《灵隐寺》、《峋嵝山房》，卷三《十锦塘》、《陆宣公祠》、《苏公堤》、《湖心亭》、《放生池》等各篇。又如卷四《高丽寺》："余少时从先宜人至寺烧香，出钱三百，命舆人推转轮藏，轮转呀呀，如鼓吹初作。后旋转熟滑，藏轮如飞，推者莫及"；《小蓬莱》："余幼时从大父访（黄贞父）先生。先生面鳌黑，多髭须，毛颊，河目海口，眉棱鼻梁，张口多笑。交际酬酢，八面应之"，其描述具体生动，都是张岱亲眼观察的实录。

其次是前人以及同时代人关于西湖的诗文作品。据统计，全书各篇附录共收有历代作家74人的作品260余篇（包括未留下作者姓名的作品）。被引用较多的，除了张岱自己的以外，还有苏轼、徐渭、袁宏道、李流芳、王思任、张京元等为张岱所推崇的人的诗文，尤其以宋代与明代作者居多。显然，这是因为张岱认为宋代与明代对西湖的贡献尤著，两朝兴衰过程也有某些相似之处，特别是其文化的昌盛，以及最后的亡国过程更有借鉴对比意义。在抄录的作品中，大多为散文与诗，其次是词与一些楹联。

再次是某些前人对西湖记载的资料。张岱在本书正文各篇中，往往直接利用了前人记载的素材。例如明代田汝成《西湖游览志》、《西湖游览志余》等。这在卷一《昭庆寺》与《保俶塔》中均有直接反映。又如卷五《宋大内》引用了《宋元拾遗记》和《南渡史》的资料："《宋元拾遗记》：高宗好耽山水，于大内中更造别院，曰小西湖。自逊位后，退居是地，奇花异卉，金碧辉煌，妇寺宫娥充斥其内，享年八十有一。""《南渡史》又云：徽宗在汴时，梦钱王索还其地，是日即生高宗，后果南渡，钱王所辖之地，尽属版图。"

中国人对山川自然美的发现甚早。从《诗经》的"桃之夭夭，灼灼其华"，孔子的"仁者乐山，智者乐水"，到两汉魏晋六朝的歌赋，从唐代诗人的诗歌与游记，到北宋散文与诗词的描述，都反映了对山川的审美意识。宋代以后一切以《四书集注》作为思想轨式，压抑人性，扼杀了人的灵感。但是明代中期王阳明心学崛起，主张心为意识的出发点，突出主观认识作用与心的灵感，在思想界引起巨大震动，滋润了后世的美学情趣。

明代散文经过了几度转折变化的历程。明代前期的馆阁体散文，是当时统治秩序稳固、统治集团热衷于为自己涂脂抹粉、鼓励歌颂太平盛世的反映。到成化、弘治年间，出现了反对馆阁体、提倡先秦散文创作风格的李梦阳等"前七子"，他们否定险、繁、巧的创作风格，主张直抒胸臆，"以我之情，述今之世"[1]。嘉靖至万历年间则出现李攀龙、王世贞为代表的"后七子"的复古派，鼓吹"文必秦汉，诗必盛唐"，并且对黑暗政治进行了抗争与批判。前后七子的文学观点与创作实践，对于反对馆阁体有积极意义，但是仍然脱离社会实践。大致同时，文坛上也出现了唐

---

[1] 《李梦阳全集》卷六十一《驳何氏论文书》。

顺之、归有光等唐宋派，散文创作提倡"本色"与"性灵"，要求"信手写出，如写家书"①。而徐渭的文学艺术以奇崛为特征；李贽以心学为武器批判虚伪道学，提出文学理论中的"童心说"。到万历后期，以袁宏道三兄弟为主的公安派，继承心学，提倡性灵说，反对复古，主张文学发展的本质是"变"，要求师法古人的创新精神，追求浅显本色的文风，反映了当时反理学的个性解放的社会思潮，成为晚明文学的主流。稍后，又出现受到公安派影响的锺惺、谭元春的竟陵派，追求清奇淡远的风格，并试图矫正公安派末流的某些弊端。

张岱作为明末清初散文家，其审美观点受到心学的影响（如卷一《大佛头》附《大石佛院》诗："色相求如来，巨细皆心造"）。当然，创作上直接受到北宋苏轼游记与明代袁宏道性灵说的熏陶。《西湖梦寻》附录中，张岱分别抄录两人的诗文各 20 来篇，均属被刊载最多的作家行列。卷一《西泠桥》将苏轼列为"得山水之趣味者"。而袁宏道所鼓吹的创新精神，所提倡的性灵说，所追求的浅显率真的文风，更是直接影响了《西湖梦寻》的写作。我们看本书正文的许多篇，都是信手拈来、灵光闪动、毫无呆滞刻板之气的作品。

显然，追求简约而传神的审美解悟在张岱的游记创作中成为主题基调。

### 三

《西湖梦寻》的内容，我们可以从以下两条线索理解。

第一条线索，是叙述西湖景观及其历史文化。

张岱多次到过西湖，有一次还曾经在灵隐峰后的岣嵝山房读

① ［明］唐顺之：《荆川集》卷四《与茅鹿门主事书》。

书，住了七个月，对西湖有着多季节多角度的观察。他与前朝的许多诗人、作家、画家一样，深深感受到西湖及其周边景色的美丽多姿，禁不住加以细心摹写，热烈讴歌。如卷三《苏公堤》描述横跨西湖的苏堤"夹植桃柳，中为六桥"；"红紫灿烂，错杂如锦"。卷二《冷泉亭》刻画其亭的阴凉气爽："丹垣绿树，翳映阴森。亭对峭壁，一泓泠然，凄清入耳。亭后西栗十余株，大皆合抱，冷飔暗樾，遍体清凉。秋初栗熟，大若樱桃，破苞食之，色如蜜珀，香若莲房"。卷四《风篁岭》写其清冷深沉："多苍篁篆箬，风韵凄清"，"流淙活活，自龙井而下，四时不绝"；《南高峰》写其高峻广阔："南俯大江，波涛洶状，舟楫隐见杳霭间。西接岩窦，怪石翔舞，洞穴邃密"，均如呈现在读者眼前的一幅幅水墨风景画。

　　《西湖梦寻》不仅介绍西湖景点，还能够对每一个景点的出现与变迁加以概述。张岱从各种途径搜集了相关资料，一一梳理其历史源流，考论其发展变化。如卷一《昭庆寺》介绍该寺在历史上屡毁屡建的过程，谓其于石晋元年始创，毁于钱氏乾德五年。宋太平兴国元年重建，立戒坛。"天禧初，改名昭庆。是岁又火。迨明洪武至成化，凡修而火者再。四年奉敕再建，廉访杨继宗监修。有湖州富民应募，挈万金来。殿宇室庐，颇极壮丽。嘉靖三十四年以倭乱，恐贼据为巢，遽火之。事平再造，遂用堪舆家说，辟除民舍，使寺门见水，以厌火灾。隆庆三年复毁。"关于灵隐寺、孤山、龙井、十锦塘等的叙述同样如此。卷三《苏公堤》写苏堤的来历与演变，谓苏轼筑堤后，明朝杨孟瑛增益苏堤；以后又有盐运使朱炳如复植杨柳，又复灿然。迨至崇祯初年，堤上树皆合抱。卷五《凤凰山》述南宋皇宫始末及其格局："唐宋以来，州治皆在凤凰山麓。南渡驻跸，遂为行宫"；"自吴越以逮南宋，俱于此建都，佳气扶舆，萃于一脉。元时惑于杨琏之说，即故宫建立五寺，筑镇南塔以厌之，而兹山到今落寞。今之州治，即宋之开元故宫";"明朝因之,而官司藩臬皆列左方,为东南雄会";"山川坛、八卦田、御教场、万松书院、天真书院,皆在凤凰山之左右焉"。这一段,几乎可以看作是南宋皇宫的兴衰简史。

《西湖梦寻》着力记录西湖一带物产与世俗民风,从而增强了本书的文化内涵。如卷一《昭庆寺》附文《西湖香市记》写晚明香市的状况,有如一幅民间风俗画展现在读者眼前:"殿中边甬道上下、池左右、山门内外,有屋则摊,无屋则厂,厂外有篷,篷外又摊,节节寸寸。凡胭脂簪珥、牙尺剪刀,以至经典木鱼、伢儿嬉具之类,无不集";"士女闲都,不胜其村妆野妇之乔画;芳兰芝泽,不胜其合香芫荽之薰蒸;丝竹管弦,不胜其摇鼓欲笙之聒帐;鼎彝光怪,不胜其泥人竹马之行情;宋元名画,不胜其湖景佛图之纸贵。如逃如逐,如奔如追,撩扑不开,牵挽不住。数百十万男男女女、老老少少,日簇拥于寺之前后左右者,凡四阅月方罢"。卷五《五云山》写了腊月进雪表、借楮镪的习俗:"宋时每岁腊前,僧必捧雪表进,黎明入城中,霰犹未集,盖其地高寒,见雪独早也。山顶有真际寺,供五福神,贸易者必到神前借本、持其所挂楮镪去,获利则加倍还之。"

西湖文化,不仅在于其景观与民俗,而且在于其历史上出现的众多人物,包括诗人、散文家、书画家、官员、高僧、民间艺人、名妓等。他们如璀璨的群星,照耀在西湖的上空,为西湖增添了奇幻的色彩,并赋予西湖以鲜活的生命。《西湖梦寻》记录了历史上与西湖有关的不少高人雅士的言行举止。卷一《玉莲亭》写白居易任杭州刺史,"政平讼简。贫民有犯法者,于西湖种树几株;富民有赎罪者,令于西湖开葑田数亩。历任多年,湖葑尽拓,树木成荫"。卷二《韬光庵》写骆宾王亡命为僧,匿迹寺中。宋之问自谪所还至江南,偶宿于此,遇一老僧以"楼观沧海日,门对浙江潮"对之,之问愕然,讶其遒丽,明日访老僧,不复相见,人告老僧是骆宾王。卷三《孤山》写林逋隐居孤山,朝廷征之不就，"常畜双鹤，豢之樊中。逋每泛小艇，游湖中诸寺，有客来，童子开樊放鹤，纵入云霄，盘旋良久，逋必棹艇遄归，盖以鹤起为客至之验也"。

此外，《孤山》附文引用张京元《萧照画壁》写画家萧照醉酒后绘就西湖凉堂壁画；卷四《小蓬莱》中为名士黄贞父摹写肖像："先生面黧黑，多髭须，毛颊，河目海口，眉棱鼻梁，张口多笑。交际酬酢，八面应之。耳聆客言，目睹来牍，手书回札，口嘱侯奴，杂沓于前，未尝少错。客至，无贵贱，便肉、便饭食之，夜即与同榻。"这些描述，无不生动传神，可以看作是名士的小传。

本书的第二条线索，是借写西湖及其周边景致，寄托亡国之痛，歌颂历史上的忠臣义士，鞭挞权奸与卖国贼。

《西湖梦寻》多数篇章写于明清交替之际。顺治二年（1645），在一片腥风血雨中，清军攻入南京，弘光政权灭亡；翌年，清朝颁布《大清律》，张献忠战死；顺治十七年（1660），清朝颁布《迁海令》；接着，清军攻入昆明，永历政权灭亡。清朝定都北京后，基本上继承了明朝的一整套政治制度。同时大力笼络汉族官僚、地主，支持地主"复业"；圈占土地，强迫"投充"，维护满族贵族地主特权，恢复封建赋役制度；强令汉人薙发，以"迁海令"应对沿海反清势力。

在此期间，各地汉族民众与爱国士绅阶层、明朝统治集团残余势力一起，进行了持续的反清斗争。清朝攻占南京以后，在江南各地遭到了当地乡绅领导的民众对薙发令的抵制。但是由于与清军力量悬殊，加上南明政权内部矛盾与腐败，反清斗争不久就在清军进攻下失败，各支抗清武装先后瓦解崩溃。

国家的灭亡，宗族的倾覆，往日纸醉金迷的生活一去不返，给江南士大夫以极大的震动。他们之中有的曾经组织或者参加了抗清斗争，失败后隐居乡间，如顾炎武、黄宗羲、王夫之，张岱也属于这一类。《西湖梦寻》所贯穿的思想，就是怀念明朝晚期西湖一带歌舞升平的繁盛，揭示清初战争所带来的巨大破坏，显示出强烈的对比。在这种对比之下，实际上透露了张岱无可奈何的家国之痛。

因此，要理解《西湖梦寻》，应该与时代背景密切联系起来。这主要包括以下几个方面。

首先，真实记录了清初杭州的残破景象。

其自序说："余生不辰，阔别西湖二十八载，然西湖无日不入吾梦中，而梦中之西湖，实未尝一日别余也。"清初，张岱两到西湖，触目所及，过去的繁华区域面目全非，"如涌金门商氏之楼外楼，祁氏之偶居，钱氏、余氏之别墅，及余家之寄园一带湖庄，仅存瓦砾"；"及至断桥一望，凡昔日之弱柳夭桃、歌楼舞榭，如洪水淹没，百不存一矣"，真是一片凄惨。对张岱而言，这是一种刻骨铭心的记忆。卷四《柳洲亭》说："余于甲午年，偶涉于此（西湖边），故宫离黍，荆棘铜驼，感慨悲伤，几效桑苎翁之游苕溪，夜必恸哭而返。"

卷五《宋大内》收录了黄晋卿的《吊宋内》诗："沧海桑田事渺茫，行逢遗老叹荒凉。为言故国游麋鹿，漫指空山号凤凰。"同篇引用刘基《宋大内》诗："但闻当宁奏，不见立廷呼"；"至尊危北阙，多士乐西湖"；"玉马违京辇，铜驼掷路衢"，是以史喻今，用南宋灭亡的史实暗指明朝的覆灭，寄托着泣血锥心的亡国之痛。因此，张岱的忆旧，不是单纯的回忆，而是把自己的回忆与西湖的兴衰、江山的变异紧紧联系在了一起，把自己早年游览西湖的印象融汇于子孙后辈的记忆中。

其次，颂扬历史上反抗外族入侵的忠臣义士。

卷一《哇哇宕》："其下烈士祠，为朱跸、金胜、祝威诸人，皆宋时死金人难者，以其生前有护卫百姓功，故至今祀之。"同卷《岳王坟》记载了民族英雄岳飞，以及岳云、张宪、牛皋及银瓶小姐的事迹，歌颂了反对外来侵略与邪恶势力的英雄。张岱在附诗中写道："半天雷电金牌冷，一族风波夜壑红。泥塑岳侯铁铸桧，只令千载骂奸雄。"该篇还录写"将军埋骨处，过客式英风。北伐生前烈，南枝死后忠"；"大树无枝向北风，千年遗恨泣英雄"这样的诗句，表示对民族英雄的崇敬。

张岱歌颂忠臣，希冀当时再出现几个忠臣良将保卫江山社稷。卷三《关王庙》写于明朝晚期："顷者四川奸叛，神为助力，事达宸聪，非同语怪。惟辽西黠卤尚缓天诛，帝君能报曹而有不报神宗者乎？左挟鄂王，右挟少保，驱雷部，掷火铃，昭陵之铁马嘶风，蒋庙之塑兵濡露，琼荡魔皆如蜀道矣。"卷四《于坟》引用陈继儒碑文曰："大抵忠臣为国，不惜死，亦不惜名。不惜死，然后有豪杰之敢；不惜名，然后有圣贤之闷。"卷五《伍公祠》显示了忠臣受冤屈而死的历史故事，张岱引用一些前代诗人的作品，例如高启的诗："魂压怒涛翻白浪，剑埋冤血起腥风。我来无限伤心事，尽在吴山烟雨中"，表达张岱对伍子胥的深深同情，实际上也反映了在晚明严酷的政治斗争中，许多忠臣名士的不幸遭遇。

《西湖梦寻》揭露与批判了昏庸的统治者特别是奸邪佞臣。《岳王坟》写到岳飞墓前秦桧等人的跪像："墓前之有秦桧、王氏、万俟卨三像，始于正德八年，指挥李隆以铜铸之，旋为游人挞碎。后增张俊一像。四人反接，跪于丹墀。自万历二十六年，按察司副使范涞易之以铁，游人椎击益狠，四首齐落，而下体为乱石所掷，止露肩背"；卷五《施公庙》："秦桧奸恶，天下万世人皆欲杀之"；卷二《集庆寺》揭露了统治集团的贪婪与搜刮："寺额皆御书，巧丽冠于诸刹。经始时，望青采斫，勋旧不保，鞭笞追逮，扰及鸡豚。"张岱还批判了"奸雄"贾似道、作恶多端的杨琏真伽等人。又揭露世宗乳母之子陆炳"揽权怙宠"："孰有美产，即思攫夺。旁有故锦衣王佐别墅壮丽，其孽子不肖，炳乃罗织其罪，勒以献产。"

张岱无情鞭挞明朝地方官的昏聩奢靡：崇祯初年，太守刘梦谦"作胜会于苏堤。城中括羊角灯、纱灯几万盏，遍挂桃柳树上，下以红毡铺地，冶童名妓，纵饮高歌。夜来万蜡齐烧，光明如昼。湖中遥望堤上万蜡，湖影倍之。箫管笙歌，沉沉昧旦"。还是这个刘梦谦任职期间，造成"昭庆寺火"，以及杭州连年饥荒，"民强半饿死"；"辛巳夏，余在西湖，但见城中饿殍异出，扛挽相属。时杭州刘太守梦谦，汴梁人，乡里抽丰者多寓西湖"。

《西湖梦寻》主要通过第二条线索，寄托张岱的爱国情、正义感，从而提升了作品的思想境界。

## 四

《西湖梦寻》的游记散文继承古代散文的优良传统，在创作风格上深受前代山水审美特别是晚明以来性灵说的影响①，努力摆脱形式束缚，追求个性的抒发与奔放。这主要体现在以下几个方面。

第一，具有独特的主体审美意识，特别推崇幽邃静谧的自然风光。

《西湖梦寻》包蕴鲜明的审美观点，有着独到的感悟。张岱不像多数游人那样单纯追求春日晴天拥挤喧闹的气氛，而是认为西湖四季色彩各异，特别是淡季有其独到的美丽。卷一《明圣二湖》说："雪巘古梅，何逊烟堤高柳；夜月空明，何逊朝花绰约；雨色涳濛，何逊晴光潋滟。深情领略，是在解人。"《西泠桥》

---

① 《钦定四库全书总目》之《史部·地理类》称，《西湖梦寻》"体例全仿刘侗《帝京景物略》，其诗文亦全沿公安竟陵之派"（《帝京景物略》，明末刘侗、于奕正撰，以短篇分别介绍北京名胜园林，其文学风格属于竟陵派）。

说：昔日赵孟坚游西湖，"指林麓最幽处，瞠目叫曰：'此真洪谷子、董北苑得意笔也！'邻舟数十，皆惊骇绝叹，以为真谪仙人。得山水之趣味者，东坡之后，复见此人。"这是借前人口吻抒发张岱自己的山水美学观点。卷二《冷泉亭》："余在西湖，多在湖船作寓，夜夜见湖上之月，而今又避嚣灵隐，夜坐冷泉亭，又夜夜对山间之月，何福消受。余故谓西湖幽赏，无过东坡，亦未免遇夜入城。而深山清寂，皓月空明，枕石漱流，卧醒花影，除林和靖、李岣嵝之外，亦不见有多人矣。"卷五《芙蓉石》推崇"以淡远取之"；《火德祠》附诗："数笔倪云林，居然胜荆夏。刻画非不工，淡远长声价"，均表达了张岱的审美意趣。张岱认为，只有具备相应的阅历与认识能力，并且具有相应的人格，才能从多方面领略西湖之美："如贾似道之豪奢，孙东瀛之华赡，虽在西湖数十年，用钱数十万，其于西湖之性情、西湖之风味，实有未曾梦见者在也。世间措大，何得易言游湖？"

第二，善于结合文学与历史变革、景致与人物，夹叙夹议，抒发情感。

《西湖梦寻》兼具叙事与抒情的特征，各篇往往能抓住细微之处，描述生动具体，边叙述边议论，以小见大，以微显著，说明其中的一个道理。卷二《灵隐寺》通过具德和尚重修灵隐寺，体现出西湖高僧的百折不挠、睿智从容与指挥调度才干，也反映了信众的虔诚："午间方陪余斋，见有沙弥持赫蹄送看，不知何事，第对沙弥曰：'命库头开仓。'沙弥去。及余饭后出寺门，见有千余人蜂拥而来，肩上担米，顷刻上廪，斗斛无声，忽然竟去。余问和尚，和尚曰：'此丹阳施主某，岁致米五百担，水脚挑钱，纤悉自备，不许饮常住勺水，七年于此矣。'余为嗟叹。"卷五《芙蓉石》写出了杭州商人的精明："吴氏世居上山，主人年十八，身无寸缕，人轻之，呼为吴正官。一日早起，拾得银簪一枝，重二铢，即买牛血煮之以食破落户。自此经营五十余年，由徽抵燕，为吴氏之典铺八十有三。"

第三，善于衬托，渲染环境，突出主要内容。

卷三《十锦塘》附《西湖七月半记》写游西湖的过程，有两层烘托，一是各色游客姿态的烘托："西湖七月半，一无可看，止可看看七月半之人。看七月半之人，以五类看之"，并分别列举"楼船箫鼓，峨冠盛筵，灯火优傒，声光相乱，名为看月而实不见月者，看之"；"不舟不车，不衫不帻，酒醉饭饱，呼群三五，挤入人丛，昭庆、断桥，嚣呼嘈杂，装假醉，唱无腔曲，月亦看，看月者亦看，不看月者亦看，而实无一看者，看之"等五种情形；二是游客急不可耐、纷沓拥挤的烘托：谓其"逐队争出，多犒门军酒钱，轿夫擎燎，列俟岸上。一入舟，速舟子急放断桥，赶入胜会。以故二鼓以前，人声鼓吹，如沸如撼，如魇如呓，如聋如哑，大船小船一齐凑岸，一无所见，止见篙击篙，舟触舟，肩摩肩，面看面而已。少刻兴尽，官府席散，皂隶喝道去，轿夫叫，船上人怖以关门，灯笼火把如列星，一一簇拥而去。岸上人亦逐队赶门，渐稀渐薄，顷刻散尽矣"。经过层层反衬，文章水到渠成，最后张岱才点出自己游西湖，"始舣舟近岸，断桥石磴始凉，席其上，呼客纵饮。此时，月如镜新磨，山复整妆，湖复额面。向之浅斟低唱者出，匿影树下者亦出，吾辈往通声气，拉与同坐。韵友来，名妓至，杯箸安，竹肉发。月色苍凉，东方将白，客方散去。吾辈纵舟，酣睡于十里荷花之中，香气拍人，清梦甚惬"的优雅情致。

第四，文字精练雅致，善于以简约传神的描写，创造独特的意境，韵味隽永。

卷二《北高峰》写登高远望："歌舫渔舟，若鸥凫出没烟波，远而益微，仅觏其影。西望罗刹江，若匹练新濯，遥接海色，茫茫无际。"卷三《孤山》附《补孤山种梅叙》仿效魏晋六朝四六骈体文写道："在昔西泠逸老，高洁韵同秋水，孤清操比寒梅。疏影横斜，远映西湖清浅；暗香浮动，长陪夜月黄昏"；"瑶葩洒雪，乱飘冢上苔痕；玉树迷烟，恍堕林间鹤羽。兹来韵友，欲步前贤，补种千梅，重修孤屿。凌寒三友，早连九里松篁；破腊一枝，远谢六桥桃柳。伫想水边半树，点缀冰花；待将雪后横枝，低昂铁干。美人来自林下，高士卧于山中。白石苍崖，拟筑草亭招放鹤；浓山淡水，闲锄明月种梅花。"意境高洁，用典自然，文字韵雅，竭力渲染了林逋的高尚情怀。《湖心亭小记》写雪中访湖心亭，先用雪景烘托："大雪三日，湖中人鸟声俱绝。是日更定矣，余拏一小舟，拥毳衣炉火，独往湖心亭看雪。雾凇沆砀，天与云、与山、与水，上下一白"；继而出现雪中奇人："到亭上，有两人铺毡对坐，一童子烧酒，炉正沸。见余大惊喜，曰：'湖中焉得更有此人！'拉余同饮。余强饮三大白而别。问其姓氏，是金陵人，客此。及下船，舟子喃喃曰：'莫说相公痴，更有痴似相公者。'"其文形神兼备，意境深远，成为千古名篇。

　　本次译注，以《四库全书存目丛书》（齐鲁书社 1996 年版）所收清华大学藏光绪九年(1883)刻本为底本，用其他版本加以校对。各版本有出入者，择善而从。

　　本书对原著全文包括正文与附录进行了注译。注释既有对字词本意的解释，也有对典故出处的解说。译文尽可能准确达意，同时对译诗进行了探索，以现代白话语体形式译出，希望一定程度上仍能体现原诗的特色。

　　本书参考了相关成果，限于体例，恕不一一列举。注译缺漏与错误之处，望读者批评指正。

程维荣

二〇二〇年十月于沪上

# 目　录

# 自　序

　　余生不辰[1]，阔别西湖二十八载[2]，然西湖无日不入吾梦中，而梦中之西湖，实未尝一日别余也。前甲午、丁酉[3]，两至西湖，如涌金门商氏之楼外楼[4]，祁氏之偶居[5]，钱氏、余氏之别墅[6]，及余家之寄园一带湖庄[7]，仅存瓦砾。则是余梦中所有者，反为西湖所无。及至断桥一望[8]，凡昔日之弱柳夭桃[9]、歌楼舞榭[10]，如洪水淹没，百不存一矣。余乃急急走避，谓余为西湖而来，今所见若此，反不若保吾梦中之西湖，尚得完全无恙也。

　　因想余梦与李供奉异[11]。供奉之梦天姥也[12]，如神女名姝[13]，梦所未见，其梦也幻。余之梦西湖也，如家园眷属，梦所故有，其梦也真。今余僦居他氏已二十三载[14]，梦中犹在故居。旧役小傒[15]，今已白头，梦中仍是总角[16]。夙习未除，故态难脱。而今而后，余但向蝶庵岑寂[17]，蘧榻于徐[18]，惟吾旧梦是保，一派西湖景色，犹端然未动也。儿曹诘问[19]，偶为言之，总是梦中说梦，非魇即呓也。因作《梦寻》七十二则，留之后世，以作西湖之影。余犹山中人，归自海上，盛称海错之美[20]，乡人竞来共舐其眼。嗟嗟！金齑瑶柱[21]，过舌即空，则舐眼亦何救其馋哉！

　　岁辛亥七月既望[22]，古剑蝶庵老人张岱题[23]

【注释】

　　〔1〕不辰：不得其时。《诗经·大雅·桑柔》："我生不辰，逢天僤(dàn)怒。"

　　〔2〕阔别西湖二十八载：张岱曾于明崇祯十七年即清顺治元年(1644)自淮安至杭州，距作此文时相隔 28 年。

　　〔3〕甲午：指清顺治十一年(1654)。　丁酉：即清顺治十四年(1657)。

　　〔4〕涌金门：古代杭州西城门之一。后晋天福元年(936)，引西湖水入城，凿涌金池，筑涌金门。传说有西湖金牛出现于池中，故名。一说吴越国引湖水入池，称涌金池，北宋在此建城门。见清代翟灏《湖山便览》卷七《南山路》。　商氏：商周祚，字明兼，号等轩，明代会稽(今浙江绍兴)人，万历进士。曾为都察院右佥都御史、吏部尚书。　楼外楼：又名小瀛洲，指商周祚婿祁彪佳的别墅，不是后来道光年间在孤山南麓所建的饭店。

　　〔5〕祁氏：祁彪佳(1603—1645)，字弘吉，号世培，明代山阴(今浙江绍兴)人，天启进士，崇祯间官御史，曾上《合筹天下全局疏》。与张岱多有往来。弘光朝高杰兵扰扬州，命往宣谕，一方遂安。后遭群小诋毁而称疾辞官。清兵近，南京、杭州相继失守，绝食后自沉池中而死。

　　〔6〕钱氏：钱象坤 (1569—1640)，字弘载，号麟武，明代会稽人。万历进士，崇祯时官至吏部尚书、武英殿大学士。京都遇战事，条上御敌三策。以声望与钱谦益等并称"四钱"。后托病辞官归。　余氏：余煌(？—1646)，字武贞，明代会稽人，天启进士。崇祯间为经筵讲席。鲁王监国，任兵部尚书。清兵过江，鲁王航海逃亡，煌投水死。

　　〔7〕寄园：张岱祖父张汝霖所建别墅。

　　〔8〕断桥：见卷一《明圣二湖》之"断桥残雪"注。

　　〔9〕夭桃：盛开的桃花。《诗经·周南·桃夭》："桃之夭夭，灼灼其华。"

　　〔10〕榭(xiè)：在台上盖的高屋。战国宋玉《招魂》："层台累榭，临高山些。"

　　〔11〕李供奉：李白(701—762)，唐代诗人。字太白，号青莲居士，祖籍陇西成纪(今甘肃天水)。玄宗天宝元年(742)，经人举荐任翰林供

奉，不久因蔑视权贵被排挤出京。晚年参与永王李璘军抗敌而遭流放，遇赦不久后去世。有《李太白全集》。

〔12〕供奉之梦天姥(mǔ)：李白有《梦游天姥吟留别》诗，写梦游天姥山的奇幻景象。天姥山，在今浙江新昌东。周围 30 公里，山势连绵起伏，潭瀑相映，主峰北斗尖高 900 米。

〔13〕名姝(shū)：以美艳或才华闻名的女子。

〔14〕"今余僦(jiù)居"句：清顺治五年(1648)，张岱回到山阴城中，故宅已废，改属他姓，于是租下城郊诸氏快园废地栖身，距作此文时已隔二十三年。僦，租赁。

〔15〕小傒：年幼的仆人。傒，通"奚"。

〔16〕总角：指童年。古代男女未成年前束发为两结上翘，形状如角。《诗经·齐风·甫田》："总角丱(guàn)兮。"《毛传》："总角，聚两髦也。"丱即儿童束发成两角的样子。

〔17〕蝶庵：梦幻之庵。《庄子·齐物论》："昔者庄周梦为蝴蝶，栩栩然蝴蝶也，自喻适志与，不知周也。俄然觉，则蘧蘧然周也。不知周之梦为蝴蝶与，蝴蝶之梦为周与？"蘧(qú)蘧，惊动貌。 岑寂：冷清，寂寞。南朝鲍照《舞鹤赋》："去帝乡之岑寂，归人寰之喧卑。"

〔18〕蘧榻：与"蝶庵"同用庄子梦蝶之典，代指床榻。 于徐：即纡(yú)徐，从容宽缓的样子。西汉司马相如《子虚赋》："襞(bì)积褰(qiān)绉，纡徐委曲。"

〔19〕儿曹：儿孙辈。

〔20〕海错：统称各类海产。《尚书·禹贡》："海物惟错。"

〔21〕金齑(jī)瑶柱：泛指美味佳肴。齑，细切的酱菜或腌菜，吴中以菰菜为齑，菜黄如金，故名金齑。瑶柱，江瑶柱，贝类海鲜。

〔22〕辛亥：指清康熙十年(1671)。 既望：古称阴历十五为望，望后一日即十六为既望。

〔23〕古剑：张岱祖籍绵竹(在今四川)。隋朝大业二年(606)，绵竹县治迁到剑南镇，所以张岱自称古剑。


【译文】

　　我生不逢时，阔别西湖已经整整二十八年了。但是二十八年来，我没有一天不梦见西湖；而梦中的西湖，也没有一天真的离我而去。从前的甲午年与丁酉年，我两次到过西湖，如涌金门商氏的楼外楼，祁氏的偶居，钱氏、余氏的别墅，以及我家的寄园，那一带的湖上庄子，都成了废墟。如此，我梦中的景象，反而是现在的西湖所没有的了。至于到断桥一看，旧时妩媚的柳树、冶艳的桃花，还有歌舞楼榭之类，就像被洪水淹没一样，几乎没有幸存的。于是我急忙躲避唯恐不及，因为我是来看西湖的，不料所见如此，反而不如留下我梦中的西湖，尚能保持原样。

我因此想到我的梦与李白的梦不同。李白梦见天姥山，和梦见仙女、名媛一样，实际上是梦见从未见过的，因此是虚幻之梦。而我梦见西湖，和梦见家园、亲属一样，都是梦见所固有的，因此是真实之梦。如今我租借他人的房屋已经二十三年了，梦中却依然在故居。旧时使唤的年轻仆役，如今已是白头，梦中却依然是两束发辫上翘的少年。习惯依然，故态难变。从今以后，我只住冷寂的蝶庵、睡舒坦的床铺，就是为了保留旧梦，让梦中一片西湖景色得以如旧。儿孙辈问起，偶尔为他们说说，总是梦中说梦，不是入了魔就是着了魇。因此我写成《梦寻》七十二条，留给后世，作为西湖印象。我就像山里人，从海上归来，竭力赞叹海鲜的味道，乡里人竞相来舔尝他的眼睛。可惜啊，即使是山珍海味，舌头尝过就没有了，就算舔舐他的眼睛又怎能解馋！

　　　　辛亥年七月十五日，古剑蝶庵老人张岱题

# 卷　一

## 西湖总记

### 明圣二湖[1]

自马臻开鉴湖[2]，而由汉及唐，得名最早。后至北宋，西湖起而夺之，人皆奔走西湖，而鉴湖之澹远，自不及西湖之冶艳矣。至于湘湖则僻处萧然[3]，舟车罕至，故韵士高人无有齿及之者。余弟毅孺常比西湖为美人[4]，湘湖为隐士，鉴湖为神仙。余不谓然。余以湘湖为处子[5]，眠娗羞涩[6]，犹及见其未嫁之时；而鉴湖为名门闺淑，可钦而不可狎；若西湖则为曲中名妓[7]，声色俱丽，然倚门献笑，人人得而媟亵之矣[8]。人人得而媟亵，故人人得而艳羡；人人得而艳羡，故人人得而轻慢。在春夏则热闹之至，秋冬则冷落矣；在花朝则喧哄之至[9]，月夕则星散矣[10]；在晴明则萍聚之至，雨雪则寂寥矣。

故余尝谓："善读书，无过董遇三余[11]，而善游湖者，亦无过董遇三余。董遇曰：'冬者，岁之余也；夜者，日之余也；雨者，月之余也。'雪巘古梅[12]，何逊烟堤高柳[13]；夜月空明，何逊朝花绰约；雨色溕濛，何逊晴光滟潋[14]。深情领略，是在解人。"

即湖上四贤，余亦谓："乐天之旷达[15]，固不若和靖之静深[16]；邺侯之荒诞[17]，自不若东坡之灵敏也[18]。"其余如贾似道之豪奢[19]，孙东瀛之华赡[20]，虽在西湖数十年，用钱数十万，其于西湖之性情、西湖之风味，实有未曾梦见者在也。世间措大[21]，何得易言游湖？

【注释】

〔1〕明圣二湖：杭州西湖古时又称明圣湖，因相传汉代湖中现金牛，人以为明圣之瑞，遂称之。见明田汝成《西湖游览志》卷一《西湖总叙》。二湖，明圣湖分里湖与外湖。

〔2〕马臻（88—141）：字叔荐，东汉茂陵（今陕西兴平）人，一说山阴人。顺帝时为会稽太守，任上建造镜湖，使当地9000余顷农田得到灌溉，成为良田。因遭富户诬陷，受刑而死。 鉴湖：即镜湖，在今绍兴西南。

〔3〕湘湖：在今浙江萧山西，北宋县令杨时所筑。 萧然：冷僻。

〔4〕毅孺：张岱族弟张弘，字毅孺，能诗文，张岱称之为"诗学知己"。曾编纂《明诗存》。

〔5〕处子：处女。《孟子·告子下》："逾东家墙而搂其处子，则得妻。"

〔6〕眠娗（tíng）：即腼腆。

〔7〕曲中：古时称妓坊为曲中。明冯梦龙《警世通言·杜十娘怒沉百宝箱》："那杜媺（měi）曲中第一名姬。"

〔8〕媟（xiè）亵：轻慢，亵渎。

〔9〕花朝：旧俗以农历二月十五日为百花生日，称花朝或花朝节，为外出游玩赏花的节日。南宋吴自牧《梦粱录》卷一《二月望》："仲春十五日为花朝节。浙间风俗，以为春序正中，百花争放之时，最堪游赏。"

〔10〕月夕：月夜。唐杜牧《赠渔夫》："芦花深泽静垂纶，月夕烟朝几十春。"

〔11〕董遇：三国魏明帝时人，曾言读书以"三余"，则不患无时。　三余：《三国志·魏书·王肃传》裴注引《魏略》："或问三余之意，遇言'冬者，岁之余也；夜者，日之余也；阴雨者，时之余也'。"

〔12〕雪巘(yǎn)：雪山。巘，山峰。

〔13〕烟堤：景色秀丽的堤岸。

〔14〕"雨色"二句：出自宋苏轼《饮湖上初晴后雨》诗："湖光潋(liàn)滟(yàn)晴方好，山色空濛雨亦奇。"潋滟，即潋滟，阳光下泛起涟漪、水波荡漾的样子。

〔15〕乐天：白居易(772—846)，唐代诗人。字乐天，太原(今属山西)人，贞元进士。曾为太子左赞善大夫，贬江州司马。长庆二年(822)至四年间为杭州刺史，任上筑湖堤以引水灌溉。后任太子少傅(人或称其"白太傅")。有《白氏长庆集》。

〔16〕和靖：林逋(bū，967—1028)，北宋诗人。字君复，钱塘(今属杭州)人。性孤高，一生未娶，隐居西湖边孤山，以梅、鹤为伴。其诗格调高雅淡远。谥(shì)和靖。参见卷三《孤山》。

〔17〕邺(yè)侯：李泌(bì，722—789)，字长源，唐代京兆(今陕西西安西北)人，曾任杭州刺史，引湖水入城，掘井利民。官至宰相，封邺侯。然其好"神仙诡道"，自言曾与赤松子、王乔等游，为时人所轻，所以文中谓其"荒诞"。赤松子相传为上古神农时雨师，一说为帝喾(kù)之师，为道教所尊崇。王乔为东汉河东人，明帝时为叶令，相传有神术。

〔18〕东坡：苏轼(1036—1101)，北宋文学家。字子瞻，号东坡居士，眉州(今四川眉山)人。嘉祐进士。熙宁四年(1071)与元祐四年(1089)先后出任杭州通判与杭州知府，曾疏浚西湖，筑苏堤。晚年为新党所贬黜。有《东坡居士集》。

〔19〕贾似道(1213—1275)：南宋权臣。字师宪，号秋壑，天台(今属浙江)人。以父荫得官，曾任右丞相兼枢密使，度宗朝进为太师、平章军国重事，势倾中外，隐瞒军情，日夜淫乐。遭劾罢籍没，被杀。

〔20〕孙东瀛：孙隆，号东瀛，明万历时任司礼监太监，掌苏、杭织造，修整西湖名胜。曾在地方上肆虐搜刮，激起民变。

〔21〕措大：寒酸书生。


【译文】

　　鉴湖自马臻开辟以来，从汉至唐，出名最早。到北宋，西湖后来居上，人人都奔向西湖，而鉴湖的清淡悠远，自然比不上西湖的艳丽。至于湘湖，地处偏僻，车船很少光顾，所以高人雅士都不置一词。我弟弟毅孺常把西湖比作美人、把湘湖比作隐士、把鉴湖比作神仙。我却不以为然。我把湘湖比作处女，腼腆羞涩，可以想见其未嫁之时；鉴湖则为名门闺秀，可以欣赏却不可轻慢。至于西湖，则为风尘名妓，声色俱佳，却倚门卖笑，任由别人挑逗嬉闹。人人可以挑逗嬉闹，所以人人可以猎艳；人人可以猎艳，自然也就人人随意亵渎了。在春夏则热闹之极，在秋冬则寂寞静谧；在花朝则蜂拥而至，在月夜则四处星散；在晴朗天气则聚集一处，在雨雪时节则寥落冷清了。

所以我曾经说："善于读书，没有超过董遇'三余'的；而善于游湖，也没有超过董遇'三余'的了。董遇说：'冬季，是一年的剩余；夜晚，是一天的剩余；下雨，是一个月的剩余。'雪峰古梅，谁说就比不上春光旖旎的堤岸与高柳；皓月当空，何曾较朝花怒放逊色；雨雾空濛，又怎么不如晴天的波光粼粼。能够投入真情欣赏领略的，才是有情趣的人。"

至于湖上四贤，我认为："白乐天的豁达，自然比不上林和靖的深邃；李邺侯的荒诞，当然也不如苏东坡的敏捷。"其他如贾似道的奢侈，孙东瀛的富赡，他们虽然各自在西湖边居住几十年，挥霍几十万钱，但他们对于西湖的性情、对西湖气质的了解，实在是不如我所梦见的。至于世间的穷酸书生，又怎能轻易自称游览过西湖？

## 苏轼《夜泛西湖》诗：

菰蒲无边水茫茫[1]，荷花夜开风露香。

渐见灯明出远寺，更待月黑看湖光。

【注释】

〔1〕菰蒲：泛指水生植物。菰，茭白。蒲，蒲草。

【译文】

蒲草无边湖水茫茫，荷花沾上露珠随夜风飘香。渐渐看见远处寺院透出灯火，我正等待月黑再看湖光。

又《湖上夜归》诗：

我饮不尽器，半酣尤味长。

篮舆湖上归[1]，春风吹面凉。

行到孤山西[2]，夜色已苍苍。

清吟杂梦寐，得句旋已忘。

尚记梨花村，依依闻暗香[3]。

【注释】

〔1〕篮舆：肩舆，滑竿，在两根竹竿中间架上类似躺椅的座位，由前后两人抬着走的行走工具。《宋书·陶潜传》："潜有脚疾，使一门生二儿舆（yú）篮舆。"

〔2〕孤山：位于西湖里湖与外湖之间，是栖霞岭支脉，东连白堤，西接西泠桥，为西湖文物、胜迹荟萃之地。

〔3〕依依：隐约。晋陶潜《归田园居》诗："暧暧远人村，依依墟里烟。"

【译文】

杯里剩酒尚未饮尽，半醉半醒的滋味格外醇芳。我坐着肩舆从湖上返回，春风拂面好不凉爽。来到孤山西端路口，一片夜色已经苍茫。醒来又像在梦中吟诗，才吟得一句瞬间就忘。只记得有个梨花村子，令人隐约闻到阵阵暗香。

又《怀西湖寄晁美叔》诗[1]：

西湖天下景，游者无愚贤。

深浅随所得，谁能识其全。

嗟我本狂直，早为世所捐[2]。

独专山水乐，付与宁非天。

三百六十寺，幽寻遂穷年。

所至得其妙，心知口难传。

至今清夜梦，耳目余芳鲜。

君持使者节[3]，风采烁云烟。

清流与碧巘，安肯为君妍。

胡不屏骑从[4]，暂借僧榻眠。

读我壁间诗，清凉洗烦煎。

策杖无道路[5]，直造意所便[6]。

应逢古渔父，苇间自羁缘。

问道若有得，买鱼弗论钱[7]。

【注释】

〔1〕晁美叔：晁端彦，字美叔，北宋清丰（今属河南）人。与苏轼同科进士，两人常有诗文酬唱。此诗为熙宁八年（1075）苏轼在密州所作，晁美叔时任提点两浙刑狱，置司杭州。

〔2〕捐：舍弃，抛弃。苏轼因与王安石政见不合，熙宁四年求放外任，至杭州任通判。

〔3〕使者：或称使君，朝廷派驻地方的使臣，如太守、刺史等。《三国志·蜀书·先主传》："今天下英雄，惟使君与操耳。" 节：符节，使臣所持象征身份与权力的物品，长竿状，上有饰物，隋唐以前多有使用。《周礼·地官·掌节》："守邦国者用玉节，守都鄙者用角节。"

〔4〕屏：让别人退下，使左右回避。

〔5〕策杖：拄杖。 无道路：不沿路径走，随心所至。

〔6〕造：到达。

〔7〕"应逢古渔父"四句：表明对民间高人与隐居的向往。渔父，《楚辞·渔父》中避世隐居，钓鱼江滨的隐士的形象："渔父莞尔而笑，鼓枻而去。"《庄子·渔父》说，孔子游于缁帷林中，有渔父下船，孔子向前问道，渔父指点一番后，撑船沿着芦苇边远去。孔子感叹道："故道之所在，圣人尊之。今渔父之于道，可谓有矣，吾敢不敬乎！"苇间，

芦苇间。夤（yín）缘，这里是交往、攀谈的意思。另，《南史·隐逸传》：有渔父不知姓名。孙缅为寻阳太守时，见一轻舟，凌波隐显。片刻渔父至，神情潇洒，垂纶长啸。孙缅好奇地上前问道："有鱼卖乎？"渔父答："其钓非钓，宁卖鱼者邪？"此处合用其事。

【译文】

西湖真是天下罕见景色，游客不分愚蠢与慧贤。观赏体验随各人深浅不等，有谁能认识到彻底与完全。可叹我本性狂直不羁，早已被世人所弃嫌。如今我独享山水的快乐，这恩惠莫非来自苍天。湖边三百六十座寺庙，我成年累月东跑西颠探索幽玄。所到之处均得妙谛，心中洞然口却难传。直至今夜仍在梦幻，眼耳尚且留有芳鲜。您是持节的朝廷使者，风采早已融入自然。碧绿的山峰清澄的流水，又怎肯为您梳妆打扮。不如屏退随从者，暂借僧床再安眠。诵读我墙上所题诗句，自然倍感清凉一扫烦煎。拄杖行走不沿路径，随心所欲只顾往前。当能遇见古代渔父，芦苇丛中与其攀谈。倘若问道果真有心得，买尽他篓里的鱼儿何必在乎几个钱。

李奎《西湖》诗[1]：

锦帐开桃岸[2]，兰桡系柳津[3]。

鸟歌如劝酒，花笑欲留人。

钟磬千山夕[4]，楼台十里春。

回看香雾里，罗绮六桥新[5]。

【注释】

〔1〕李奎：号珠山，明代钱塘人。嘉靖间与李攀龙等共为诗社。曾与好友沈炼共同暗中保护弹劾严嵩的谏臣。后因沈炼遇害而归田，结社西湖。

〔2〕锦帐：这里指桃红柳绿的绚丽景色。

〔3〕兰桡（náo）：船桨的美称。这里指船。　柳津：柳树下的渡口。

〔4〕钟磬（qìng）：寺庙中的法器，其声传播遥远。磬，寺庙用以集

合僧众的钵形铜乐器。

〔5〕六桥：西湖苏堤上的映波、锁澜、望山、压堤、东浦、跨虹六座桥。

【译文】

岸边桃花灿烂恰似锦帐，画舫停泊在柳下渡津。鸟啭如歌因劝客饮酒，花绽笑靥是挽留行人。钟磬回荡千山日暮，楼台林立十里逢春。回首香雾一片弥漫，锦绣六桥焕然如新。

苏轼《开西湖》诗：

伟人谋议不求多，事定纷纭自唯阿[1]。

尽放龟鱼还绿净，肯容萧苇障前坡。

一朝美事谁能继，百尺苍崖尚可磨。

天上列星当亦喜，月明时下浴金波。

【注释】

〔1〕唯阿：应诺声，谓听从、呼应。《老子》第二十章："唯之与阿，相去几何？"

【译文】

伟人谋划并不在多，一旦决定自然一片附和。放出所有鱼龟湖水回归澄净，岂能容忍芦苇草丛遮蔽岸坡。如此美事后无来者，百尺悬崖并不难磨。想来天上繁星也会欢喜，又见明月飞临正浴金波。

周立勋《西湖》诗[1]：

平湖初涨绿如天，荒草无情不记年。

犹有当时歌舞地，西泠烟雨丽人船。

**【注释】**

〔1〕周立勋：字勒卣（yǒu），明末华亭（今上海松江）人，太学生，与同郡陈子龙、夏允彝等创几社，评议时政。

**【译文】**

西湖水初涨如天碧绿，荒草却无情不记何年。如今仍存当年歌舞地，还有西泠的烟雨美人的船。

夏炜《西湖竹枝词》〔1〕：
四面空波卷笑声，湖光今日最分明。
舟人莫定游何处，但望鸳鸯睡处行。

**【注释】**

〔1〕夏炜：字汝华，号缄庵，明代乌程（今浙江湖州）人，万历进士，由工部郎中迁南康知府。其与张岱父张耀芳为同一辈人，同朝为官。竹枝词：乐府名，本为巴渝（今重庆一带）民歌，唐玄宗时采入教坊，刘禹锡、白居易等都曾写过。大多描绘风土人情，不拘格律，具有民歌色彩。明清时尤其盛行。

**【译文】**

四面波浪夹杂笑声，今日湖光分外明亮。船夫不知该往何处，只向鸳鸯睡处摇桨。

平湖竟日只溟濛，不信韶光只此中。
笑拾杨花装半臂〔1〕，恐郎到晚怯春风。

**【注释】**

〔1〕"笑拾"句：谓拾起杨花装在情郎脱下的短袖衣里。半臂，短袖衣。

【译文】

平湖整日烟雨迷濛，莫非良辰就在其中。笑拾杨花放进短袖衣里，又怕情郎到晚上受不住春风。

行觞次第到湖湾[1]，不许莺花半刻闲。
眼看谁家金络马[2]，日驮春色向孤山。

【注释】

〔1〕行觞（shāng）：行酒，依次敬酒。《礼记·投壶》："命酌，曰：'请行觞。'"觞，酒杯。 次第：依次。

〔2〕金络马：经过打扮、装饰的马。络，兜住马头的网状物。汉佚名《陌上桑》："青丝系马尾，黄金络马头。"

【译文】

船上逐个碰杯来到湖湾，不让莺花有片刻空闲。我望见谁家那匹金络骏马，每日里载着春色前往孤山。

春波四合没晴沙，昼在湖船夜在家。
怪杀春风归不断，担头原自插梅花。

【译文】

春波四面淹没了沙滩，白昼在湖船夜里回家。奇怪为何春风吹个不断，原来是扁担两头插着梅花。

欧阳修《西湖》诗[1]：
菡萏香消画舸浮，使君宁复忆扬州[2]。
都将二十四桥月[3]，换得西湖十顷秋。

**【注释】**

〔1〕欧阳修（1007—1072）：北宋文学家。字永叔，号醉翁、六一居士，庐陵（今江西吉安）人。天圣进士，曾任枢密副使，官至参知政事。谥文忠。有《欧阳文忠公文集》。

〔2〕"菡（hàn）萏（dàn）"二句：谓有了西湖的荷花、画舫，使君难道还会怀念扬州吗？菡萏，荷花的别称。《诗·陈风·泽陂》："彼泽之陂，有蒲菡萏。"画舸（gě），即画舫，装饰华丽的游船。使君，即使者，见本卷《怀西湖寄晁美叔》诗注。宁复，难道还。扬州，今江苏扬州，为历史悠久、风光秀丽的名城。

〔3〕"都将"句：将整个二十四桥的风月。都，整个。二十四桥，相传为扬州瘦西湖边的一座桥，以歌舞笙箫闻名。唐杜牧《寄扬州韩绰判官》诗："二十四桥明月夜，玉人何处教吹箫。"

**【译文】**

荷花开尽画舫从流飘荡，使君是否回忆起扬州？我宁愿用廿四桥的风月，换来个西湖十顷的秋。

赵子昂《西湖》诗〔1〕：

春阴柳絮不能飞，雨足蒲芽绿更肥。

只恐前呵惊白鹭，独骑款段绕湖归〔2〕。

**【注释】**

〔1〕赵子昂（1254—1322）：赵孟頫（fǔ），元代书画家。字子昂，号松雪道人，宋末湖州（在今浙江）人，为赵宋皇室后裔。曾经在杭州任江浙儒学提举达十年之久。

〔2〕款段：马行迟缓的样子。唐李白《江夏赠韦南陵冰》诗："今乘款段诸侯门。"

**【译文】**

春日阴雨中柳絮不能飞起，蒲草嫩芽绿意更浓只因雨水充沛。恐怕高声呼叫惊扰了白鹭，我只能独自骑马绕湖缓慢回归。

袁宏道《西湖总评》诗[1]：

龙井饶甘泉[2]，飞来富石骨[3]。

苏桥十里风，胜果一天月[4]。

钱祠无佳处[5]，一片好石碣[6]。

孤山旧亭子，凉荫满林樾[7]。

一年一桃花，一岁一白发。

南高看云生，北高见月没[8]。

楚人无羽毛，能得几游越[9]。

【注释】

〔1〕袁宏道(1568—1610)：明代文学家。字中郎，号石公，公安(在今湖北)人。万历进士，曾任吴县知县、吏部郎中。与兄宗道、弟中道并有才名，时称"三袁"。其诗自成一格，号"公安体"，文学观点提倡性灵说，反对"摹拟汉唐"之弊。按，袁宏道于万历二十五年(1597)起的两年内，与友游历江南各地。本书所收其关于杭州的诗文，即在此期间作。

〔2〕龙井：位于西湖西南风篁岭，狮子峰东麓的落晖坞。本名龙泓，又名龙湫，四面群山叠翠。当地多泉，大旱不涸，当地人认为其井与海相通，中必有龙，故名"龙井"。为龙井茶上品"狮峰龙井"产地。饶：富于。

〔3〕飞来：指飞来峰，见卷二《飞来峰》。

〔4〕胜果：胜果寺，见卷五《胜果寺》。

〔5〕钱祠：钱王祠，见卷四《钱王祠》。

〔6〕"一片"句：梁朝庾信读北魏温子昇《韩陵山寺碑》，有人问："北方文士如何？"庾信答："唯有韩陵山一片石堪共语。"见唐张鷟《朝野佥载》卷六"梁庾信"。此处用以称赞钱王祠中苏轼所撰《表忠观碑记》，见卷四《钱王祠》。

〔7〕樾(yuè)：道旁树木。

〔8〕南高、北高：分别见卷四《南高峰》、卷二《北高峰》。

〔9〕楚人：袁宏道自称，因其为公安人，古属楚地。

【译文】

龙井甘泉格外充沛，飞来峰上到处巨石嶙峋。苏堤六桥十里春风，胜果古寺满天月明。钱王祠里并无妙处，只有一块石碑得到好评。孤山山上旧亭子，阴凉清爽满树林。桃花一年开一次，一年内更多白发人。南高峰上云聚云散，北高峰上月已沉沦。我这楚人本无翅膀，能有几次越地的旅行？

范景文《西湖》诗[1]：
湖边多少游观者，半在断桥烟雨间。
尽逐春风看歌舞，几人着眼看青山。

【注释】

〔1〕范景文(1587—1644)：字梦章，号思仁，晚明吴桥(在今河北)人，万历进士，累官至工部尚书兼东阁大学士。崇祯十七年(1644)李自成军破京城，投井自尽。

【译文】

湖边多少游玩的人，一半聚集在断桥烟雨之间。众人拼命追逐春风欣赏歌舞，有谁真在定睛细看青山。

张岱《西湖》诗：
追想西湖始，何缘得此名。
恍逢西子面，大服古人评[1]。
冶艳山川合，风姿烟雨生。
奈何呼不已，一往有深情[2]。

【注释】

〔1〕古人评：指苏轼《饮湖上初晴后雨》"若把西湖比西子"句将

西湖比作西子之说。

　　〔2〕"奈何"二句：表示无法形容其美。《世说新语·任诞》："桓子野每闻清歌，辄唤'奈何'。谢公闻之曰：'子野可谓一往有深情。'"

**【译文】**

　　遥想西湖开凿之日，为何得此西子美名。我仿佛看见西施面容，真是叹服古人妙评。旖旎山川与秀色相接，美丽姿容随烟雨而生。如今我不禁声声呼唤，就如桓子野那般一往情深。


　　　一望烟光里，苍茫不可寻。

　　　吾乡争道上，此地说湖心。

　　　泼墨米颠画〔1〕，移情伯子琴〔2〕。

　　　南华秋水意〔3〕，千古有人钦。


**【注释】**

　　〔1〕米颠：米芾（1051—1107），北宋书画家。字元章，号海外岳史，襄阳（在今湖北）人。曾为校书郎、礼部员外郎，后定居润州（今江苏镇江）。因举止癫狂，人称"米颠"。

　　〔2〕伯子：即伯牙，春秋时人。学琴三年不成，后至东海蓬莱山，观海水澎湃，群鸟悲号，心有所感，琴艺大进。琴曲《高山流水》传为其所作。与锺子期善。子期死，伯牙痛世无知音，不复鼓琴。

　　〔3〕南华：即《庄子》。　秋水：《庄子》篇名。此篇通过河伯与北海若等的对话，以大小、贵贱、是非、有无之间的关系，论述世上万物无不相对，人必须返归自然，达到物我两忘、无欲无求的境界。


**【译文】**

　　满目山川云雾苍茫，西湖景致岂可轻易觅寻。我故乡的山阴道上使人应接不暇，此地则有湖光山色打动人心。烟云变幻有如米芾的泼墨山水，美景醉人更似伯牙的绕梁琴声。正如《庄子·秋水》中河伯望洋兴叹，西湖的美如大海一般难以穷尽。

到岸人心去，月来不看湖。

渔灯隔水见，堤树带烟糢[1]。

真意言词尽，淡妆脂粉无。

问谁能领略，此际有髯苏[2]。

【注释】

〔1〕烟糢(mó)：烟雾迷蒙的样子。糢，同"模"，模糊。

〔2〕髯(rán)苏：指苏轼，因其多须。

【译文】

　　船儿到岸人心离去，月色迷人就忘了看湖。隔水遥见远处渔灯，堤上春树绕烟带雾。诗情画意言辞难以说尽，恰似淡妆美人未把脂粉敷。谁能领略其中妙谛，看来只有那个大胡子苏。

又《西湖十景》[1]：

一峰一高人，两人相与语。

此地有西湖，勾留不肯去。

（两峰插云[2]）

【注释】

　　〔1〕西湖十景：经过唐宋时期历次疏浚并筑堤，西湖景观明显改善。南宋迁都杭州，促进了西湖周边的繁荣发展。于是陆续有人遴选评说西湖景观。高宗在杭州建有宫廷画院，"潇湘八景"的画师马远也被招揽其中。相传他与其他画师创作了西湖的风景画，选编成"西湖十景"画册，并用四字一组分别题名，由诗人题诗填词。孝宗朝大臣王希吕有《西湖十咏》诗，描写西湖十景。吴自牧《梦粱录》卷一二《西湖》也载有十景。以后陆续出现多种版本的西湖十景组诗，十景的名称和排序与后世大同小异。到清代，康熙于三十八年（1699）南巡杭州，亲笔题写西湖十景景名，分别勒石立碑。乾隆南巡时又分别

为十景题诗，刻于康熙题碑的背面与两侧。西湖十景的说法由此成为定评，广泛流传。

〔2〕两峰插云：自康熙题名，改为双峰插云。双峰，指西湖周边的南高峰（见卷四《南高峰》）和北高峰（见卷二《北高峰》）。在前往灵隐路上的洪春桥边，有双峰插云御笔碑亭。两峰邻近西湖，南北对峙，且峰顶各建有七层古塔，引人瞩目。尤其是雨后初晴之时，只见两峰隐现于薄雾轻岚之间，云雾时浓时淡，或高或低，舒卷变幻，有如一幅泼墨山水画。

【译文】

一座山峰仿佛一位巨人，两人相对侃侃而语。只因此地有西湖美景，他们才顾盼流连不肯离去。


湖气冷如冰，月光淡于雪。
肯弃与三潭，杭人不看月。

（三潭印月〔1〕）


【注释】

〔1〕三潭印月：位于西湖上的一个小岛，又名小瀛洲，面积7万平方米，大部分是水域，以曲桥土堤相连，呈十字形。明代建放生池，清代建成园林。岛边南侧湖中立有三座石塔，为北宋苏轼疏浚西湖时所立标志，呈三角形排列。各塔身分别有5个小圆孔。每当中秋之夜，人们在石塔内点上蜡烛，烛光倒映湖面，据说随着微波荡漾，会呈现无数个月亮在水中晃动的绚丽，也就是"三潭印月"景名的来历。


【译文】

西湖水气像冰一般冷，月光更是洁白胜雪。如果没有三潭的景致，杭州人简直无处可赏中秋月色。


高柳荫长堤，疏疏漏残月。

蹩蹩步松沙[1]，恍疑是踏雪。

（断桥残雪[2]）

【注释】

〔1〕蹩(bié)蹩(sà)：跛行、尽力前行的样子。《庄子·马蹄》："及至圣人，蹩蹩为仁，踶(dì)跂(qí，矜持貌)为义，而天下始疑矣。"

〔2〕断桥残雪：坐落于白堤东端，建于唐代初年。"断桥"之称的来历说法不同。一说因为从平湖秋月而来的白堤到此中断，有"堤断桥不断"的含义。古典小说与戏曲《白蛇传》中白娘子与许仙邂逅于断桥的故事，为此处增添了神奇色彩。

【译文】

高高的柳树掩映着长堤，淡淡的月光从树荫间漏下疏影。在松软的沙滩上信步蹒跚，忽疑自己好像踏雪而行。

夜气滃南屏[1]，轻岚薄如纸。
钟声出上方[2]，夜渡空江水。

（南屏晚钟[3]）

【注释】

〔1〕滃(wěng)：云气涌起。《说文》："滃，云气起也。"　南屏：南屏山，位于西湖南岸，主峰海拔131米，因山峰若屏障而得名。南屏晚钟景在其北麓。

〔2〕上方：对寺庙的尊称。

〔3〕南屏晚钟：西湖十景之一，位于西湖南岸，南屏山北麓，是西湖十景中唯一以佛寺中的法器为景观的。净慈寺钟楼建于明初洪武年间，当时铸有巨钟一口，每日清晨与晚上各撞钟一次，每次108响。钟声洪亮悠远。现在的钟楼重建于20世纪80年代。

【译文】

夜晚的云气弥漫在南屏山上空，山里的雾霭薄得像一张纸。钟声从山中净慈寺飞出，在夜空中越过了江水而至。

烟柳幕桃花，红玉沉秋水。

文弱不胜夜，西施刚睡起。

（苏堤春晓[1]）

【注释】

[1] 苏堤春晓：北宋元祐五年（1090），杭州知府苏轼发动本地军民疏浚西湖，用工20余万，开挖淤泥925万方，用半年时间竣工。利用挖出的淤泥构筑成堤，杭州百姓称之为"苏公堤"或"苏堤"。堤上植以杨柳、芙蓉，并建有映波等六桥。以后又经过历代整修，现在的苏堤南起南屏山北麓，北至栖霞岭下，长约2800米，宽度平均在30米至40米之间，堤上种植5000多株四时花木。尤其在春天，柳浪翻腾，桃红弥漫，景致绚烂。

【译文】

柳烟遮住桃花，红叶沉入秋水。柔弱不堪夜色寒，又如西施刚睡起。

颊上带微酡[1]，解颐开笑口[2]。

何物醉荷花，暖风原似酒。

（曲院风荷[3]）

【注释】

[1] 酡（tuó）：饮酒面红。宋玉《招魂》："美人既醉，朱颜酡些。"

[2] 解颐：开颜欢笑。李白《赠徐安宜》："讼息但长啸，宾来或解颐。"

[3] 曲院风荷：宋代九里松旁的洪春桥附近，人们取金沙涧水酿制

官酒，其作坊称为麯（qū）院。每当夏季，院内荷花盛开；微风中，酒香伴随荷香，因而得名麯（曲）院风荷。清代选择在苏堤跨虹桥北叠石引流，栽种荷花。康熙南巡时题名曲院风荷，刻碑立于亭中。今曲院风荷景区位于岳庙对面、紧邻苏堤北端，东起北山路，南至卧龙桥，建有数十个不同形状的大小荷花池。

【译文】

因酒脸色泛微红，高兴起来开笑口。荷花为何带醉意，暖风吹过似醇酒。

深柳叫黄鹂，清音入空翠。
若果有诗肠，不应比鼓吹。

（柳浪闻莺[1]）

【注释】

〔1〕柳浪闻莺：位于西湖东南岸清波门外。南宋有御花园聚景园，由孝宗以侍奉太上皇出郊西湖的名义兴建，其中叠石为山，黄鹂鸣啭，杨柳依依，曲水流觞，遍布亭台楼阁。元代败落，称散景园，部分区域成了沼泽、墓地，明代只剩下柳浪闻莺的一些遗迹。以后经过历次整修，成为西湖南线离市区最近的一个景点。

【译文】

柳叶深处黄鹂鸣，声声啼叫划碧空。如果真有殷勤诗心在，何须比谁声更宏。

残塔临湖岸，颓然一醉翁。
奇情在瓦砾[1]，何必藉人工。

（雷峰夕照[2]）

【注释】

　　〔1〕"奇情"句：语出《庄子·知北游》：东郭子问道安在，庄子答"无所不在"；"在蝼蚁"，"在稊(tí)稗(bài)"，"在瓦甓(pì)"。

　　〔2〕雷峰夕照：雷峰，山名，初名夕照山，是南屏山支脉，高48米。一说当地曾有雷姓筑庵居住而得名。这里山势起伏，三面环水，树木葱茏，环境幽静。五代吴越时在雷峰偏东的平冈上建黄妃塔，太平兴国二年(977)竣工，又称雷峰塔。每到黄昏，夕阳笼罩，塔影横斜，傲立余晖，满湖金波，雷峰夕照由此得名。清代康熙御书西湖十景时，曾题"雷峰西照"，乾隆题诗将"西照"改为"夕照"。

【译文】

　　湖边矗立一残塔，倾颓恰似醉酒翁。可知奇情在瓦砾，雕琢何必靠人工。


　　秋空见皓月，冷气入林皋〔1〕。
　　静听孤飞雁，声轻天正高。

（平湖秋月〔2〕）


【注释】

　　〔1〕林皋：树林与湖畔。

　　〔2〕平湖秋月：位于白堤西端，背靠孤山，面对外湖，景观沿湖一排敞开，面积达6000多平方米。唐代在此建望湖亭，宋时将亭迁至宝石山，明初在此重建望湖亭，后改龙王祠。清康熙间在龙王祠旧址建御书楼，并建亭立碑。作为平湖秋月主建筑，赏月亭为伸出湖面的平台，三面环水，视野开阔。尤其在中秋之夜，皓月当空，平湖似镜，月影倒映，整个西湖雾霭迷离，山水景致绰约变幻。

【译文】

　　秋空月色何等皎洁，寒气掠过湖边树林。侧耳倾听孤飞雁，天高气爽声正轻。

深恨放生池<sup>[1]</sup>，无端造鱼狱。

今来花港中，肯受人拘束？

(花港观鱼<sup>[2]</sup>)

【注释】

〔1〕放生池：见卷三《放生池》注。

〔2〕花港观鱼：位于西湖西南角，苏堤南段。南宋内侍官卢允升在此建私家花园，称卢园。相传西山大麦岭的花家山麓，有一条清澈小溪流经此处注入西湖，因名花港，题为花港观鱼。不久卢园无人经营，花港也随之荒废，玉泉取代花港成为观鱼胜地。清朝在苏堤映波桥与锁澜桥之间的定香寺旧址上重建，尤其以牡丹园和红鱼池为主，恢复花港观鱼景致。

【译文】

可恨所谓放生池，无故为鱼造监狱。鱼儿今游花港中，岂肯再受人束缚？

柳耆卿《望海潮》词<sup>[1]</sup>：

东南形胜，三吴都会<sup>[2]</sup>，钱塘自古繁华<sup>[3]</sup>。烟柳画桥<sup>[4]</sup>，风帘翠幕<sup>[5]</sup>，参差十万人家。云树绕堤沙。怒涛卷霜雪，天堑无涯<sup>[6]</sup>。市列珠玑，户盈罗绮，竞豪奢。　重湖叠巘清佳，有三秋桂子，十里荷花。羌笛弄晴<sup>[7]</sup>，菱歌泛夜，嬉嬉钓叟莲娃。千骑拥高牙<sup>[8]</sup>。乘醉听箫鼓，吟赏烟霞<sup>[9]</sup>。异日图将好景，归去凤池夸<sup>[10]</sup>。(金主阅此词，慕西湖胜景，遂起投鞭渡江之思<sup>[11]</sup>。)

【注释】

〔1〕柳耆卿：柳永（987—1053），字耆卿，北宋崇安（在今福建）人。

景祐进士，官至屯田员外郎，世称柳屯田。以词闻名，多与乐工伎女为友，开创北宋词坛婉约派。　《望海潮》：柳永所创词牌，107 字，平韵。

〔2〕三吴：古时指吴兴、吴、会稽三郡，大体相当于今苏南、浙北区域。　都会：相连之处，指杭州。

〔3〕钱塘：指杭州，因有钱塘江流过。钱塘江，又名浙江、之江、罗刹江，富阳段以上一般又称富春江，发源于安徽、江西、浙江交界处山区，全长 500 余公里，经杭州湾注入东海。钱塘江潮被誉为自然奇观。

〔4〕烟柳画桥：美丽的柳树与桥梁。

〔5〕风帘翠幕：门窗上漂亮的垂帘与幕布。

〔6〕天堑：险要而不易越过的天然堑坑。这里指钱塘江。

〔7〕羌笛：乐器，出自古羌族。东汉应劭《风俗通》六《笛》："武帝时丘仲所作也。笛者，涤也，所以荡涤邪秽，纳之于雅正也"；"其后又有羌笛。东汉马融《长笛赋》：'近世双笛从羌起。'"其制长二尺四寸，《说文》以为三孔，《长笛赋》以为四孔。　弄晴：晴日吹奏。

〔8〕高牙：高大的牙旗，表示军队统帅所在。因其用象牙装饰，故名。《三国志·吴志·薛综传》注："兵书曰：牙旗者，将军之旌。谓古者天子出，建大牙旗，竿上以象牙饰之，故云牙旗。"

〔9〕烟霞：绚丽的景致。南朝谢朓《拟宋玉风赋》："烟霞润色，荃蕙结芳。"

〔10〕凤池：中书省所在，借指朝廷。

〔11〕"金主"三句：南宋罗大经《鹤林玉露》丙编卷一《十里荷花》："孙何帅钱塘，柳耆卿作《望海潮》词赠之"；"此词流播，金主亮闻歌，欣然有慕'三秋桂子，十里荷花'，遂起投鞭渡江之志"。金主，指金国海陵王完颜亮（1122—1161），女真名迪古乃，虎水（在今黑龙江哈尔滨）人。1149 年弑君称帝。在位期间进行过一些改革，推行汉化，迁都燕京（今北京），并率兵大举进攻南宋。其为人狂暴淫佚，最后被部将所杀。投鞭渡江，东晋太元八年（383），前秦苻坚率大军准备进攻东晋。苻坚声称自己拥百万大军，把马鞭投入长江，就可以阻断水流，过长江灭掉东晋。因此，"投鞭渡江"用以表示军容强大，不须费力就可渡江灭敌。

【译文】

　　东南名胜，三吴首府，钱塘自古就这般繁华。柳浪彩桥，绮丽帘幕，城内约莫十万人家。云朵树丛绕堤沙，怒浪卷起如霜雪，钱塘江水无边无涯。闹市遍地铺陈珠宝，门窗高低悬挂绫罗，竞相比豪奢。　　一重重湖一叠叠山清丽无比，更有那秋季桂花飘香、夏季十里荷花。晴日吹起羌笛，夜晚采菱歌唱响，嬉笑着钓鱼翁与采莲娃。千骑簇拥高大牙旗，趁酒酣听笙箫鼓乐，吟诗赏云霞。待来日画下美景，呈献皇宫去赢得天子夸。（金国国君看到此词，羡慕西湖景致，萌发了率军渡江南下之意。）

　　俞国宝《风入松》词[1]：

　　一春常费买花钱，日日醉湖边。玉骢惯识西湖路[2]，骄嘶过、沽酒楼前。红杏香中箫鼓，绿杨影里秋千。　　暖风十里丽人天，花压鬓云偏。画船载得春归去，余情付、湖水湖烟。明日重扶残醉，来寻陌上花钿[3]。

【注释】

　　〔1〕俞国宝：号醒庵，南宋太学生，江西诗派代表。南宋周密《武林旧事》卷三《西湖游幸》载，高宗游览西湖，见酒肆屏风上有此《风入松》词，赞赏不已，问何人所作，俞国宝遂由此入仕。　《风入松》：词牌，一名《风入松慢》，其名来自唐朝僧人皎然《风入松歌》。76字，平韵。

　　〔2〕玉骢(cōng)：马的美称。

　　〔3〕花钿：古代妇女首饰。南朝沈约《丽人赋》："陆离羽珮，杂错花钿。"

【译文】

　　整个春季常费买花钱，每日醉倒在湖边。宝马熟识西湖路，嘶鸣着又经过酒楼前。红杏香气中响着箫鼓，绿杨影子里荡起秋千。　　暖风十里是丽人的天，头上花朵压歪了云鬟。画舫载得春天去，未尽的情怀交付给湖上云烟。待明日再撑起半醉身，一路走来寻花钿。

# 西湖北路

## 玉 莲 亭

白乐天守杭州，政平讼简。贫民有犯法者，于西湖种树几株；富民有赎罪者，令于西湖开葑田数亩[1]。历任多年，湖葑尽拓，树木成荫。乐天每于此地，载妓看山[2]，寻花问柳。居民设像祀之。亭临湖岸[3]，多种青莲，以象公之洁白。右折而北，为缆舟亭，楼船鳞集，高柳长堤。游人至此买舫入湖者，喧阗如市。东去为玉凫园[4]，湖水一角，僻处城阿[5]，舟楫罕到。寓西湖者，欲避嚣杂，莫于此地为宜。园中有楼，倚窗南望，沙际水明，常见浴凫数百出没波心，此景幽绝。

【注释】

〔1〕葑田：水渐干涸、杂草丛生的沼泽地。苏轼《东坡集·奏议集》卷七《乞开杭州西湖状》："自国初以来，稍废不治，水涸草生，渐成葑田。"开葑田就是将沼泽辟为湖面。

〔2〕载妓：白居易在杭州，曾结识"风尘知己"的歌妓商玲珑，常由其陪同宴饮游览。

〔3〕亭：玉莲亭，在涌金门外，旁有孙隆所建问水亭，为游客与游船聚集处。参见卷四《柳洲亭》"柳洲亭"注。

〔4〕凫（fú）：野鸭。《楚辞·卜居》："泛泛若水中之凫，与波上下。"

〔5〕城阿（ē）：城墙下的弯曲僻静处。

【译文】

　　白居易任杭州刺史，政事太平，狱讼稀少。穷人有犯法的，罚他在西湖边种植几棵树；富民要赎罪的，就让他在西湖边开拓几亩沼泽。白居易任职多年，湖边沼泽均已开拓，树木成荫。他经常在当地带着名妓看山，游赏西湖风光。居民家中都供奉他的肖像加以祭祀。玉莲亭紧靠湖边，四周种植不少青莲，以象征白公的品行高洁。在右边转弯向北是缆舟亭，楼船聚集于此，柳高堤长。游人到此雇船进湖的，喧闹如市场一般。往东为玉兔园，位于湖边一角，城墙之下，舟船极少抵达。寓居西湖边的人，要躲避城市喧嚣，没有比这里更适宜的了。园中有楼，在楼上靠窗往南眺望，沙滩边湖水泛光，常见有几百只凫鸟出没波涛洗浴，这个景象真是清幽无比。


　　白居易《玉莲亭》诗：

　　湖上春来似画图，乱峰围绕水平铺。

　　松排山面千层翠，月照波心一点珠。

　　碧毯绿头抽早麦[1]，青罗裙带展新蒲[2]。

　　未能抛得杭州去，一半勾留是此湖。


【注释】

　　〔1〕抽早麦：指麦子抽穗。早麦一作早稻。

　　〔2〕"青罗"句，新长出的蒲草如罗裙的青色飘带。


【译文】

　　春日湖景好一幅画图，乱峰环绕水面平铺。山坡上成排松树千层青翠，月光倒映湖心有如玉珠。碧毯般的绿麦已经抽穗，青色飘带般的是新生的香蒲。我未能抛下杭州前往他处，有一半不舍是因为西湖。

　　孤山寺北贾亭西[1]，水面初平云脚低[2]。

　　几处早莺争暖谷，谁家新燕啄春泥。

　　乱花渐欲迷人眼，浅草才能没马蹄。

　　最爱湖东行不足，绿杨深里白沙堤[3]。

【注释】

　　[1] 孤山寺：即广化寺。南朝天嘉初年（560）在孤山创建，原名永福寺。唐代白居易在寺前筑有竹阁。后寺毁，五代重建，弘扬南山律。宋时改名广化寺，原址今为西泠印社。　贾亭：唐德宗贞元年间（785—805）杭州刺史贾全所建，在孤山附近。

　　[2] 云脚低：指天云低垂，好像贴近地面。云脚，飘忽不定、如在行走的云气。

　　[3] 白沙堤：即白堤、十锦塘，在孤山下，东起断桥，经锦带桥而止于平湖秋月，全长 1 公里。其横亘湖上，把西湖划分为里湖和外湖。始筑年代不详，白居易任杭州刺史时就已存在。后人为纪念白居易而称白堤。

【译文】

　　孤山寺以北贾亭以西，水面平缓云气低垂。几处早早的黄莺在争暖巢，谁家刚出壳的新燕在啄春泥。杂花斑斓渐渐使人眼乱，浅草丛生刚刚够遮马蹄。最爱的湖东真是走不够，绿杨深处就是那条白沙堤。

# 昭　庆　寺

　　昭庆寺[1]，自狮子峰、屯霞石发脉[2]，堪舆家谓之火龙[3]。石晋元年始创[4]，毁于钱氏乾德五年[5]。宋太平兴国元年重建[6]，立戒坛[7]。天禧初[8]，改名昭庆，是岁又火。迨明洪武至成化[9]，凡修而火者再。

四年奉敕再建，廉访杨继宗监修[10]。有湖州富民应募[11]，挈万金来[12]。殿宇室庐，颇极壮丽。嘉靖三十四年以倭乱[13]，恐贼据为巢，遽火之[14]。事平再造，遂用堪舆家说，辟除民舍，使寺门见水，以厌火灾[15]。隆庆三年复毁[16]。

万历十七年[17]，司礼监太监孙隆以织造助建[18]，悬幢列鼎[19]，绝盛一时。而两庑栉比，皆市廛精肆[20]，奇货可居。春时有香市，与南海、天竺、山东香客及乡村妇女儿童往来交易[21]，人声嘈杂，舌敝耳聋，抵夏方止。崇祯十三年又火[22]，烟焰障天，湖水为赤。

及至清初，踵事增华[23]，戒坛整肃，较之前代，尤更庄严。一说建寺时，为钱武肃王八十大寿[24]，寺僧圆净订缁流古朴、天香、胜莲、胜林、慈受、慈云等结莲社[25]，诵经放生，为王祝寿。每月朔[26]，登坛设戒，居民行香礼佛，以昭王之功德，因名昭庆。今以古德诸号，即为房名。

【注释】

〔1〕昭庆寺：位于宝石山东麓，南濒西湖。始建于后晋天福元年（936），为吴越王钱元瓘（guàn）所建。当时名菩提院。每年三月三日，海内名僧云集于此，登坛设戒，以颂扬钱王的功德，故名昭庆寺。因南屏已有小昭庆寺，此处又名大昭庆寺。明清时，大昭庆为西湖上与圣因、灵隐与净慈并称的四大丛林之一。

〔2〕狮子峰、屯霞石：均在宝石山。屯霞石赭如霞，介立岸畔，有摩崖"赤霞"两字。见清翟灏《湖山便览》卷四《北山路》。

〔3〕堪舆家：以风水为职业者。古时以堪舆谓天地。西汉扬雄《甘

泉赋》注:"《淮南子》曰:'堪舆行雄以知雌。'许慎曰:'堪,天道也;舆,地道也。'"《史记·日者传》有"堪舆家",《汉书·艺文志》有"堪舆金匮"十四卷,列于五行家。

〔4〕石晋元年:936 年。石晋,五代中由石敬瑭建立的后晋政权。936 年,后唐河东节度使石敬瑭起兵反叛,认契丹皇帝为父,并以幽云十六州为代价,在契丹扶持下于太原称帝(晋高祖),建立晋朝,年号天福,史称后晋。不久攻入洛阳灭后唐。后晋占有北方大部。石敬瑭死后,在契丹的攻击下,后晋于 947 年灭亡。

〔5〕乾德五年:967 年。乾德是五代吴越国钱氏所奉宋太祖年号(963—968)。

〔6〕太平兴国元年:976 年。太平兴国为宋太宗年号(976—984)。

〔7〕戒坛:佛教僧徒传戒之坛,梵语曼陀罗(一译曼荼罗)。始于三国魏(一说南朝宋)。

〔8〕天禧:宋真宗年号(1017—1021)。

〔9〕洪武:明太祖年号(1368—1398)。　成化:明宪宗年号(1465—1487)。

〔10〕廉访:指提刑按察使,明清主管一省刑名按劾的官员,正三品。　杨继宗:字承芳,明代阳城(在今山西)人。天顺进士,曾任嘉兴知府、金都御史,廉洁干练,曾被目为天下最不爱钱者,但用法苛刻。

〔11〕湖州:隋置,治乌程(今浙江湖州)。

〔12〕挈(qiè):携带。

〔13〕嘉靖三十四年:1555 年。　倭乱:倭寇之祸。倭寇是明朝前、中期劫掠中国沿海的海商与海盗集团。14 世纪起在日本南北朝时失败的武士流为浪人,与走私商人勾结,在中国沿海走私、劫掠、攻城夺地,江、浙、闽等省警报频传,受害最巨。经明朝将领征战多年,至 16 世纪60 年代以后倭乱逐渐平息。

〔14〕遽(jù):迅疾,急速。

〔15〕厌(yā):抑制。《汉书·翼奉传》:"东厌诸侯之权,西远羌胡之难。"

〔16〕隆庆三年:1569 年。隆庆为明穆宗年号(1567—1572)。

〔17〕万历十七年:1589 年。万历为明神宗年号(1573—1620)。

〔18〕司礼监太监:明代在京城设十二太监衙门,以司礼监居首。尤其是司礼监掌印太监、秉笔太监等分别负责记录皇帝口述命令,交由内阁撰拟诏谕发布,中期以后逐渐专掌机密,批阅奏章,拟定中枢决策,权势常在首辅之上。　织造:指提督织造太监。明代于江南设专局,并

在南京、苏州、杭州三处各置提督织造太监一人掌其事，为皇室提供丝织品。 **孙隆**：见本卷《明圣二湖》注。

〔19〕**幢（chuáng）**：这里是作为装饰悬挂的帷幕。

〔20〕**市廛（chán）**：市场，商铺集中的场所。南朝谢灵运《山居赋》："山居良有异乎市廛。"

〔21〕**南海**：此处指普陀山，位于浙江东北部莲花洋中的一个岛屿，面积10余平方公里，五代后梁时开始建造寺庙，传为观音菩萨显灵说法的道场，素有"海天佛国"、"南海圣境"之称，为中国四大佛山之一。 **天竺**：见本书卷二《三生石》注。 **山东**：此处指浙东一带。

〔22〕**崇祯十三年**：1640年。崇祯为明思宗年号（1628—1644）。

〔23〕**踵事增华**：继承前代并有所创新。南朝萧统《文选序》："盖踵其事而增华，变其本而加厉。"

〔24〕**钱武肃王**：即钱镠。见本书卷四《钱王祠》。

〔25〕**缁（zī）流**：指众僧。缁，浅黑色之衣，即僧衣。 **莲社**：白莲社，东晋僧人慧远创立于庐山东林寺、奉佛教净土宗的组织，因寺中有白莲池而得名。唐朝以后莲社向各地发展。

〔26〕**朔**：阴历初一。《尚书·舜典》孔疏："月之始日，谓之朔日。"

## 【译文】

昭庆寺，从狮子峰、屯霞石发脉，风水家称之为火龙。后晋元年初建，毁于吴越乾德五年大火。宋朝太平兴国元年重建，立有戒坛。天禧初年，改名昭庆寺，当年又遇火灾。到明朝洪武至成化年间，一再重修而一再着火。成化四年奉旨再建，由廉访杨继宗监修。有个湖州富民应募，带来万金捐助，殿宇房屋十分壮丽。嘉靖三十四年因为有倭寇的祸害，担心寺院被倭寇占据为巢穴，匆忙放火烧了。事情平息以后重建，就采用风水家的说法，拆除民房，使寺庙大门直面湖水，以压制火灾。到隆庆三年又毁于大火。

万历十七年，司礼监太监孙隆以织造的身份资助重建。庙里张挂帷幕，陈设鼎器，盛况空前。寺庙两侧庑廊层层排列，都是货铺商肆，出售各类奇货。春季有香市，来自普陀寺、天竺寺、浙东的香客以及当地乡间妇女儿童买卖交易，人声嘈杂喧闹，每每舌干耳聋，到夏天才安静下来。不料崇祯十三年又发生火灾，烈焰涨天，湖水都映红了。

到了清初，在之前基础上重建后更添光彩，戒坛也十分整肃，比过去还要庄严。有个说法，创建昭庆寺是钱镠八十大寿时，寺里僧人圆净与古朴、天香、胜莲、胜林、慈受、慈云等僧人结成莲社，诵读佛经并放生，为钱镠祝寿。每月初一，登上戒坛设戒，居民焚香敬佛，以昭显钱镠的功德，所以寺名为昭庆。如今仍以佛门先辈的名号作为各房名称。

## 袁宏道《昭庆寺小记》：

从武林门而西[1]，望保俶塔[2]，突兀层崖中，则已心飞湖上也。午刻入昭庆，茶毕，即棹小舟入湖[3]。山色如娥，花光似颊，温风如酒，波纹若绫，才一举头，已不觉目酣神醉。此时欲下一语不得，大约如东阿王梦中初遇洛神时也[4]。余游西湖始此，时万历丁酉二月十四日也[5]。晚同子公渡净寺[6]，觅阿宾旧住僧房[7]。取道由六桥、岳坟、石径塘而归[8]。次早陶石篑帖子至[9]，十九日，石篑兄弟同学佛人王静虚至[10]，湖山好友，一时凑集矣。

【注释】

〔1〕武林门：旧时杭州城北门，始建于隋代，门外为京杭大运河枢纽地带。辛亥革命后城门被拆除，故址在今武林路与环城北路相交处。武林，旧时杭州别称，以武林山（杭州西灵隐、天竺诸山别称）得名。秦汉时据说山巅有白虎而名虎林，唐代因避高祖讳称武林。如宋代周密《武林旧事》即专记杭州。

〔2〕保俶塔：见本卷《保俶塔》。

〔3〕棹(zhào)：划水行船。东晋陶潜《归去来辞》："或命巾车，或棹孤舟。"

〔4〕"大约"句：相传三国时东阿王曹植过洛水，梦见神女宓(fú)

妃，惊其艳丽，因作《洛神赋》，其中称洛神之美："其形也翩若惊鸿，婉若游龙"；"仿佛兮若轻云之蔽月，飘飘兮若流风之回雪"。宓妃相传是伏羲之女、洛水水神。

〔5〕万历丁酉：万历二十五年（1597）。

〔6〕子公：方文僎（zhuàn），字子公，徽州（今安徽黄山）人，袁宏道任吴县知县时的幕僚，追随袁宏道，常一起吟诗作赋。　渡：经过。　净寺：即净慈寺，见卷四《净慈寺》。

〔7〕阿宾：袁中道（1570—1627），小名阿宾，字小修，宗道、宏道弟。少有才气，万历进士，曾任国子监博士。与其兄同属公安派，反对复古，持性灵说。

〔8〕六桥：见本卷《明圣二湖》附诗"苏堤春晓"注。　岳坟：见本卷《岳王坟》及附诗。　石径塘：或为今石塘村，位于西湖东北的杭州半山区，由六桥、岳坟出西湖沿大运河可至。

〔9〕陶石篑（kuì，1562—1609）：字周望，号石篑，又号歇庵，明代会稽人。万历进士，授编修，经袁宗道与董其昌认识袁宏道，同游吴越，研究理学，亦属公安派作家。与其弟陶奭龄（1571—1640）并称"二陶"。

〔10〕王静虚：王赞化，字静虚，明代山阴人，随袁宏道游杭州。

【译文】

　　出武林门向西，望见保俶塔在悬崖层岩中矗立，我的心已经飞到湖上。中午时分进昭庆寺，喝了茶就驾小船入湖。山色如秀眉，花光如面颊，和煦的风如美酒，湖面的波纹如绫罗，刚一抬头看，不知不觉已经陶醉其中了。当时准备想一句话描述却未能如愿，大概就和曹植梦中初遇洛神的感受一样吧。我游西湖就是从这一次开始的，当时是万历丁酉年的二月十四日。当晚，我与方子公渡船来到净慈寺，寻找弟弟小修过去住过的僧房，然后从六桥、岳坟、石径塘返回。第二天早晨陶石篑的拜帖送到。十九日，石篑兄弟与学佛人王静虚一同到来。爱好湖山的朋友，一时凑集在一处了。

## 张岱《西湖香市记》：

西湖香市[1]，起于花朝[2]，尽于端午。山东进香普陀者日至，嘉湖进香天竺者日至，至则与湖之人市焉，故曰香市。然进香之人市于三天竺，市于岳王坟[3]，市于湖心亭[4]，市于飞来峰[5]，无不市，而独凑集于昭庆寺。昭庆两廊故无日不市者，三代八朝之骨董[6]，蛮夷闽貊之珍异[7]，皆集焉。

至香市，则殿中边甬道上下、池左右、山门内外[8]，有屋则摊，无屋则厂[9]，厂外有篷，篷外又摊，节节寸寸。凡胭脂簪珥[10]、牙尺剪刀，以至经典木鱼、伢儿嬉具之类[11]，无不集。此时春暖，桃柳明媚，鼓吹清和，岸无留船，寓无留客，肆无留酿。袁石公所谓"山色如娥，花光似颊，温风如酒，波纹若绫"[12]，已画出西湖三月。而此以香客杂来，光景又别。士女闲都，不胜其村妆野妇之乔画[13]；芳兰芗泽[14]，不胜其合香芜荽之薰蒸[15]；丝竹管弦，不胜其摇鼓欬笙之聒帐[16]；鼎彝光怪[17]，不胜其泥人竹马之行情；宋元名画，不胜其湖景佛图之纸贵[18]。如逃如逐，如奔如追，撩扑不开，牵挽不住。数百十万男男女女、老老少少，日簇拥于寺之前后左右者，凡四阅月方罢[19]。恐大江以东，断无此二地矣。

崇祯庚辰[20]，昭庆寺火。是岁及辛巳、壬午岁洊饥[21]，民强半饿死。壬午道鲠山东[22]，香客断绝，无有至者，市遂废。辛巳夏，余在西湖，但见城中饿殍异出[23]，扛挽相属。时杭州刘太守梦谦[24]，汴梁人[25]，乡里抽丰者多寓西湖[26]，日以民词馈送。有轻薄子改古诗诮之曰[27]："山不青山楼不楼，西湖歌舞一时休。

暖风吹得死人臭，还把杭州送汴州。"[28]可作西湖实录。

【注释】

〔1〕香市：寺庙所设买卖香物、杂物的集市，即庙会。

〔2〕花朝：见本卷《明圣二湖》注。

〔3〕岳王坟：见本卷《岳王坟》。

〔4〕湖心亭：见卷三《湖心亭》。

〔5〕飞来峰：见卷二《飞来峰》。

〔6〕三代八朝：三代指夏、商、周。八朝即汉、魏、晋、宋、齐、梁、陈、隋。此处统称历代历朝。 骨董：即古董，古物。

〔7〕蛮夷闽貊(mò)：四面八方，各民族。貊，古称东北地区。

〔8〕甬道：通道，过道。《淮南子·本经训》："修为墙垣，甬道相连。"注："甬道，飞阁复道也。"

〔9〕厂：简易棚屋。

〔10〕珥(ěr)：一种耳饰。《说文》："珥，瑱(tiàn)也。"瑱为塞耳之玉。《史记·外戚世家》：武帝"谴责钩弋夫人。夫人脱簪珥叩头"。

〔11〕伢儿：小孩，杭州方言。

〔12〕袁石公：袁宏道。见本卷《明圣二湖》附诗注。

〔13〕闲都：文雅俊美。《汉书·司马相如传》："妖冶闲都。"颜师古注："闲都，雅丽也。" 乔画：打扮。

〔14〕芗(xiāng)泽：香气。

〔15〕芫(yuán)荽(suī)：植物名，俗称香菜。

〔16〕欱(hē)笙：吹箫。欱，吸吮。 聒(guō)帐：众声通宵达旦。《春明退朝录》卷下："(庄宗)终日沉饮，听郑卫之声与胡乐合奏，自昏彻旦，谓之聒帐。"

〔17〕鼎彝：商周时期鼎类青铜器，多刻有铭文。《宋书·刘穆之传》："功铭鼎彝，义彰典策。"

〔18〕纸贵：形容文学或书画作品珍贵，人们争相购买收藏。《晋书·左思传》载，左思作《三都赋》，构思十年，赋成，不为时人所重。及皇甫谧为作序，张载、刘逵为作注，于是富豪之家争相传写，洛阳为之纸贵。

〔19〕四阅月：经过四个月。

〔20〕崇祯庚辰：崇祯十三年(1640)。

〔21〕辛巳：指崇祯十四年（1641）。　壬午：崇祯十五年（1642）。洊（jiàn）饥：接连的饥荒。洊，再次。

〔22〕鲠：同梗，阻塞。

〔23〕舁（yú）：扛，抬。《三国志·魏书·锺繇传》载，华歆年高疾病，朝廷使"虎贲舁上殿就坐"。

〔24〕刘太守梦谦：刘梦谦，罗山（在今河南）人，崇祯进士，崇祯十三年（1640）任杭州知府。太守原为秦汉至隋代郡的长官，这里将宋代知州称为太守，是借用其名。

〔25〕汴（biàn）梁：北宋都城汴京（一称东京，今河南开封）。

〔26〕抽丰：俗称"打秋风"，指利用各种关系向富者索取财物。此处指刘梦谦乡人向其索钱。

〔27〕诮（qiào）：讥刺，责备。

〔28〕"山不青山"四句：南宋林升《题临安邸》："山外青山楼外楼，西湖歌舞几时休。暖风熏得游人醉，直把杭州作汴州。"是讽刺南宋统治者耽于偏安享乐而不思收复被金朝所占土地的。此处改林升诗描述杭州饿殍遍野的惨状。

**【译文】**

西湖庙会，从花朝节开始，到端午节结束。浙东到普陀进香的人、嘉兴与湖州到天竺进香的人，每天都络绎不绝，来到这里就与西湖当地人交易，所以叫作香市。进香的人在三天竺、岳王坟、湖心亭、飞来峰都做买卖，而在昭庆寺最为拥挤。昭庆寺两侧长廊无日不成市，历朝历代的古董，四面八方的珍奇物品，都凑集在此。

一进香市，只见大殿中间和边上的道路两旁、池塘左右、山门内外，有屋子的为摊，露天的称厂，厂外有棚，棚外又有摊，互相紧挨。凡是胭脂、发簪、耳环、量尺、剪刀，以及佛家木鱼、小孩玩具，应有尽有。正值春暖季节，桃花鲜艳，柳树明媚，鼓乐之声清亮柔和。岸边的船都去摇桨泛湖，寓所里的人倾巢而出，酒肆里的佳酿已经被买个干净。袁石公说的"山色如秀眉，花光如面颊，和煦的风如美酒，湖面波纹如绫罗"，已经描绘出西湖三月风光。而香客纷至沓来，又是别有一番景象。文雅俊美的士女，抵不过乡野村妇的粉妆艳抹；花草芳香，比不上野草香菜的浓烈刺鼻；管弦丝竹，抵不过大吹大擂的喧闹震耳；鼎器古董，还不如泥人竹马等手艺品值钱；宋元名画，更不如湖景佛像纸贵。游人们往来穿梭，如奔如追，分不开，留不住，成百上万的男男女女，老老少少，每天聚集在庙的前后左右，整整四个月才停歇。整个江南，恐怕没有第二个这样的地方了。

崇祯庚辰年三月，昭庆寺失火。当年以及辛巳年、壬午年连年饥荒，百姓大半饿死。壬午年浙东道路受阻，香客也绝了迹，无人光顾，香市因而废弃。辛巳年夏天，我在西湖，只见城里抬出饿死的尸体络绎不绝。当时的杭州太守刘梦谦是汴梁人，家乡有不少打秋风的人住到西湖来，他常常把盘剥百姓诉讼所得赏给这些乡人。有轻薄不恭者改古诗讥刺道："山不像青山楼不像楼，西湖歌舞瞬间休。暖风吹得死尸臭，还不如将杭州送给汴州。"这可算西湖的真实记录了。

# 哇 哇 宕[1]

哇哇宕在棋盘山上[2]。昭庆寺后，有石池深不可测，峭壁横空，方圆可三四亩，空谷相传，声唤声应，如小儿啼焉。上有棋盘石，耸立山顶。其下烈士祠，为朱跸、金胜、祝威诸人[3]，皆宋时死金人难者，以其生前有护卫百姓功，故至今祀之。

【注释】

〔1〕哇哇：摹小儿哭声。 宕(dàng)：山洞。
〔2〕棋盘山：在风篁岭之北，山顶有方石，登山可远眺四周。
〔3〕朱跸、金胜、祝威：都是南宋初年在杭州为抗击金兵而献身的人物。当时金兵进犯，钱塘县令朱跸集乡兵二千抵抗，力战至死。尉将金胜、祝威，复集残兵，据葛岭，大败金兵。金人以奸细为向导，偷袭之，胜、威被执而死。乡人感其忠节，以马革裹尸葬于云洞之右，并立祠祀之。事详《西湖游览志》卷八《北山胜迹》。

【译文】

哇哇宕在棋盘山上、昭庆寺的后边。有石池幽深莫测，四周峭壁横亘高空，地方有三四亩大。空旷之处，回声震荡，喊一声回一声，就像有小儿在啼哭。上面有块棋盘石，耸立在山顶。下面有座烈士祠，供奉朱晔、金胜、祝威等抗金英雄。他们都在宋代死于与金国的战争，生前有护卫百姓的功绩，所以至今香火不绝。

屠隆《哇哇宕》诗[1]：

昭庆庄严尽佛图[2]，如何空谷有呱呱。

千儿乳坠成贤劫[3]，五觉声闻报给孤[4]。

流出桃花缘古宕，飞来怪石入冰壶。

隐身岩下传消息，任尔临崖动地呼。

【注释】

〔1〕屠隆(1543—1605)：明代剧作家。字长卿，号赤水、鸿苞居士，鄞县(今浙江宁波鄞州区)人。万历进士，曾为青浦知县，迁礼部主事。作品有《昙花记》、《彩毫记》等。

〔2〕佛图：塔的别名。《世说新语·言语》："庾公尝入佛图，见卧佛。"又指佛寺。

〔3〕乳坠：出生。　贤劫：佛教称天地从产生到毁灭历三住劫，即过去住劫为庄严劫；未来住劫为星宿劫；现在住劫为贤劫，有千佛出世。《大悲经》卷三《礼拜品》八："如此劫中，当有千佛出兴于世，以是因缘，遂名此劫号之为贤。"

〔4〕五觉：又译菩提、正觉，佛教指悟道的过程。　声闻：佛教三乘之一，意由诵经听法而得道者。　给孤：即给孤独，古印度长者，好施孤贫。据说其曾以黄金布施的价格购祇(qí)陀太子园林，供释迦说法。后用以泛称寺庙。

【译文】

昭庆寺气氛肃穆佛塔成林，空谷中为何有婴儿啼哭。千万个小儿一同出世，悟道声阵阵回报给孤。来自桃源的水从古洞流出，与飞来的怪石形成了冰壶。藏身岩石下传送音讯，临着山崖尽可大声疾呼。

# 大 佛 头

　　大石佛寺[1]，考旧史，秦始皇东游入海，缆舟于此石上。后因贾平章住里湖葛岭[2]，宋大内在凤凰山[3]，相去二十余里，平章闻朝钟响，即下湖船，不用篙楫，用大锦缆绞动盘车[4]，则舟去如驶。大佛头，其系缆石桩也。平章败，后人镌为半身佛像，饰以黄金，构殿覆之，名大石佛院[5]。至元末毁。明永乐间[6]，僧志琳重建，敕赐大佛禅寺。贾秋壑为误国奸人，其于山水书画古董，凡经其鉴赏，无不精妙。所制锦缆，亦自可人。一日临安失火，贾方在半闲堂斗蟋蟀[7]，报者络绎，贾殊不顾，但曰："至太庙则报[8]。"俄而，报者曰："火直至太庙矣！"贾从小肩舆[9]，四力士以椎剑护，舁舆人里许即易，倏忽至火所，下令肃然，不过曰："焚太庙者，斩殿帅[10]。"于是帅率勇士数十人，飞身上屋，一时扑灭。贾虽奸雄，威令必行，亦有快人处。

【注释】
　　〔1〕大石佛寺：即大佛院，位于钱塘门外西、宝石山麓，
　　〔2〕贾平章：即贾似道，下文"贾秋壑"同。见本卷《明圣二湖》注。　葛岭：见卷三《葛岭》。
　　〔3〕大内：皇城。　凤凰山：见卷五《凤凰山》。
　　〔4〕盘车：一种击水使船前进的装置。

〔5〕大石佛院：相传秦始皇南巡曾停泊宝石山下，缆舟石上。北宋僧人思净于宣和六年(1124)将此石凿成弥勒半身佛像，饰以黄金，并建造寺宇，名大石佛院。元代至元间院毁，明代永乐间由僧人志琳重建寺。后亦毁。

〔6〕永乐：明成祖年号(1403—1424)。

〔7〕半闲堂：贾似道在葛岭的别墅。南宋周密《齐东野语》卷一二《贾相寿词》："贾师宪当国日，卧治湖山，作堂曰半闲。"

〔8〕太庙：皇家的祖庙，位于皇城正门东侧。《汉书·王莽传》："初献新乐于明堂、太庙，群臣始冠麟韦之弁。"

〔9〕肩舆：即篮舆，见本卷《明圣二湖》附诗"篮舆"注。

〔10〕殿帅：殿前都指挥使，负责保卫皇宫的军官。

【译文】

　　大石佛寺，考查旧史记载，秦始皇乘船东游入海，曾将缆绳系在这里的石头上。后来，贾似道住在里湖葛岭，南宋皇城在凤凰山，距离二十多里。贾似道听到上朝钟响，即登湖船，不用竹篙，而是用锦缆转动盘车，则船只前进如人驾驶一般。大佛头，就是他系船的石桩。贾似道垮台以后，后人刻了半身佛像，用黄金装饰，建造大殿覆盖，名大石佛院。到元朝末年毁坏。明朝永乐年间，僧人志琳重新建造，皇帝赐名大佛禅寺。贾似道固然为误国奸臣，但是山水画、书法、古董之类，只要经过他鉴赏的，无不精妙。他创制的锦缆，也令人赞叹。一天临安失火，贾似道正在半闲堂斗蟋蟀，报告者接踵而来，他却头也不回，只是说："火烧到太庙再来报。"不一会，有人来报："火就要烧到太庙了！"贾似道这才坐上小肩舆，四个力士以剑护卫，抬肩舆的人过一里地就调换，倏忽之间就到了火场。贾似道下令十分威严，只是说了句："火烧到太庙的话，就斩了殿帅！"于是殿帅带领几十个勇士，飞快爬上屋顶，很快就把火扑灭了。贾似道虽然是奸雄，但有令必行，也算使人痛快。

张岱《大石佛院》诗：

余少爱嬉游，名山恣探讨[1]。

泰岳既危峨〔2〕，补陀复杳渺〔3〕。

天竺放光明〔4〕，齐云集百鸟〔5〕。

活佛与灵神，金身皆藐小。

自到南明山〔6〕，石佛出云表。

食指及拇指，七尺犹未了。

宝石更特殊，当年石工巧。

岩石数丈高，止塑一头脑。

量其半截腰，丈六犹嫌少。

问佛几许长，人天不能晓。

但见往来人，盘旋如虮虱。

而我独不然，参禅已到老。

入地而摩天，何在非佛道。

色相求如来〔7〕，巨细皆心造。

我视大佛头，仍然一茎草。


【注释】

〔1〕探讨：指探幽寻胜。

〔2〕泰岳：五岳之一，即泰山，又称泰岱、岱岳，位于今山东中部，主峰玉皇顶在泰安境内，海拔1532米。泰山峻峭挺拔，气势雄伟，被称为五岳之首而备受崇拜。历代帝王多有前往封禅者。

〔3〕补陀：即普陀，见本卷《昭庆寺》"南海"注。

〔4〕天竺：见卷二《上天竺》注。

〔5〕齐云：齐云山，位于今安徽休宁，因遥观山顶与云齐平而得名。有三十六峰、怪岩、幽洞、瀑布、池潭等多处，为道教名山。相传山上曾有百鸟衔泥塑玄帝神像。

〔6〕南明山：在今浙江新昌西南。山上依崖凿刻大佛，凿于南朝齐永明四年(486)至梁天监十五年(516)间，历时三十年。大佛呈全跏趺坐式，高13.32米，两手心向上作禅定印，为古时江南最大石佛。

〔7〕色相：佛教指人或物的外在形式。《华严经》卷一《世主妙严品

第一》："诸色相海，无边显现"；"无边色相，圆满光明"。

**【译文】**

　　早年我爱四处游玩，一到名山就尽情探讨。泰山雄壮拔地而起，普陀却是虚无缥缈。天竺山上绽放光芒，齐云峰峦集结百鸟。即使活佛与神仙，金身其实也真渺小。来到南明山，抬头仰望石佛穿云霄。单说食指与拇指，七尺还未了。巨岩不寻常，全凭石匠巧。岩石几丈高，仅仅雕成一个佛头脑。丈量佛到半截腰，一丈六尺还嫌少。询问大佛到底多少高，人与老天都不知晓。游客来到石佛上，仿佛虱子与跳蚤。而我不是世俗人，参禅已经参到老。顶天入地人世间，眼中何处不是佛与道。哪怕如佛祖，巨大微小凭心造。我看那个大佛头，仍然不过一根草。


甄龙友《西湖大佛头赞》[1]：

色如黄金，面如满月。

尽大地人，只见一橛[2]。


**【注释】**

　　〔1〕甄龙友：宋代永嘉（今属浙江）人，字云卿，绍兴进士，官国子监簿。诙谐善辩。

　　〔2〕橛（jué）：插入土中的短木桩。


**【译文】**

　　黄金般颜色，满月般面庞。世间一切人，只是小木桩。


# 保　俶　塔

宝石山高六十三丈[1]，周一十三里。钱武肃王封寿星宝石山[2]，罗隐为之记[3]。其绝顶为宝峰，有保俶塔[4]，一名宝所塔，盖保俶塔也。

宋太平兴国元年[5]，吴越王俶闻唐亡而惧[6]，乃与妻孙氏、子惟濬、孙承祐入朝，恐其被留，许造塔以保之。称名，尊天子也。至都[7]，赐礼贤宅以居，赏赉甚厚。留两月遣还，赐一黄袱，封识甚固，戒曰："途中宜密观。"及启之，则皆群臣乞留俶章疏也，俶甚感惧。

既归，造塔以报佛恩。保俶之名，遂误为保叔。不知者遂有"保叔缘何不保夫"之句[8]。俶为人敬慎，放归后，每视事，徙坐东偏，谓左右曰："西北者，神京在焉，天威不违颜咫尺[9]，俶敢宁居乎！"每修省入贡，焚香而后遣之。未几，以地归宋，封俶为淮海国王。

其塔，元至正末毁[10]，僧慧炬重建。明成化间又毁[11]，正德九年僧文镛再建[12]。嘉靖元年又毁[13]，二十二年僧永固再建。隆庆三年大风折其顶[14]，塔亦渐圮，万历二十二年重修[15]。其地有寿星石、屯霞石[16]。去寺百步，有看松台，俯临巨壑，凌驾松杪[17]，看者惊悸。塔下石壁孤峭，缘壁有精庐四五间[18]，为天然图画阁[19]。

【注释】

〔1〕宝石山：位于西湖北侧，高78米，俯临西湖。山体由火成岩中的凝灰岩和流纹岩构成，因多奇石，含氧化铁，山色赭红，日光照耀下多有小石子熠熠发光，故名。

〔2〕钱武肃王：即钱镠（liú），见卷四《钱王祠》。

〔3〕罗隐（833—909）：字昭谏，余杭（今属浙江）人，十次考进士不中，唐末归钱镠，曾任钱塘令。其诗文多讥刺现实。

〔4〕保俶（chù）塔：位于宝石山东巅。始建于北宋建隆元年（960）之前。其建造说法不同。一说是宋太祖开宝元年（968）吴越王钱俶建造，名天应塔。二是开宝九年（976），钱俶去开封朝觐宋朝，臣下为祈求他能平安归来而建造。三是真宗咸平年间（998—1003）僧人永保重建。历代屡毁屡建。1933年重修，外表八面七级。

〔5〕太平兴国元年：976年。

〔6〕吴越王俶：钱俶（928—988），钱镠孙，原名弘俶，字文德。后汉乾祐元年（948）继承吴越王位，期间称臣于中原王朝。北宋建立后，入朝宋太祖。太平兴国三年（978）又入朝，被扣于京师，吴越国灭亡后被徙封，卒谥忠懿。　唐：指南唐，五代十国间李氏于937年在江南建立的政权。定都江宁（今南京），地跨今江苏、安徽、江西等省。北宋开宝七年（974），宋军进攻南唐，翌年十月攻陷其都城，后主李煜（yù）奉表投降，南唐灭亡。

〔7〕都：即北宋都城汴梁，又称东京。

〔8〕"保叔"句：全诗为"保叔如何不保夫，夫情谅比叔情多。西湖纵有千顷水，难洗心头一点污"。未知何人所作。

〔9〕"天威"句：意为天子犹如就在身旁。语出《左传·僖公九年》。

〔10〕至正：元顺帝年号（1341—1368）。

〔11〕成化：明宪宗年号（1465—1487）。

〔12〕正德九年：1514年。正德，明武宗年号（1506—1521）。

〔13〕嘉靖元年：1522年。嘉靖，明世宗年号（1522—1566）。

〔14〕隆庆三年：1569年。

〔15〕万历二十二年：1594年。万历为明神宗年号（1573—1620）。

〔16〕寿星石：初名落星子，凡二，分别在塔后与看松台下，各大数十围，湖中遥望之，圆活如星，亦即下文"粘崖石坠星"所云。　屯霞石：见本卷《昭庆寺》注。

〔17〕杪（miǎo）：树梢。

〔18〕精庐：又称精舍，僧人或信徒修炼居住之所。《晋书·孝武帝纪》："帝初奉佛法，立精舍于殿内，引诸沙门以居之。"

〔19〕天然图画阁：邻近保俶塔与一勺泉。可登临远眺，云山烟树，俨然绘成。

【译文】

宝石山高六十三丈，周边十三里。钱武肃王封为寿星宝石山，罗隐为它写过一篇记。山顶为宝峰，有保俶塔，一名宝所塔，其实应该是保俶塔。

宋朝太平兴国元年，吴越王钱俶听到南唐灭亡的消息感到恐惧，准备与妻子孙氏、儿子惟濬、孙子承祐一起前往宋朝京城朝觐，又怕被扣留，就许愿造塔保佑自己。塔名中直呼自己的名字，是表示尊崇天子。到了京城，宋朝皇帝赐他礼贤宅居住，赏赐甚多。留住两个月放他回去时，送了一个黄色包袱，严密封口，告诫说："可在途中悄悄打开。"钱俶后来打开一看，里面都是宋朝群臣要求扣押他的奏疏。钱俶深为感激惶恐。

回来后，钱俶就造塔报佛恩。保俶的名称，被人误为保叔。不知其情者就写下"保叔为何不保夫"的诗句。钱俶性格恭敬谨慎，放还后，每次处理政务，总是坐在偏东的位子，对下属说："西北是京城所在，天子仿佛就在身边，我怎敢居中！"每次上书进贡，总是焚香后才派人送出。不久，以其地归属宋朝，被封为淮海国王。

至于塔，元朝至正末年毁坏，由僧人慧炬重建。明朝成化间又毁，正德时僧人文镛再建。嘉靖元年又毁，嘉靖二十二年僧人永固重建。隆庆三年大风吹断了塔顶端，塔身也逐渐倾倒，万历二十二年重修。当地有寿星石、屯霞石。离寺百步，有看松台，俯临巨大山谷，仿佛人就在松树树梢一般，令看者惊恐。塔下是山崖峭壁，石壁边缘有精舍四五间，叫作天然图画阁。

黄久文《冬日登保俶塔》诗：

当峰一塔微，落木净烟浦。

日寒山影瘦，霜沏石棱苦[1]。

山云自悠然，来者适为主。

与子欲谈心，松风代吾语。

【注释】

　　〔1〕泐(lè)：石头随纹理而散裂。《周礼·考工记》序："石有时以泐，水有时以凝。"

【译文】

　　山峰隐约显现一塔身，落叶萧萧飞落烟浦岸。日间的寒气消瘦了山影，凛冽的霜冻使岩石也裂散。山中白云本自闲逸，来此塔者自是有缘。想要与你促膝谈心，就让松林间的清风代我发言。

　　　夏公谨《保叔塔》诗[1]：
　　　客到西湖上，春游尚及时。
　　　石门深历险，山阁静凭危。
　　　午寺鸣钟乱，风潮去舫迟。
　　　清樽欢不极，醉笔更题诗。

【注释】

　　〔1〕夏公谨：夏言(1482—1548)，明代大臣。字公谨，号桂洲，贵溪(在今江西)人，正德进士，曾任礼部尚书，嘉靖时为首辅，被严嵩排挤并谗杀。

【译文】

　　作为游客来到西湖，如今春游还算及时。幽深的石门历经险阻方能到达，静谧的山阁邻近危崖而人迹罕至。午后寺庙钟声乱成一片，风浪涌起解缆只好推迟。饮下清冽的美酒欢乐不尽，半醉之中援笔又题新诗。

　　　钱思复《保俶塔》诗[1]：
　　　金刹天开画[2]，铁檐风语铃。

野云秋共白，江树晚逾青。

凿屋岩藏雨，粘崖石坠星。

下看湖上客，歌吹正沉冥。

【注释】

〔1〕钱思复：钱惟善（？—1379），字思复，元代钱塘人。曾参加省试，考题为《罗刹江赋》，三千考生都不知罗刹江出处，只有惟善用西汉枚乘《七发》证明钱塘之曲江即罗刹江，得考官赞赏，因而声名远播，自号曲江居士。张士诚占江浙后退隐。

〔2〕刹：塔。南朝梁王简栖《头陁寺碑》："然后遗文间出，列刹相望。"

【译文】

金色的塔如天上画出，铁制的塔檐风吹响铃。野云与秋光共显白色，江边树木暮色中更加翠青。巨岩凿屋可以避风雨，崖旁粘石仿佛坠落的星星。俯瞰湖面游客来往，沉湎吹唱我已忘情。

# 玛 瑙 寺

玛瑙坡在保俶塔西[1]，碎石文莹，质若玛瑙，土人采之，以镌图篆[2]。晋时遂建玛瑙宝胜院，元末毁，明永乐间重建。有僧芳洲仆夫艺竹得泉[3]，遂名仆夫泉。山巅有阁，凌空特起，凭眺最胜，俗称玛瑙山居。寺中有大钟，侈弇齐适[4]，舒而远闻，上铸《莲经》七卷[5]，《金刚经》三十二分[6]。昼夜十二时，保六僧撞之[7]。每撞一声，则《法华》七卷、《金刚》三十二分，字字皆声。

吾想法夜闻钟[8]，起人道念，一至旦昼，无不牿亡[9]。今于平明白昼时听钟声，猛为提醒，大地山河，都为震动，则铿鍧一响[10]，是竟《法华》一转、《般若》一转矣。内典云[11]：人间钟鸣未歇际，地狱众生刑具暂脱此间也。鼎革以后[12]，恐寺僧惰慢，不克如前。

【注释】

〔1〕玛瑙坡：山坡，上有玛瑙寺，后晋开运三年(946)钱氏建。北宋治平二年(1065)，英宗赐名玛瑙讲寺。南宋绍兴二十二年(1152)徙建于宝云山葛岭路边。元末毁，明初重建。

〔2〕镌(juān)：雕刻。　图篆(zhuàn)：印章。

〔3〕艺：种植。《诗经·唐风·鸨羽》："王事靡盬(gǔ，意为止息)，不能艺稷黍。"

〔4〕侈弇(yǎn)齐适：意为钟口大小适中。侈，宽阔。弇，器物口小而腹大。

〔5〕《莲经》：即《妙法莲花经》，又名《法华经》，七卷。其用莲花比喻佛所说教法的清静微妙而得名。通行后秦鸠摩罗什译本，为天台宗主要典籍。天台宗，中国佛教派别之一，由隋唐间智颛所创，因其住浙江天台山而得名。

〔6〕《金刚经》：即《金刚般若波罗蜜经》的简称，一名《般若》。其用金刚比喻智慧能断烦恼的功用。通行鸠摩罗什译本。中国禅宗南宗即以此作为重要典据。　分：佛经的章节。

〔7〕保：这里表示使、分派。

〔8〕法夜：一本作"清夜"。

〔9〕"一至"二句：意为人的道念一至白昼便消亡。牿，通"梏"。《孟子·告子上》："其好恶与人相近也者几希，则其旦昼之所为有梏亡之矣。"梏(gù)亡，遭桎梏而消亡。

〔10〕铿鍧(hōng)：象声词。

〔11〕内典：佛经。

〔12〕鼎革：朝代更替。此处指清朝建立。

【译文】

　　玛瑙坡，在保俶塔的西面。当地碎石晶莹，质地就像玛瑙。乡人采掘来，制作印章。后晋时创建了玛瑙宝胜院，元朝末年毁，明朝永乐年间重新建立。僧人芳洲的仆夫种植竹子时掘出泉水，于是名为仆夫泉。山顶有阁，凌空而建，是远眺最佳处，俗称玛瑙山居。寺内有大钟，钟口尺度合适，钟声舒展远播。钟身上铸有《莲经》七卷、《金刚经》三十二章。昼夜十二个时辰，分派六名僧人撞钟。每撞一声，就代表《法华》七卷、《金刚》三十二章中的每一个字都发出了声响。

　　我以为，夜里听到钟声，会唤起人们向佛的念头；一到白天，则全然消失。如今在白昼间听到钟声，是猛然提醒，大地山川都为之震动。因此，轰然一声，就是《法华》一转、《般若》一转。佛经说，人间钟声未停歇，地狱众生刑具就能暂时解脱。改朝换代以后，恐怕寺僧有所怠惰，不如过去了。

　　张岱《玛瑙寺长鸣钟》：

女娲炼石如炼铜[1]，铸出梵王千斛钟[2]。

仆夫泉清洗刷早，半是顽铜半玛瑙。

锤金琢玉昆吾刀[3]，盘旋钟纽走蒲牢[4]。

十万八千《法华》字，《金刚般若》居其次。

贝叶灵文满背腹[5]，一声撞破莲花狱[6]。

万鬼桁杨暂脱离[7]，不愁漏尽啼荒鸡。

昼夜百刻三千杵，菩萨慈悲泪如雨。

森罗殿前免刑戮，恶鬼狰狞齐退役。

一击渊渊大地惊[8]，青莲字字有潮音[9]。

特为众生解冤结，共听毗庐广长舌[10]。

敢言佛说尽荒唐，劳我阇黎日夜忙[11]。

安得成汤开一面[12]，吉网罗钳都不见[13]。

【注释】

〔1〕女娲(wā)：传说中的远古女神，人头蛇身，曾抟土造人，并炼五色石以补苍天。按，此诗全篇写敲击玛瑙寺寺钟等同于诵经而使信徒参悟，菩萨因而显示慈悲、拯救落入阎王殿受难者。

〔2〕梵王："大梵天王"的简称。《法苑珠林》卷五《三界篇》注："大梵天王独于上住，以别群下。"亦指诸天之王或佛家。 千斛(hú)钟：形容巨大的钟。斛，古量器，容量五斗。

〔3〕昆吾刀：传说中一种锋利无比的铜铸刀。《山海经·中山经》："昆吾之山，其上多赤铜。"郭璞注："此山出名铜，色赤如火，以之作刃，切玉如割泥也。"

〔4〕钟纽：钟顶端供悬挂用的扣环，多作蒲牢状。 蒲牢：兽名。三国薛综《西京赋》注："海边又有兽名蒲牢，蒲牢素畏鲸，鲸鱼击蒲牢，辄大鸣。凡钟欲令声大者，故作蒲牢于上，所以撞之者为鲸鱼(指用于击钟的鲸鱼状木杵)。"

〔5〕贝叶灵文：指佛经。贝叶为贝多树叶，常用以书写佛经。唐柳宗元《晨诣超师院读禅经》："闲持贝叶书，步出东斋读。"

〔6〕莲花狱：佛家谓地狱。

〔7〕桁(héng)杨：加在颈上或脚上的木制枷锁。

〔8〕渊渊：钟鼓声。《诗经·小雅·采芑》："伐鼓渊渊，振旅阗阗。"

〔9〕"青莲"句：撞击刻有《莲花经》的寺钟，其声响如诵经。潮音，比喻诵经声。

〔10〕毗庐：佛名，毗卢舍那的略称，为佛教所说的法身佛，与报身佛、应身佛相对。 广长舌：言佛舌广而长，故善辩。

〔11〕阇(shé)黎：高僧，能规范弟子品行的人。

〔12〕成汤开一面：意为法不苛密，网开一面。《史记·殷本纪》："汤出，见野张网四面。祝曰：'自天下四方皆入吾网。'汤曰：'嘻，尽之矣！'乃去其三面"；"诸侯闻之，曰：'汤德至矣，及禽兽'"。

〔13〕吉网罗钳：《新唐书·酷吏传》："(吉)温与(罗)希奭(shì)，相勖以虐，号'罗钳吉网'。"

【译文】

女娲炼石就如炼铜，铸成了梵王千斤巨钟。仆夫早时以泉水洗刷，一半是顽铜一半是玛瑙。雕金琢玉全凭昆吾刀，钟纽顶端盘旋着蒲牢。《法华》十万八千字，《金刚》字数稍为次。佛经刻满此钟内外，钟撞一声打破地狱。万鬼得以挣脱桎梏，不怕荒野晨鸡啼哭。昼夜撞击三千杵，菩萨慈悲泪如雨。阴森阎殿免于刑戮，狰狞恶鬼无不退却。击打阵阵如大地震动，撞击声声如诵读佛经。特为众生化解冤屈，共听毗庐前来说法。我敢说佛语实属荒唐，让我师父整日奔忙。如何才能网疏留一面，从此各种刑具都不显现。

# 智 果 寺

智果寺[1]，旧在孤山，钱武肃王建。宋绍兴间[2]，造四圣观[3]，徙于大佛寺西。先是，东坡守黄州[4]，於潜僧道潜[5]，号参寥子，自吴来访，东坡梦与赋诗，有"寒食清明都过了[6]，石泉槐火一时新"之句。

后七年，东坡守杭，参寥卜居智果，有泉出石罅间[7]。寒食之明日，东坡来访，参寥汲泉煮茗，适符所梦。东坡四顾坛墙[8]，谓参寥曰："某生平未尝至此，而眼界所视，皆若素所经历者。自此上忏堂，当有九十三级。"数之，果如其言，即谓参寥子曰："某前身寺中僧也，今日寺僧皆吾法属耳，吾死后，当舍身为寺中伽蓝[9]。"参寥遂塑东坡像，供之伽蓝之列，留偈壁间[10]，有："金刚开口笑钟楼，楼笑金刚雨打头。直待有邻通一线，两重公案一时修。"[11]后寺破败。

崇祯壬申[12]，有扬州茂才鲍同德字有邻者[13]，来寓寺中。东坡两次入梦，属以修寺，鲍辞以"贫士安办此"。公曰："子第为之，自有助子者。"次日，见壁间偈有"有邻"二字，遂心动立愿，作《西泠记梦》，见人辄出示之。一日至邸〔14〕，遇维扬姚永言〔15〕，备言其梦。座中有粤东谒选进士宋公兆禴者〔16〕，甚为骇异。次日，宋公筮仕〔17〕，遂得仁和〔18〕。永言怂恿之，宋公力任其艰，寺得再葺。时有泉适出寺后，好事者仍名之参寥泉焉。

【注释】

〔1〕智果寺：原在孤山。后晋开运元年(944)，吴越王钱镠建，一说钱弘佐建。苏轼知杭州，以诗僧道潜主持，取名智果精舍。寺内有泉水出，名参寥泉。绍兴二十年(1150)因建四圣延祥观而迁葛岭，称上智果寺。

〔2〕绍兴：宋高宗年号(1131—1162)。

〔3〕四圣观：即四圣延祥观，见卷三《六一泉》。

〔4〕东坡守黄州：北宋后期，朝廷内新旧党争激烈。元丰二年(1079)，正在湖州知府任上的苏轼因诗遭御史弹劾受审，后得免死，被贬黜为黄州团练副使，于元丰元年(1080)前往上任。此即乌台诗案(乌台，指御史台)。黄州，今湖北黄冈。

〔5〕於潜：地名，今属杭州临安区。 道潜(约1041—?)：宋僧，俗姓何，号参寥子，能诗。与苏轼交游甚密。因受苏轼牵连被责令还俗，苏轼再知杭州，恢复其僧籍，住智果院。以后又数次受株连被迫还俗，归老江湖。

〔6〕寒食：见本卷《岳王坟》附诗注。

〔7〕罅(xià)：缝隙。

〔8〕坛壝(wéi)：土筑的高台为坛，坛周围的短墙为壝。《周礼·天官·掌官舍》："为坛壝宫、棘门。"

〔9〕伽蓝：一指佛寺，此处指佛教中的护法神。

〔10〕偈(jì)：偈语。佛教中的颂词，通常采用浅显诗歌形式，用以预言或警示某事。

〔11〕"金刚"四句：意为寺庙的殿堂已经破漏，金刚不免遭受雨淋。而金刚也在嘲笑钟楼破旧，要得到邻人帮助才能一并解决两者的问题。有邻，邻居，邻人。这是预示后文宋兆禴(yuè)的出现。

〔12〕崇祯壬申：崇祯五年（1632）。

〔13〕茂才：即秀才，原为汉代举用人才的一种科目，因避汉光武帝刘秀讳改称茂才。明清称入县学之生员为秀才，或称茂才。

〔14〕邸：此处指京城。

〔15〕维扬：扬州，见本卷《明圣二湖》附诗注。

〔16〕谒选进士：已考取进士、到吏部等候选派者。 宋兆禴（1600—1642）：又名尔孚，字宗孚，号喜公，揭阳（今广东揭阳）人。崇祯进士，曾任杭州仁和县令。以诗名，潮汕"后七贤"之一。

〔17〕筮仕：古人将要出仕前，预占凶吉。《左传·闵公元年》："初，毕万筮仕于晋。"亦指初次任官。

〔18〕仁和：县名，北宋太平兴国四年（979）改后梁所置钱江县为仁和县，今属杭州。按，南宋临安（杭州）城内以丰乐桥（在今解放路上）为界，北属仁和县，南属秦代所置钱塘县。

【译文】

智果寺，旧时在孤山，钱武肃王创建。南宋绍兴年间，因为在当地造四圣观，智果寺迁徙到大佛寺西面。先前苏轼任职黄州，於潜僧人道潜号参寥子的，从吴地来访。苏轼在梦中为他作诗，有"寒食清明都过去，石泉槐火一时新"的句子。

过了七年，苏轼任杭州知府，参寥子卜卦后居住智果寺，有泉水从石缝中溢出。寒食节翌日，东坡来做客，参寥子取泉水煮茶，恰恰符合东坡梦里所写。苏轼四顾土坛及其围墙，对参寥子说："我平生从未来过此处，但目光所及，都似曾所见。从这里上忏堂，石阶应该是九十三级。"数了数，果如其所说。于是对参寥子说："我的前身就是这寺中的一个僧人，今天的寺僧都是我的法属。我死后，应该舍身为寺中伽蓝。"参寥子就塑了苏轼像，放在伽蓝之列供着，并在墙壁上留下偈语："金刚开口笑钟楼，楼笑金刚雨淋头。等到有邻来连接，两件公案一起修。"寺庙后来败落。

崇祯壬申年，有个扬州秀才鲍同德字有邻的，来寓居寺中。苏轼两次托梦，嘱咐修庙。鲍推辞说"我是贫士，怎能办此事"。苏轼说："您但做着，自然有人来帮助。"次日，鲍见墙壁偈有"有邻"两字，于是心动立誓，作《西泠记梦》，遇到人就向他出示。

一次到京城，遇到扬州人姚永言，对他详细说了梦中之事。在场的粤东谒选进士宋兆禴十分惊讶。次日，宋公初次任职，被任命到杭州。姚永言竭力鼓动，宋公于是挑起这副重担，寺庙得以重修。当时正好寺庙后涌出泉水，好事者仍然称之为参寥泉。

# 六 贤 祠

宋时西湖有三贤祠两：其一在孤山竹阁[1]。三贤者，白乐天、林和靖、苏东坡也。其一在龙井资圣院。三贤者，赵阅道、僧辨才、苏东坡也[2]。

宝庆间[3]，袁樵移竹阁三贤祠于苏公堤[4]，建亭馆以沽官酒。或题诗云："和靖东坡白乐天，三人秋菊荐寒泉。而今满面生尘土，欲与袁樵趁酒钱[5]。"又据陈眉公笔记[6]，钱塘有水仙王庙[7]，林和靖祠堂近之。东坡先生以和靖清节映世，遂移神像配食水仙王。黄山谷有《水仙花》诗用此事[8]："钱塘昔闻水仙庙，荆州今见水仙花。暗香靓色撩诗句，宜在孤山处士家。"则宋时所祀，止和靖一人。

明正德三年[9]，郡守杨孟瑛重浚西湖[10]，立四贤祠，以祀李邺侯、白、苏、林四人，杭人益以杨公，称五贤。而后乃祧杨公[11]，增祀周公维新、王公弇州[12]，称六贤祠。张公亮曰[13]："湖上之祠，宜以久居其地，与风流标令为山水深契者，乃列之。周公冷面，且为神明，有别祠矣；弇州文人，与湖非久要，今并四公而坐，恐难熟热也。"人服其确论。

**【注释】**

〔1〕竹阁：原在孤山寺前，白居易建，多植竹，白有《宿竹寺》诗。后人改称四贤堂。

〔2〕赵阅道：赵抃（1008—1084），字阅道，号知非子，北宋衢州（今属浙江）人，景祐进士，曾任杭州知府，官至资政殿大学士。　辨才（1011—1091）：一作辩才，俗姓徐，字无象，北宋於潜人。十岁出家，十九岁来杭，在上天竺学天台教义，声动吴越。仁宗亲自召见，赐号"辩才"，世称"辩才元净"。熙宁初（1068）住持上天竺寺，与苏轼、秦观等交游甚密。

〔3〕宝庆：宋理宗年号（1225—1227）。

〔4〕袁樵：据田汝成《西湖游览志》卷二《孤山三堤胜迹》，当为袁韶之误。袁韶（1161—1237），字彦淳，鄞县人，淳熙进士。任临安府尹近十年，平反许多冤案，百姓称之为"佛子"。卒赠太师，封越国公。临安府，建炎三年（1129）由杭州所升。

〔5〕趁酒：买酒。趁，追逐，这里是买的意思。

〔6〕陈眉公：陈继儒（1558—1639），晚明名士。字仲醇，号眉公，松江华亭人，学识博通，屡征不起，隐居佘山。

〔7〕钱塘：在今杭州市。参见本卷《智果寺》注。

〔8〕黄山谷：黄庭坚（1045—1105），字鲁直，号山谷道人，北宋分宁（今江西修水）人。治平进士，曾任秘书丞兼国史编修官。游学于苏轼门下，为江西诗派开山祖，其诗、书与苏轼并称"苏、黄"。

〔9〕正德三年：1508 年。

〔10〕郡守：战国至汉初郡的长官，汉景帝时更名郡太守。隋唐一般设州刺史，仅短期设有郡太守之职，宋以后为知州、知府。文中以郡守代指明代杭州知府。　杨孟瑛：字温甫，明代丰都（今属四川）人，成化进士，弘治十六年（1503）任杭州知府，于正德三年（1508）组织疏浚西湖，招募数千民工，工程历时半年，清除田荡近 3500 亩，其淤泥沿湖西岸筑堤，人称杨公堤，并修葺沿堤名胜古迹。堤上建有六桥，与苏堤六桥相对。此堤在民国时改筑为西山路，后恢复为杨公堤原名，北起灵隐路，南至虎跑路，全长 3.4 公里。

〔11〕祧（tiāo）：因所祀过多而依制从庙中迁出某神主（牌位）。《周礼·春官·守祧》："掌守先王先公之庙祧。"郑注："迁主所藏曰祧。"

〔12〕周公维新：即周新，见卷五《城隍庙》。　王公弇（yǎn）州：王世贞（1526—1590），字元美，号凤州，又号弇州山人，明代太仓（今属江苏）人。嘉靖进士。曾到京控告其父被严嵩杀害的冤案，得到昭雪。

任南京刑部尚书等。主张"文必秦汉，诗必盛唐"，为明代文坛"后七子"之一。弇州，太仓有弇山，故以弇州为太仓别称。

〔13〕张公亮：张明弼（1584—1652），字公亮，号琴张居士，明代金坛（今属江苏）人。崇祯进士，曾任广东揭阳县令。复社成员，几因指摘魏忠贤获祸。

【译文】

宋时西湖有两个三贤祠：其中一个在孤山竹阁。三贤指白乐天、林和靖、苏东坡。另一个在龙井资圣院，三贤指赵阅道、僧辩才、苏东坡。

宝庆年间，袁樵将竹阁三贤祠迁徙到苏堤，设立亭馆出售官酿的酒。有人题诗："和靖东坡白乐天，三人秋菊献寒泉。而今满脸是尘土，又付袁樵买酒钱。"又根据陈眉公笔记，钱塘有水仙王庙，在林和靖祠堂附近。东坡先生认为和靖高风亮节照耀人间，移其画像配祀水仙王。黄山谷有《水仙花》诗谈此事："昔闻钱塘水仙王，荆州今见水仙花。暗香亮色引诗兴，应住孤山处士家。"这样看来，宋代所祭的，只有林和靖一个人。

明朝正德三年，知府杨孟瑛再次疏浚西湖，建立四贤祠，用以祭祀李泌、白乐天、苏东坡、林和靖四人，杭州人加上杨孟瑛，称为五贤。后来迁出了杨孟瑛牌位，增祀周新、王世贞，称六贤祠。张公亮说："湖上祠堂祭祀的，最好是久居其地，其风流气质与山水深为相符者。周公铁面，而且是神明，已经另有其祠；王世贞是文人，与西湖也没有多少关联，如今与四公一起享受祭祀，恐怕难以被当地人认可。"人们为他的论点折服。

张明弼《六贤祠》诗[1]：
山川亦自有声气[2]，西湖不易与人热。
五日京兆王弇州[3]，冷面臬司号寒铁[4]。
原与湖山非久要，心胸不复留风月。
犹议当时李邺侯，西泠尚未通舟楫。

惟有林苏白乐天，真与烟霞相接纳。

风流俎豆自千秋〔5〕，松风菊露梅花雪。

【注释】

〔1〕张明弼：见《六贤祠》"张公亮"注。

〔2〕声气：性格旨趣，意气。《鬼谷子·中经》："声气不同，则恩爱不接。"

〔3〕五日京兆：语出《汉书·张敞传》。谓张敞为京兆尹九年，曾令贼捕掾絮舜查案，舜以敞劾奏当免，曰："吾为是公尽力多矣。今五日京兆耳，安能复案事！"后指官员任职为时短暂，或即将离任。

〔4〕"冷面"句：指周新。　臬司：明清时一省按察使的别称。

〔5〕俎(zǔ)豆：古代祭祀、宴饮时盛放肉类的器皿，亦表示祭祀祖先的礼仪。《论语·卫灵公》："俎豆之事，则尝闻之矣。"

【译文】

山川也有自己的性格旨趣，西湖不易与人熟识。王世贞在此仅短暂停留，按察使周新被称冷面无私。他们其实与湖山疏远得很，胸中并未留下西湖风月。想当年李泌做杭州刺史，西泠尚未通行船楫。只有林逋苏轼白居易，与湖光山色真心结交。风流祭祀延续千载，松菊辉映梅花与雪。

# 西 泠 桥

西泠桥一名西陵〔1〕，或曰："即苏小小结同心处也〔2〕。及见方子公诗有云〔3〕：'数声渔笛知何处，疑在西泠第一桥。'陵作泠，苏小恐误。"余曰："管不得，只西陵便好。且白公断桥诗'柳色青藏苏小家'，断桥去此不远，岂不可借作西泠故实耶！"

昔赵王孙孟坚子固常客武林〔4〕，值菖蒲节〔5〕，周公谨同好事者邀子固游西湖[6]。酒酣，子固脱帽，以酒晞发[7]，箕踞歌《离骚》[8]，旁若无人。薄暮入西泠桥，掠孤山，舣舟茂树间[9]，指林麓最幽处，瞪目叫曰："此真洪谷子、董北苑得意笔也[10]！"邻舟数十，皆惊骇绝叹，以为真谪仙人[11]。得山水之趣味者，东坡之后，复见此人。

【注释】

〔1〕西泠：西湖孤山旁桥名，在白堤西端，后为名胜。元代倪云林《竹枝词》："西泠桥边春草绿。"

〔2〕苏小小：南齐杭州名妓。见卷三《苏小小墓》。

〔3〕方子公：见本卷《昭庆寺》附文"子公"注。

〔4〕赵王孙孟坚子固：赵孟坚（1199—1264），字子固，号彝斋。南宋宝庆进士，曾任州掾、知县，善诗画，宋亡后隐居，拒见仕元的从弟赵孟頫。因为宋宗室，故称"王孙"。　武林：见本卷《昭庆寺》附文"武林门"注。

〔5〕菖蒲节：端午节，因端午有悬菖蒲以驱邪毒的风俗。

〔6〕周公谨：周密（1232—1308），南宋学者。字公谨，号草窗，晚号弁阳老人、四水潜夫。流寓吴兴（在今浙江），著《武林旧事》、《齐东野语》等。

〔7〕晞（xī）发：披发使干。《楚辞·九歌·少司命》："与女沐兮咸池，晞女发兮阳之阿。"

〔8〕箕（jī）踞：隋唐以前一般不用椅凳，当时的人以跪式或盘腿而坐表示庄重。箕踞为向前伸开两腿席地而坐，属于不拘礼节的姿势。《离骚》：《楚辞》名篇，战国屈原所作赋。

〔9〕舣（yǐ）舟：船泊岸边。南朝颜延年《祭屈原文》："峮节罗潭，舣舟汩渚。"

〔10〕洪谷子：荆浩，后梁山水画家。字浩然，号洪谷子，沁水（今属山西）人，创水晕墨章表现技法、山水画全景构图及山石皴（cūn）法技巧。　董北苑：董源（？—约962），字叔达，南唐画家，钟陵（今江西进贤）人，曾任北苑副使，善画山水及水、牛、虎，开创江南画派风格。

〔11〕谪仙人：从天界降临人间的仙人。这是贺知章对李白的赞叹，

见《新唐书·李白传》。

【译文】

　　西泠桥又名西陵，有人说："这里就是苏小小立下爱情誓愿处。后来见到方子公诗句：'渔笛数声在何处？疑在西泠第一桥。'陵字成了泠字，恐怕是苏小小搞错了。"我认为："不必管那许多，只要作西陵就好。况且白公断桥诗说：'柳色青藏苏小家。'断桥离那里不远，难道不可以借作西泠的来历吗？"

　　过去有位赵孟坚字子固的经常到杭州，遇到菖蒲节，周公谨与好事者邀请子固一起游西湖。等酒喝多时，子固脱去帽子，凭借酒热把头发晒干，伸腿唱起《离骚》，旁若无人。傍晚入西泠桥，过了孤山，把船停靠茂密树林边。子固手指树林最深处，瞪大眼睛叫道："这就是洪谷子、董北苑得意的笔墨！"旁边几十条船上的人，都惊讶恐惧，以为真的遇见了下凡仙人。能领略山水意境的，苏东坡之后，又见此人。

　　袁宏道《西泠桥》诗：

　　西泠桥，水长在。

　　松叶细如针，不肯结罗带[1]。

　　莺如衫，燕如钗。

　　油壁车[2]，砍为柴。

　　青骢马[3]，自西来。

　　昨日树头花，今日陌上土。

　　恨血与啼魂，一半逐风雨。

【注释】

　　〔1〕结罗带：表示装束好准备外出。罗带，丝织的衣带。

　　〔2〕油壁车：古人所乘之车。因车壁以油涂饰而得名。清代古吴墨浪子《西湖佳话·西泠韵迹》："（苏小小）遂叫人去制造一驾小小的香车

来乘坐，四围有幔幕垂垂，命名为油壁车。"

〔3〕青骢马：毛色青白相杂的马。古诗《为焦仲卿妻作》："踯躅青骢马，流苏金镂鞍。"

**【译文】**

西泠桥下水长在。松叶细似针，不肯束罗带。衣衫形如莺，头钗状似燕。油壁车已砍作柴；青骢马自西边来。昨天枝头鲜花，今日陌上黄土。怨血与哭魂，一半飘落随风雨。

## 又《桃花雨》诗：

浅碧深红大半残，恶风催雨剪刀寒。

桃花不比杭州女，洗却胭脂不耐看〔1〕。

**【注释】**

〔1〕"桃花"二句：意为杭州女子虽洗去胭脂，依然美丽；桃花经过风雨摧残，则已经凋落，无法与杭州女相比。

**【译文】**

浅绿深红大半已凋残，恶风急雨剪刀闪闪寒。桃花比不得杭州女郎，洗尽胭脂就不耐细看。

## 李流芳《西泠桥题画》〔1〕：

余尝为孟旸题扇〔2〕："多宝峰头石欲摧，西泠桥边树不开。轻烟薄雾斜阳下，曾泛扁舟小筑来〔3〕。"西泠桥树色，真使人可念，桥亦自有古色。近闻且改筑，当无复旧观矣。对此怅然。

**【注释】**

〔1〕李流芳（1575—1629）：字长蘅，晚明歙县（今安徽黄山）人，流寓嘉定（今属上海）人。工诗画，擅山水，与程嘉燧等并称"嘉定四先生"。

〔2〕孟旸（yáng）：程嘉燧（1565—1643），字孟旸，晚明休宁（今属安徽）人，移居嘉定，为"嘉定四先生"之一。工诗，能山水画，兼制松烟黑墨。

〔3〕小筑：建在僻静处的雅致的小房子，常用以指自己的家。南宋陆游《小筑》："小筑清溪尾，萧森万竹蟠。"晚明邹之峰、邹方回兄弟等在杭州的寓所亦称小筑，有清晖阁、澄怀阁等。明万历二十六年（1598），在其中成立文学社团"小筑社"，诗酒唱和，李流芳曾为其成员。

**【译文】**

我曾经给孟旸题写扇子："多宝峰头巨石欲裂，西泠桥边花儿不开。轻烟薄雾飘荡在斜阳下，曾有小船往小筑来。"西泠桥树的色彩，真可使人怀念，桥也是自有古色。最近听说已改建，没有旧貌了。对此令人惆怅。

# 岳 王 坟

岳鄂王死[1]，狱卒隗顺负其尸，逾城至北山以葬。后朝廷购求葬处，顺之子以告。及启棺如生，乃以礼服殓焉。隗顺，史失载。今之得以崇封祀享，胏蟹千秋[2]，皆顺力也。

倪太史元璐曰[3]："岳王祠[4]，泥范忠武，铁铸桧、卨[5]，人之欲不朽桧、卨也，甚于忠武。"按公之改谥忠武，自隆庆四年[6]。墓前之有秦桧、王氏、万俟卨三像[7]，始于正德八年[8]，指挥李隆以铜铸之[9]，旋为游人挞碎。后增张俊一像[10]。四人反接，跪于丹墀[11]。自万历二十六年[12]，按察司副使范涞易之以铁[13]，游人椎击益狠，四首齐落，而下体为乱石所掷，止露肩背。

旁墓为银瓶小姐[14]。王被害，其女抱银瓶坠井中死。杨铁崖乐府曰[15]："岳家父，国之城；秦家奴，城之倾。皇天不灵，杀我父与兄。嗟我银瓶为我父，缇萦生不赎父死[16]，不如无生。千尺井，一尺瓶，瓶中之水精卫鸣[17]。"

墓前有分尸桧。天顺八年[18]，杭州同知马伟锯而植之[19]，首尾分处，以示磔桧状[20]。隆庆五年[21]，大雷击折之。朱太史之俊曰[22]："一秦桧耳，铁首木心，俱不能保至此。"

天启丁卯[23]，浙抚造祠媚珰[24]，穷工极巧，徙苏堤第一桥于百步之外，数日立成，骇其神速。崇祯改元，魏珰败，毁其祠，议以木石修王庙。卜之王，王弗许。

岳云[25]，王之养子，年十二从张宪战[26]，得其力，大捷，号曰"嬴官人"[27]，军中皆呼焉。手握两铁锤，重八十斤。王征伐，未尝不与，每立奇功，王辄隐之。官至左武大夫、忠州防御使[28]。死年二十二，赠安远军承宣使[29]。所用铁锤犹存。

张宪为王部将，屡立战功。绍兴十年[30]，兀术屯兵临颍[31]，宪破其兵，追奔十五里，中原大振。秦桧主和，班师。桧与张俊谋杀岳飞，诱飞部曲能告飞事者[32]，卒无人应。张俊锻炼宪[33]，被掠无完肤，强辩不伏，卒以冤死。景定二年[34]，追封烈文侯。正德十二年[35]，布衣王大祐发地得碣石[36]，乃崇封焉。郡守梁材建庙，修撰唐皋记之[37]。

牛皋墓在栖霞岭上[38]。皋字伯远，汝州人[39]，岳鄂王部将，素立战功。秦桧惧其怨己，一日大会众军士，置毒害之。皋将死，叹曰："吾年近六十，官至侍从郎，一死何恨，但恨和议一成，国家日削。大丈夫不能以马革裹尸报君父[40]，是为叹耳！"

【注释】

〔1〕岳鄂王：岳飞（1103—1142），南宋抗金将领。字鹏举，汤阴（今属河南）人。农家出身，应募从军，迁都统制、清远军节度使。屡胜金兵，先后收复郑州、洛阳等地，进军朱仙镇，中原震动。因高宗、秦桧与金议和，在严令下被迫退兵，被谗杀于大理寺风波亭（在西湖东北岸、今杭州小车桥附近）。孝宗朝平反，绍兴三十二年（1162）建岳飞墓，淳熙五年（1178）谥武穆，宁宗嘉定四年（1211）追封鄂王。

〔2〕肸（xī）蠁（xiǎng）千秋：肸蠁原指声响或气体的传播。司马相如《上林赋》："众香发越，肸蠁布写。"此指神灵感念，百世流芳。

〔3〕倪太史元璐：倪元璐（1593—1644），明末大臣。字玉汝，号鸿宝，上虞（在今浙江）人。天启进士，授翰林院编修，官至户部尚书兼翰林学士。曾为东林党辩，上制实、制虚各八策。李自成军陷北京，自尽。太史，古代朝廷史官，掌记载史事及天象历法。明代翰林院沿前代史馆之任，负责修史，倪元璐曾任翰林院编修，故称倪太史。

〔4〕岳王祠：又称岳飞庙、岳庙。岳飞被害后，南宋绍兴三十二年（1162），孝宗即位，以礼改葬岳飞于栖霞岭南麓，是为岳坟。并建功德寺。嘉定十四年（1221）改北山智果观音院为功德寺，即今岳飞庙旧址。咸熙四年（1268）重建其庙。明代先后植分尸桧，建寝殿并刻《满江红》词于庑下，铸奸臣跪像。经历代修缮、扩建，今日岳庙坐北朝南，由东部的纪念区、西部的碑廊、墓区和启忠祠陈列区等部分组成。

〔5〕桧（huì）：秦桧（1090—1155），字会之，宋代江宁（今南京）人。

政和进士。随徽、钦宗被俘至金，受金主信用。建炎四年(1130)纵归，擢参知政事，寻拜相，前后执政十九年。期间收抗金将领兵权，与高宗共持议和，斥逐异己，屡兴大狱，杀害岳飞。　卨：万俟卨(mò qí xiè，1083—1157)，字元忠，宋代开封阳武(今河南原阳)人。政和举人，任湖北提点刑狱，依附秦桧，为监察御史，秉承秦桧之意诬陷杀害岳飞。

〔6〕隆庆四年：1570 年。隆庆为明穆宗年号 (1567—1572)。

〔7〕王氏：秦桧妻，谋害岳飞元凶之一。《西湖游览志余》卷四《佞幸盘荒》云，秦桧构陷岳飞，又恐世人反对。王氏道："擒虎易，纵虎难。"桧遂决意害飞。

〔8〕正德八年：1513 年。正德为明武宗年号 (1506—1521)。

〔9〕指挥：明代沿元制于京城设立五城兵马司，置指挥、副指挥，掌坊巷治安。又，明代各卫的指挥使亦可简称指挥。

〔10〕张俊(1068—1154)：字伯英，宋代成纪(今甘肃天水)人。早年从军，参与拥立高宗，任为御营前军统制，曾阻击伪齐刘豫及金军南侵，迁枢密使。后附和秦桧主和，促成岳飞冤狱。

〔11〕丹墀(chí)：这里指台阶、空地。

〔12〕万历二十六年：1598 年。

〔13〕范涞(约 1560—1610)：字原易，号晞阳，明代歙县人。万历进士，曾任知县、知府、浙江按察司副使，见西湖岳坟前秦桧等跪像被人击碎，又用生铁重铸并加铸参与陷害岳飞的张俊像，让民众唾骂击打。后任浙江布政使。

〔14〕银瓶：相传为岳飞次女，岳飞被害，她投井而殉。其事迹正史无考，其井相传在今杭州庆春路。

〔15〕杨铁崖乐府：杨维桢(1296—1370)，字廉夫，号铁崖，又号东维子，元代诸暨(今属浙江)人。泰定进士，曾任杭州四务提举，隐居杭州多年，世称"元末四高士"之一。其诗纵横奇诡，气势雄健，人称"铁崖体"。明初参与礼乐修订，有《铁崖乐府》。

〔16〕缇(tí)萦：西汉太仓令淳于公幼女，曾上书文帝，愿入身为官奴婢以赎父罪，文帝因而下诏改废肉刑。事见《汉书·刑法志》。

〔17〕"瓶中"句：表示愤然不平。精卫，神话传说中炎帝幼女，游东海时溺亡，化为神鸟，"文首、白喙、赤足"，名精卫，又称冤禽、誓鸟等，常衔西山木石而填东海，然后发出"精卫"、"精卫"的悲鸣，为自己鸣不平。见《山海经·北次三经》。此处以精卫鸟喻瓶中。

〔18〕天顺八年：1464 年。天顺为明英宗年号(1457—1464)。

〔19〕同知：知府、知州的副职。明制，知府为正四品，府的同知为

正五品。

〔20〕磔（zhé）：古代将犯人分裂肢体的酷刑。

〔21〕隆庆五年：1571年。

〔22〕朱太史之俊：朱之俊，字沧起，明代汾阳（在今山西）人。天启进士，曾为翰林院侍讲（亦即"太史"）。明亡后不愿仕清，寄情山水。

〔23〕天启丁卯：天启七年（1627）。天启为明熹宗年号（1621—1627）。

〔24〕抚：巡抚，明代与总督同为封疆大吏，唯品级稍次，常治一省，因管辖的地区与职责不同而时相参错。　珰：太监。周密《武林旧事》序："闻退珰老监谈先朝旧事。"此处指魏忠贤（1568—1627），肃宁（在今河北）人，晚明太监。其私结熹宗乳母客氏，天启间为司礼监秉笔太监兼领东厂，控制朝政，屡兴大狱诬杀东林党人，自内阁至四方督抚皆其私党，人称"九千岁"。崇祯即位，治其事，畏罪自缢。

〔25〕岳云（1119—1142），字应祥，号会卿，出生于汤阴。岳飞长子，一说养子。从岳飞征战，以功任武翼郎、忠州防御使。与岳飞一起被秦桧所害，孝宗朝平反。

〔26〕张宪（？—1142），早年随岳飞，征战屡有功，任都指挥使、阆（láng）州观察使，与岳飞一起被秦桧所害。孝宗朝平反。张宪墓位于岳王庙西、仙姑山麓之东山弄口，即今仁寿山公园内。

〔27〕赢官人：犹言"常胜将军"。赢，胜。《史记·苏秦列传》："困则使太后弟穰侯为和，赢则兼欺舅与母。"官人，对男子的尊称。

〔28〕左武大夫：宋代武阶官，徽宗时置，后定为正六品。　忠州：今四川忠县。　防御使：设于大郡要害之地，掌本区军事防务。宋初尚有实任，后多为遥领，为武臣及宗室寄禄官。

〔29〕安远军：治今湖北安陆。军为宋代行政区划，与州、府、监同级，隶属于路。　承宣使：徽宗时设，正四品，为武臣寄禄官。

〔30〕绍兴十年：1140年。

〔31〕兀术：完颜宗弼（？—1148），又名金兀（wù）术（zhú），金太祖第四子。初从征，屡率兵攻宋。天会（1123—1134）间破临安，迫高宗入海。后战陕西，任右副元帅，封沈王。金熙宗时任总帅，总揽军民诸政。又至河南与岳飞相持，后渡淮逼宋议和。进太师。　临颍：在今河南。

〔32〕部曲：原为依附于主人的农奴，这里指下属。

〔33〕锻炼：罗织罪名。《后汉书·韦彪传》："锻炼之吏，持心近薄。"李贤注："深文之吏，入人之罪，犹工冶陶铸锻炼，使之成熟也。"

〔34〕景定二年：1261 年。景定为宋理宗年号（1260—1264）。

〔35〕正德十二年：1517 年。

〔36〕布衣：百姓，无官职者。　碣石：指墓碑。

〔37〕修撰：官职名，置于翰林院中。　唐皋：字守之，号心庵，别号紫阳山人，明代歙县人，任翰林院修撰，曾奉旨出使朝鲜。

〔38〕牛皋（1087—1147）：字伯远，汝州鲁山（今属河南）人。农家出身，加入岳家军抗金，为岳飞所倚重，曾任荆湖南路马步军副总管。岳飞被害后，因反对议和，被秦桧毒死。　栖霞岭：在西湖北，岳王庙后，旧多桃花，灿如凝霞，故得名。

〔39〕汝州：治所在承修（今河南临汝）。

〔40〕马革裹尸：表示战死疆场。《后汉书·马援传》："男儿要当死于边野，以马革裹尸还葬耳。"


## 【译文】

岳飞死后，狱卒隗顺背着他的尸体，翻越城墙到北山埋葬。后来朝廷悬赏征求其葬处，隗顺的儿子就报告了。打开棺材一看，其面目如生前一般，于是以礼服安葬。隗顺，史书上未能记载。如今岳飞得以厚葬享受香火，百世流芳，都是隗顺的功劳。

翰林学士倪元璐说："岳王祠，用泥塑岳忠武，用铁铸秦桧、万俟卨。比起岳忠武，莫非人们更想让秦桧、万俟卨不朽。"关于岳公改谥号为忠武，是在隆庆四年。而墓前有秦桧、王氏、万俟卨三人像，是在正德八年，当时指挥李隆用铜铸造，不久就被游客砸坏。后来增加张俊像，四人都反绑，跪在空地上。万历二十六年，按察司副使范涞换成铁像，游人击打更加厉害，四人的头都被打掉，身体被乱石砸得只剩下肩背。

岳飞墓旁是银瓶小姐的墓。岳飞被害，小女儿抱银瓶投井而死。杨维桢有乐府歌颂她："岳家的父亲，国家的长城；秦家的奴才，使长城覆倾。苍天不公平，杀我父与兄。可叹我银瓶为父如汉代缇萦，如果不赎父死罪，不如不生。井深千尺，瓶高一尺，瓶中之水如精卫悲鸣。"

墓前有一株分尸桧。天顺八年，杭州同知马伟锯了树枝种下，树枝头尾锯断，表示将秦桧处以磔刑。隆庆五年，有大雷将其劈断。翰林院侍讲朱之俊说："一个秦桧，无论铁头还是木身都不能保全，落得如此下场。"

天启丁卯年，浙江巡抚造生祠谄媚魏忠贤，穷奢极欲，为此迁移苏堤第一桥于百步之外，几天就造成，人们为其神速而惊骇。到崇祯即位，魏氏倒台，其祠堂也被毁。于是商议以木材与石材修建岳王庙，向岳王卜卦，岳王不允许。

岳云，是岳飞的养子，十二岁起就跟着张宪打仗。由于岳云相助，每战大捷，号称"专打胜仗的官人"。军中都这样叫他。岳云手持两柄铁锤，重八十斤。岳飞每次出征作战，岳云没有不参与的。每次立下奇功，岳飞都秘而不宣。岳云官至左武大夫，忠州防御使。死时年仅二十二岁，追赠安远军承宣使官职。他所使用的铁锤至今尚存。

张宪为岳飞部将，屡立战功。绍兴十年，金兀术兵驻临颍。张宪击败其兵，追击十五里，中原为之振奋。秦桧力主和议，下令撤兵。秦桧与张俊谋害岳飞，引诱岳飞部属告发岳飞，却无人回应。于是张俊罗织张宪罪名，用刑拷打，张宪体无完肤，依然争辩不服，最后冤死。景定二年，追封烈文侯。正德十二年，百姓王大祐从地里挖出他的墓碑，于是得以厚葬。知府梁材为他建庙，修撰唐皋记下此事。

牛皋墓在栖霞岭上。牛皋字伯远，汝州人，为岳飞部将，屡立战功。秦桧担忧他心怀怨恨，利用一次聚集众军士的大会，下毒害死了他。牛皋临死叹恨道："我年近六十，官当到侍从郎，死了又有什么可遗憾的！只恨一旦和议，国家日益削弱。大丈夫不能征战疆场、马革裹尸报答君父，这才是我叹恨的原因！"


**张景元《岳坟小记》**[1]：

岳少保坟祠，祠南向，旧在阛阓[2]，孙中贵为买民居[3]，开道临湖，殊惬大观。祠右衣冠葬焉。石门华表，形制不巨，雅有古色。

【注释】

〔1〕张景元：当作张京元，字思德，号无始，明代泰兴（在今江苏）人，万历进士，曾任江西提学副使。擅诗文、书法。

〔2〕阛（huán）阓（huì）：即市场。阛，市垣；阓，市之外门。东汉张衡《西京赋》："尔乃廓开九市，通阛带阓。"

〔3〕孙中贵：指孙隆，见本卷《明圣二湖》"孙东瀛"注。中贵，谓太监掌权者。

【译文】

岳飞的坟墓与祠堂，祠堂向南，旧时在市场。太监孙隆因而买下民居，开辟道路，面对西湖重建。祠堂右边葬有衣冠冢。石门华表，形制不算宏大，却很有古味。

周诗《岳王坟》诗〔1〕：
将军埋骨处，过客式英风〔2〕。
北伐生前烈，南枝死后忠〔3〕。
干戈戎马异，涕泪古今同。
目断封丘上，苍苍夕照中。

【注释】

〔1〕周诗：字以言，昆山（在今江苏）人，明代文人。

〔2〕式：车前扶手横木，通轼。这里作动词，立车上手扶横木，古人表示敬意。《周礼·冬官·舆人》疏："式，谓人所冯（即凭）依而式敬。"

〔3〕南枝：传说岳坟上树枝皆南向，昭示岳飞虽死犹对南宋忠心耿耿。见《西湖游览志》卷九《北山胜迹》。

【译文】

岳飞将军埋葬在此处，行人纷纷致敬英雄。生前北伐何等壮烈，死后如树枝朝南依然尽忠。干戈戎马时代虽异，洒泪悲愤古今相同。如今遥望坟墓之上，莽莽苍苍在夕阳照耀中。


高启《岳王坟》诗[1]：

大树无枝向北风，千年遗恨泣英雄。

班师诏已成三殿[2]，射虏书犹说两宫[3]。

每忆上方谁请剑[4]，空嗟高庙自藏弓[5]。

栖霞岭上今回首[6]，不见诸陵白雾中[7]。


【注释】

〔1〕高启（1336—1374）：字季迪，号青邱子，元代长洲（今江苏苏州）人。明初授编修，曾任户部侍郎。其诗多抨击时政，风格卓异。因受连坐被杀。

〔2〕三殿：泛指朝廷、皇宫。

〔3〕"射虏"句：谓向敌方交涉，要求归还被掳的徽、钦二宗。射虏书，系于箭枝上、射向敌营的文书。两宫，徽宗、钦宗。徽宗，赵佶（1082—1135），1100 年继兄哲宗为帝。善书画。在位期间崇信道教，任用贪官，横征暴敛，激起民众起义。金兵入侵，无法应对，传位于其子钦宗，自称太上皇。父子皆被金兵掳去，死于黑龙江依兰。钦宗，赵桓（1100—1156），赵佶长子，1125 年金兵入侵时，受父禅位登基，改元靖康，罢免李纲，不久与父一起被金兵掳去，死于燕京。

〔4〕上方：此处同尚方，剑名，由皇帝赐予的宝剑。《汉书·朱云传》："愿赐尚方斩马剑，断佞臣一人，以厉其余。" 请剑：请斩仇敌。

〔5〕高庙：指高宗。 藏弓：意为一旦消灭了敌人，就该收拾己方的将领了，这里指高宗杀害岳飞。《史记·越王勾践世家》："蜚鸟尽，良弓藏；狡兔死，走狗烹。"其实当时尚未完全打败金兵、收复故土，高宗就已经不能容忍岳飞。

〔6〕栖霞岭：见本篇正文注。

〔7〕"不见诸陵"句：这是提醒人们南宋并没有收复故土。诸陵，指杭州郊外的高、孝、光、宁、理、度六宗的皇陵。在元朝被发掘毁坏。

【译文】

　　岳王坟边的大树没有一根树枝向着北风，诉说千年的遗恨痛哭英雄。班师的诏令已在朝廷写就，射向敌营的文书仍想营救徽钦二宗。每每回忆谁请尚方剑而出战，只有空叹高宗自己残害英雄。如今栖霞岭上回头眺望，已不见南宋六陵在白雾中。

　　　唐顺之《岳王坟》诗[1]：

　　　国耻犹未雪，身危亦自甘。

　　　九原人不返[2]，万壑气长寒。

　　　岂恨藏弓早，终知借剑难。

　　　吾生非壮士，于此发冲冠[3]。

【注释】

　　〔1〕唐顺之(1507—1560)：明代散文家。字应德，号荆川，武进(在今江苏)人，嘉靖八年(1529)会试第一，官翰林院编修。曾任左金都御史。有《荆川集》。

　　〔2〕九原：黄泉，墓地。汉刘向《新序·杂事四》："晋平公过九原而叹曰：'嗟乎！此地之蕴吾良臣多矣，若使死者起也，吾将谁与归乎？'"后世以"九原"代指坟墓。

　　〔3〕冲冠：语出岳飞《满江红》词："怒发冲冠，凭栏处，潇潇雨歇。"

【译文】

　　国耻尚未得到昭雪，身临危境也自心甘。英雄死去难以回生，山壑寒气依旧凛然。难道只恨鸟尽藏弓，扫灭贼寇毕竟艰难。我这一生虽非壮士，细想不免怒发冲冠。

　　　蔡汝南《岳王墓》诗[1]：

　　　谁将三字狱[2]，堕此一长城[3]。

北望真堪泪，南枝空自荣。

国随身共尽，君恃相为生[4]。

落日松风起，犹闻剑戟鸣。

【注释】

〔1〕蔡汝南（1516—1565）：字子木，号白石，明代德清（在今浙江）人。嘉靖进士，授行人，知衡州时常至石鼓书院为诸生讲经传道。曾任南京工部右侍郎。

〔2〕三字狱：指秦桧诬陷岳飞时，大将韩世忠责问秦桧岳飞犯的什么罪，秦桧答以"莫须有"（意为不须有）三字。

〔3〕"堕此"句：自毁保卫国家的万里长城。《宋书·檀道济传》："道济见收，脱帻投地曰：'乃复坏汝万里之长城！'"

〔4〕"君恃"句：指宋高宗依靠宰相秦桧偏安南方，苟且偷生。

【译文】

是谁借用莫须有的罪名，无情摧毁了护国的长城。北望忍不住滚下热泪，效忠南宋原来是一场空。国家随着将军死去而灭亡，君主还倚仗权相在南方偷生。夕阳下松风飒飒响起，仿佛又听见了剑戟铮鸣。

王世贞《岳坟》诗[1]：

落日松杉覆古碑，英风飒飒动灵祠。

空传赤帝中兴诏[2]，自折黄龙大将旗[3]。

三殿有人朝北极，六陵无树对南枝[4]。

莫将乌喙论勾践，鸟尽弓藏也不悲[5]。

【注释】

〔1〕王世贞：见本卷《六贤祠》注。

〔2〕"空传"句：谓宋高宗即位诏书中有关中兴国家的誓言完全落

空。赤帝，原指汉高祖刘邦，见《史记·高祖本纪》。这里指宋高宗。

〔3〕黄龙：即金国北方的黄龙府，治今吉林农安。岳飞曾激励部将："直抵黄龙府，与诸君痛饮耳！"

〔4〕"六陵"句：意为南宋没有志在收复失土的忠臣良将。

〔5〕"莫将"二句：用勾践的故事指斥高宗杀害岳飞，毫无悔恨之意。鸟喙（huì），即鸟喙，其形尖，据说勾践相貌长脖鸟喙。春秋时，勾践在范蠡（lǐ）、文种等人帮助下，卧薪尝胆振兴越国，灭吴国。事后范蠡逃离越国隐居江湖，文种被勾践所杀。《史记·越王勾践世家》："范蠡遂去，自齐遗（wèi）大夫种书曰：'蜚鸟尽，良弓藏；狡兔死，走狗烹。越王为人长颈鸟喙，可与共患难，不可与共乐。子何不去？'"参见本篇高启《岳王坟》诗注。

【译文】

　　夕阳下松杉覆盖古碑，英烈之风震动岳祠。高宗中兴国家的誓言落了空，自己折断直捣黄龙的大将旗帜。朝廷不顾徽钦二帝被掳，南宋已无人存收复故土之志。莫道勾践长颈鸟喙阴险狠毒，鸟尽弓藏他也毫不伤悲。

　　徐渭《岳坟》诗〔1〕：
　　墓门惨淡碧湖中，丹艧朱扉射水红〔2〕。
　　四海龙蛇寒食后〔3〕，六陵风雨大江东〔4〕。
　　英雄几夜乾坤博，忠孝传家俎豆同〔5〕。
　　肠断两宫终朔雪〔6〕，年年麦饭隔春风〔7〕。

【注释】

〔1〕徐渭（1521—1593）：明代画家。字文长，号天池山人、青藤道人，山阴人。曾以诸生入胡宗宪幕为掌书记，于抗倭军事多有策划。能诗文，有《徐文长三集》。

〔2〕丹艧（huò）：油漆用的红色颜料。

〔3〕龙蛇寒食后：用介子推典。春秋时，介子推跟随晋文公重耳流浪十九年，有功无禄，从者怜之，作书云："龙欲上天，五蛇为辅。龙

已升云，四蛇各入其宇，一蛇独怨。"文公派人召之，子推逃入绵山，被焚而死。后人为纪念子推，在寒食这天禁火。事见《史记·晋世家》、《荆楚岁时记》）。这里是为岳飞愤愤不平。

〔4〕六陵：指南宋六陵被掘的遗恨，事见卷五《宋大内》。　大江东：指六陵位于江南。

〔5〕俎豆：见本卷《六贤祠》附诗"俎豆"注。

〔6〕"肠断"句：为徽宗、钦宗两帝被俘、最终死于极北冰雪之地而痛断肝肠。

〔7〕麦饭：子孙在祭祀时贡献给祖先的食物。　隔：意为距离遥远而无法享用。

【译文】

岳将军的墓门映在惨淡的碧湖中，朱色的大门照得湖水通红。四海壮士都过着寒食节，六陵在风雨中屹立江东。英雄昼夜为了社稷，忠孝传家祭品相同。可悲徽钦二帝死于冰天雪地，南方年年供奉却隔着千重。


张岱《岳王坟》诗：

西泠烟雨岳王宫，鬼气阴森碧树丛。

函谷金人长堕泪[1]，昭陵石马自嘶风[2]。

半天雷电金牌冷[3]，一族风波夜壑红[4]。

泥塑岳侯铁铸桧，只令千载骂奸雄。


【注释】

〔1〕"函谷"句：曹魏替汉后，魏明帝青龙年间（233—237），诏取汉武帝建章宫捧露盘铜仙人，从长安车载出函谷关至洛阳置魏宫前殿。相传铜仙人临载，悲伤落泪。唐李贺《金铜仙人辞汉歌》有云："魏官牵车指千里，东关酸风射眸子。空将汉月出宫门，忆君清泪如铅水。"此处喻北宋之倾覆。

〔2〕"昭陵"句：相传昭陵前石马曾助唐军与安禄山战而不胜。此喻宋军之败无可挽回。昭陵，唐太宗陵墓，在今西安郊外。

〔3〕金牌：《宋史·岳飞传》："一日奉（高宗退军令）十二金字牌，飞愤惋泣下，东向再拜曰：'十年之力，废于一旦！'"

〔4〕风波：风波亭，岳飞被害处，在杭州。　红：血染。

## 【译文】

西泠烟雨中的岳王坟，只见鬼气森森的茂密树丛。汉宫铜人远行悲伤落泪，昭陵石马空自嘶鸣长风。半日金牌如雷电般冷冷到来，风波亭被一族英烈鲜血染红。泥塑成岳侯铁铸就秦桧，就让后人千载痛骂奸雄。

## 董其昌《岳坟柱对》[1]：

南人归南，北人归北[2]，小朝廷岂求活耶。

孝子死孝，忠臣死忠，大丈夫当如是矣。

## 【注释】

〔1〕董其昌(1555—1636)：晚明书画家。字玄宰，号思白，华亭(今上海松江)人。万历进士，曾任礼部尚书。其画集宋元各家之长，列明末四大家。

〔2〕"南人"二句：秦桧提出的屈辱投降的主张。事见《宋史·秦桧传》。

## 【译文】

南人回归南，北人重返北，小朝廷如何延续。

孝子为孝死，忠臣为忠亡，大丈夫应当如此。

## 张岱《岳坟柱铭》：

呼天悲铁像，此冤未雪，常闻石马哭昭陵。

拓地饮黄龙，厥志当酬，尚见泥兵湿蒋庙[1]。

**【注释】**

〔1〕"尚见"句：表示岳飞壮志终将实现。相传南北朝时蒋帝神助南军克北军，事后庙中人马塑像脚尚有湿泥。事见《太平广记》卷二九六"蒋帝神"条。

**【译文】**

悲痛岳王像，此冤屈未雪，常听石马对昭陵哭泣。

掘地饮黄龙，其壮志当酬，尚留蒋帝庙泥兵湿迹。

# 紫　云　洞

紫云洞在烟霞岭右〔1〕。其地怪石苍翠，劈空开裂，山顶层层，如厦屋天构。贾似道命工疏剔建庵，刻大士像于其上〔2〕。双石相倚为门，清风时来，嵒谺透出〔3〕，久坐使人寒栗。又有一坎突出洞中，蓄水澄洁，莫测其底。洞下有懒云窝，四山围合，竹木掩映，结庵其中。名贤游览至此，每有遗世之思。洞旁一壑幽深，昔人凿石，闻金鼓声而止，遂名"金鼓洞"。洞下有泉，曰"白沙"。好事者取以瀹茗〔4〕，与虎跑齐名〔5〕。

**【注释】**

〔1〕紫云洞：位于岳王庙后栖霞岭上，分前后两洞，前洞较宽敞，光线从峭壁间穿入，岩石略呈紫色而得名。洞底立三尊佛像，旁有七宝泉。　烟霞岭：在南高峰下。　右：西侧。

〔2〕大士：观音菩萨。

〔3〕嵒（hān）谺（xiā）：山谷空洞的样子。一作"嵒呀"。司马相如《上林赋》："嵒呀豁閜（xiā）。"索隐："嵒呀，大貌。"

〔4〕瀹（yuè）茗：烹茶。宋范成大《华山寺》诗："瀹茗羹藜甘似乳。"

〔5〕虎跑：见卷五《虎跑泉》。

**【译文】**

　　紫云洞在烟霞岭的北面。当地怪石青翠绿映，好像被斧头劈开一般。山顶层叠，仿佛天造大厦。贾似道曾命工匠削石建庵，刻上观音菩萨像。两块大石相对为门，清风不时吹来，山间润气不断渗出，坐久了令人生冷发颤。又有一大块石坎从洞中突出，蓄水澄清，没人知道有多深。洞口下面有个懒云窝，四面山峰合围，竹木遮掩，其中有座佛庵。名人贤士游览到此，往往动了避世隐居的念头。洞旁有条水沟十分幽深，过去有人在旁凿石，听到金鼓声就停凿，因此称此洞为"金鼓洞"。洞下有泉水，叫作"白沙"。多事者取泉水煮茶，与虎跑泉齐名。

　　　　王思任诗[1]：
　　　　笋舆幽讨遍[2]，大壑气沉沉。
　　　　山叶逢秋醉，溪声入午喑[3]。
　　　　是泉从竹护，无石不云深。
　　　　沁骨凉风至，僧寮絮碧阴。

**【注释】**

　　〔1〕王思任（1575—1646）：字季重，号谑庵，晚明四明（今浙江宁波）人。与张岱祖父汝霖同年进士，曾为县官。明亡，于鲁王政权任礼部尚书。绍兴为清兵所破，绝食而死。

　　〔2〕笋舆：肩舆。北宋王安石《台城寺侧独行》诗："独往独来山下路，笋舆看得绿荫成。"

　　〔3〕喑（yīn）：无声。《墨子·亲士》："臣下重其爵位而不言，近臣则喑。"

【译文】

　　竹舆行遍寻幽探胜，大山谷中云气沉沉。秋色醉红了山上枝叶，午后溪流却悄然无声。泉水都有竹林守护，白云深处岩石崚嶒。渗入骨髓的凉风习习，绿荫中传来僧舍里絮语阵阵。

# 卷　二

## 西湖西路

### 玉　泉　寺

玉泉寺为故净空院[1]。南齐建元中[2]，僧昙起说法于此[3]，龙王来听，为之抚掌出泉，遂建龙王祠。晋天福三年[4]，始建净空院于泉左。宋理宗书"玉泉净空院"额[5]。祠前有池亩许，泉白如玉，水望澄明，渊无潜甲[6]。中有五色鱼百余尾，投以饼饵，则奋鬐鼓鬣[7]，攫夺盘旋，大有情致。泉底有孔，出气如橐籥[8]，是即神龙泉穴。又有细雨泉，晴天水面如雨点，不解其故。泉出可溉田四千亩。近者曰鲍家田，吴越王相鲍庆臣采地也[9]。

万历二十八年[10]，司礼孙东瀛于池畔改建大士楼居。春时，游人甚众，各携果饵到寺观鱼，喂饲之多，鱼皆餍饫，较之放生池[11]，则侏儒饱欲死矣[12]。

【注释】
　〔1〕玉泉寺：在钱塘门外九里松北，玉泉与虎跑泉、龙井泉并称西湖三大名泉。泉侧建净空院。相传南朝齐建元末年（482）灵悟大师昙超开山说法，龙君来听，为抚掌出泉。南宋淳祐八年（1248），甃砌龙潭，

增筑为二池。今龙祠前小方池清澈可鉴，异鱼数百游水其中。

〔2〕南齐：即南朝齐，六朝之一。南朝宋（见本卷《呼猿洞》"六朝宋"注）晚期，将领萧道成控制朝政，被封为齐王。479 年，萧道成迫使宋顺帝刘准禅位，自立为帝（齐高帝），建立齐朝，沿用建康（今南京）为都，占有江南地区。502 年，齐和帝萧宝融被迫让位于起兵夺位的将领萧衍，南齐灭亡。　建元：齐高帝年号（479—482）。

〔3〕昙起：或作昙超（？—492），南朝高僧。齐高帝时被敕前往辽东弘赞禅道，后居杭州灵隐山传法修行，每次打坐一旦进入禅定状态，连续数日不起。后在玉泉建净空院。

〔4〕晋：见卷一《昭庆寺》"石晋元年"注。　天福三年：938 年。

〔5〕宋理宗：赵昀（1205—1264），南宋皇帝，1225 年即位。在位前十年由权相史弥远挟制，直到史弥远死后，开始亲政，一度立志中兴，派兵联蒙灭金，以失败告终。晚年嗜欲过度，朝政落入贾似道之手，国势急衰，长江以北地区割让给蒙古。

〔6〕渊无潜甲：极言水清，没有看不见的鱼虾蟹鳖之类。

〔7〕奋鬐（qí）鼓鬣（liè）：形容水中生物奋力游泳、争先恐后的样子。鬐、鬣，这里指鱼虾的鳍、须。

〔8〕橐（tuó）籥（yuè）：古代冶炼用以鼓风吹火的设备，犹如现在的风箱。橐，外面的箱子；籥，里面的送风管。《老子》第五章："天地之间，其犹橐籥乎？虚而不屈，动而愈出。"

〔9〕鲍庆臣：鲍君福，字庆臣，唐末五代余姚（今浙江宁波）人。归吴越王钱镠，以战功升迁，官至同平章事兼侍中。　采地：封地。

〔10〕万历二十八年：1600 年。

〔11〕放生池：见卷三《放生池》。

〔12〕侏儒欲饱死：表示饥饱不均。语出《汉书·东方朔传》："朱儒饱欲死，臣朔饥欲死。"朱儒即侏儒。

【译文】

玉泉寺过去是净空院。南齐建元年间，僧昙起在此地说法，龙王也来听讲，为其鼓掌出泉，于是建造了龙王祠。后晋天福三年，在泉的左边建造净空院，宋理宗书写了"玉泉净空院"的匾额。祠前有个一亩大小的池塘，泉水洁净如玉，水质澄澈透明，水中游的鱼虾之类都一览无遗。其中有百余条五色鱼，如果投下饵食，鱼儿们都奋力鼓起鳍和须，争先恐后来抢夺，很有情趣。

泉底有洞，如风箱一般地出冒出气体，这就是神龙泉孔。又有细雨泉，晴天水面却像有许多雨点一般，不知为何。泉水可灌溉农田四千亩。附近的鲍家田，是吴越王国相鲍庆臣的封地。

万历二十八年，司礼监太监孙隆在池塘边改建大士楼居。春季游人熙熙攘攘，各自带着诱饵到寺里看鱼，投喂饲料之多，鱼儿都吃饱吃厌。和放生池比较，真是东方朔所说的"侏儒快撑死"了。

道隐《玉泉寺》诗[1]：

在昔南齐时，说法有昙起。

天花堕碧空[2]，神龙听法语。

抚掌一赞叹，出泉成白乳。

澄洁更空明，寒凉却酷暑。

石破起冬雷，天惊逗秋雨[3]。

如何烈日中，水纹如碎羽。

言有橐籥声，气孔在泉底。

内多海大鱼，狰狞数百尾。

饼饵骤然投，要遮全振旅[4]。

见食即忘生，无怪盗贼聚。

【注释】

〔1〕道隐（1614—1681）：金堡，字卫公，一字道隐，明代仁和人。崇祯进士，曾为知县，起兵抗清，参加永历帝小朝廷。明亡后为僧，名澹归。

〔2〕"天花"句：指昙起说法妙语连篇。《佛顶心经》："观世音菩萨说此陀罗尼已，天雨宝花，缤纷而下。"

〔3〕"石破"二句：语本李贺《李凭箜篌引》诗句："石破天惊逗秋雨。"

〔4〕"要遮"句：形容游鱼结队而来。要遮，拦截，阻留。　振旅：

整队班师。

【译文】

遥想昔日南齐时,昙起说法在此地。妙语连篇如天花坠落,神龙也来聆听佛语。神龙听后拍手礼赞,乳汁般的泉水不断涌出。泉水洁净而又清澈,凉爽质感洗去酷暑。冬雷响处岩石破碎,惊天震地引落秋雨。为何炎炎烈日之下,水面涟漪有如碎羽。仿佛有人拉响风箱,气孔就在泉水之底。水中大鱼多不胜数,气势凶猛达数百尾。猛地将那鱼饵投下,鱼儿结队前来争食。抢食全然不顾性命,难怪人间盗贼聚集。

# 集 庆 寺

九里松[1],唐刺史袁仁敬植[2]。松以达天竺,凡九里,左右各三行,每行相去八九尺。苍翠夹道,藤萝冒涂[3],走其下者,人面皆绿。行里许,有集庆寺,乃宋理宗所爱阎妃功德院也[4]。淳祐十一年建造[5]。阎妃,鄞县人[6],以妖艳专宠后宫。寺额皆御书,巧丽冠于诸刹。经始时,望青采斫,勋旧不保,鞭笞追逮,扰及鸡豚。时有人书法堂鼓云[7]:"净慈灵隐三天竺[8],不及阎妃好面皮。"理宗深恨之,大索不得。此寺至今有理宗御容两轴。六陵既掘[9],冬青不生,而帝之遗像竟托阎妃之面皮以存,何可轻诮也。元季毁,明洪武二十七年重建[10]。

【注释】

〔1〕九里松:唐代刺史袁仁敬所植,从洪春桥植松以达灵隐天竺共

九里，左右植松各三行。至明代其松多已不存。今日松树多为 1949 年以后补种。

〔2〕刺史：汉代至唐代州的长官。唐代州刺史掌一州之政，品级为正四品至从三品不等。　袁仁敬：一作袁仁恭。唐玄宗开元(714—741)中，帝自择诸司长官，以仁敬为杭州刺史。行前，玄宗赐诗并诏宰相、诸王送于洛滨。

〔3〕涂：即途，道路。

〔4〕阎妃：宋理宗妃，淳祐九年(1249)封贵妃。恃宠干政，与佞臣马天骥等勾结擅权，与贾似道明争暗斗。　功德院：为祈福而捐造的寺院。

〔5〕淳祐十一年：1251 年。淳祐为宋理宗年号（1241—1252）。

〔6〕鄞(yín)县：见卷一《哇哇宕》附屠隆诗注。

〔7〕法堂：寺庙中演说大法之处。其他各宗称讲堂，禅宗称法堂。《华严经》卷七五《入法界品第三十九》："善财童子将升法堂。"唐代百丈禅师曾定规式："不立佛殿，唯树法堂。"

〔8〕净慈：见卷四《净慈寺》。　灵隐：见卷二《灵隐寺》。　三天竺：见本卷《上天竺》注。

〔9〕六陵：见卷一《岳王坟》附诗"诸陵"句注。

〔10〕洪武二十七年：1394 年。

## 【译文】

九里松，唐朝刺史袁仁敬所植。松路直达天竺，长九里，路左右两旁各三行，每行相距八九尺，苍翠夹道，藤萝蔓延到路中。走在树下的人，面孔都被映照成绿色。走过一里来路，有集庆寺，是宋理宗爱妃阎妃的功德院，建造于淳祐十一年。阎妃，鄞县人，姿色妖艳，在后宫专擅理宗的宠幸。寺的匾额都是理宗书写的，美妙华丽超过其他寺庙。开始建造时，看见青翠的树木就加以砍伐，连功勋贵族家的树木也保不住，为此对百姓鞭打追捕，鸡犬不宁。当时有人在法堂鼓上写上："净慈寺、灵隐寺、三天竺，比不上阎妃一张好脸皮。"理宗大怒，下令追查而没有结果。直到今天，集庆寺仍然有理宗的两幅肖像。宋六陵被发掘后，连冬青树都不生长了，而皇帝的遗像居然靠着阎妃的好脸皮得以保存下来，怎么可以随便讥刺呢。元朝末年寺毁，明朝洪武二十七年重建。

### 张京元《九里松小记》：

九里松者，仅见一株两株，如飞龙劈空，雄古奇伟。想当年万绿参天，松风声壮于钱塘潮[1]，今已化为乌有。更千百岁，桑田沧海，恐北高峰头有螺蚌壳矣[2]，安问树有无哉！

【注释】

〔1〕钱塘潮：见卷一《明圣二湖》附诗"钱塘"注。

〔2〕北高峰：见本卷《北高峰》。

【译文】

九里松，只见到一两棵，如飞龙劈开长空，雄壮奇伟。遥想当年万绿参天，松涛声比钱塘江潮声壮阔，如今已经一无所存。再过千百年，沧海桑田，恐怕北高峰上都有螺蚌壳，更不要问有没有树了。

### 陈玄晖《集庆寺》诗[1]：

玉钩斜内一阍妃[2]，姓氏犹传真足奇。

宫嫔若非能佞佛，御容焉得在招提[3]。

【注释】

〔1〕陈玄晖：明代海盐（在今浙江）人。万历进士。曾官翰林院编修、兵部都给事。

〔2〕玉钩斜：地名，在今扬州江都境内，为古代游宴之地，相传为隋代葬宫女处。宋陈师道《后山诗话》谓"广陵（今扬州）亦有戏马台，其下有路，号玉钩斜"。诗中指已经死去的阍妃。

〔3〕招提：寺庙。唐杜甫《游龙门奉先寺》诗："已从招提游，更宿招提境。"

**【译文】**

　　玉钩斜内有位阎妃，至今姓氏犹传堪称传奇。若不是这位妃子盲目奉佛，皇帝御像如何留存此寺。

　　　布地黄金出紫薇〔1〕，官家不若一阎妃。
　　　江南赋税凭谁用，日纵平章恣水嬉〔2〕。

**【注释】**

　　〔1〕布地黄金：见卷一《哇哇宕》注。　紫微：指皇宫。
　　〔2〕平章：谓贾似道。见卷一《明圣二湖》"贾似道"注。

**【译文】**

　　散布黄金在宫殿外，官府比不上一位阎妃。江南赋税被谁挥霍，贾平章成天湖上嬉戏。

　　　开荒筑土建坛壝〔1〕，功德巍峨在石碑。
　　　集庆犹存宫殿毁，面皮真个属阎妃。

**【注释】**

　　〔1〕坛壝：见卷一《智果寺》"坛壝"注。

**【译文】**

　　辟土建造高台围墙，功德巍巍刻下石碑。集庆寺还在宫殿已毁，阎妃真是个好面皮。

昔日曾传九里松，后闻建寺一朝空。

放生自出罗禽鸟，听信阇黎说有功[1]。

【注释】

〔1〕“放生”二句：因为建造寺院，砍尽松树，把鸟儿全放了生，也算是功德。语含讥刺。　阇黎：见卷一《玛瑙寺》附诗“阇黎”注。

【译文】

昔日芳名远播的九里松树，为建寺宇一时间伐空。就当放生林中群鸟，听信佛徒自夸有功。

# 飞来峰

飞来峰[1]，棱层剔透，嵌空玲珑，是米颠袖中一块奇石[2]。使有石癖者见之，必具袍笏下拜[3]，不敢以称谓简亵，只以“石丈”呼之也。深恨杨髡[4]，遍体俱凿佛像，罗汉世尊[5]，栉比皆是，如西子以花艳之肤，莹白之体，刺作台池鸟兽，乃以黔墨涂之也[6]。奇格天成，妄遭锥凿，思之骨痛。翻恨其不匿影西方，轻出灵鹫，受人戮辱；亦犹士君子生不逢时，不束身隐遁，以才华杰出，反受摧残，郭璞、祢衡并受此惨矣[7]。慧理一叹[8]，谓其何事飞来，盖痛之也，亦惜之也。

且杨髡沿溪所刻罗汉，皆貌己像，骑狮骑象，侍女皆裸体献花，不一而足。田公汝成锥碎其一[9]；余少年读书峋嵝，亦碎其一[10]。

　　闻杨髡当日住德藏寺，专发古冢，喜与僵尸淫媾。知寺后有来提举夫人与陆左丞化女，皆以色夭，用水银灌殓。杨命发其冢。有僧真谛者，性骏鸷[11]，为寺中樵汲，闻之大怒，噪呼诟谇[12]。主僧惧祸，锁禁之。及五鼓，杨髡起，趣众发掘，真谛逾垣而出，抽韦驮木杵[13]，奋击杨髡，裂其脑盖。从人救护，无不被伤。但见真谛于众中跳跃，每逾寻丈[14]，若隼撇虎腾[15]，飞捷非人力可到。一时灯炬皆灭，糇锄畚锸都被毁坏[16]。杨髡大惧，谓是韦驮显圣，不敢往发，率众遽去，亦不敢问。此僧也，洵为山灵吐气[17]。

【注释】

〔1〕飞来峰：又名灵鹫（jiù）峰，长800米、宽400米、主峰海拔168米的石灰岩山峰。相传东晋咸和元年（326），天竺（古印度）僧人慧理至杭，登此峰而叹："此天竺灵鹫山之小岭，不知何以飞来？"因在此建寺名灵隐，称其山曰飞来峰。中天竺灵鹫山，在古印度，传为释迦牟尼讲经处。

〔2〕米颠：即米芾，见卷一《明圣二湖》附诗"米颠"注。

〔3〕"使有"二句：用米芾故事。使有，假如有。袍，古代官服；笏（hù），古代臣子上朝见君时手执的狭长板子，由玉、象牙或竹制成。袍笏代表臣子的身份等级。北宋叶梦得《石林燕语》卷一〇"米芾"条："米芾诙谲好奇"，担任无为地方官，"初入州廨，见立石颇奇，喜曰：'此足以当吾拜。'遂命左右取袍笏拜之。每呼曰'石丈'。"

〔4〕杨髡（kūn）：杨琏真伽，西夏人，曾为吐蕃高僧八思巴帝师徒，见宠于元世祖忽必烈，为江南释教总统，发掘南宋诸皇陵。此外在飞来峰上雕琢许多佛像。以佛寺名义占佃户五十余万户。后下狱。髡，秃顶，这里是骂杨琏真伽的用语。

〔5〕罗汉："阿罗汉"的简称。原为小乘佛教修行的最高品位、大乘佛教中仅次于菩萨的品位。传入中国后，民间将其视为护法弘法的神祇，民间有"十八罗汉"、"五百罗汉"等说法。　世尊：佛家对释迦牟

尼的尊称。隋代慧远《无量寿经义疏》上："佛备众德，为世钦仰，故号世尊。"

〔6〕黥墨：即黥(qíng)刑，古代在罪犯脸上刺字并涂墨的刑罚。黥，黑色，表示刺字涂墨。

〔7〕郭璞(276—324)：字景纯，东晋闻喜(今属山西)人。撰有《尔雅注》、《山海经注》，曾为王敦记室参军，因反对王敦谋反遇害。 祢衡(173—198)：字正平，东汉平原(今属山东)人。有辩才，性刚傲，曾当众羞辱曹操，被遣送而见杀。

〔8〕慧理：东晋咸和初年云游来杭，在飞来峰前创建灵隐寺，接着又创下天竺翻经院等，史称其"连创五刹"，为灵隐乃至西湖、杭州佛教之源。

〔9〕田公汝成：田汝成，字叔禾，明代钱塘人。嘉靖进士，曾任南京刑部主事、福建提学副使，撰《西湖游览志》、《西湖游览志余》等。

〔10〕"余少年"二句：岣嵝山房与锥碎石像事见本卷《岣嵝山房》及其附文。

〔11〕骏(ái)：愚，呆。

〔12〕噪(jiāo)呼诟谇(suì)：斥责痛骂。

〔13〕韦驮：即韦陀。寺庙中护持佛法、驱除邪恶之神，立于天王殿弥勒佛背后，面向大雄宝殿。 木杵(chǔ)：韦驮手持的形似舂米、捶衣所用棒槌的木制兵器。

〔14〕寻丈：寻、丈均为古代长度单位，八尺为一寻。

〔15〕隼(sǔn)撇虎腾：形容勇猛的样子。隼，鹗，凶猛的鸟类。撇(piě)，这里是击的意思。

〔16〕耰(yōu)锄畚锸(chā)：泛指各种农具、用具。

〔17〕洵：诚然，确实。《诗经·郑风·有女同车》："彼美孟姜，洵美且都。"


【译文】

飞来峰，层叠剔透，洞空玲珑，仿佛米芾袖中的一块奇石。假如有爱石成癖的人见到，必然穿袍持笏恭敬下拜，不敢直呼其名怠慢亵渎了，只称它为"石丈"。深恨秃驴杨琏真伽，将飞来峰上下都凿了佛像，罗汉世尊一个个紧挨，就像把西子的花艳肌肤，莹白玉体，纹上台池鸟兽，再涂上黑墨一样不堪。本来飞来峰是天作自然，却妄遭雕凿。思来想去，令人痛入骨髓，反而恨它不藏匿西方，轻易飞出灵鹫山，受人刀剑之刑；就像士人君子生不逢时，不隐居避世，反而因才华过人遭到摧残。郭璞、祢衡都遭受此祸害。慧理曾叹问飞来峰为何飞来，是痛心，也是可惜。

而且杨琏真伽沿溪水所刻罗汉，相貌都像他自己，骑着狮子或者大象。侍女都裸体献花，如此等等。田汝成公砸碎了其中一个。我年轻时在岣嵝山房读书，也砸碎了一个。

听说杨琏真伽当年住在德藏寺时，专门发掘古墓，喜欢与僵尸交媾。他得知寺后葬着来提举夫人与左丞陆化的女儿，都有姿色而早死，用水银灌在棺中。杨琏真伽就下令挖她们的墓。有个叫真谛的僧人，性格呆傻耿直，为寺庙担水砍柴，听说后大怒，斥责痛骂。主管的僧人怕惹来祸害，将他锁住禁闭。到五鼓时候，杨琏真伽起来，催促众人掘墓。真谛翻墙而出，抽出韦驮的木杵，痛击杨琏真伽，把他脑袋打破了。手下的人来救护，没有不受伤的。只见真谛在众人中腾挪跳跃，每一跳就超过丈把高，仿佛鹰扑虎跃，其快速敏捷绝非人力可为。一时间灯火都被打灭，耰锄畚插等工具都被砸坏。杨琏真伽深为恐惧，认为是韦驮显圣，不敢继续发掘，就带领众人逃走了，也不敢来问罪。这个僧人，真是为山灵扬眉吐气。


## 袁宏道《飞来峰小记》：

湖上诸峰，当以飞来峰为第一。峰石高逾数十丈，而苍翠玉立。渴虎奔猊[1]，不足为其怒也；神呼鬼立，不足为其怪也；秋水暮烟，不足为其色也；颠书吴画[2]，不足为其变幻诘曲也。石上多异木，不假土壤，根生石外。前后大小洞四五，窈窕通明，溜乳作花[3]，若刻若镂。壁间佛像，皆杨髡所为，如美人面上瘢痕，奇丑可厌。余前后登飞来者五：初次与黄道元、方子公同登[4]，单衫短后[5]，直穷莲花峰顶[6]。每遇一石，无不发狂大叫。次与王闻溪同登[7]；次为陶石篑、周海门[8]；次为王静虚[9]、陶石篑兄弟；次为鲁休宁[10]。每游一次，辄思作一诗，卒不可得。

【注释】

〔1〕猊(ní)：狮子。

〔2〕颠书吴画：米芾的书法、吴道子的画。吴道子(约 685—758)：唐代画家。阳翟(今河南禹县)人，早年客游洛阳，学书于张旭、贺知章。曾任县尉，玄宗召入供奉，擅画释道人物及花鸟台阁，人称"画圣"。

〔3〕溜乳：指飞来峰石灰岩洞里的钟乳石。

〔4〕黄道元：黄国信，字道元，明代永嘉(在今浙江)人，袁宏道友，能诗文。

〔5〕短后：谓衣的后幅较短，便于动作。唐岑参《北庭西郊候封大夫受降回军献上》诗："自逐定远侯，亦着短后衣。"

〔6〕莲花峰：位于灵隐山侧。其峰顶有孤石，大三十围，其上开散如莲花，故名。

〔7〕王闻溪：王禹声字文溪，一作闻溪，明代吴县(今属苏州)人。万历进士，曾任承天府知府。

〔8〕周海门：周汝登(1547—1629)，字继元，号海门，明代嵊县(今浙江嵊州)人，万历进士，历任工部主事、两淮盐运官。曾在地方集资创办书院。自己潜心研究王阳明学术，并身体力行。崇祯二年(1628)以八十三岁起为工部尚书，力辞未果，不久去世。

〔9〕王静虚：见卷一《昭庆寺》附文注。

〔10〕鲁休宁：鲁点，字子与，号乐同，明代南彰(在今湖北)人，万历进士，曾官休宁知县。

【译文】

西湖周围各山峰，应该推飞来峰为第一。山石超过几十丈高，苍翠如玉一般挺立。饥渴的虎奔跑的狮，不足以形容其怒态；呼号的神仙站立的鬼，不足以说明其怪异；秋天的水暮霭的烟，不足以描绘其色彩；米芾的书法吴道子的画，不足以概括其诡谲变幻。石头上许多奇树，不长在土壤上，树根却生在石头外。前后有四五个大小不一的山洞，窈窕剔透，石灰岩洞里的水柱呈花朵形状，如刀削斧琢。石壁间佛像，都是杨秃子所为，正如美人脸上的瘢痕，特别丑陋特别可厌。我前后五次登上飞来峰。第一次与黄道元、方子公同登，单衫短幅，一直登上莲花峰顶。每遇到一块岩石，都要发狂大叫一番。第二次与王闻溪同登；第三次是和陶石篑、周海门；第四次是和王静虚、陶石篑兄弟；第五次是和鲁休宁。每游览一次，就想作一首诗，终究没能做成。

又《戏题飞来峰》诗：

试问飞来峰，未飞在何处。

人世多少尘，何事飞不去。

高古而鲜妍，扬、班不能赋[1]。

**【注释】**

〔1〕扬、班：扬雄和班固。扬雄(前53—18)，一作杨雄，西汉辞赋家。字子云，蜀郡成都(今四川成都)人。年四十余始游京师，曾任给事黄门郎，后仕王莽，为大夫，校书天禄阁，长于辞赋。班固(32—92)，东汉史学家。字孟坚，安陵(今陕西咸阳北)人。续父修国史，任兰台令史、典校秘书，作《汉书》，善辞赋。永元元年(89)，随大将军窦宪征匈奴。宪败，固受牵连死狱中。

**【译文】**

试问西湖飞来峰，未飞时分在何处？人世漫漫岁月里，为何滞留杭州飞不去？远古故事真幻丽，哪怕扬雄、班固又何曾能写出。

白玉簇其颠，青莲借其色。

惟有虚空心，一片描不得。

平生梅道人[1]，丹青如不识[2]。

**【注释】**

〔1〕梅道人：吴镇（1285—1354），元代画家。字仲圭，号梅花道人，嘉兴（在今浙江）人。早年隐居，村塾教书，曾游历杭州。山水师法董源、巨然，有清旷野逸之趣，为"元四家"之一。亦工诗文。

〔2〕"丹青"句：谓画不出飞来峰神韵。丹青，丹砂与青雘（huò）两种矿石制作的绘画颜料。《汉书·苏武传》："古竹帛所载，丹青所画。"亦指绘画。

**【译文】**

青色山顶如白玉簇集，仿佛向青莲借得颜色。而虚空剔透的洞心，不是人力描绘可得。纵使梅花道人吴镇再世，如此色彩也休想画出。

张岱《飞来峰》诗：

石原无此理，变幻自成形。

天巧疑经凿，神功不受型[1]。

搜空或洚水[2]，开辟必雷霆。

应悔轻飞至，无端遭巨灵[3]。

**【注释】**

〔1〕不受型：不受型模限制。

〔2〕搜空：铲除泥土。 洚（jiàng）水：《孟子·滕文公下》："洚水者，洪水也。"

〔3〕"无端"句：指飞来峰石壁无故饱受雕凿。巨灵，传说中的黄河之神，能凿山通河。唐李白《西岳云台歌送丹丘子》诗："巨灵咆哮掰两山，洪波喷流射东海。"

【译文】

　　顽石原不受人理约束，变幻莫测自成奇形。巧夺天工似经雕琢，上天神力无须塑型。铲除泥土或因洪水，开辟山体必由雷霆，或许后悔轻易飞来，无故遭受斧削刀凿最无情。

　　石意犹思动，夔跜势若撑[1]。
　　鬼工穿曲折，儿戏斫珑玲。
　　深入营三窟[2]，蛮开倩五丁[3]。
　　飞来或飞去，防尔为身轻。

【注释】

　　[1] 夔(kuí)跜(ní)：动的样子。汉王延寿《鲁灵光殿赋》："颔若动而夔跜。"
　　[2] 三窟：《战国策·齐策四》："狡兔有三窟，仅得免其死耳。"此处指飞来峰洞窟曲折。
　　[3] "蛮开"句：意为开辟山体有赖于五丁。倩(qiàn)：请来。五丁：传说中蜀国远古的五个大力士。东晋常璩(qú)《华阳国志》卷三《蜀志三》：上古"蜀有五丁力士，能移山，举万钧"。

【译文】

　　石头通灵想要活动，飞起姿态犹如手撑。鬼斧神工山势曲折，随意刀凿浑然天成。深入各洞窟营造石像，开辟山体有赖力士五丁。山峰飞来亦可飞去，因此开凿石像以防你身子太轻。

# 冷　泉　亭

　　冷泉亭在灵隐寺山门之左[1]。丹垣绿树，翳映阴森[2]。亭对峭壁，一泓泠然，凄清入耳。亭后西栗十余株[3]，大皆合抱，冷飔暗樾[4]，遍体清凉。秋初栗熟，大若樱桃,破苞食之,色如蜜珀,香若莲房。天启甲子[5],余读书岣嵝山房,寺僧取作清供[6]。余谓鸡头实无其松脆[7],鲜胡桃逊其甘芳也。夏月乘凉,移枕簟就亭中卧月[8],涧流淙淙,丝竹并作。

张公亮听此水声[9],吟林丹山诗[10]:"流向西湖载歌舞,回头不似在山时。"言此水声带金石,已先作歌舞声矣,不入西湖安入乎!余尝谓住西湖之人,无人不带歌舞,无山不带歌舞,无水不带歌舞,脂粉纨绮,即村妇山僧,亦所不免。因忆眉公之言曰[11]:"西湖有名山,无处士;有古刹,无高僧;有红粉,无佳人;有花朝,无月夕。"曹娥雪亦有诗嘲之曰[12]:"烧鹅羊肉石灰汤,先到湖心次岳王。斜日未曛客未醉[13],齐抛明月进钱塘。"

余在西湖,多在湖船作寓,夜夜见湖上之月,而今又避嚣灵隐,夜坐冷泉亭,又夜夜对山间之月,何福消受。余故谓西湖幽赏,无过东坡,亦未免遇夜入城。而深山清寂,皓月空明,枕石漱流[14],卧醒花影,除林和靖、李岣嵝之外[15],亦不见有多人矣。即慧理、宾王[16],亦不许其同在卧次。

【注释】

〔1〕冷泉亭:位于飞来峰下,灵隐寺前,唐宪宗元和十五年(820),河南人、右司郎中元萇建造,为灵隐山麓五亭之一。

〔2〕翳(yì):遮挡。《国语·楚语下》:夫差"好纵过而翳谏"。此处指树木枝叶遮蔽阳光。

〔3〕西栗:树名,果实大小似胡桃,可以入药。《杭州府志》卷七八

《物产一》："灵隐有西栗树，慧理自西竺携来种此，实小而味美。"今称莎罗树。

　　〔4〕飔(sī)：冷风。《宋书·乐志四》："秋风肃肃晨风飔。" 樾(yuè)：树荫。《玉篇》："两树交荫之下曰樾。"

　　〔5〕天启甲子：明熹宗天启四年(1624)。

　　〔6〕清供：乡居供给的清雅素食。

　　〔7〕鸡头：又称鸡头米，茨的别名。扬雄《方言》三《茨》："青徐淮泗之间谓之茨，南楚江湘之间谓之鸡头。"

　　〔8〕簟(diàn)：竹席。《诗经·小雅·斯干》："下莞(指草)上簟，乃安斯寝。"

　　〔9〕张公亮：见卷一《六贤祠》附诗注。

　　〔10〕林丹山：林積，号丹山，北宋长洲(今苏州)人。熙宁进士，有《宫词》百首。

　　〔11〕眉公：陈眉公，见卷一《六贤祠》注。

　　〔12〕曹娥雪：曹勋，字允大，号娥雪，嘉善(今属浙江)人。晚明文人。

　　〔13〕曛(xūn)：日落的余光。谢灵运《晚出西射堂》："夕曛岚气阴。"

　　〔14〕枕石漱流：一作枕流漱石，形容山林泉石的生活。《世说新语·排调》："所以枕流，欲洗其耳；所以漱石，欲厉其齿。"

　　〔15〕李岣嵝：即李芨，见本卷《岣嵝山房》注。

　　〔16〕宾王：骆宾王(约627—684)，初唐诗人。义乌(今属浙江)人。七岁能诗，称神童，"初唐四杰"之一。曾任侍御史。武则天光宅元年(684)，徐敬业起兵，宾王为其作《代李敬业讨武曌檄》。徐兵败，宾王被杀，一说隐居西湖灵隐寺或韬光庵。


【译文】

　　冷泉亭在灵隐寺山门左边，红墙绿树，蓊郁成荫。亭对面是峭壁，一泓清水，凄清入耳。亭后有西栗十多棵，都大到需要合抱。冷风浓荫，使人遍体清凉。初秋栗子熟了，如樱桃般大，破壳品尝，色如琥珀，香如莲蓬。天启甲子年，我在岣嵝山房读书，寺里的僧人取来栗子当作清新的供品。我说鸡头米比不上它的松脆，鲜胡桃则不如它的香甜。

　　张公亮听着水声，吟诵林丹山的诗："流向西湖载歌舞，回头不似在山时。"是说这里水声隐含乐声，已有歌舞之意，不流向西湖流到哪里去？我曾经说住在西湖边的人，无人不会歌舞，无山不会歌舞，无水不会歌舞。妆饰打扮，就算村妇山僧，也是少不了的。于是我想起陈眉公所说："西湖有名山，却无处士；有古庙，却无高僧；有红粉，却无佳人；有花朝，却无月夕。"曹娥雪也有诗讥刺道："烧鹅羊肉加上石灰汤，先到湖心再拜岳王。夕阳未落客未醉，月光全都扔进钱塘。"

　　我在西湖，经常住在湖船上，每夜都见到湖上月亮。如今又在灵隐寺躲避尘世喧闹，夜里坐在冷泉亭，又夜夜对着山间的月亮，我哪来的福气如此享受。我曾经说，静赏西湖的，莫过东坡，但他也免不了夜里进城。深山清静阒寂，皓月当空，而以石枕头、以泉漱口，在花影中睡醒，除林和靖、李峤嵘以外，也没多少人了。即使慧理、骆宾王之流，也没资格睡在我旁边。


## 袁宏道《冷泉亭小记》：

　　灵隐寺在北高峰下，寺最奇胜，门景尤好。由飞来峰至冷泉亭一带，涧水溜玉，画壁流香，是山之极胜处。亭在山门外，尝读乐天《记》有云[1]："亭在山下水中，寺西南隅，高不倍寻[2]，广不累丈，撮奇搜胜，物无遁形。春之日，草薰木欣[3]，可以导和纳粹[4]；夏之日，风冷泉渟[5]，可以蠲烦析酲[6]。山树为盖，岩石为屏，云从栋生，水与阶平。坐而玩之，可濯足于床下；卧而狎之，可垂钓于枕上。潺湲洁澈[7]，甘粹柔滑，眼目之瞖，心舌之垢，不待盥涤，见辄除去。"[8]观此记，亭当在水中，今依涧而立。涧阔不丈余，无可置亭者。然则冷泉之景，比旧盖减十分之七矣。

## 【注释】

〔1〕乐天：白居易。见卷一《明圣二湖》"乐天"注。

〔2〕寻：古代长度单位。见本卷《飞来峰》"寻丈"注。

〔3〕薰：香。南朝江淹《别赋》："闺中风暖，陌上草薰。"

〔4〕导和纳粹：吸入新鲜空气。

〔5〕渟(tíng)：水积聚不流。《史记·李斯传》："决渟水致之海。"

〔6〕蠲(juān)烦析酲：除闷解酒。蠲，去除。

〔7〕潺湲(yuán)：水流声。

〔8〕此段引自白居易《冷泉亭记》，见《白居易集》卷二六，文字稍有出入。

## 【译文】

灵隐寺在北高峰下，最为奇特，寺门景致尤妙。由飞来峰至冷泉亭一带，涧溪如玉，石壁如画，香气扑鼻，是山里最美的地方。冷泉亭就在山门外。我曾经看白乐天游记说："亭子在山下水中，寺的西南角，高不到两寻，宽不到两丈，汇集奇景，网罗胜迹，没有遗漏的了。春天，草香树茂，空气清新，可以导引祥和之气；夏天，风凉泉清，可以解闷醒酒。以山树为篷盖，岩石为屏风，云从篷栋升起，水与台阶齐平。坐着赏玩，可在床下洗脚；躺着戏耍，可靠着枕头钓鱼。水流潺潺洁净，甘甜柔滑，眼里的烦恼，心舌的污垢，用不着洗刷，一出现就立刻除尽了。"根据这个记载，亭子应该在水中，如今却立在涧边。涧宽不过两丈，无法放下亭子。如此来看，冷泉的景色，已经比旧时减少十分之七了。

# 灵　隐　寺

明季昭庆寺火[1]，未几而灵隐寺火，未几而上天竺又火，三大寺相继而毁。是时唯具德和尚为灵隐住持[2]，不数年而灵隐早成。

　　盖灵隐自晋咸和元年僧慧理建[3]，山门匾曰"景胜觉场"，相传葛洪所书[4]。寺有石塔四，钱武肃王所建。宋景德四年[5]，改"景德灵隐禅寺"，元至正三年毁[6]。明洪武初再建，改灵隐寺。宣德七年[7]，僧昙缵建山门[8]，良玠建大殿。殿中有拜石，长丈余，有花卉麟甲之文，工巧如画。正统十一年[9]，玹理建直指堂，堂额为张即之所书[10]，隆庆三年毁[11]。万历十二年[12]，僧如通重建[13]；二十八年司礼监孙隆重修，至崇祯十三年又毁[14]。具和尚查如通旧籍[15]，所费八万，今计工料当倍之。具和尚惨澹经营[16]，咄嗟立办[17]。其因缘之大[18]，恐莲池、金粟所不能逮也[19]。

　　具和尚为余族弟，丁酉岁[20]，余往候之，则大殿、方丈尚未起工[21]，然东边一带，闳阁精蓝凡九进[22]，客房僧舍百什余间，棐几藤床[23]，铺陈器皿，皆不移而具[24]。香积厨中[25]，初铸三大铜锅，锅中煮米三担，可食千人。具和尚指锅示余曰："此弟十余年来所挣家计也。"饭僧之众，亦诸刹所无。午间方陪余斋，见有沙弥持赫蹄送看[26]，不知何事，第对沙弥曰[27]："命库头开仓。"沙弥去。及余饭后出寺门，见有千余人蜂拥而来，肩上担米，顷刻上廪[28]，斗斛无声，忽然竟去。

　　余问和尚，和尚曰："此丹阳施主某[29]，岁致米五百担，水脚挑钱，纤悉自备，不许饮常住勺水[30]，七年于此矣。"余为嗟叹。因问大殿何时可成，和尚对以"明年六月，为弟六十，法子万人[31]，人馈十金，可得十万，则吾事济矣"。逾三年而大殿、方丈俱落成焉。
余作诗以记其盛。

【注释】
〔1〕明季：明朝末年。
〔2〕具德和尚（1600—1667）：即具和尚，俗名张弘礼，会稽人，张
岱族弟。少年辍学，曾为锻工，后在普陀山出家，持临济宗。 灵隐：
灵隐寺，在西湖西北武林山（又名灵隐山）下，相传东晋咸和元年（326）
由天竺僧人慧理创建。五代吴越时曾两次扩建，盛时有房屋1200余间，
僧徒3000人。以后迭经兴衰，毁建多次。清顺治六年（1649）具德和尚
来杭州主持灵隐寺，历时十八年苦心修复，计完成有七殿、十二堂、四
阁、三轩、三楼等。后人评说灵隐寺"理公为祖，延寿为宗，具德中
兴"。清代康熙赐名云林禅寺。今灵隐寺包括天王殿、大雄宝殿、药师
殿、藏经楼、华严殿、五百罗汉堂等。 住持：僧职，主持寺院、总管
僧务者。
〔3〕咸和元年：326年。咸和为晋成帝年号（326—334）。
〔4〕葛洪（281—341）：字稚川，号抱朴子，东晋句容（今属江苏）
人，道教人物，炼丹家。曾在杭州修炼，后隐居广东罗浮山炼丹，世称
"小仙翁"。有《抱朴子》。
〔5〕景德四年：1007年。景德为宋真宗年号（1004—1007）。
〔6〕至正三年：1343年。至正为元顺帝年号（1341—1368）。
〔7〕宣德七年：1432年。宣德为明宣宗年号（1426—1435）。
〔8〕山门：寺庙的大门。
〔9〕正统十一年：1446年。正统为明英宗年号（1436—1449）。
〔10〕张即之（1186—1263）：字温夫，南宋历阳（今安徽和县）人，以
荫得官，曾任知县，授直秘阁致仕。书法家，金人尤宝其翰墨。
〔11〕隆庆三年：1569年。是年灵隐寺毁于雷火，仅剩直指堂。
〔12〕万历十二年：1584年。当时由吏部尚书张瀚等出面迎临济宗宗
师如通来杭州重建灵隐寺，历时五年竣工。大殿仿唐式，并建三藏殿、
直指堂、方丈、妙香阁等。
〔13〕如通：万历间灵隐寺住持。
〔14〕崇祯十三年：1640年。是年灵隐寺毁于火，仅剩大殿、直指堂
和轮藏殿。
〔15〕旧籍：旧账簿。

〔16〕惨澹经营：即惨淡经营，苦心经营。

〔17〕咄（duō）嗟（jiē）：呼吸之间，表示时间极短。晋左思《咏史》诗："俯仰生荣华，咄嗟复凋枯。"

〔18〕因缘：佛教指产生结果的直接原因及促成其结果的辅助条件，类似于"缘分"。

〔19〕莲池：见卷五《云栖》。　金粟：佛名。相传早期佛教的维摩居士前身为金粟如来。

〔20〕丁酉：指清世祖顺治十四年（1657）。

〔21〕方丈：佛寺长老及住持说法之房舍。《法苑珠林》卷三八《感通圣迹》："以笏量基止，有十笏，故号方丈之室也。"

〔22〕閟（bì）：幽静。　蓝：僧舍。

〔23〕棐几：用榧木做的几（小案桌）。《晋书·王羲之传》："尝诣门生家，见棐几滑净。"

〔24〕不移而具：意为很快置齐。《汉书·贾山传》："钟鼓帷帐，不移而具。"

〔25〕香积厨：寺院厨房。《维摩诘经·香积佛品第十》："有国名众香，佛号香积。"

〔26〕沙弥：佛教谓男子出家初受十戒者为沙弥，即小和尚。　赫蹄：西汉末年用于书写的小幅薄纸。《汉书·孝成赵皇后传》："武发箧中有裹药二枚，赫蹄书。"此处指信件。

〔27〕第：但，只。

〔28〕上廪：入仓。

〔29〕丹阳：县名，在今江苏。

〔30〕常住：寺观僧、道拥有的房舍、田园、粮食、杂物等，均称常住物，亦称常住。

〔31〕法子：信众，善男信女。

【译文】

　　明末昭庆寺火灾，不久灵隐寺也火灾，随即上天竺又火灾。三大寺接连烧毁，只有灵隐寺住持具德和尚没用几年便使灵隐寺重建落成了。

　　原来，灵隐寺是晋代咸和元年僧人慧理所建，山门匾额写着"景胜觉场"，相传是葛洪所书。寺里有四座石塔，钱武肃王所建。宋朝景德四年，改为景德灵隐禅寺，到元朝至正三年毁坏。

明朝洪武初年再建，改为灵隐寺。宣德七年，僧人昙缵建山门，良玠建大殿。殿中有拜石，一丈多长，上刻花卉鱼虾之类的纹饰，工巧如绘画一般。正统十一年，玹理建造直指堂，堂额为张即之所书。隆庆三年毁。万历十二年，僧人如通重建；万历二十八年司礼太监孙隆重修，至崇祯十三年又毁。具和尚查阅如通留下的旧资料，当时花费八万，如今工料就要翻个倍。具和尚苦心筹划，很快就办成了。其能量之大，恐怕过去的高僧莲池、金粟都比不上。

　　具和尚是我的族弟，丁酉年，我前往灵隐寺等他。当时大殿、方丈尚未开工，但是东边一带，幽静的楼阁僧舍共九进，客房僧舍几十上百间，木桌藤床，摆设的器皿，很快就置办齐全。厨房中，起先铸了三口大铜锅，锅中煮米三担，可供上千人吃饭。具和尚指着锅子对我说："这是为弟十多年中挣来的家产。"所供给饭食的僧人之多，各庙所未见。中午他正在陪我吃斋饭，见有沙弥手持纸片送来给他看，不知什么事，只见他对沙弥说："让管仓库的开仓去。"沙弥就去了。等我饭后走出寺门，看到有一千多人蜂拥而来，肩上都挑着米担，瞬间就来到粮仓倒米，悄无声息，一会儿倒完就离开了。

　　我问了具和尚，和尚说："这是丹阳一位施主，每年赠送五百担米，挑送的水陆人力，全是他自己准备，庙里的水连一勺也不许喝，这样送米已经七年了。"我不免感叹。又问大殿何时可建成，和尚回答："明年六月，为弟我六十岁，善男信女上万人，每人馈赠十两银子，可得十万两银子，我的大功就可望告成。"过了三年，大殿、住持的房间都落成了，我作诗以记其盛况。


张岱《寿具和尚并贺大殿落成》诗：
飞来石上白猿立，石自呼猿猿应石。
具德和尚行脚来，山鬼啾啾寺前泣[1]。
生公叱石同叱羊[2]，沙飞石走山奔忙。
驱使万灵皆辟易[3]，火龙为之开洪荒[4]。

正德初年有簿对[5]，八万今当增一倍。

谈笑之间事已成，和尚功德可思议。

黄金大地破悭贪，聚米成丘粟若山。

万人团簇如蜂蚁，和尚植杖意自闲[6]。

余见催科只数贯[7]，县官敲扑加锻炼[8]。

白粮升合尚怒呼，如坻如京不盈半[9]。

忆昔访师坐法堂，赫蹄数寸来丹阳。

和尚声色不易动，第令侍者开仓场。

去不移时阶庀乱[10]，白粲驮来五百担。

上仓斗斛寂无声[11]，千百人夫顷刻散。

米不追呼人不系，送到座前犹屏气。

公侯福德将相才，罗汉神通菩萨慧。

如此工程非戏谑，向师颂之师不诺。

但言佛自有因缘，老僧只怕因果错。

余自闻言请受记，阿难本是如来弟。

与师同住五百年，挟取飞来复飞去[12]。

【注释】

〔1〕啾(jiū)啾：鬼哭声。

〔2〕"生公"句：以传说形容具德和尚能力非常。生公叱(chì)石，相传南朝梁高僧竺道生曾讲经于虎丘寺，聚石为徒，石皆点头。见《莲社高贤传》。叱羊，传说晋人皇初平牧羊，入一石室，只见白石不见羊。初平叱石曰："羊起！"于是白石皆变为羊。见《太平广记》卷七"皇初平"。叱，训斥，责骂。

〔3〕辟易：惊退。辟，同避。《史记·项羽本纪》："赤泉侯人马俱惊，辟易数里。"

〔4〕"火龙"句：大火为重建寺庙开辟了地基。

〔5〕正德：明武宗年号(1506—1521)。

〔6〕植杖：拄拐。

〔7〕催科：官府向百姓催缴赋税。

〔8〕县官：指官府。　锻炼：见卷一《岳王坟》注。

〔9〕"如坻"句：意为催缴来的粮食堆成小山，还不到应缴额的一半。如坻如京，形容谷物堆积之高。《诗经·小雅·甫田》："曾孙之庾，如坻如京。"坻，水中的小洲或高地。京，高冈。

〔10〕阶陛(shì)：堂前石阶。《尚书·顾命》："执戈上刃，夹两阶陛。"

〔11〕斛(hú)：古代量器。《庄子·胠箧》："为之斗斛以量之。"也作容量单位。

〔12〕"阿难"三句：是夸张的说法，用以比喻具和尚的佛教因缘之深。阿难，全称阿难陀，亦名庆喜、欢喜、无染，释迦牟尼十大弟子之一。为释迦牟尼叔父斛饭王之子，系释迦牟尼的堂弟，故称阿难为如来弟。阿难于释迦回乡时跟随出家，此后二十余年为释迦的随侍弟子。长于记忆，听闻最多，号"多闻第一"。此处喻具德。如来，佛的名号之一，此处即指佛教创始人释迦牟尼。挟取，指如来带着阿难。

【译文】

飞来石上站白猿，石头呼猿就回应。具德和尚到此地，寺前山鬼哭不停。生公呵石如呵羊，飞沙走石山上忙。驱使万物皆躲避，大火熊熊开洪荒。正德初年有账簿，八万钱如今已翻倍。谈笑之间事已成，和尚功德真神奇。黄金铺地破咨嗇，米粟高高堆成山。万人聚集如蜂蚁，和尚拄杖气自闲。曾见因催几贯税，官府鞭打罗织罪。征粮些许尚怒骂，粮堆高耸不过半。往日访师坐法堂，几寸信纸来自丹阳。和尚沉着不慌忙，只让侍者开米仓。瞬时石阶挤满人，送来五百担雪白粮。进仓斛斛悄无声，千百人夫片刻已散光。不用追呼不用绑，挑夫粮到屏声响。真是公侯福德将相才，罗汉神通菩萨慧。工程浩大非玩笑，称颂师父却不受。只说佛本有因缘，老僧只怕因果乱。我听此言谨记心：阿难本是如来弟。与师同住五百年，随师飞来又飞去。

张祜《灵隐寺》诗[1]：

峰峦开一掌，朱槛几环延。

佛地花分界，僧房竹引泉。

五更楼下月，十里郭中烟。

后塔耸亭后，前山横阁前。

溪沙涵水静，洞石点苔鲜。

好是呼猿父[2]，西岩深响连。

【注释】

　　〔1〕张祜(hù，约785—853)：唐代诗人。字承吉，清河(今属河北)人。初寓姑苏(今苏州)，沦落江湖。后至长安谒见公侯，因受排挤，遂至淮南隐居。《全唐诗》收其作品340余首。

　　〔2〕呼猿父：见本卷《呼猿洞》。

【译文】

　　峰峦仿佛手掌打开，朱门辗转延续几环。佛地有花分出界限，僧舍竹引泉水流来。楼下五更见到明月，十里城郭冒出炊烟。后边一塔立在亭后，阁前横亘一座前山。溪沙蓄水悄无声响，洞里岩石长有苔藓。恰好猿父正在呼唤，西边岩深回响连连。

　　贾岛《灵隐寺》诗[1]：

峰前峰后寺新秋，绝顶高窗见沃洲。

人在定中闻蟋蟀[2]，鹤于栖处挂猕猴。

山钟夜度空江水，汀月寒生古石楼。

心欲悬帆身未逸，谢公此地昔曾游[3]。

【注释】

　　〔1〕贾岛(779—843)：唐代诗人。字阆仙，范阳(今河北涿县)人，累举不第，出家为僧，号无本。后受教于韩愈，其诗以清瘦称，人称

"(孟)郊寒(贾)岛瘦"。

〔2〕定：入定，僧人闭目静坐而坐禅。

〔3〕谢公：谢灵运（385—433），南朝山水诗人。东晋阳夏（今河南太康）人。出身世族，袭封康乐公。入宋，任为永嘉太守，性耽山水，恣意游玩，所至辄为题咏。后为临川内史，遭诬陷被杀。

**【译文】**

寺院前山后峰尽是新秋景象，绝顶高窗遥望一片绿洲。人在入定时听见蟋蟀鸣叫，枝头栖息着仙鹤还挂着猕猴。钟声夜里渡过空江水，沙汀月寒看见古石楼。向往扬帆远航却身不由己，想起谢公曾来此地畅游。

周诗《灵隐寺》诗：

灵隐何年寺，青山向此开。

涧流元不断，峰石自飞来。

树覆空王苑[1]，花藏大士台。

探冥有玄度[2]，莫遣夕阳催。

**【注释】**

〔1〕空王：佛。佛教谓世界皆空，故称。

〔2〕玄度：月亮。汉刘向《列仙传·关令尹赞》："挹漱日华，仰玩玄度。"

**【译文】**

灵隐多少年前立寺，青山向着寺门展开。涧溪水流不曾断绝，山石有灵从远方飞来。树林掩盖着佛祖苑，花丛里深藏菩萨台。但借月光寻幽探隐，别让夕阳急催我还。

# 北 高 峰

北高峰在灵隐寺后[1]，石磴数百级，曲折三十六湾。上有华光庙，以祀五圣[2]。山半有马明王庙[3]，春日祈蚕者咸往焉[4]。峰顶浮屠七级[5]，唐天宝中建[6]，会昌中毁[7]；钱武肃王修复之，宋咸淳七年复毁[8]。此地群山屏绕，湖水镜涵，由上视下，歌舫渔舟，若鸥凫出没烟波，远而益微，仅觌其影[9]。西望罗刹江[10]，若匹练新濯，遥接海色，茫茫无际。

张公亮有句："江气白分海气合，吴山青尽越山来[11]。"诗中有画。郡城正值江湖之间，委蛇曲折，左右映带，屋宇鳞次，竹木云蓊，郁郁葱葱，凤舞龙盘，真有王气蓬勃。山麓有无著禅师塔。师名文喜[12]，唐肃宗时人也[13]，瘗骨于此[14]。韩侂胄取为葬地[15]，启其塔，有陶龛焉。容色如生，发垂至肩，指爪盘屈绕身[16]，舍利数百粒[17]，三日不坏，竟荼毗之[18]。

【注释】

〔1〕北高峰：在灵隐寺后，与南高峰相对，海拔314米，有石磴数百级通至山顶。沿路山溪清流回转，林木叠翠。唐天宝（742—756）间，邑人在北高峰建有砖塔七层。

〔2〕五圣：民间所祀五位神祇。五圣说法不同：一为宋洪迈《夷坚三志》巳卷载为祖先的"五显"；二为清翟灏《通俗编》卷一九《五通神》引《龙城录》载为鬼的"五通"；三为《续文献通考》卷七九《群祀考三》载为兵卒死无后者。

〔3〕马明王：又称马明菩萨、马头娘、蚕花娘娘，蚕神名。《通俗

编》卷一九引《七修类稿》："所谓马头娘，本《荀子·蚕赋》'身女好而头马首'一语附会，俗称马明王。"明清时吴中多有祭祀。

〔4〕咸：均，都。

〔5〕浮屠：塔。梵语音译为"窣堵波"。

〔6〕天宝：唐玄宗年号（742—755）。

〔7〕会昌：唐武宗年号（841—846）。

〔8〕咸淳：宋度宗年号（1265—1274）。

〔9〕觌（dí）：见到。《易·困》："三岁不觌。"

〔10〕罗刹江：即钱塘江。源于浙江、江西、安徽省的边界山区，干流长500余公里，主要在今浙江境内。唐罗隐《钱塘江潮》诗："怒声汹汹势悠悠，罗刹江边势欲浮。"

〔11〕"吴山"句：此处指吴、越交界处。

〔12〕文喜：俗姓朱，唐玄宗、肃宗时人，七岁出家，周游天下，后住灵隐山无著院，号"无著禅师"。

〔13〕唐肃宗：唐朝皇帝李亨（711—762）。初封王，立为皇太子。安史之乱发生后，授天下兵马大元帅。至德元载（756）于灵武（在今宁夏）即位，支持诸将平叛。翌年收复两京，迎接玄宗回銮。后遇宫廷政变，惊悚而死。

〔14〕瘗（yì）：掩埋。

〔15〕韩侂（tuō）胄（1151—1207）：南宋权臣。字节夫，相州安阳（今属河南）人。以荫入官，曾请严禁朱熹理学。地位高过丞相，权焰熏灼。任内谋复中原，追封岳飞为鄂王，追削秦桧官爵，但北伐屡败，后在朝内被杀。

〔16〕指爪：指甲。

〔17〕舍利：又称舍利子，佛骨。《魏书·释老志》："佛既谢世，香木焚尸，灵骨分碎，大小如粒，击之不坏，焚亦不燋。或有光明神验，胡言谓之舍利。弟子收奉，置之宝瓶，竭香花，致敬慕，建宫宇，谓为塔。"

〔18〕荼毗：火葬。

【译文】

　　北高峰在灵隐寺后，石阶数百级，曲曲折折有三十六弯。上面有座华光庙，祭祀五圣。山腰有马明王庙。春季，祈祷蚕事丰收的人都前往祭拜。山顶有七级宝塔，唐朝天宝年间建造，会昌年间毁坏，吴越王钱镠修复，宋朝咸淳七年又毁。此地群山环绕，湖水如镜。从上俯瞰，歌舫渔船，有如鸥凫出没于烟波之中，越远越小，只能隐约见到它们的影子。西望罗刹江，正如新洗的一匹绸缎，远远连接海色，茫茫无际。

张公亮的诗说："江气白色海气合，吴山青尽到越山。"诗中隐含画意。郡城就在江湖之间，曲折如环，左右映照，房屋连排，竹树苍翠，葱绿欲滴，凤舞龙飞，真是王气勃勃。山底有无著禅师塔。禅师名文喜，唐肃宗时期的人，埋葬在这里。韩侂胄曾将其占为自己的墓地，当时打开禅师墓塔，里面有座陶龛。龛内禅师的遗体面色如活着时一般，头发垂到肩膀，指甲盘屈环绕全身，旁有舍利数百粒。遗体三日不坏，最后将其火葬了。

## 苏轼《游灵隐高峰塔》诗：

言游高峰塔[1]，蓐食始野装[2]。

火云秋未衰，及此初旦凉。

雾霏岩谷暗，日出草木香。

嘉我同来人，又便云水乡[3]。

相劝小举足，前路高且长。

古松攀龙蛇，怪石坐牛羊。

渐闻钟磬音，飞鸟皆下翔。

入门空无有，云海浩茫茫。

惟见聋道人，老病时绝粮。

问年笑不答，但指穴梨床[4]。

心知不复来，欲归更彷徨。

赠别留匹布，今岁天早霜。

【注释】
〔1〕言：此处为语助词，无意。

〔2〕蓐（rù）食：早食。蓐，睡觉的草席、草垫。《左传·文公七年》："秣马蓐食，潜食夜起。"杜预注："蓐食，早食于寝蓐也。"

〔3〕"又便"句：一作"久便云水乡"。云水乡，山上云深处。

〔4〕穴梨床：谓梨木床被磨损穿孔，表示岁月久远。西晋皇甫谧《高士传》卷下《管宁》："常坐一木榻上，积五十五年未尝箕踞，榻上当膝皆穿。"

【译文】

我决定游览高峰佛塔，早早吃饭更换乡野便装。云层似火秋气未衰，清晨才觉一丝清凉。迷雾笼罩岩谷幽暗，太阳照耀草木沁香。同行好友都很欢喜，又能同游云水之乡。互相劝告慢走谨慎，前方道路又陡又长。古松曲屈如龙蛇盘，怪石又如卧着牛羊。远处传来钟磬声响，鸟儿听后向下飞翔。进得寺门空空荡荡，云海一片广阔浩茫。遇见一位耳聋僧人，又老又病时常断粮。询问高寿笑而不答，只用手指梨木破床。心里明白难得再来，刚欲返回又觉彷徨。离别赠僧布料一匹，只因今年天气早早变凉。

# 韬 光 庵

韬光庵在灵隐寺右之半山，韬光禅师建[1]。师，蜀人，唐太宗时，辞其师出游，师嘱之曰："遇天可留，逢巢即止。"师游灵隐山巢沟坞，值白乐天守郡[2]，悟曰："吾师命之矣。"遂卓锡焉[3]。乐天闻之，遂与为友，题其堂曰"法安"。内有金莲池、烹茗井，壁间有赵阅道、苏子瞻题名[4]。庵之右为吕纯阳殿[5]，万历十二年建[6]，参政郭子章为之记[7]。

骆宾王亡命为僧[8]，匿迹寺中[9]。宋之问自谪所还至江南[10]，偶宿于此。夜月极明，之问在长廊索句，吟曰："鹫岭郁岧峣[11]，龙宫锁寂寥[12]。"后句未属，思索良苦。有老僧点长明灯[13]，问曰："少年夜不寐，而吟讽甚苦，何耶？"之问曰："适欲题此寺，得上联而下句不属。"僧请吟上句，宋诵之。老僧曰："何不云'楼观沧海日，门对浙江潮'[14]？"之问愕然，讶其遒丽，遂续终篇。迟明访之[15]，老僧不复见矣。有知者曰：此骆宾王也[16]。

【注释】

〔1〕"韬光庵"二句：韬光禅师：唐代蜀人，自幼出家。长庆二年（822）至西湖灵隐山西峰巢枸坞，遇白居易为杭州刺史，遂结茅为庵，与白交游。后吴越王于此扩建为广严院，宋大中祥符年间改名韬光庵。

〔2〕"值白"句：白乐天即白居易，生活于中唐，并非唐太宗时人。此处所言，传说而已。

〔3〕卓锡：僧人出行多执锡杖，因指僧人居止。元张伯淳《楞伽古木》诗："道林卓锡旧种此，髣髴于今八百年。"

〔4〕苏子瞻：苏轼字子瞻，号东坡。

〔5〕吕纯阳：吕洞宾（798—？），名岩，字洞宾，号纯阳子，唐代河中（今山西芮城）人。咸通进士，后居终南山修道，为道教全真北五祖之一，世称吕祖。民间传说为八仙之一。

〔6〕万历十二年：1584 年。

〔7〕参政：官职名。明代在省布政使下设，分左右，从三品，以分领各道。后仅作为兼衔。　郭子章（1543—1618）：字相奎，号青螺，明隆庆进士，历任都御史、兵部尚书。

〔8〕骆宾王：见本卷《冷泉亭》"宾王"注。

〔9〕寺：指灵隐寺，一说即韬光庵。

〔10〕宋之问（约 656—712）：字延清，唐代汾州（今山西汾阳）人，一说弘农（今河南灵宝）人。上元进士，曾为修文馆学士，先后谄附武则天宠臣张易之兄弟及武三思、太平公主，屡遭贬黜，后被赐死。其诗绮丽，与沈佺期齐名，时号"沈宋"。

〔11〕鹫岭：印度灵鹫山，相传以山形似鹫头、山中又多鹫而得名。

这里指灵隐寺前的飞来峰。　嵽（tiáo）峣（yáo）：高峻。三国魏曹植《九愁赋》："践蹊隧之危阻，登嵽峣之高岑。"

〔12〕龙宫：这里指灵隐寺。　锁寂寥：门户关闭，一派空寂。

〔13〕长明灯：供在佛前昼夜不灭的灯。唐刘禹锡《谢寺双桧》诗："长明灯是前朝焰，曾照青青年少时。"

〔14〕浙江：即钱塘江。

〔15〕迟明：到天亮。

〔16〕"骆宾王亡命为僧"一段：宋与骆旧为相识，《骆宾王集》卷一有《在江南赠宋五之问》、卷二有《在兖州饯宋五之问》等诗。且骆宾王卒于光宅五年（684），宋之问来杭州在此二十余年后，此时不可能相遇。故事源自《本事诗》，并无实据。

【译文】

　　韬光庵在灵隐寺右边的半山腰，由韬光禅师创建。禅师是蜀人。唐太宗时，禅师辞别师父出游。师父嘱咐道："遇着天可以留下，逢到巢就能居住。"禅师游至灵隐山巢沟坞，正值白乐天为地方官，醒悟道："这里正是师父说的地方了。"于是在当地留驻下来。白乐天听说后，与他成了朋友，为他的殿堂题名"法安"。如今堂内有金莲池、烹茗井，墙壁上有赵阅道、苏子瞻题名。韬光庵右边为吕纯阳殿，万历十二年建造，参政郭子章写了记。

　　骆宾王外逃为僧，藏身寺中。宋之问从流放地回到江南，有一晚住在此处。月色皎洁，之问正在长廊作诗想句子，吟诵道："鹫岭郁嵽峣，龙宫锁寂寥。"后面的句子尚未想出，苦苦思索许久。有位老僧点起长明灯，走近问道："年轻人晚上不睡觉，苦思冥想，却是为何？"之问说："刚才想给本寺题诗，得了上联却想不出下联。"老僧请诵读上联，之问就读了。老僧说："何不接'楼观沧海日，门对浙江潮？'"之问呆住了，惊讶这句子何等清丽，于是就续成了诗篇。到天亮再去找，老僧已经不见了。有知情的人说，那就是骆宾王。

## 袁宏道《韬光庵小记》：

韬光在山之腰，出灵隐后二三里，路径甚可爱。古木婆娑[1]，草香泉渍，淙淙之声，四分五络，达于山厨。庵内望钱塘江，浪纹可数。余始入灵隐，疑宋之问诗不似，意古人取景，或亦如近代词客捃拾帮凑[2]。及登韬光，始知"沧海"、"浙江"、"扪萝"、"刳木"数语[3]，字字入画，古人真不可及矣。

宿韬光之次日，余与石篑、子公同登北高峰[4]，绝顶而下。

【注释】

〔1〕婆娑(suō)：茂盛。《尔雅·释木》："如松柏曰茂。"注："枝叶婆娑。"

〔2〕捃(jùn)拾帮凑：犹如搜肚刮肠，勉强凑成一篇诗文。捃拾，拾取，采集。《东观汉记》卷一六《桓荣传》：桓荣"尝与族人桓元卿俱捃拾，投闲辄诵诗"。

〔3〕扪(mén)：持，握。 萝：植物名，地衣如女萝之类。 刳(kū)：剖开，挖空。《易·系辞下》："刳木为舟。"按，《宋之问集》卷三载《题杭州天竺寺》曰："鹫岭郁岧峣，龙宫锁寂寥。楼观沧海日，门听浙江潮。桂子月中落，天香云外飘。扪萝登塔远，刳木取泉遥。"观，一作看。听，一作对。

〔4〕石篑、子公：陶周望、方文僎。见卷一《昭庆寺》注。

【译文】

韬光庵建在半山腰，出灵隐寺后一二里路，山路十分可爱。古木婆娑，草香氤氲，泉水玲琮的声音环绕在山野人家的厨房。从庵内望钱塘江，可见波光涟漪。我刚进灵隐寺时，感觉宋之问诗写得不真切，认为古人取景，或许就像当今文人那样胡乱凑成。到登上韬光庵，才知道诗中"沧海"、"浙江"、"扪萝"、"刳木"几个词，字字入画，古人真是我辈比不上的。住在韬光的次日，我与石篑、子公一起登北高峰，登上绝顶才下山。

张京元《韬光庵小记》：

韬光庵在灵鹫后，鸟道蛇盘，一步一喘。至庵，入坐一小室，峭壁如削，泉出石罅，汇为池，蓄金鱼数头。低窗曲槛，相向啜茗[1]，真有武陵世外之想[2]。

**【注释】**

〔1〕啜（chuò）茗：饮茶。唐杜甫《重过何氏五首》诗："落日平台上，春风啜茗时。"

〔2〕武陵：位于今湖南常德，是东晋陶潜在《武陵源记》中所描绘的世外桃源所在。参见卷四《小蓬莱》附文"菊水桃源"注。

**【译文】**

韬光庵正在灵鹫峰后面，山路险峻狭窄，如蛇盘般曲折，走一步喘一口气。进庵后，走入一小房间坐下，看见石壁如斧劈刀削，泉水涌出石缝，汇成水池，养着几条金鱼。在低矮的窗格与曲折的栏杆边，面对面喝茶，真令人想起武陵世外桃源。

萧士玮《韬光庵小记》[1]：

初二，雨中上韬光庵。雾树相引，风烟披薄，木末飞流，江悬海挂。倦时踞石而坐，倚竹而息。大都山之姿态，得树而妍；山之骨格，得石而苍；山之营卫[2]，得水而活；惟韬光道中能全有之。初至灵隐，求所谓"楼观沧海日，门对浙江潮"，竟无所有。至韬光，了了在吾目中矣。白太傅碑可读[3]，雨中泉可听，恨僧少可语耳。枕上沸波，竟夜不息，视听幽独，喧极反寂。益信声无哀乐也[4]。

【注释】

〔1〕萧世玮(1585—1651)：字伯玉，明代泰和(在今江西)人，万历进士，官至光禄少卿。明亡后归居故里著述。

〔2〕营卫：这里指脉理、生机。

〔3〕白太傅：白居易，见卷一《明圣二湖》注。

〔4〕声无哀乐：表示音乐本无哀伤、欢乐的区别，其意蕴全凭个人理解而不同。西晋嵇康作《声无哀乐论》，其云："夫殊方异俗，歌哭不同，使错而用之，或闻歌而欢，或听歌而戚，然哀乐之情均也。"

【译文】

初二，雨中上了韬光庵。浓雾中有树木引导，风烟笼罩，树叶飞瀑，如倒江悬海。困乏时坐在石头上，靠着竹子休憩。一般山的姿态，有树则秀丽；山的骨格，有石则苍劲；山的脉理，有水则活络。只有去韬光庵的路上才都能看到。刚到灵隐寺，寻找所谓"楼观沧海日，门对浙江潮"，居然未能找到。到了韬光庵，这才清清楚楚地展示在我眼前。白太傅的碑文可读，雨点中的泉水可听，只恨僧人很少有可以交谈的。枕头上听到波涛起伏，整夜不停。看的听的都很幽静，喧闹到极点反而显得寂静了。我因此更加相信声响并无哀伤、快乐之别。

受肇和《自韬光登北高峰》诗：

高峰千仞玉嶙峋，石磴攀跻翠蔼分〔1〕。

一路松风长带雨，半空岚气自成云。

上方楼阁参差见〔2〕，下界笙歌远近闻。

谁似当年苏内翰〔3〕，登临处处有遗文。

【注释】

〔1〕蔼(ǎi)：树木茂盛。扬雄《河东赋》："郁萧条其幽蔼兮。"

〔2〕上方：见卷一《明圣二湖》附诗"上方"注。 参(cēn)差(cī)：形容楼阁高低错落。

〔3〕苏内翰：指曾任翰林学士的苏轼。

**【译文】**

　　山高千仞山石奇峭，石蹬步步山树茂盛。一路松林清风带雨，半空雾气积聚成云。寺庙楼阁高低错落，世间笙歌远近可闻。谁能比得当年苏轼，所到之处必留诗文。


## 白居易《招韬光禅师》诗：

白屋炊香饭[1]，荤膻不入家。
滤泉澄葛粉[2]，洗手摘藤花。
青菜除黄叶，红姜带紫芽。
命师相伴食，斋罢一瓯茶。

**【注释】**

　　〔1〕白屋：茅屋。《汉书·吾丘寿王传》："三公有司或由穷巷，起白屋，裂地而封。"
　　〔2〕葛粉：从藤本植物葛根中提取的一种纯天然物质，颜色暗白，形如人工打细后的石子或粉状，具有清热解毒、生津止渴等功效。

**【译文】**

　　茅屋里煮着香米饭，半点荤腥不进家。泉水滤净了葛粉，洗手采摘着藤花。青菜除掉黄叶，红姜带着紫芽。请出师父来陪饭，斋罢又品一壶茶。


## 韬光禅师《答白太守》诗：

山僧野性爱林泉，每向岩阿倚石眠。
不解栽松陪玉勒[1]，惟能引水种青莲。
白云乍可来青嶂，明月难教下碧天。

城市不能飞锡至[2]，恐妨莺啭翠楼前[3]。

【注释】

〔1〕玉勒：贵客的坐骑。北朝庾信《三月三日华林园马射赋》："控玉勒而摇星，跨金鞍而动月。"这里喻权贵。

〔2〕飞锡：僧人云游。东晋孙绰《游天台山赋》注："执锡杖而行于虚空，故云飞也。"

〔3〕"翠楼"句：表示唯恐与世俗生活相冲突。翠楼，华美的楼阁。唐王昌龄《闺怨》诗："闺中少妇不知愁，春日凝妆上翠楼。"啭（zhuàn），鸟鸣。北周庾信《春赋》："新年鸟声千种啭，二月杨花满路飞。"

【译文】

山僧野性就爱林泉，常在岩边枕石独眠。不懂栽培松树伴贵客，只知引来泉水种青莲。白云暂时飘来青峰，明月难以请下碧天。云游从来不进城市，恐怕有碍黄莺啼啭翠楼前。

杨蟠《韬光庵》诗[1]：
寂寂阶前草，春深鹿自耕。
老僧垂白发，山下不知名。

【注释】

〔1〕杨蟠（pán）：字公济，北宋章安（今浙江临海）人，庆历进士，曾为密、和二州推官，其诗得欧阳修赞赏。又任杭州通判，与任知府的苏轼多有唱和。有诗集《西湖百咏》，今佚。

【译文】

寂静阶前草儿茂盛，春深野田鹿儿在耕耘。老僧满头垂白发，山下无人知晓其姓名。

王思任《韬光庵》诗[1]：
云老天穷结数楹[2]，涛呼万壑尽松声。
鸟来佛座施花去[3]，泉入僧厨漉菜行[4]。
一捺断山流海气，半株残塔插湖明。
灵峰占绝杭州妙，输与韬光得隐名。

【注释】
〔1〕王思任：见卷一《紫云洞》附诗注。
〔2〕云老天穷：指山之绝顶、人迹罕到处。
〔3〕"鸟来"句：唐法融禅师入牛头山幽栖寺北岩之石室修行，该处有百鸟献花之异。见南宋普济《五灯会元》卷二《牛头山法融禅师》。
〔4〕漉(lù)：洗，滤。　菜行(xíng)：犹如"菜蔬类"。

【译文】
云天尽头几间房屋，万壑回响松林涛声。鸟儿飞佛座前献花去，泉水入僧厨里洗菜青。一座断山漂浮海气过，半截残塔就在湖边明。杭州灵隐虽然为绝妙，却比不上韬光享有隐名。

又《韬光涧道》诗：
灵隐入孤峰，庵庵叠翠重。
僧泉交竹驿[1]，仙屋破云封[2]。
绿暗天俱贵，幽寒月不浓。
涧桥秋倚处，忽一响山钟。

【注释】
〔1〕竹驿：引送山泉的竹筒。
〔2〕仙屋：指山上庙宇。

【译文】

　　灵隐古寺耸入高峰，座座寺庵翠色浓重。僧人竹筒引来泉水，仙屋高处穿破云封。绿意葱茏日光显珍贵，夜色幽寒月光也朦胧。正站立涧桥欣赏秋色，山谷忽然响起一阵寺钟。

# 峋 嵝 山 房

　　李茇号峋嵝[1]，武林人，住灵隐韬光山下。造山房数楹，尽驾回溪绝壑之上。溪声淙淙出阁下，高厓插天，古木蓊蔚，大有幽致。山人居此，孑然一身。好诗，与天池徐渭友善[2]。客至，则呼僮驾小舫，荡桨于西泠断桥之间，笑咏竟日。以山石自磊生圹[3]，死即埋之[4]。所著有《峋嵝山人诗集》四卷。天启甲子[5]，余与赵介臣、陈章侯、颜叙伯、卓珂月、余弟平子读书其中[6]。主僧自超，园蔬山蔌[7]，淡薄凄清。但恨名利之心未净，未免唐突山灵，至今犹有愧色。

【注释】

　　〔1〕李茇(bá)：字用晦，号峋嵝，晚明杭州文人。

　　〔2〕天池徐渭：徐渭号天池山人，见卷一《岳王坟》附诗注。

　　〔3〕磊(lěi)：以石筑起。　生圹(kuàng)：生前自造的墓穴。《旧唐书·文苑下》："司空图作生圹，春秋嘉日，邀宾友游咏其上。"圹，墓穴。

　　〔4〕死即埋之：《晋书·刘伶传》："常乘鹿车，携一壶酒，使人荷锸而随之，谓曰：'死便埋我。'其遗形骸如此。"

　　〔5〕天启甲子：天启四年(1624)。

　　〔6〕赵介臣：张岱友人，入清曾为教官，为人所讥。　陈章侯：陈洪绶(1598—1652)，明清之际画家。字章侯，号老莲，诸暨人。崇祯间为国学生。明亡后一度出家为僧，后卖画为生，所作人物骨法用笔独到，

绘有《西厢记》、《水浒叶子》等。　颜叙伯：明代遗民，入清后隐居。
　卓珂月：卓人月（1606—1636），字珂月，号蕊渊，明末仁和（今杭州）
人。崇祯贡生，复社成员，能诗文，作有《花舫缘》、《新西厢》等剧
本。　平子：张峹，字平子，张岱胞弟，为明末儒师刘宗周入室弟子。
长于度曲。
〔7〕蔌(sù)：菜蔬的总称。欧阳修《醉翁亭记》："山肴野蔌，杂然
而前陈者，太守宴也。"

**【译文】**

　　李芨号岣嵝，杭州人，住在灵隐的韬光山下。造山房数间，
都是在回旋的溪流与绝深的山谷之上。溪声潺潺从阁楼下流淌而
出，悬崖插云，古木蓊郁，十分幽雅。李芨山人在此居住，孑然
一人。他爱作诗，与天池山人徐渭友善。有客人来，就叫小仆驾
小船，徘徊于西泠与断桥之间，成天笑着吟诗。他用山石堆造自
己的坟墓，说死了就埋在那里。著有《岣嵝山人诗集》四卷。天
启甲子年，我与赵介臣、陈章侯、颜叙伯、卓珂月、我弟弟平子
在山房读书。由僧人自超做东，吃的是园子里与山里的菜蔬，味
道淡泊清爽。只是我等名利之心尚未泯灭，有时难免对山灵不敬，
至今还感惭愧。

### 张岱《岣嵝山房小记》

　　岣嵝山房，逼山、逼溪、逼韬光路，故无径不梁，
无屋不阁。门外苍松傲睨，蓊以杂木，冷绿万顷，人面
俱失。石桥低磴，可坐十人。寺僧刳竹引泉，桥下交交
牙牙[1]，皆为竹节。天启甲子[2]，余键户其中者七阅
月[3]，耳饱溪声，目饱清樾。山上下多西栗、边笋[4]，
甘芳无比。邻人以山房为市，蔌果、羽族日致之[5]，而
独无鱼。乃潴溪为壑，系巨鱼数十头。有客至，辄取鱼
给鲜。日晡必出，步冷泉亭、包园、飞来峰。

一日，缘溪走看佛像，口口骂杨髡。见一波斯胡坐龙象，蛮女四五献花果，皆裸形，勒石志之，乃真伽像也。余椎落其首，并碎诸蛮女，置溺溲处以报之。寺僧以余为椎佛也，咄咄作怪事，及知为杨髡，皆欢喜赞叹。

【注释】

〔1〕交交牙牙：形容竹节错综交叉。

〔2〕天启甲子：天启四年(1624)。

〔3〕键户：闭门。　七阅月：七个整月。

〔4〕边笋：亦作鞭笋，竹子茎上横生的牙。《梦粱录》卷一八《物产》："又有紫笋、边笋。"

〔5〕蓏(luǒ)果：瓜类。《汉书·食货志上》："瓜瓠果蓏。"注："木实曰果，草实为蓏。"　羽族：指鸡鸭之属。

【译文】

岣嵝山房，紧靠山、紧靠溪、紧靠韬光路，所以没有一条小路不架梁，没有一所房屋不成阁。门外苍松挺立，间有杂树，万顷冷绿，人脸掩映不见。石桥与台阶，可坐十个人。庙里僧人剖竹引泉，桥下节节交错都是竹子。天启甲子，我住在其中整整七个月，耳中饱听溪流声，眼中饱览碧绿色。山上山下有许多西栗、边笋，甘甜无比。邻人把山房当作市场，每天送瓜果、鸡鸭之类来卖，就是没有鱼。于是堵住溪流为壑，放养几十条大鱼。一有客来，就取鱼供鲜。傍晚总会出门，步行到冷泉亭、包园、飞来峰一带。

一天，我顺着溪流边走边看佛像，口口声声骂着杨髡。见一个波斯罗汉盘腿坐像，旁有四五个外国女子在献花果，尽是裸体，旁又刻着石头注明，原来就是杨琏真伽的雕像。我砸断雕像的头，砸碎那些外国女子，扔到便溺处，作为报应。庙里和尚以为我敢砸佛像，感到惊诧，后来知道被砸的是杨髡，都欢喜赞叹。

徐渭《访李岣嵝山人》诗：
岣嵝诗客学全真[1]，半日深山说鬼神。
送到涧声无响处，归来明月满前津。
七年火宅三车客[2]，十里荷花两桨人。
两岸鸥凫仍似昨，就中应有旧相亲[3]。

【注释】
　　〔1〕全真：道教的一个北方派别。创建于金朝大定（1161—1189）间，因创始人王重阳在宁海（今山东牟平）自题所居庵为全真堂、入道者称全真道士而得名。到元代丘处机时，经过统治者扶持，全真道进入鼎盛，丘处机所住燕京长春宫（今北京白云观）成为全真道活动中心。明代以后渐衰。全真道主张三教合一，仿效禅宗，不立文字，注重内丹修炼，制定有严格的清规戒律。
　　〔2〕“七年”句：明末钱谦益《列朝诗集小传》丁集中《徐记室渭》：（渭）妻死，“辄以嫌弃妇，又击杀其后娶者。论死系狱，愤懑欲自杀。张宫谕元忭力救乃解。”此指其事。近世学者或认为徐渭患有精神分裂症。火宅，着火之宅，佛教喻俗界各种痛苦与灾难。三车，指羊车、鹿车、牛车以喻三乘，据说均能引人脱离火宅。
　　〔3〕“两岸”二句：张岱曾在岣嵝山房读书，此次重访，故云。

【译文】
　　岣嵝诗客学道全真，深山里说了半日鬼神。送客直到涧声绝响处，归来已经明月照河津。七年苦难终于脱解，十里荷花只有一个摇着双桨的人。对岸鸥凫就如昨日一样，其中应有旧时知音。

王思任《岣嵝僧舍》诗：
乱苔膏古荫[1]，惨绿蔽新芊[2]。
鸟语皆番异，泉心即佛禅。
买山应较尺[3]，赊月敢辞钱[4]。

多少清凉界，幽僧抱竹眠。

【注释】

〔1〕膏：滋润。《诗经·曹风·下泉》："芃芃黍苗，阴雨膏之。"

〔2〕惨绿：浅绿。 芊（qiān）：浓绿。西晋潘岳《藉田赋》："碧色肃其芊芊。"

〔3〕买山：指归隐。《世说新语·排调》："支道林因人就深公买印山，深公答曰：'未闻巢，由买山而隐。'"

〔4〕赊月：借月。李白《陪族叔刑部侍郎晔及中书贾舍人至游洞庭》诗："且就洞庭赊月色。"

【译文】

藓苔乱长滋润着古树荫，草木一片深深浅浅。鸟儿鸣叫都如番语，泉映灵心即是佛禅。买山要算多少尺寸，借来月色怎敢拒还？山上多少清凉境界，僧人在幽静处抱竹而眠。

# 青莲山房

青莲山房，为涵所包公之别墅也〔1〕。山房多修竹古梅，倚莲花峰，跨曲涧，深岩峭壁，掩映林麓间。公有泉石之癖，日涉成趣。台榭之美，冠绝一时。外以石屑砌坛，柴根编户，富贵之中，又着草野。正如小李将军作丹青界画〔2〕，楼台细画，虽竹篱茅舍，无非金碧辉煌也。曲房密室，皆储侍美人〔3〕，行其中者，至今犹有香艳。当时皆珠翠团簇，锦绣堆成。一室之中，宛转曲折，环绕盘旋，不能即出。主人于此精思巧构，大类迷楼〔4〕。而后人欲如包公之声伎满前，则亦两浙荐绅先生所绝无者也。今虽数易其主，而过其门者必曰"包氏北庄"。

【注释】
　　〔1〕涵所包公：包应登。见卷四《包衙庄》注。
　　〔2〕小李将军：李昭道，唐代画家。因其父李思训官武卫大将军，而称小李将军。父子皆善山水树石及界画，以金碧辉煌闻名。　丹青：丹砂和青䕫，绘画用的颜料，亦指绘画。《晋书·顾恺之传》："尤善丹青，图写特妙。"　界画：以宫殿楼台等为主要题材的传统画。以作画时用界尺作线，故称界画。
　　〔3〕储偫(zhì)：存储，养蓄。《汉书·平帝纪》："亡得置什器储偫。"
　　〔4〕迷楼：位于扬州，传为隋炀帝所建，其门户千百，房廊迂回，外人进入无法辨识。

【译文】
　　青莲山房，是包涵所公的别墅。山房有不少修竹古梅，靠着莲花峰，横跨涧溪流水，岩洞幽深，山崖陡峭，掩映在林峦中。包公喜欢泉石成癖，每日游览，自成佳趣。台榭之美，一时无双。山房外以石头碎片砌坛，柴根编窗，富贵之中，又浸润着乡野味道。正如小李将军丹青界画，楼台画得很细致，即使是竹篱茅舍，也都金碧辉煌。曲折的房屋，隐秘的内室，用来安置美女。在其中走过，感觉至今还留有香艳之气。当时都是珠翠堆砌、花团锦簇。每一个房间里面都婉转曲折，环绕盘旋，一下子走不出来。主人在此处的精巧构思，非常类似迷楼。而后辈希望如包公那样满眼声伎晃悠，放眼两浙士绅也是绝无仅有的。山房虽然换过好几次主人，但人们从门前经过还是会叫它"包氏北庄"。

陈继儒《青莲山房》诗[1]：
造园华丽极，反欲学村庄。
编户留柴叶，磊坛带石霜。
梅根常塞路，溪水直穿房。

觅主无从入，裴回走曲廊。

**【注释】**

〔1〕陈继儒：见卷一《六贤祠》注。

**【译文】**

建造园子华丽到极致时，反而想着仿效郊野村庄。编起窗户准备好柴叶，磊坛的石头已经染上白霜。梅根盘屈常堵塞道路，洞溪流淌直穿过草房。我寻访主人找不到门径，一路徘徊走过曲廊。

主人无俗态，筑圃见文心。
竹暗常疑雨，松梵自带琴[1]。
牢骚寄声伎[2]，经济储山林[3]。
久已无常主，包庄说到今。

**【注释】**

〔1〕梵：寂静，清净。葛洪《要用字苑》："梵，洁也。"

〔2〕"牢骚"句：对现实的不满表现为看歌舞表演。声伎，古代专事歌舞、取悦主人或观众的艺人。《新唐书·魏徵传》："数月以来，稍意声伎，教坊阅选，千百未已。"

〔3〕"经济"句：山林中蕴藏着经济人才。经济，古指经国济世。

**【译文】**

主人高雅毫无俗态，修建园圃显示文士情致。竹林遮蔽常常怀疑在下雨，风吹松涛仿佛自带琴音。满腹牢骚寄托在歌舞，济世才华藏匿于山林。此处许久没有固定的园主，包庄之名却一直喊到如今。

# 呼　猿　洞

呼猿洞在武林山[1]。晋慧理禅师，常畜黑白二猿，每于灵隐寺月明长啸，二猿隔岫应之[2]，其声清皦[3]。后六朝宋时[4]，有僧智一仿旧迹而畜数猿于山，临涧长啸，则群猿毕集，谓之猿父。好事者施食以斋之，因建饭猿堂。今黑白二猿尚在。有高僧住持，则或见黑猿，或见白猿。具德和尚到山间，则黑白皆见[5]。

余于方丈作一对送之："生公说法，雨堕天花，莫论飞去飞来，顽皮石也会点头[6]；慧理参禅，月明长啸，不问是黑是白，野心猿都能答应。"具和尚在灵隐，声名大著。后以径山佛地[7]，谓历代祖师多出于此，徙往径山。事多格迕[8]，为时无几，遂致涅槃[9]。方知盛名难居，虽在缁流[10]，亦不可多取。

【注释】

〔1〕呼猿洞：位于飞来峰西侧上麓。此洞外狭内广，深四五百步。猿：猴子。相传慧理称飞来峰是天竺飞来，恐人不信，从洞中呼出黑白两猴为证。　武林山：见卷一《昭庆寺》附文"武林"注。

〔2〕岫(xiù)：峰峦，山谷。三国嵇康《幽愤》："采薇山阿，散发岩岫。"

〔3〕皦(jiǎo)：清晰；分明。《论语·八佾》："从之，纯如也，皦如也。"

〔4〕六朝宋：指历史上割据江南的东吴、东晋、宋、齐、梁、陈六个朝代中的宋朝。在东晋末年的战乱中，晋将刘裕趁势消灭割据、收复失地，420年代晋建宋，定都建康(今南京)，是为宋武帝。宋朝统一了南方，并占有长江以北部分地区，国势颇盛。宋文帝时北伐失利，逐渐

衰落。479 年，宋朝被萧道成的齐朝所取代。

〔5〕"则或见"四句：见，通"现"。

〔6〕"生公"四句：见本卷《灵隐寺》附诗"生公句"注。

〔7〕径山：在杭州西北，因通天目山得名，主峰称凌霄峰。山上有径山寺，创建于唐大历三年(768)，先后名乾符镇国院、承元禅寺、能仁禅寺、万寿禅寺，属牛头宗，极盛时僧众上千人，被誉为东南第一禅寺。寺中陆家井相传为陆羽汲泉烹茗处。

〔8〕格迕(wǔ)：违背心意，抵触。

〔9〕涅槃：原意为脱离一切烦恼，进入自由无碍的境界。特指高僧去世。

〔10〕缁流：见卷一《昭庆寺》"缁流"注。

## 【译文】

呼猿洞在武林山。晋朝慧理禅师养着黑白两只猿猴，他常在灵隐寺的明月下长啸，二猿就隔山呼应，其声清朗。到六朝宋时，有个叫智一的僧人效仿晋朝旧事，也在山上养了几只猿猴，每当他在涧溪前长啸，猿猴都来集合，人们把他叫作猿父。好事者会给它们喂斋饭，于是建起饭猿堂。如今仍有黑白二猿。有高僧、住持来到，要么见黑猿，要么见白猿。具德和尚来武林山时，黑白二猿都见到了。

我作了一副对联给方丈："生公说法，雨堕天花，莫论飞来飞去，顽皮石也会点头；慧理参禅，月明长啸，不问是黑是白，野心猿都能答应。"具德和尚在灵隐，声名大振。后来，他认为径山才是佛地，历代祖师多出于径山，就迁了过去。不料事情多不顺心，不久就去世了。这才知道盛名之下难以处世，即使是僧人，也不可有过多追求。

陈洪绶《呼猿洞》诗[1]：

慧理是同乡，白猿供使令。

以此后来人，十呼十不应。

明月在空山，长啸是何意。

呼山山自来，麾猿猿不去。

痛恨遇真伽，斧斤残怪石。

山亦悔飞来，与猿相对泣。

洞黑复幽深，恨无巨灵力〔2〕。

余欲锤碎之，白猿当自出。

**【注释】**

〔1〕陈洪绶：见本卷《岣嵝山房》"陈章侯"注。

〔2〕巨灵：见本卷《飞来峰》附诗"巨灵"注。

**【译文】**

　　慧理是同乡，白猿听指令。从此后来者，十呼无人应。明月在空山，长啸声声是何意？呼山山就来，赶猿猿不去。实在可恨那真伽，挥舞刀斧琢怪石。峰峦深悔飞来，与猿相对哭泣。山洞黑暗又幽深，我恨自己无神力。若能砸碎呼猿洞，白猿自然现人世。

　　张岱《呼猿洞》对：

　　洞里白猿呼不出；

　　崖前残石悔飞来。

**【译文】**

　　洞里白猿，千呼万唤总不出；崖前残石，悔恨交加飞过来。

# 三　生　石

三生石在下天竺寺后〔1〕。东坡《圆泽传》曰：洛师惠林寺[2]，故光禄卿李憕居第[3]。禄山陷东都[4]，憕以居守死之。子源，少时以贵游子豪侈善歌闻于时。及憕死，悲愤自誓，不仕，不娶，不食肉，居寺中五十余年。

寺有僧圆泽，富而知音。源与之游甚密，促膝交语竟日，人莫能测。一日相约游蜀青城、峨嵋山[5]，源欲自荆州溯峡[6]，泽欲取长安斜谷路[7]。源不可，曰："吾以绝世事，岂可复到京师哉！"泽默然久之，曰："行止固不由人。"遂自荆州路。舟次南浦[8]，见妇人锦裆负罂而汲者[9]，泽望而叹曰："吾不欲由此者，为是也。"源惊问之。泽曰："妇人姓王氏，吾当为之子。孕三岁矣，吾不来，故不得乳[10]。今既见，无可逃之。公当以符咒助吾速生。三日浴儿时，愿公临我，以笑为信。后十三年中秋月夜，杭州天竺寺外，当与公相见。"源悲悔，而为具沐浴易服。至暮，泽亡而妇乳。三日，往观之，儿见源果笑。具以语王氏，出家财葬泽山下。

源遂不果行。返寺中，问其徒，则既有治命矣[11]。后十三年，自洛还吴，赴其约。至所约，闻葛洪川畔有牧童扣角而歌之曰[12]："三生石上旧精魂，赏月吟风不要论。惭愧情人远相访，此身虽异性长存。"呼问："泽公健否？"答曰："李公真信士，然俗缘未尽，慎弗相近，惟勤修不堕，乃复相见。"又歌曰："身前身后事茫茫，欲话因缘恐断肠[13]。吴越山川寻已遍，却回烟棹上瞿唐[14]。"遂去不知所之。后二年，李德裕奏源忠臣子[15]，笃孝，拜谏议大夫。不就，竟死寺中，年

# 八十一。

【注释】

〔1〕三生石：下天竺寺后面的山石，相传是本篇所述唐代李源与僧圆泽相会处。古代诗文中常把三生石作为因缘前定的典故，五代前蜀僧贯休《酬和相公见寄》："感通未合三生石，骚雅欢擎九转金。"三生，即三世，佛教认为人处于因果轮回中，按时间过程可以划分为过去世、现在世、未来世。该说为古代民间广泛接受。　　下天竺：三天竺之一。三天竺系位于灵隐寺西南天竺路的上、中、下三座寺庙。三寺相距不远，都以观音道场闻名。其中下天竺历史最为悠久，位于飞来峰南面，前瞰月桂峰，后窥香林洞，由天竺名僧慧理于东晋咸和五年（330）创建，初名天竺翻经院，为翻译佛经之处，后改名灵山寺。寺后有三生石景观。清乾隆间赐名法镜寺。中天竺位于灵隐寺南，稽留峰下，周围有"中竺十二景"，由印度高僧宝掌建于隋开皇十七年（597）。吴越王钱俶赐额崇圣天圣寺。相传宝掌寿千余岁，寺后一岩称千岁岩。清乾隆间赐名法净寺。上天竺距中天竺约两里，背依白云峰。后晋天福四年（939），僧人道翊在此结庐修行，得一奇木，请名匠雕成观音像。天福十二年，钱俶在此建观音看经院。北宋由辩才住持，扩大了规模。南宋时曾被评定为教、律院五山之首。清乾隆间改名法喜寺。天竺三寺藏于山林，寺宇恢宏，景色幽深，高僧辈出，历来被誉为"天竺佛国"。按，本篇源自苏轼《僧圆泽传》，苏文又取材于唐人袁郊《甘泽谣》中的《圆观》故事。故事从忠烈事迹出发，其所描述的圆、李二人的两世因缘，以及其中由于生死茫茫而生发的身世之叹、凄清之美为唐以后历代文人所感叹，并广泛敷陈传诵。苏轼自称前生为僧，其文寄托着他对人生轮回的理解。而张岱重新叙述这一故事，同样表达了他对杭州佛教源流的梳理与解读。

〔2〕洛师：洛阳。

〔3〕光禄卿：朝廷大臣，掌皇帝膳食宴饮。　　李憕（dēng）：唐代汶水（在今山东）人，举明经。玄宗天宝初任清河太守，迁广陵长史。安禄山叛乱，攻城，憕缮城励卒，挫敌锋芒，城陷被害。　　居第：住宅。

〔4〕"禄山"句：安禄山（703—757）：唐代边将。柳城（今辽宁朝阳）奚族人，天宝间任三镇节度使。天宝十四载（755）冬于范阳（今北京西南）起兵叛唐，次年攻陷洛阳，称帝，国号大燕。不久被其子所杀。东都：唐朝以洛阳为东都。

〔5〕青城：指青城山，位于今四川都江堰西南。群峰起伏环绕，状若城郭；林木葱茏幽深，主峰老君阁海拔 1260 米。为道教四大名山之一，素享"青城天下幽"的美誉。　峨眉山：在今四川峨眉市西南。山峰相对如峨眉，故名。有万年寺、洗象池、龙门洞等胜迹，主峰万佛顶海拔 3079 米。峨眉山传为普贤菩萨道场，佛教四大名山之一，有"峨眉天下秀"之说。

〔6〕荆州：汉代所置，大致相当于今湖南、湖北及河南南部地区。其治所屡迁，东晋定治江陵（今湖北荆州）。

〔7〕长安：位于今陕西西安西侧，为西周至唐代多个王朝的都城，以后也是西北重要城市。　斜谷：峡谷名，在今陕西眉县西南。谷有二口，南曰褒，北曰斜，全长 470 里，两旁山势险峻，为古时从长安前往汉中入四川的必经道之一。五代以后渐荒塞。

〔8〕次：到达。　南浦：地名，在今湖北武汉南。李白《江夏行》诗："适来往南浦，欲问江西船。"

〔9〕罂（yīng）：盛水的陶制容器，小口大肚。

〔10〕乳：分娩。《说文》："人及鸟生子曰乳，兽曰产。"

〔11〕治命：遗嘱。《左传·宣公十五年》："尔用先人之治命。"

〔12〕葛洪川：在天竺山的河流，因葛洪曾在当地隐居炼丹得名。扣角：敲击牛角。

〔13〕因缘：见本卷《灵隐寺》"因缘"注。

〔14〕瞿唐：即瞿塘峡，长江三峡之一，在今重庆奉节东，以崖石雄奇、江水急湍闻名。

〔15〕李德裕（787—849）：唐代大臣。字文饶，赵郡（今河北赵县）人。穆宗朝召为翰林学士，出为浙西观察使，武宗朝为相，威权独重，为朝中李党领袖，遭牛党排挤，贬卒。

【译文】

　　三生石在下天竺寺后边。苏东坡《圆泽传》说：洛阳惠林寺，以前是光禄卿李憕住所，安禄山攻陷东都，李憕坚守而死。其子李源，年少时以贵族子弟豪奢并善于歌唱而闻名当时。李憕死后，李源悲愤至极，发誓不做官，不娶妻，不吃肉，在庙中住了五十多年。

　　庙里有个僧人圆泽，富裕而颇有见地。李源与他关系密切，整天促膝密谈，别人都不知道他们谈些什么。一次两人约定同游四川青城山与峨眉山。李源要从荆州上溯三峡入蜀，圆泽则提出从长安走斜谷道。李源不同意，说："我已经断绝俗世，怎能再到京城！"圆泽沉默许久，说："人的行踪原本由不得自己决定。"于是从荆州走。船到南浦，看见有一个妇女穿着织锦衣裤，背着瓦器正在打水。圆泽看了叹气说："我不想从这里走，就是这个缘故。"李源惊讶地追问，圆泽说："那个妇女姓王，我应当是她儿子。她怀孕三年了，我不来，所以她尚未分娩。如今既然遇见，我就无处可以躲避。您得念咒助我赶快出生。三天后给婴儿洗澡时，请您来看我。我以笑为凭证。再过十三年的中秋月夜，杭州天竺寺外，我会与您相见。"李源又悲又悔，为他沐浴换衣。至傍晚，圆泽去世而那妇女也分娩了。三日后，前往探视，婴儿见了李源果然发笑。李源把事情原委都对妇女说了，并出家财将圆泽安葬于山下。

于是李源不再前行，返回寺中，问了徒弟，原来圆泽是有遗嘱的。又过了十三年，李源从洛阳回到杭州，践行其诺言。到了约定的地方，听到葛洪川边有牧童一边拍击牛角一边唱道："三生石上旧精魂，赏月吟风不要论。惭愧情人远相访，此身虽异性长存。"李源大声问道："泽公你好吗？"对方答道："李公真是守信的人，但是世俗的缘分未尽，请不要与我接近。只有努力修行，才能重新相见。"又唱道："身前身后事茫茫，欲话因缘恐断肠。吴越山川寻已遍，却回烟棹上瞿塘。"于是离去不知所往。又过了两年，李德裕奏闻李源是忠臣的儿子，十分孝顺，拜为谏议大夫。李源没去就职，最后死于庙中，享年八十一岁。

王元章《送僧归中竺》诗[1]：
天香阁上风如水[2]，千岁岩前云似苔[3]。
明月不期穿树出，老夫曾此听猿来。
相逢五载无书寄，却忆三生有梦回。
乡曲故人凭问讯，孤山梅树几番开。

【注释】

　　〔1〕王元章：王冕(1310—1359)，字元章，号煮石山农、梅花屋主，元代诸暨人，诗人、画家。不受朝廷征召，隐居会稽山(在今浙江)。

　　〔2〕天香阁：在中天竺。元代黄潜《天香阁》诗："曾是高人行道处，天香云外至今飘。"

　　〔3〕千岁岩：岩石名，在中天竺山间。

【译文】

　　天香阁上风凉如水，千岁岩前云厚似苔。明月时常穿过树林出现，老夫当年曾为猿声而来。相逢五年未通书信，回忆三生梦中徘徊。乡间故人频频询问：孤山梅花已经几次盛开？

## 苏轼《赠下天竺惠净师》诗：

　　予去杭十六年而复来，留二年而去[1]。平生自觉出处老少，粗似乐天，虽才名相远，而安分寡求亦庶几焉。三月六日，来别南北山诸道人，而下天竺惠净师以丑石赠，作三绝句：

　　当年衫鬓两青青，强说重来慰别情[2]。

　　衰鬓只今无可白，故应相对说来生。

【注释】

　　〔1〕"予去"二句：苏轼任杭州通判，于熙宁六年(1073)离任，至元祐四年(1089)重来杭州任知府，其间隔十六年。在知府任上一共两年而离去。

　　〔2〕强：勉强，强颜欢笑的意思。

【译文】

　　我离开杭州十六年才回来，留住两年又离开。我觉得自己平生行止，有些像白乐天。虽然才气名声差得多，但安分寡欲则有些相似。三月六日，来告别南北山各位高僧，下天竺惠静师父赠送我一块丑石，于是我作了三首绝句：

　　当年衣衫青青鬓发乌黑，强颜欢笑诉说重回杭州的旧情。如今满头白发如霜雪，只应面对面谈论来生。


　　出处依稀似乐天，敢将衰朽较前贤。
　　便从洛社休官去，犹有闲居二十年[1]。

【注释】

　　[1]"便从"二句：白居易晚年，于大和三年(829)辞官退居洛阳，居住在履道池台别墅，至会昌六年(846)卒，实际居洛十七年。在此期间，白居易常与一些官员、文士、僧人等往来，游赏山水，结社宴饮，诗酒娱乐。洛社，北宋欧阳修、梅尧臣等在洛阳时曾组诗社，称洛社。以后便以洛社代称洛阳。

【译文】

　　平生行踪仿佛白乐天，老朽怎敢比拟前贤。自从洛阳辞官归去，还能悠闲居住个二十来年。


　　在郡依前六百日，山中不记几回来[1]。
　　还将天竺一峰去，欲把云根到处栽[2]。

【注释】

　　[1]"在郡"二句：语出白居易《留题天竺灵隐两寺》诗："在郡六百日，入山十二回。"郡，指杭州。
　　[2]云根：指云游僧歇脚的寺院。唐宋诗人多指山石。

【译文】

　　和上次一样在杭州待了六百天，山中记不清已经多少次前来。如果能将天竺山峰移动而去，我要把云根在人间到处种栽。

# 上 天 竺

上天竺[1]，晋天福间[2]，僧道翊结茅庵于此[3]。一夕，见毫光发于前涧，俛视之[4]，得一奇木，刻画观音大士像。后汉乾祐间[5]，有僧从勋自洛阳持古佛舍利来，置顶上，妙相庄严[6]，端正殊好，昼放白光，士民崇信。钱武肃王常梦白衣人求葺其居，寤而有感，遂建天竺观音看经院。

宋咸平中[7]，浙西久旱，郡守张去华率僚属具幡幢华盖迎请下山[8]，而澍雨沾足。自是有祷辄应，而雨每滂薄不休，世传烂稻龙王焉。南渡时，施舍珍宝，有日月珠、鬼谷珠、猫睛等，虽大内亦所罕见。嘉祐中[9]，沈文通治郡[10]，谓观音以声闻宣佛力，非禅那所居[11]，乃以教易禅[12]，令僧元净号辨才者主之[13]。凿山筑室，几至万础。治平中[14]，郡守蔡襄奏赐"灵感观音"殿额[15]。辨才乃益凿前山，辟地二十有五寻[16]，殿加重檐。

建炎四年，兀术入临安，高宗航海[17]。兀术至天竺，见观音像喜之，乃载后车，与《大藏经》并徙而北[18]。时有比丘知完者[19]，率其徒以从。至燕[20]，舍于都城之西南五里[21]，曰玉河乡，建寺奉之。天竺僧乃重以他木刻肖前像，诡曰"藏之井中，今方出现"，其实并非前像也。乾道三年[22]，建十六观堂；七年，改院为寺，门匾皆御书。庆元三年[23]，改天台教寺。

元至元三年毁〔24〕。五年，僧庆思重建，仍改天竺教寺。元末毁。明洪武初重建，万历二十七年重修〔25〕。崇祯末年又毁，清初又建。时普陀路绝，天下进香者皆近就天竺，香火之盛，当甲东南。二月十九日〔26〕，男女宿山之多，殿内外无下足处，与南海潮音寺正等〔27〕。

【注释】

〔1〕上天竺：见本卷《三生石》"三生石"注。

〔2〕天福：后晋高祖年号（936—944）。

〔3〕道翊（yì,? —961）：出身名门，当阳侯杜公之子，出家于终南山翠微寺。后晋天福初年至杭，在天竺坞深处结庵精修，被尊为上天竺开山祖师。

〔4〕俛（fǔ）：俯身，低头。

〔5〕后汉：五代政权之一。947年，后晋河东节度使刘知远在太原称帝，随即出兵攻占洛阳、开封，收复后晋失陷的河南、河北诸州，改国号为汉，史称后汉。刘承祐继位后，951年部将郭威发动兵变建立后周，后汉灭亡。 乾祐：后汉高祖刘知远年号（948—950）。

〔6〕妙相：佛或菩萨的形象。

〔7〕咸平：宋真宗年号（998—1003）。

〔8〕张去华（938—1006）：字信臣，五代开封襄邑人。宋初建隆状元，拜秘书郎，曾任开封府推官，历知诸州。善谈论。曾上《元元论》，主张养民务农，得真宗嘉赏。

〔9〕嘉祐：宋仁宗年号（1056—1063）。

〔10〕沈文通：沈遘（1025—1067），字文通，北宋钱塘（今杭州）人，皇祐榜眼。曾任尚书礼部郎中、杭州知府，累迁龙图阁大学士。与叔沈括、弟沈辽俱有文名，时称"三沈"。

〔11〕禅那：佛教语，指静思。唐译《楞严经》卷一注："禅那，华严静虑。"

〔12〕以教易禅：将禅院更替为教寺。禅院是佛教禅宗的修行道场，由唐代百丈海禅师始立。在此之前，禅僧大多居于律寺。百丈为方便禅僧修习和住持说法，创议别立禅居，以禅居长老住于方丈，参学僧众一律入禅堂居住。教寺后称讲寺，以研究并阐扬佛教教义、宣讲佛教经典为宗旨，

是主要从事世俗教化的寺院。至宋代，禅院与教寺区分明确。文中说，天竺观音看经院原为禅院，但沈文通认为观音以声音传播佛力，不宜实行"静思"的禅那，所以把天竺观音看经院由禅院改为大众化的教寺。

〔13〕僧元净号辨才者：见卷一《六贤祠》"辨才"注。

〔14〕治平：宋英宗年号（1064—1067）。

〔15〕蔡襄（1012—1067）：字君谟，北宋仙游（今属福建）人。天圣进士，曾任福建路转运使、开封知府、杭州知府。尤以书法闻名，为宋四家之一。

〔16〕寻：见本卷《飞来峰》"寻丈"注。

〔17〕"建咸"三句：建咸：即建炎，宋高宗年号（1127—1130）。建炎四年，1130年。兀术，见卷一《岳王坟》"兀术"注。据《宋史·高宗纪》，建炎三年十二月，金兵陷临安，高宗至明州（今宁波），航海避之。建炎四年二月，金人自临安退兵。

〔18〕《大藏经》：简称《藏经》，各种文字的佛经的总称。内容分为经、律、论三藏，包括印度和中国的佛教论述。我国《藏经》的编纂始于南北朝，唐代已有1076部、5000余卷。从北宋起刊印，历代均有刻本。

〔19〕比丘：梵语，佛教指出家修行的男僧，比沙弥高一等。按佛教章制，少年出家，初受戒，称为沙弥；二十岁再受具足戒，成为比丘。

〔20〕燕：今河北北部及北京一带。

〔21〕都城：指金朝都城，今北京。

〔22〕乾道三年：1167年。乾道为宋孝宗年号（1165—1173）。

〔23〕庆元三年：1197年。庆元为宋宁宗年号（1195—1220）。

〔24〕至元三年：1266年。至元为元世祖忽必烈年号（1264—1294）。

〔25〕万历二十七年：1599年。

〔26〕二月十九日，相传是观世音生日。

〔27〕南海潮音寺：普陀山并无潮音寺，或指普陀山潮音洞附近之普济寺。普济寺建于明万历十四年（1586），传为观音灵显处，有钟鼓楼、天王殿、大圆通殿、法堂等建筑，为普陀山最大佛教建筑群，历来香火鼎盛。

【译文】

上天竺，后晋天福年间，僧人道翊在此筑茅庵。一天傍晚，看到前洞有细小的光芒闪闪发亮。俯看之下，得到一个奇特的木头，于是刻上观音大士像。后汉乾祐年间，有个叫从勋的僧人从洛阳带着古佛舍利子来，将舍利子置于观音头顶上，宝相庄严，美好慈祥，白天闪现白色光芒，士民都来崇拜。吴越王钱镠经常梦见有穿白衣的人请求修葺其居住处，醒来有所感悟，于是建造了天竺观音看经院。

宋朝咸平间，浙西久旱，知府张去华率领下属，带着旗幡华盖迎请观音下山，于是雨水充沛。从此每次祈祷必有灵验，但是一下雨就滂沱不停，人称烂稻龙王。高宗南渡时，向院里施舍珍宝，有日月珠、鬼谷珠、猫眼等，即使皇宫内也是罕见的。嘉祐间，沈文通担任杭州知府，称观音以声音传播佛力，不宜静思禅定，于是将禅院改为教寺，让僧人元净号辩才的主持。凿山修建房屋，础石几乎过万。治平年间，知府蔡襄奏请御赐"灵感观音"殿额。辩才更凿前山，开辟土地二十五寻，殿堂都加上重檐。

建炎四年，金兀术入临安，高宗乘船逃避。金兀术到了天竺寺，见了观音像很喜欢，于是放在后车，与《大藏经》一起运回北方。当时有个叫知完的比丘，率领徒弟跟从而去。到了燕地，在都城西南五里住下来，当地叫玉河乡，建造了寺庙以安放观音像。天竺寺僧人用其他木料复刻了一尊观音像，伪称"藏于井中，如今才出现"，其实并非之前那尊像。乾道三年，建十六观堂。七年，改院为寺，门上匾额都由皇帝御书。庆元三年，改为天台教寺。元朝至元三年寺毁。五年，僧人庆思重建，又改回天竺教寺。元末毁。明朝洪武初年重建，万历二十七年重修。崇祯末年又毁坏，清初再建。当时至普陀山路断，天下进香的人都就近到天竺寺，香火之盛，在东南应该称冠。二月十九日，男女信徒住宿山上之多，乃至殿内外无处落脚，正与南海潮音寺相当。

## 张京元《上天竺小记》[1]：

天竺两山相夹，回合若迷。山石俱骨立，石间更绕松篁[2]。

过下竺，诸僧鸣钟肃客[3]，寺荒落不堪入。中竺如之。至上竺，山峦环抱，风气甚固，望之亦幽致。

**【注释】**

〔1〕张京元：见卷一《岳王坟》附诗"张景元"注。

〔2〕篁：竹子，竹林。《楚辞·九歌·山鬼》："余处幽篁兮终不见天，路险难兮独后来。"

〔3〕肃客：迎客，引客进入。《礼记·曲礼上》："主人肃客而入。"

**【译文】**

天竺两山夹峙，环绕好像迷局。山上岩石陡峭，石间还环绕松竹。

经过下天竺，僧人们敲钟迎客。但是寺庙破落，简直无法进入。中天竺也一样。到了上天竺，山峦环抱，颇有气韵，远远望去也幽静雅致。

萧士玮《上天竺小记》[1]：

上天竺，叠嶂四周，中忽平旷，巡览迎眺，惊无归路。余知身之入而不知其所由入也。从天竺抵龙井，曲涧茂林，处处有之。一片云、神运石[2]，风气逌逸，神明刻露。选石得此，亦娶妻得姜矣[3]。泉色绀碧[4]，味淡远，与他泉迥矣。

**【注释】**

〔1〕萧士玮：见本卷《韬光庵》注。

〔2〕一片云、神运石：见卷四《一片云》。

〔3〕娶妻得姜：谓娶到姿容美丽的妻子。姜，指庄姜，春秋时齐国公主，嫁卫庄公，所以叫庄姜。据说美艳异常，《诗经·卫风·硕人》描写其貌："齿如瓠犀，蝤首蛾眉。巧笑倩兮，美目盼兮。"

〔4〕绀(gàn)：天青色。《庄子·让王》："子贡乘大马，中绀而表素。"

## 【译文】

上天竺，四周山峰重重相叠，中间忽然平坦，寻览眺望，吃惊没有归路。我知道自己已经身在山中却不知道从哪里进入的。从天竺到龙井，到处曲溪茂林。一片云、神运石一带景色，风气清爽，使人精神焕发。挑选石头来到此处，也算是娶妻得姜了。泉水碧绿，味道清淡悠远，与其他泉水迥然有异。

## 苏轼《记天竺诗引》：

轼年十二，先君自虔州归〔1〕，谓予言："近城山中天竺寺，有乐天亲书诗云：'一山门作两山门，两寺原从一寺分。东涧水流西涧水，南山云起北山云。前台花发后台见，上界钟鸣下界闻。遥想吾师行道处，天香桂子落纷纷。'笔势奇逸，墨迹如新。"今四十七年〔2〕，予来访之，则诗已亡，有刻石在耳。感涕不已，而作是诗。

## 【注释】

〔1〕先君：指苏轼父苏洵(1009—1066)，字明允，自号老泉，眉山(在今四川)人。二十七岁始发愤读书，曾任秘书省校书郎。与其子苏轼、苏辙并以文章著称于世。　虔州：今江西赣州。庆历五年(1045)，苏洵在东京参加"茂才异等科"考试失败后，翌年游历南方，到达庐山、虔州等地，于庆历七年(1047)返乡。苏轼时年十二岁。

〔2〕四十七年：苏轼于绍圣元年(1094)被贬赴惠州途中，经虔州访当地天竺寺，回想起四十七年前自己十二岁时父亲苏洵所言，甚为感慨，作《天竺寺》诗，其中有"四十七年真一梦，天涯流落涕横斜"的句子。虔州天竺寺原为修吉寺，在赣州贡水东。唐元和(806—819)初，韬光大师自杭州天竺寺移锡至此，改名天竺寺。张岱将虔州天竺寺误记为

杭州天竺寺，故植苏轼文于此。

**【译文】**
　　我十二岁那年，先父从虔州归来，对我说："城附近山中天竺寺，有白乐天亲笔书写的诗：'一山门作两山门，两寺原从一寺分。东涧水流西涧水，南山云起北山云。前台花发后台见，上界钟鸣下界闻。遥想吾师行道处，天香桂子落纷纷。'笔势奇雄飘逸，墨迹如新。"如今已过去四十七年，我来寻访，诗已不见，只有刻石还在。感慨流泪不已，而作此诗。

　　　　又《赠上天竺辩才禅师》诗：
　　　南北一山门，上下两天竺。
　　　中有老法师，瘦长如鹳鹄[1]。
　　　不知修何行，碧眼照山谷。
　　　见之自清凉，洗尽烦恼毒。
　　　坐令一都会，方丈礼白足[2]。
　　　我有长头儿[3]，角颊峙犀玉[4]。
　　　四岁不知行，抱负烦背腹。
　　　师来为摩顶，起走趁奔鹿[5]。
　　　乃知戒律中，妙用谢羁束。
　　　何必言法华，佯狂啖鱼肉[6]。

**【注释】**
　　〔1〕鹳(guàn)鹄(hú)：都是脖子细长的鸟。鹳，涉禽，如鹤。鹄，天鹅。
　　〔2〕方丈：见本卷《灵隐寺》注。　白足：南朝慧皎《高僧传》卷一〇《宋伪魏长安释昙始》谓东晋昙始"足白于面，虽跣涉泥水，未尝沾湿，天下皆称白足和上(尚)"。后世即称僧人为白足。

〔3〕长头儿：《后汉书·贾逵传》谓逵好学，号称"问世不休贾长头"。

〔4〕"角颊"句：即角犀，两边额角入头发处隆起，形容长相怪异。犀玉，犀牛角。

〔5〕"四岁"四句：苏辙《龙井辩才法师塔碑》："予兄子瞻中子迨，生三年不能行，请师为落发，摩顶祝之，不数日能行如他儿。"摩顶，佛教授戒时，由师父抚摸受戒者的头顶，传为定式。趁奔鹿，可以追得上奔鹿。《晋书·唐彬传》："身长八尺，走及奔鹿。"趁，追逐。

〔6〕"何必"二句：表示摆脱束缚。相传开宝僧好诵《法华经》，行为怪癖。又，苏州义师状如疯狂，好烧活鲤鱼，不待熟而食之。

## 【译文】

南北一座山门，上下两个天竺。其间有位老法师，身形瘦长如鹳鹄。不知所修是何宗，长着一双绿眼看山谷。见了他自然感觉清凉，满腹烦恼顿时消除。屋中坐了片刻，在住持房间迎接师父。我有一个长头儿子，双额如犀牛角突出。四岁还没学会走路，要人背着抱着真是劳苦。师父抚摸一阵他头顶，他居然站起来就走如奔鹿。由此领悟戒律之中，妙就妙在去除束缚。何必说什么《法华》经义，又为何要装疯大嚼鱼肉。

## 张岱《天竺柱对》：

佛亦爱临安，法像自北朝留住。

山皆学灵鹫，洛伽从南海飞来〔1〕。

## 【注释】

〔1〕洛迦：普陀洛迦山。位于普陀山东南，与普陀隔海相望。相传为观世音菩萨修行的圣地。山高 97 米。山上有礁石嶙峋，五色珊瑚围绕。

## 【译文】

佛也喜欢临安城，法像从北朝留住此地。山皆效仿灵鹫峰，洛迦自南海飞了过来。

# 卷　三

## 西湖中路

### 秦　楼

　　秦楼初名水明楼，东坡建，常携朝云至此游览[1]。壁上有三诗[2]，为坡公手迹。过楼数百武[3]，为镜湖楼，白乐天建。宋时宦杭者，行春则集柳洲亭[4]，竞渡则集玉莲亭[5]，登高则集天然图画阁[6]，看雪则集孤山寺[7]，寻常宴客则集镜湖楼。兵燹之后[8]，其楼已废，变为民居。

【注释】

　　[1] 朝云：王朝云，字子霞，钱塘人。早年沦落歌舞班，为西湖名妓，被苏轼纳为妾，并随同谪居惠州。卒年三十四岁，苏轼亲撰墓志铭并以诗寄追思。

　　[2] 三诗：即本篇所附苏轼三首七绝。

　　[3] 武：古时距离单位。六尺为步，半步为武。

　　[4] 柳洲亭：见卷四《柳洲亭》。

　　[5] 玉莲亭：见卷一《玉莲亭》。

　　[6] 天然图画阁：见卷一《保俶塔》。

　　[7] 孤山寺：见卷一《玉莲亭》"孤山寺"注。

　　[8] 兵燹(xiǎn)：战火。此处指清军进入江南的战争。

## 【译文】

　　秦楼初名水明楼，苏东坡所建。他经常带着朝云到此处游览。墙上有三首诗，是坡公手迹。过了楼几百武距离，为镜湖楼，白乐天建造。宋朝在杭州做官的人，春天在柳洲亭聚会，赛船则集结在玉莲亭，登高都到天然图画阁，看雪则到孤山寺，一般宴请客人则在镜湖楼。兵灾之后，这座楼已经废弃，变为民居。

### 苏轼《水明楼》诗[1]：

黑云翻墨未遮山，白雨跳珠乱入船。
卷地风来忽吹散，望湖楼下水连天[2]。

## 【注释】

　　〔1〕此诗标题一作《六月二十七日望湖楼醉书五绝》之一。
　　〔2〕望湖楼：位于西湖北岸，宝石山东麓，昭庆寺前，原名看经楼，始建于北宋乾德五年(967)，后易名望湖楼。1985 年重建。

## 【译文】

　　黑云如打翻的墨汁与远山纠缠，白雨像散落的珍珠纷乱跳入小船。卷地狂风刮来忽然将雨吹散，望湖楼下只见碧水接着青天。

放生鱼鸟逐人来，无主荷花到处开。
水浪能令山俯仰，风帆似与月裴回[1]。

## 【注释】

　　〔1〕裴回：徘徊，行走。

## 【译文】

　　放生鱼鸟追逐人来，无主荷花四处盛开。阵阵波浪能让山峦高低俯仰，风帆偏与月亮共同徘徊。

未成大隐成中隐<sup>〔1〕</sup>，可得长闲胜暂闲。

我本无家更焉往，故乡无此好湖山。

【注释】

〔1〕"未成"句：大隐、中隐，以及小隐，都是古人所说不同环境下的隐居形式，有不同解释。一说小隐隐于野，因其尘缘未断；中隐隐于市，因其对权力仍有欲望；大隐隐于朝，虽为官而完全淡泊名利。因此大隐才是最高境界。白居易《中隐》诗说："大隐住朝市，小隐入丘樊。丘樊太冷落，朝市太嚣喧。不如作中隐，隐在留司官"，则是另一种说法了。按，此句一作"未成小隐聊中隐"。

【译文】

未能成就大隐成了中隐，长久之闲毕竟胜过暂时之闲。我本无家还前往何处，故乡也没有如此美丽河山。

# 片 石 居

由昭庆缘湖而西，为餐香阁，今名片石居。闳阁精庐<sup>〔1〕</sup>，皆韵人别墅。其临湖一带，则酒楼茶馆。轩爽面湖，非惟心胸开涤，亦觉日月清朗<sup>〔2〕</sup>。张谓"昼行不厌湖上山，夜坐不厌湖上月"<sup>〔3〕</sup>，则尽之矣。再去则桃花港，其上为石函桥，唐刺史李邺侯所建<sup>〔4〕</sup>，有水闸泄湖水以入古荡。沿东西马塍、羊角埂<sup>〔5〕</sup>，至归锦桥，凡四派焉。白乐天记云："北有石函，南有笕，决湖水一寸，可溉田五十余顷。"<sup>〔6〕</sup>闸下皆石骨磷磷，出水甚急。

【注释】

〔1〕闳(bì)：见卷二《灵隐寺》"闳"注。　精庐：道士、僧人修炼

居住之所。

〔2〕"非为"二句:《世说新语·言语》:"非惟使人情开涤,亦觉日月清朗。"

〔3〕张谓:字正言,唐代河内(今河南沁阳)人。天宝进士,后任尚书郎、潭州刺史,擢礼部侍郎。有诗集。

〔4〕刺史:见卷二《集庆寺》"刺史"注。 李邺侯:见卷一《明圣二湖》"邺侯"注。

〔5〕塍(chéng):田间的土埂。

〔6〕"北有石函"四句:见《钱塘湖石记》。该段原文为:"北有石函,南有笕。凡放水溉田,每减一寸,可溉十五余顷。每一复时,可溉五十余顷。"见《白居易集》卷五九。笕(jiǎn),引水的长竹管,安在檐下或田间。


【译文】

由昭庆寺沿湖向西,为餐香阁,如今称为片石居。幽静雅致的房舍,都是雅士别墅。其临湖一带,则是酒楼茶馆。开窗面湖,不仅心胸开阔,日光月色也变得清净明朗。张谓诗里说"白昼行路看不厌湖上山,夜里坐船看不尽湖上月",已将这里景致写尽。再过去为桃花港,上面的石洞桥,是唐朝刺史李泌所建,有水闸放湖水进入古湖荡。沿着东西向的马塍、羊角埂,至归锦桥,湖水分为四支。白乐天记述道:"北有石洞,南有引水竹管,放湖水一寸,可以灌溉农田五十多顷。"闸门下都是石块嶙峋,出水十分湍急。


徐渭《八月十六片石居夜泛》词:

月倍此宵多,杨柳芙蓉夜色蹉。鸥鹭不眠如昼里[1],舟过,向前惊换几汀莎[2]。 筒酒觅稀荷,唱尽塘栖《白苎歌》[3]。天为红妆重展镜,如磨,渐照胭脂奈褪何。

【注释】

〔1〕鹫(jiù)：即雕，一种猛禽。

〔2〕汀莎：水边平地上的莎草。

〔3〕塘栖：镇名，位于今杭州北部，近德清县。形成于北宋，元代以后为大运河边商贾云集的名镇。　《白苎歌》：乐府名。其词盛称舞者姿态之美。

【译文】

今夜月光格外多，杨柳芙蓉夜色未收。鸥鸟不睡如处白昼，船儿驶过，惊得向前掠过几处沙洲。　带一筒美酒去寻残荷，唱遍塘栖《白苎歌》。天为梳妆又展镜，湖镜如磨，奈何照得胭脂渐褪色。

# 十　锦　塘

十锦塘〔1〕，一名孙堤，在断桥下。司礼太监孙隆于万历十七年修筑〔2〕。堤阔二丈，遍植桃柳，一如苏堤。岁月既多，树皆合抱。行其下者，枝叶扶苏〔3〕，漏下月光，碎如残雪。意向言断桥残雪，或言月影也。苏堤离城远，为清波孔道〔4〕，行旅甚稀。孙堤直达西泠，车马游人，往来如织。兼以西湖光艳，十里荷香，如入山阴道上，使人应接不暇〔5〕。湖船小者，可入里湖，大者缘堤倚徙，由锦带桥循至望湖亭，亭在十锦塘之尽。

渐近孤山，湖面宽厂。孙东瀛修葺华丽，增筑露台，可风可月，兼可肆筵设席。笙歌剧戏，无日无之。今改作龙王堂，旁缀数楹，咽塞离披〔6〕，旧景尽失。再去，则孙太监生祠，背山面湖，颇极壮丽。近为卢太监舍以供佛，改名卢舍庵，而以孙东瀛像置之佛龛之后。孙太监以数十万金钱装塑西湖，其功不在苏学士之下，乃使其遗像不得一见湖光山色，幽囚面壁，见之大为鲠闷。

【注释】

〔1〕十锦塘：即西湖白堤。明万历年间，太监孙隆以沙石花草修治白堤，更名十锦塘。

〔2〕司礼太监孙隆：见卷一《明圣二湖》"孙东瀛"注。　万历十七年：1589 年。

〔3〕扶苏：树木枝叶茂盛。《诗经·郑风·山有扶苏》："山有扶苏，隰有荷华。"

〔4〕清波：清波门，始建于南宋绍兴二十八年(1158)，为古杭州西城门之一。此门通南山，市民所需薪柴多由此出入，有"清波门外柴担儿"的民谚。民国时期清波、涌金、钱塘三门拆除，后为南山路、湖滨路。　孔道：大道，大路。扬雄《太玄经·羡》："孔道之夷，奚不遵也。"注："何不遵大道也。"

〔5〕"如入"二句：《世说新语·言语》："从山阴道上行，山川自相映发，使人应接不暇。"

〔6〕离批：散乱的样子。《楚辞·九辩》："白露既下降百草兮，奄离批此梧楸。"

【译文】

　　十锦塘，又名孙堤，过了断桥就是。司礼太监孙隆于万历十七年修筑。堤宽二丈，到处种植桃树、柳树，如苏堤一样。随着岁月流逝，树木都长成需要两人合抱。在树下行走的人，可以看到其枝叶纷披，夜晚从树叶缝隙间投下的月光，如残雪碎屑一般。我推测前人所说断桥残雪，或许是在说月光。苏堤离杭城较远，是城西清波门外的道路，很少有行人。孙堤则一直通到西泠，往来车马行客，熙熙攘攘。加上西湖景色，十里荷花芳香，如走在古时山阴道上，景致使人目不暇接。坐小船的，可进入里湖；坐大船的可贴着堤岸行驶，从锦带桥顺流到位于十锦塘尽头的望湖亭。

　　逐渐靠近孤山时，湖面宽广。孙隆将这一段堤修葺得十分华丽，增建露台，可以临风，可以赏月，还可以设筵席，天天有笙箫歌舞戏曲表演。如今此处改建龙王堂，两边数根柱子，凌乱压抑，完全失去旧时景观。再往前，则建有孙隆生祠，背山面湖，十分宏伟，最近被姓卢的太监布施，用以置放佛像，改名卢舍庵，而把孙隆像放在佛龛后面。孙太监花费数十万金钱修整西湖，其功绩不在苏东坡学士之下，却不让他的塑像面对湖光山色，只将他囚禁于幽暗中面对墙壁，我见了十分郁闷。


## 袁宏道《断桥望湖亭小记》：

　　湖上由断桥至苏公堤一带，绿烟红雾，弥漫二十余里。歌吹为风，粉汗为雨，罗绮之盛，多于堤畔之柳，艳冶极矣。然杭人游湖，止午、未、申三时[1]，其实湖光染翠之工，山岚设色之妙，全在朝日始出、夕舂未下[2]，始极其浓媚。月景尤为清艳，花态柳情，山容水意，别是一种趣味。此乐留与山僧游客受用，安可为俗士道哉！望湖亭即断桥一带，堤甚工致，比苏公堤犹美。夹道种绯桃、垂柳、芙蓉、山茶之属二十余种。堤边白石砌如玉，布地皆软沙如茵。杭人曰："此内使孙公所修饰也。"此公大是西湖功德主。自昭庆、天竺、净慈、龙井及山中庵院之属[3]，所施不下数十万。余谓白、苏二公，西湖开山古佛，此公异日伽蓝也[4]。"腐儒，几败乃公事[5]！"可厌！可厌！


【注释】
　　〔1〕午、未、申：相当于中午 12 时到傍晚 4 时前后。

〔2〕夕舂：夕阳。语出《淮南子·天文训》。

〔3〕净慈：见卷四《净慈寺》。

〔4〕伽蓝：护法神，见卷一《智果寺》"伽蓝"注。

〔5〕"腐儒"二句：《史记·留侯世家》："竖儒，几败而公事！"此处用以责骂儒者无助于西湖的治理。乃公、而公，均为自称，犹言"老子"。

【译文】

　　湖上由断桥至苏堤一带，绿烟红雾，弥漫二十多里。歌吹成风，粉汗成雨，穿着绫罗绸缎的人，比堤上的柳树还多，艳丽已极。但是杭州人游西湖，只在午、未、申三个时辰。其实湖光染翠的工丽、山雾设色的巧妙，全在早晨太阳刚刚升起、傍晚夕阳未下之时，此时景色才美丽到了极点。至于月景，尤其清艳；花香嫩嫩，柳条依依，山的容貌，水的意境，别有一种趣味。这种快乐只能留给山僧游客享受，怎能对俗人凡夫说明白！望湖亭即断桥一带，堤坝十分工整，比苏堤更加美丽。夹道种植绯桃、垂柳、芙蓉、山茶之类二十多种。堤边由如玉白石砌成，地上铺满软沙如毯。杭州人说："这是内使孙公整修装饰的。"此公真是西湖的功德主。自昭庆、天竺、净慈、龙井以及山中庵、院之类，他所布施的财物不下几十万。要我说，白居易、苏轼二位先生是西湖开山古佛，那么孙隆公公就是后来的伽蓝。至于那些酸腐的儒生，对治理西湖几乎毫无助益！可恨，可恨！

## 张京元《断桥小记》：

　　西湖之胜，在近；湖之易穷，亦在近。朝车暮舫，徒行缓步，人人可游，时时可游。而酒多于水，肉高于山，春时肩摩趾错，男女杂沓，以挨簇为乐。无论意不在山水，即桃容柳眼，自与东风相倚，游者何曾一着眸子也。

【译文】

　　西湖的好处在于近，湖的容易看完也因为近。早上的车傍晚的船，徒步慢走，人人可游玩，时时可游玩。而美酒比水还多，佳肴堆得比山还高，春天湖边摩肩接踵，男女混杂，以拥挤为乐。更不要说这些人本意不在山水，就算桃花柳树的美姿，自与东风互相映衬，游览者又何曾看上一眼。


　　李流芳《断桥春望图题词》[1]：

　　往时至湖上，从断桥一望，便魂消欲死。还谓所知，湖之潋滟熹微，大约如晨光之着树，明月之入庐。盖山水映发，他处即有澄波巨浸，不及也。壬子正月[2]，以访旧重至湖上，辄独往断桥，裴回终日[3]，翌日为杨讠巽西题扇云[4]："十里西湖意，都来到断桥。寒生梅萼小，春入柳丝娇。乍见应疑梦[5]，重来不待招。故人知我否，吟望正萧条。"又明日作此图。小春四月，同孟旸、子与夜话[6]，题此。


【注释】

　　〔1〕李流芳：见卷一《西泠桥》注。
　　〔2〕壬子：指万历四十年（1612）。
　　〔3〕裴回：即徘徊。
　　〔4〕杨讠巽西：明末文人，曾撰《刘须溪先生记钞》。
　　〔5〕"乍见"句：唐司空曙《云阳馆与韩绅宿别》诗："乍见翻疑梦，相悲各问年。"
　　〔6〕孟旸：见卷一《西泠桥》附文"孟旸"注。　子与：闻启（1589—1618），字子与，钱塘人。后入佛门。


【译文】

　　过去我到西湖上，从断桥一望，简直销魂要死。回去就对朋友说，西湖的潋滟晨曦，大致如朝霞映树，月光照进屋内。山水披上霞光，其他地方哪怕洪波巨浪也比不了。壬子正月，因为访问旧友而再至湖上，就独自往断桥徘徊了一整天。次日为杨讖西题扇道："十里西湖意，都来到断桥。寒气梅萼小，春入柳丝娇。乍见应疑梦，重来不待召。故人知我否，吟望正萧条。"再过一日作了这幅画。小春四月，同孟旸、子与夜里畅谈。落款于此。

## 谭元春《湖霜草序》[1]：

予以己未九月五日至西湖[2]，不寓楼阁，不舍庵刹，而以琴尊书札，托一小舟。而舟居之妙，在五善焉。舟人无酬答，一善也。昏晓不爽其候，二善也。访客登山，恣意所如，三善也。入断桥，出西泠，午眠夕兴，四善也。残客可避[3]，时时移棹[4]，五善也。挟此五善，以长于湖。僧上凫下，觞止茗生，篙楫因风，渔笅聚火[5]。盖以朝山夕水，临涧对松，岸柳池莲，藏身接友，早放孤山，晚依宝石，足了吾生，足济吾事矣。

【注释】

〔1〕谭元春(1586—1631)：晚明文学家。字友夏，号鹄湾，竟陵(今湖北天门)人，天启举人，一生未仕。所作诗文多幽深孤峭，与锺惺共创竟陵派，即"锺谭体"。

〔2〕己未：指万历四十七年(1619)。

〔3〕残客：指自己不愿见的客人。

〔4〕棹：指船。

〔5〕渔笅(jiāo)：渔船缆绳。这里指停船。

【译文】

我于己未年九月五日来到西湖，不住楼阁，不宿寺庙，只带着琴具书信，寄身于一艘小船。在船上居住有五个好处。船上人不用应酬，第一个好处。早晚不会违时，第二个好处。访客登山，随心所欲，第三个好处。入断桥，出西泠，午后睡眠傍晚起身，第四个好处。可以回避自己不愿见的人，随时行船往来，第五个好处。凭借这五个好处，在湖上特别享受。不是在僧人周围就是在野鸭边上，喝完酒再品茶，顺风撑篙，停船生火。以早晨的山色傍晚的湖景，山间的流水与青松，岸边的柳树与水上的荷花，藏身与接待友人，早上去孤山，晚到宝石山，足以过一生，足以完成我的人生目标了。

王叔杲《十锦塘》诗[1]：

横截平湖十里天，锦桥春接六桥烟。

芳林花发霞千树，断岸光分月两川[2]。

几度觞飞堤外景，一清棹发镜中船[3]。

奇观妆点知谁力，应有歌声被管弦。

【注释】

〔1〕王叔杲（gǎo，1517—1600）：字阳德，明代永嘉（在今浙江）人。早年曾建议地方筑堡抗倭，使一方获安宁。嘉靖进士，曾任知县、知府等。在任期间有政绩，辞官后当地为其建造生祠。

〔2〕"断岸"句：西湖被白堤分隔为内堤与外堤，两处均可见月。

〔3〕一清：指一清埠，涌金门外的码头，当时西湖游船多从此出发。

【译文】

十里白堤横跨平湖，六桥春色锦桥相连。春林花开霞光千道，月色光照被分隔在两川。干杯频频只为堤外景，桨摇声声湖面镜里船。装点奇观是谁的力量？歌声悠扬环绕着管弦。

白居易《望湖楼》诗：

尽日湖亭卧，心闲事亦稀。

起因残醉醒，坐待晚凉归。

松雨飘苏帽[1]，江风透葛衣[2]。

柳堤行不厌，沙软絮霏霏[3]。

【注释】

〔1〕苏帽：饰有流苏的帽子。

〔2〕葛衣：一种草织衣服。葛是多年生蔓草，其茎的纤维可制衣。

〔3〕霏霏：雨雾蒙蒙的样子，这里形容柳絮飞舞迷蒙的景象。

【译文】

整日价躺卧湖亭里，心中空闲诸事安逸。起身带着残存的醉意，静坐等待夜晚凉意来袭。松林雨水打湿了流苏帽，江上凉风吹透了葛布衣。柳树堤上千百次走不够，沙滩松软柳絮漫天纷飞。

徐渭《望湖亭》诗：

亭上望湖水，晶光淡不流。

镜宽万影落，玉湛一矶浮[1]。

寒入沙芦断，烟生野鹜投[2]。

若从湖上望，翻美此亭幽[3]。

【注释】

〔1〕玉湛：形容湖水的清澈。　矶（jī）：水边突出的岩石或石滩头。

〔2〕野鹜（wù）：野鸭。

〔3〕翻：反而。

【译文】

望湖亭里远眺西湖，湖光粼粼水波不流。宽阔湖面如镜映照万物，清澄洁净中似有一石沉浮。沙上芦苇丛中寒气已断，烟雾升起引得野鸭来游。我若从湖上回头眺望，反而会羡慕此亭何等静幽。

张岱《西湖七月半记》[1]：

西湖七月半，一无可看，止可看看七月半之人。看七月半之人，以五类看之。其一，楼船箫鼓，峨冠盛筵，灯火优傒[2]，声光相乱，名为看月而实不见月者，看之。其一，亦船亦楼，名娃闺秀，携及童娈[3]，笑啼杂之，环坐露台，左右盼望，身在月下而实不看月者，看之。其一，亦船亦声歌，名妓闲僧，浅酌低唱，弱管轻丝，竹肉相发[4]，亦在月下，亦看月，而欲人看其看月者，看之。其一，不舟不车，不衫不帻[5]，酒醉饭饱，呼群三五，挤入人丛，昭庆、断桥，嚣呼嘈杂，装假醉，唱无腔曲，月亦看，看月者亦看，不看月者亦看，而实无一看者，看之。其一，小船轻幌[6]，净几暖炉，茶铛旋煮[7]，素瓷静递，好友佳人，邀月同坐，或匿影树下，或逃嚣里湖，看月而人不见其看月之态，亦不作意看月者，看之。

杭人游湖，巳出酉归[8]，避月如仇。是夕好名，逐队争出，多犒门军酒钱，轿夫擎燎[9]，列俟岸上。一入舟，速舟子急放断桥[10]，赶入胜会。以故二鼓以前，人声鼓吹，如沸如撼，如魇如呓，如聋如哑，大船小船一齐凑岸，一无所见，止见篙击篙，舟触舟，肩摩肩，面看面而已。少刻兴尽，官府席散，皂隶喝道去<sup>[11]</sup>，轿夫叫船上人，怖以关门，灯笼火把如列星，一一簇拥而去。岸上人亦逐队赶门，渐稀渐薄，顷刻散尽矣。

吾辈始舣舟近岸<sup>[12]</sup>，断桥石磴始凉，席其上，呼客纵饮。此时，月如镜新磨，山复整妆，湖复额面<sup>[13]</sup>。向之浅斟低唱者出，匿影树下者亦出，吾辈往通声气，拉与同坐。韵友来，名妓至，杯箸安<sup>[14]</sup>，竹肉发。月色苍凉，东方将白，客方散去。吾辈纵舟，酣睡于十里荷花之中，香气拍人，清梦甚惬。

【注释】

〔1〕七月半：旧历七月十五日为中元节，又称盂兰盆节，民间有祭祖先与赏月的习俗。

〔2〕优倏（xī）：优伶、僮仆。

〔3〕童娈（luán）：或作娈童，旧时由有钱人畜养并供其玩弄的男童。

〔4〕竹肉相发：泛指弹奏唱曲。竹，笛子等管乐器。肉，嗓子。《晋书·孟嘉传》："听妓，丝不如竹，竹不如肉。"

〔5〕帻（zé）：包头巾，表示百姓身份。

〔6〕幌（huǎng）：帷幔，幕帘。

〔7〕茶铛（chēng）：茶壶。 旋：很快。

〔8〕巳：相当于上午10点。 酉：相当于晚上6点。

〔9〕燎（liǎo）：火把。

〔10〕速：请，招致。《易·需》："有不速之客三人来。"

〔11〕皂隶：仆人、差役。

〔12〕舣舟：船泊岸边。

〔13〕湖复额（huì）面：湖面恢复本来美丽的模样。额面，洗脸。

〔14〕箸（zhù）：筷子。

【译文】

西湖七月半，实在没有可看的，只可以看看七月半的人。所看七月半的人可以分为五种。其一，楼船上琴箫鼓吹，盛筵高朋满座，灯火下仆人往来穿梭，声光杂乱，名为看月实际上不看月的人，看之。其二，或是在楼或是在船，名媛闺秀，带着娈童，打情骂俏，环坐在露台，左顾右盼，身在月下实际上不看月的人，看之。其三，在船上且有音乐歌声，名妓闲僧，缓缓饮酒，轻柔歌唱，笛管清弦，与歌喉呼应。他们也算在月下，也在看月，却希望别人看他们正在看月的人，看之。其四，不坐船不坐车，不穿外衣不戴头巾，酒足饭饱，呼朋唤友，挤进人群，在昭庆寺、断桥一带吵吵嚷嚷，假装喝醉，唱着走调的小曲，也看月，也看看月的人，也看不看月的人，而实际上一无所看的人，看之。其五，小船轻帘，干净的桌几温暖的火炉，茶壶刚煮开，洁白瓷器往来递送，好友佳人，邀来一同赏月，或者藏在树影里，或者到里湖逃避喧嚣，看月而别人不见他们看月的样子，也不存心看月的人，看之。

　　杭州人游西湖，上午十点出门，傍晚六点回去，避月如避仇。七月半晚上为了一个看月的名声，排队争出城门，多赏守门军士酒钱，轿夫擎着火把，排列在岸边等候。主人一上船，就催着船夫快往断桥去，以赶上盛会。所以二更以前，人声鼓乐声鼎沸震撼，如发了狂一般，又如聋了哑了，大船小船一齐靠岸，什么都没见着，只见篙击篙，船撞船，肩摩肩、脸对脸而已。一会儿兴致已尽，官府筵席也散，仆役开道去，轿夫高声呼唤船上人，吓唬他们城门即将关闭，灯笼火把如星星般繁密，一一簇拥而去。岸上人也排队赶往城门，人烟渐稀，顷刻之间就全散了。

　　我们的船这才停靠在岸边，断桥的石阶此时已凉，在上面铺席坐下，招呼客人纵酒。此时，月亮就如新磨的镜子般明亮，远山好像重新梳妆，湖面恢复了本来的靓容。刚才喝些酒浅吟低唱的人纷纷钻了出来，藏在树下的人也出现了，我们过去与他们招呼，拉来同坐。雅士来了，名妓也来了，摆上杯筷，吹响笛子。月色苍凉，天将破晓，客人这才散去。我等任凭船儿自往，酣睡在十里荷花之中，香气扑鼻，清梦十分惬意。

# 孤　山

　　《水经注》曰：水黑曰卢，不流曰奴；山不连陵曰孤[1]。梅花屿介于两湖之间，四面岩峦，一无所丽，故曰孤也。是地水望澄明，皦焉冲照[2]，亭观绣峙，两湖反景，若三山之倒水下[3]。山麓多梅，为林和靖放鹤之地[4]。林逋隐居孤山[5]，宋真宗征之不就[6]，赐号和靖处士。常畜双鹤，縻之樊中[7]。逋每泛小艇，游湖中诸寺，有客来，童子开樊放鹤，纵入云霄，盘旋良久，逋必棹艇遄归[8]，盖以鹤起为客至之验也。临终留绝句曰："湖外青山对结庐，坟前修竹亦萧疏[9]。茂陵他日求遗稿，犹喜曾无封禅书[10]。"

　　绍兴十六年建四圣延祥观[11]，尽徙诸院刹及士民之墓，独逋墓诏留之，弗徙。至元，杨连真伽发其墓[12]，唯端砚一、玉簪一[13]。明成化十年[14]，郡守李端修复之[15]。天启间[16]，有王道士欲于此地种梅千树。云间张侗初太史补《孤山种梅序》[17]。

【注释】
　　[1]"《水经注》"四句：见《水经注·滱(kòu)水》。《水经注》，古代地理著作，因注《水经》得名，北魏郦道元撰。《水经注》记载河流1252条及有关的历史遗迹、人物掌故、神话传说等，引书430余种、金石碑刻350余种，保存许多资料，有重要文史价值。
　　[2]皦(jiǎo)：洁白，明亮。　冲照：形容光的笼罩。
　　[3]三山：传说中蓬莱、方丈与瀛洲三座海上仙山。
　　[4]林和靖：林逋。见卷一《明圣二湖》"和靖"注。

〔5〕孤山：同上注。

〔6〕宋真宗：赵恒（968—1022），北宋第三代皇帝。曾任开封府尹，997 年即位。在位前期颇勤于政事，北宋逐渐显现繁荣。景德元年（1004）与契丹订立澶渊之盟，后期沉湎于道教与封禅之事。

〔7〕樊：鸟笼。

〔8〕遄（chuán）：迅疾，即刻。《诗经·鄘风·相鼠》："人而无礼，胡不遄死。"

〔9〕修竹：长竹。　萧疏：稀疏。

〔10〕"茂陵"二句：表示林逋不为朝廷歌功颂德。据《汉书·司马相如传》，司马相如辞赋深得汉武帝欣赏。相如病重，武帝遣人取其遗稿，而相如已死，家中并无其他遗书，只有一卷书言封禅事。相如临死前曾说武帝如派使者来取书可呈上。茂陵，武帝陵墓，此处代称武帝。汉武帝刘彻（前 156—前 87），景帝子，前 140 年即位。在位期间奉儒学为指导思想，兼采刑名法术，打击豪强并加强集权，反击匈奴；同时加重徭役，激化了社会矛盾。司马相如（前 179—前 118），字长卿，西汉成都（今属四川）人，曾任郎官，辞赋家。封禅，秦汉至唐宋皇帝登泰山祭祀天地的仪式，表示皇帝功德巍然，权力为天地所授。封禅书是相如呈献武帝请求登泰山封禅的。相如辞世后第八年（前 110），武帝果然举行了封禅大典。

〔11〕绍兴十六年：1146 年。　四圣祥延观：绍兴十四年（1144），宋高宗下令拆毁在孤山南的"六一泉"后所建道观，所祀为天蓬、天猷、翊武、真武等道教传说中紫微北极大帝之四将。后迁葛岭。

〔12〕杨连真伽：即杨琏真伽，见卷二《飞来峰》注。

〔13〕端砚：产于端州（今广东肇庆）的名砚，石质坚实、细润，雕琢精致。

〔14〕成化十年：1474 年。

〔15〕李端：字宗正，明代兴宁（今属广东）人。曾任杭州知府。

〔16〕天启：明熹宗朱由校年号（1621—1627）。

〔17〕云间：今上海松江。　张侗初太史：张萧（1572—1630），字世调，号侗初。万历进士，任庶吉士，天启中为少詹事，因上书直谏，为魏忠贤所恶。迁南京礼部右侍郎，被忠贤以"诈病"削籍。　太史：庶吉士属翰林院，故称。

【译文】

《水经注》说：黑色的水叫卢，不流动的水叫奴；山与别的山峰不相连叫孤。梅花屿位于两湖之间，四面岩石峰峦，一无所靠，所以被叫作孤山。当地水色澄澈晶莹，月光洁白明亮。亭子和楼台耸立，仿佛锦绣一般；两湖映照出的三山仿佛倒立在水下。山脚多梅花，是林和靖当年放鹤的地方。林逋隐居孤山，连宋真宗聘请也不出来，便赐予他"和靖居士"的名号。林逋曾经在笼子里养着两只鹤，他常坐小船游湖边各寺庙，如有客人来，家中童仆就开笼放鹤，纵其飞入云霄，盘旋许久，林逋见了必定连忙坐船回来，这是把鹤当作有客人来访的信号。他临终留下绝句说："湖外青山对结庐，坟前修竹亦萧疏。茂陵他日求遗稿，犹喜曾无封禅书。"

绍兴十六年在这里建四圣延祥观，将各寺庙与士民之墓全都迁走，独有诏令留下林逋墓不迁。至元间，杨琏真伽发掘其墓，只见一块端砚、一根玉簪。明朝成化十年，郡守李端将其墓修复。天启年间，有王道士准备在此处种植梅树千株。任庶吉士的松江人张侗初补写了《孤山种梅记》。

袁宏道《孤山小记》：

孤山处士，妻梅子鹤，是世间第一种便宜人。我辈只为有了妻子，便惹许多闲事，撇之不得，傍之可厌，如衣败絮行荆棘中，步步牵挂[1]。近日雷峰下有虞僧孺[2]，亦无妻室，殆是孤山后身[3]。所著《溪上落花诗》，虽不知于和靖如何，然一夜得百五十首，可谓迅捷之极。至于食淡参禅，则又加孤山一等矣，何代无奇人哉。

【注释】

〔1〕"如衣"二句：语本《世说新语·排调》："法师今日如着败絮

在荆棘中，触地挂阂。"

　　〔2〕虞僧孺：晚明文人，曾随袁宏道游杭州。

　　〔3〕孤山：此处指林逋。

## 【译文】

　　孤山处士，以梅为妻，以鹤为子，是世间第一等舒服的人。我辈只因为有了妻与子，便惹出许多闲事，抛不下，在身边又觉得可厌，恰如穿着露絮破衣行走在荆棘间，步步受到牵挂。近日雷峰下有个虞僧孺，也没有妻室，或许是林逋转世。他著有《溪上落花诗》，虽然不知其比林逋的诗如何，但是一个夜里写成一百五十首，也可以说是才思敏捷之极了。至于他吃素并且参禅，则又加林逋一等。真是哪一个时代没有奇人啊！

## 张京元《孤山小记》：

　　孤山东麓，有亭翼然[1]。和靖故址，今悉编篱插棘。诸巨家规种桑养鱼之利[2]，然亦赖其稍葺亭榭，点缀山容。楚人之弓[3]，何问官与民也。

## 【注释】

　　〔1〕翼然：形容亭子飞檐翘角，如鸟展翅飞翔的样子。欧阳修《醉翁亭记》："有亭翼然临于泉上者，醉翁亭也。"

　　〔2〕规：贪图。《左传·昭公二十六年》："侵欲无厌，规求无度。"

　　〔3〕楚人之弓：表示虽有所失而利不外溢。《孔子家语·好生》："楚王出游亡弓，左右请求之。王曰：'止。楚王失弓，楚人得之，又何求之？'"

## 【译文】

　　孤山东麓，立着一座亭子，檐角如鸟飞展翅。林和靖的故居，如今都围着篱笆长满荆棘。各大族贪图种桑养鱼的利益，但孤山也靠着他们稍稍修葺亭榭，点缀山的容貌。所谓楚人之弓，又何必问官民之别。

又《萧照画壁》：

西湖凉堂[1]，绍兴间所构。高宗将临观之[2]。有素壁四堵，高二丈，中贵人促萧照往绘山水[3]。照受命，即乞尚方酒四斗[4]，夜出孤山，每一鼓即饮一斗[5]，尽一斗则一堵已成，而照亦沉醉。上至，览之叹赏，宣赐金帛。

【注释】

〔1〕凉堂：位于孤山，建于南宋绍兴（1131—1162）年间，为当时西太乙宫内的一座楼阁，可以眺览湖光山色。

〔2〕高宗：宋高宗赵构。见卷一《明圣二湖》附诗"俞国宝"注。

〔3〕中贵人：宫中宦官。 萧照：南宋画家。濩（huò）泽（今山西阳城）人，靖康中曾流入太行山为盗，后归南，补迪功院待诏，工山水、人物画。

〔4〕尚方酒：亦作上方酒，为皇帝服务的专门机构所酿造的酒。

〔5〕鼓：古时晨钟暮鼓，夜里每一更由鼓楼一击鼓。

【译文】

西湖凉堂，绍兴年间所筑。当年宋高宗将临场观看。有白墙四面，高两丈。宫中宦官催促萧照前往绘山水。萧照领命，就讨要尚方酒四斗。夜里，他走出孤山，每打一更鼓就喝一斗酒，喝完一斗，一面墙的画已经画成，而萧照也已经喝得大醉。高宗到了，看了画很是赞叹称赏，赐予萧照不少金银丝绸。

沈守正《孤山种梅疏》[1]：

西湖之上，葱蒨亲人[2]，亦爽朗易尽。独孤山盘郁重湖之间，水石草木皆有幽色。唐时楼阁参差，诗歌点缀，冠于两湖。读"不雨山常润，无云水自阴"之句<sup>〔3〕</sup>，犹可想见当时。道孤山者，不径西泠，必沿湖水，不似今从望湖折阛阓而入也<sup>〔4〕</sup>。此地尚有古梅偃蹇<sup>〔5〕</sup>，云是和靖故居。

**【注释】**

〔1〕沈守正：字无回，明代钱塘人。官至巡抚。

〔2〕葱蒨(qiàn)：这里指西湖边草木青翠茂盛。　亲人：使人感觉可亲。

〔3〕"不雨"二句：见本卷张祜《孤山》诗及注。

〔4〕望湖：即望湖楼，见本卷《秦楼》附诗注。　阛(huán)阓(huì)：街市。

〔5〕偃蹇(jiǎn)：此处形容古梅枝叶的屈伸。

**【译文】**

西湖上，葱翠宜人，清朗通达的景色也容易一览无遗。惟独孤山盘桓在二重湖之间，水石草木都十分幽秘。唐朝时楼阁高低参差，当时诗歌描述孤山的在两湖中最多。读到"不雨山常润，无云水自阴"的诗句，还可以想见当时盛景。前往孤山，不经过西泠，必然沿着湖水，与现在从望湖楼折向街市而入不同。这里尚有古梅挺拔屈伸，据说是林和靖的故居。

### 李流芳《题孤山夜月图》：

曾与印持诸兄弟醉后泛小艇<sup>〔1〕</sup>，从孤山而归。时月初上新堤，柳枝皆倒影湖中，空明摩荡，如镜中，复如画中。久怀此胸臆，壬子在小筑<sup>〔2〕</sup>，忽为孟旸写出，真画中矣。

**【注释】**

〔1〕印持诸兄弟：均为张岱友。严印持，严调御，字印持，晚明余

杭人。其弟有严武顺（字忍公）、严敕。

〔2〕壬子：指万历四十年（1612）。　小筑：见卷一《西泠桥》附文注。

**【译文】**

　　我曾经与印持诸兄弟喝醉酒后坐小船，从孤山返回。当时月亮刚刚升上新堤，柳枝都倒映在湖中，天气空明清朗，如在镜里，又如在画中。我心里一直念念不忘。壬子年在小筑社，忽然被孟旸画出，这是真在画中了。

苏轼《书林逋诗后》：

吴侬生长湖山曲〔1〕，呼吸湖光饮山渌〔2〕。

不论世外隐君子，佣儿贩妇皆冰玉。

先生可是绝俗人，神清骨冷无由俗。

我不识见曾梦见，瞳子了然光可烛。

遗篇妙字处处有，步绕西湖看不足。

诗如东野不言寒〔3〕，书似西台差少肉〔4〕。

平生高节已难继，将死微言犹可录。

自言不作封禅书，更肯悲吟《白头曲》〔5〕。

我笑吴人不好事，好作祠堂傍修竹。

不然配食水仙王〔6〕，一盏寒泉荐秋菊。

**【注释】**

〔1〕吴侬：吴人。诗中包括杭州一带的人。因吴人称己或他人均为侬。唐刘禹锡《福先寺雪中酬别乐天》诗："才子从今一分散，便将诗咏向吴侬。"　曲：幽静偏僻之处。西汉司马迁《报任少卿书》："仆少负不羁之行，长无乡曲之誉。"

〔2〕山渌（lù）：这里指山间泉水、溪流。

〔3〕东野：孟郊（751—814），唐代诗人。字东野，武康（今浙江德清）人，曾中进士，任县尉。其诗风格清冷，与贾岛并称"郊寒岛瘦"。

〔4〕"书似"句：意为林逋书法很像李建中，但比较瘦硬。西台，御史台，古时中央监察机构，其官员为御史。唐代在玄宗以后，御史台有东都（洛阳）与西都（长安）之分，以在长安者（即中央御史台）别称西台。诗中西台指宋初御史李建中（945—1013），字得中，京兆人。太平兴国进士，累官太常博士、判太府寺。曾表陈时政利害，得太宗嘉赏。善书札，其书法风格肥厚。差少肉，在笔画丰腴方面欠缺一些。

〔5〕"自言"二句：写林逋一生不慕官爵财色，而且一生未娶，自然无所谓《白头吟》。封禅，见本卷正文"茂陵"两句注。《白头曲》，即《白头吟》。传说司马相如聘卓文君后，迁住茂陵。一次酒后，朋友劝司马相如纳当地一女子为妾。卓文君得知，写下一首《白头吟》诗，谓"闻君有两意，故来相决绝"，"愿得一心人，白头不相离"。相如遂止。

〔6〕配食：从祀。　水仙王：宋代孤山有水仙王祠。一本诗末有作者自注："湖上有水仙王庙。"

## 【译文】

吴人长在湖山僻静处，呼吸着湖光饮着山渌。莫说世外隐君子，连佣人贩妇都洁净如冰玉。林逋先生真是脱俗人，神清骨爽无丝毫世俗。我虽未亲见仅梦见，先生瞳孔照人如光烛。到处留下奇文妙词，走绕西湖读未足。诗如孟郊却无寒气，书法更比西台瘦硬秀骨。高风亮节谁能承继，临终遗言更可记录。自称从不做颂扬文章，更谈不上悲吟《白头曲》。可笑吴人不喜欢别的事，却热衷建造祠堂倚傍修竹。其实配祀水仙王就足够，只用一杯寒泉献上秋菊。

张祜《孤山》诗〔1〕：

楼台耸碧岑，一径入湖心。

不雨山常润，无云水自阴。

断桥荒藓合，空院落花深。

犹忆西窗月，钟声出北林。

【注释】

〔1〕张祜：见卷二《灵隐寺》附诗注。

【译文】

楼台耸立青翠小山，一路直通西湖中央。不下雨山峰却经常湿润，未聚云湖水偏自然阴凉。断桥破败只有苔藓连接成片，落花深深更显庭院空荡。尚记得当时西窗明月下，从北边树林传出钟声荡漾。


徐渭《孤山玩月》诗：

湖水淡秋空，练色澄初静。

倚棹激中流，幽然适吾性。

举酒忽见月，光与波相映。

西子拂淡妆，遥岚挂孤镜[1]。

座客本玉姿，照耀几筵莹。

暇时吐高怀，四座尽倾听。

却言处士疏，徒抱梅花咏。

如以径寸鱼，蹄涔即成泳[2]。

论久兴弥洽，返棹堤逾迥。

自顾纵清谈，何嫌麾麈柄[3]。


【注释】

〔1〕"遥岚(lán)"句：透过雾气，看见遥远的天上挂着孤独的月亮。

〔2〕蹄涔(cén)：牛马所留足迹中的积水，表示水的微少。西晋郭璞《游仙诗》："东海犹蹄涔，昆仑若蚁堆。"

〔3〕麾(huī)麈(zhǔ)柄：表示谈兴极浓。麾，挥动。麈柄，麈尾柄，以驼鹿尾做成，魏晋名士常执以助清谈。《世说新语·容止》："王夷甫容貌整丽，妙于谈玄，恒捉白玉柄麈尾，与手都无分别。"麈，鹿类。

**【译文】**

　　淡淡秋空笼罩在湖水上，湖面如白绢般静谧清澄。摇动船桨拨开湖面水流，这般清幽景象正适合我性情。举起酒杯忽然见到月亮，月光与波浪互相照映。西湖淡妆正如西子，月亮透过山雾仿佛悬挂的明镜。座上客人神清气爽，灯火筵席桌几干净。酒酣时有人高谈阔论，四座来客侧耳倾听。他声称林处士那篇上疏，从头到尾只是梅花吟。这实在如一寸来长短小鱼，游过牛马足迹的水印。谈论许久兴致更浓，船只返回已经绕过堤荫。他还自顾自喋喋不休，哪里在乎挥动着麈尾柄。

　　　卓敬《孤山种梅》诗[1]：
　　风流东阁题诗客[2]，潇洒西湖处士家[3]。
　　雪冷江深无梦到，自锄明月种梅花。

**【注释】**

　　〔1〕卓敬（？—1402）：字惟恭，明初瑞安（今属浙江）人。洪武进士。任户科给事中、户部侍郎。建文初密疏称燕王有大略，宜徙封。燕王即位，遣人劝降，不屈被杀。

　　〔2〕"风流"句：指赏梅赋诗的雅兴。语出唐杜甫《和裴迪登蜀州东亭送客逢早梅相忆见寄》诗："东阁官梅动诗兴，还如何逊在扬州。"东阁又称东亭，故址在今四川崇庆东。官梅指种植在官署内的梅花。何逊（？—527），字仲言，南朝郯县（今属江苏）人。先后为建安王、庐陵王参军纪室，曾随建安王至扬州，廨舍有梅一株，逊每日吟咏其下。后居洛阳，请求再赴扬州，梅方盛开，逊对梅流连终日不能离开。杜诗用此典谓梅花诗兴，卓诗则以何逊喻林逋。

　　〔3〕处士：隐居之人。这里指林逋。

**【译文】**

　　东阁官署有风流题诗客，西湖则是潇洒处士家。雪寒江深梦里也未到，自己在明月下锄地种梅花。

王稚登《赠林纯卿卜居孤山》诗[1]：
藏书湖上屋三间，松映轩窗竹映关[2]。
引鹤过桥看雪去，送僧归寺带云还。
轻红荔子家千里，疏影梅花水一湾。
和靖高风今已远，后人犹得住孤山。

【注释】

〔1〕王稚登（1535—1612）：明代文学家。字百毂（gǔ），号玉遮山人。武进（在今江苏）人。论诗主张师心独造，风格平易，接近公安派。有《王百毂集》。

〔2〕关：玄关，原为禅宗用语，指禅家机锋往来中的紧要处。北宋圆悟克勤《碧岩录》第八十八则《玄沙示众》："当机敲点，击碎金锁玄关。"后指进屋的门。

【译文】

湖上藏书屋有三间，松竹映照窗户与玄关。招引仙鹤过桥去看雪，送僧人回寺归来云霞满天。淡红荔枝家在千里外，梅花疏影倒映湖水湾。林逋高风早已远去，后人却依然可以住在孤山。

陈鹤《题孤山林隐君祠》诗[1]：
孤山春欲半，犹及见梅花。
笑踏王孙草[2]，闲寻处士家。
尘心莹水镜，野服映山霞。
岩壑长如此，荣名岂足夸。

【注释】

〔1〕陈鹤（？—1560）：字鸣轩，号海樵，明代山阴人，家居南京。嘉靖举人，袭祖军功，曾官绍兴卫百户，后弃官称山人。工诗善画。

〔2〕王孙草：泛指春草。《楚辞·招隐士》："王孙游兮不归，春草生兮萋萋。"王孙，指国君或贵族子弟。萋萋，茂盛的样子。

**【译文】**

孤山春日将过一半，匆忙间还赶得上见见梅花。笑着踏过萋萋春草，悠闲地寻访处士林逋以前的家。尘世之心晶莹如镜，山野服装映衬山霞。长久在山峦溪谷住下，荣耀名利又哪里值得矜夸。

王思任《孤山》诗：
淡水浓山画里开，无船不署好楼台。
春当花月人如戏，烟入湖灯声乱催。
万事贤愚同一醉，百年修短未须哀。
只怜逋老栖孤鹤，寂寞寒篱几树梅。

**【译文】**

淡雅的水色浓绿的远山如画卷展开，每一艘游船都布置着美丽的楼台。春日流连花前月下如在戏中，水烟散入湖船灯影桨声乱催。无论贤愚万事一醉解千愁，生命长短也都不过百年无须悲哀。只怜林逋如孤鹤般栖息，寂寞冷清的竹篱外几枝寒梅正开。

张岱《补孤山种梅叙》：
盖闻地有高人，品格与山川并重；亭遗古迹，梅花与姓氏俱香。名流虽以代迁，胜事自须人补。在昔西泠逸老〔1〕，高洁韵同秋水，孤清操比寒梅。疏影横斜，远映西湖清浅；暗香浮动，长陪夜月黄昏〔2〕。今乃人去山空，依然水流花放。瑶葩洒雪〔3〕，乱飘冢上苔痕；玉树迷烟，恍堕林间鹤羽。兹来韵友，欲步前贤，补种千梅，重修孤屿。凌寒三友，早连九里松篁；破腊一枝[4]，远谢六桥桃柳。仁想水边半树，点缀冰花；待将雪后横枝，低昂铁干。美人来自林下，高士卧于山中[5]。白石苍崖，拟筑草亭招放鹤；浓山淡水，闲锄明月种梅花。有志竟成，无约不践。将与罗浮争艳，还期庾岭分香[6]。实为林处士之功臣，亦是苏长公之胜友[7]。吾辈常劳梦想，应有宿缘。哦曲江诗（曲江张九龄有《庭梅吟》）[8]，便见孤芳风韵；读广平赋，尚思铁石心肠[9]。共策灞水之驴，且向断桥踏雪[10]；遥瞻漆园之蝶[11]，群来林墓寻梅。莫负佳期，用追芳躅[12]。

【注释】

〔1〕西泠逸老：指林逋。

〔2〕"疏影"四句：语出宋林逋《山园小梅》诗："疏影横斜水清浅，暗香浮动月黄昏。"

〔3〕瑶葩(pā)洒雪：形容奇花花瓣落下。

〔4〕破腊：指在腊月间破蕊而发的梅花。

〔5〕"美人"二句：语出明高启《梅花》诗："雪满山中高士卧，月明林下美人来。"

〔6〕"将与"二句：罗浮、庾岭，均为山名。罗浮，罗浮山，位于广东博罗。传说古时山自东海浮来而得名。山上梅花尤其有名。道教称罗浮山为"第七洞天"。葛洪曾在此修炼。庾岭，即大庾岭，位于江西与广东边境，为南岭组成部分，海拔千米左右。岭上植被茂盛，尤以梅关一带每逢寒冬腊月岭梅吐萼、香气氤氲而闻名。

〔7〕苏长公：指苏轼，因其排行居长。

〔8〕曲江：地名，今广东韶关曲江区。 张九龄(673—740)：字子寿，唐代曲江人，擢进士，官秘书省校书郎，开元间为中书侍郎、同中书门下平章事，时称贤相。因遭李林甫谗被罢相。有诗篇《庭梅咏》写梅花孤芳自赏之品。

〔9〕"读广平"二句：宋璟（663—737），唐代南和（在今河北邢台）人，少时曾作《梅花赋》，以梅花自勉，喻忠贞高洁之人格。登进士第。开元间为相，封广平郡公，革除流弊，秉公执法，人称有铁石心肠。

〔10〕"共策"二句：南宋计有功《唐诗纪事》卷六五《郑綮（qǐ）》："诗思在灞桥风雪中、驴子上。"此用其事。

〔11〕"遥瞻"句：漆园：指曾为漆园吏的庄子。蝶，为庄子所论万物相对的标志。《庄子·齐物论》："昔者庄周梦为胡蝶……不知周之梦为胡蝶与？胡蝶之梦为周与？"

〔12〕芳躅（zhú）：对别人足迹、事迹的美称。躅，轨迹，生平。

## 【译文】

听说一地凡有高人，品格与山川并重；亭子留有古迹，梅花同姓氏流芳。名流虽然各代不同，雅事自须士人完善。前朝有西泠隐居老人，高洁风韵如同秋水，孤清操守可比寒梅。疏影横斜，映出西湖清浅；暗香浮动，长陪夜月黄昏。如今人去山空，却依旧水流花开。梅花如撒雪，乱飘到墓上苔藓；迷雾绕玉树，似堕下林间野鹤。如今来了雅士，准备仿效前贤，补种千树梅花，重修孤山。岁寒三友，早早连接九里松篁；腊梅一枝，远远谢过六桥桃柳。想水边半树梅花，点缀起冰花朵朵；待雪后枝条斜横，随着遒劲的树干高低起伏。如美女来自林间，如高人隐居山中。白石苍崖，欲筑草亭招放双鹤；浓山淡水，闲在月下锄种梅花。有志者终究成功，许下种梅的诺言自当履行。梅花开放时将与罗浮山争艳，待与大庾岭分香。实为林处士的功臣，也是苏长公的良友。我辈常梦想，应该有旧缘。吟诵曲江张九龄《庭梅吟》，便想见他高洁的风姿；读广平郡公宋璟《梅花赋》，能感受他忠直的人格。共鞭灞桥之驴，先向断桥踏雪；遥思庄子梦蝶，共来林墓赏梅。不负佳期，以追芳踪。

## 张岱《林和靖墓柱铭》：

云出无心[1]，谁放林间双鹤。

月明有意，即思冢上孤梅。

**【注释】**

〔1〕云出无心：陶潜《归去来兮辞》：“云无心以出岫。”

**【译文】**

云出本无心，谁放出林间双鹤。

明月原有意，联想到坟上孤梅。

# 关 王 庙

北山两关王庙[1]。其近岳坟者，万历十五年为杭民施如忠所建[2]。如忠客燕[3]，涉潞河[4]，飓风作，舟将覆，恍惚见王率诸河神拯救获免，归即造庙祝之，并祀诸河神。冢宰张瀚记之[5]。

其近孤山者，旧祠卑隘。万历四十二年[6]，金中丞为导首鼎新之[7]。太史董其昌手书碑石记之[8]，其词曰：

“西湖列刹相望，梵宫之外，其合于祭法者，岳鄂王、于少保与关神而三尔[9]。甲寅秋[10]，神宗皇帝梦感圣母中夜传诏[11]，封神为伏魔帝君[12]，易兜鍪而衮冕[13]，易大纛而九斿[14]。五帝同尊[15]，万灵受职。视操、懿、莽、温偶奸大物[16]，生称贼臣，死堕下鬼，何啻天渊[17]。顾旧祠湫隘[18]，不称诏书播告之意。金中丞父子爰议鼎新，时维导首，得孤山寺旧址，度材垒土，勒墙墉[19]，庄像设，先后三载而落成。中丞以余实倡议，属余记之。余考孤山寺，且名永福寺。唐长庆四年[20]，有僧刻《法华》于石壁。会元微之以守越州[21]，道出杭，而杭守白乐天为作记。有九诸侯率钱助工[22]，其盛如此。

成毁有数，金石可磨，越数百年而祠帝君。以释典言之[23]，则旧寺非所谓现天大将军身[24]，而今祠非所谓现帝释身者耶[25]。至人舍其生而生在，杀其身而身存。孔曰成仁，孟曰取义[26]，与《法华》一大事之旨何异也[27]。彼谓忠臣义士犹待坐蒲团、修观行而后了生死者，妄矣。然则石壁岿然，而石经初未泐也[28]。

顷者四川奸叛[29]，神为助力，事达宸聪，非同语怪。惟辽西黠卤尚缓天诛[30]，帝君能报曹而有不报神宗者乎[31]？左挟鄂王，右挟少保，驱雷部，掷火铃[32]，昭陵之铁马嘶风[33]，蒋庙之塑兵濡露[34]，谅荡魔皆如蜀道矣。先是金中丞抚闽，藉神之告，屡奸倭夷，上功盟府，故建祠之费，视众差巨，盖有夙意云。"

寺中规制精雅，庙貌庄严，兼之碑碣清华，柱联工确，一以文理为之，较之施庙，其雅俗真隔霄壤。

【注释】
〔1〕关王：关羽（？—220），字云长，河东解（今山西运城西南）人。汉末从刘备起兵，曾被曹操所俘，礼遇优渥，为操破敌斩将。后辞操归刘备，镇守荆州，为前将军，封汉寿亭侯，威震一时。孙权破荆州，羽兵败被杀。南宋追封武安王，历代小说、戏曲加以神化。
〔2〕万历十五年：1587 年。
〔3〕燕：古燕国所在，今河北北部与北京一带。
〔4〕潞河：即今潮白河（北运河），与其他支流共同汇入华北地区最

大水系海河。

〔5〕冢宰：百官之首，文中指吏部尚书一职。　张瀚（1510—1593）：字子文，号元洲，明代仁和人，嘉靖进士，曾任陕西左布政使、吏部尚书。后遭弹劾辞官归里。有《松窗梦语》。

〔6〕万历四十二年：1614年。

〔7〕金中丞：金学曾（1545—1624），字子鲁，明代钱塘人。曾任福建巡抚。中丞，明清时巡抚的别称。

〔8〕董其昌：见卷一《岳王坟》附录"董其昌"注。

〔9〕于少保：于谦。见卷四《于坟》"于少保公"注。

〔10〕甲寅：指万历四十二年。

〔11〕神宗皇帝：朱翊钧（1563—1620），1572年即位，年号万历。在位四十八年。初期由张居正为内阁首辅，一度出现中兴局面。以后倦于政事，政治黑暗，并派出矿监税使四处搜刮，民怨沸腾，边患频仍，明朝因此逐渐衰落。

〔12〕伏魔帝君：又称伏魔大帝。明神宗将关羽神位晋级为"天界伏魔大帝、神威远镇天尊关圣帝君"，使其与华光大帝、赵公元帅、温琼元帅并为道教护法天神之一。

〔13〕兜鍪（móu）：古代士兵戴的头盔，古称胄，秦汉以后叫兜鍪。这里表示战事。　衮冕：衮服和冠冕，古代帝王与大臣、士绅的礼服和礼帽，表示文教。

〔14〕大纛（dào）：军中大旗。　九斿（yóu）：即九旒（liú），旗名，《礼记·乐记》："龙旂九旒，天子之旌也。"

〔15〕五帝：指东方青帝、南方赤帝、中央黄帝、西方白帝、北方黑帝等五个传说中的天帝。

〔16〕操、懿、莽、温：均为史上野心勃勃、图谋自立的权臣。操，曹操（155—220），字孟德，东汉谯（今安徽亳州）人。早年参与镇压黄巾，讨伐董卓。后任兖州牧，"挟天子以令诸侯"，统一北方，任丞相，封魏王，其子曹丕废汉称帝，追封操为武帝。懿，司马懿（178—251），温（今河南温县）人，出身世族，多年征战有功，先后任曹魏的大都督、大将军、太尉，诛曹爽，专国政，其子司马昭封晋王，孙司马炎代魏称帝，建晋朝，追封懿为宣皇帝。莽，王莽（前45—23），字巨君，汉外戚，为大将军，表面为人谦恭，礼贤下士，受拥戴以挽救危局，任大司马、录尚书事，袭封安汉公。哀帝死，莽实际掌朝政，公元9年废汉称帝，改国号为新。至公元23年新朝被推翻。温，桓温（312—373），字元子，谯国龙亢（今安徽怀远）人，拜驸马都尉，曾三次率军北伐，控制

朝政。371 年废司马奕帝位，改立简文帝，自以大司马专权。次年企图
废晋自立，不久病死。

〔17〕何啻(chì)：何止。

〔18〕湫(jiǎo)隘：低下狭窄。《左传·昭公三年》："子之宅近市，
湫隘嚣尘，不可以居。"注："湫，下；隘，小。"

〔19〕勒墙墉(yōng)：雕刻墙壁。墉，墙壁。《诗经·召南·行露》：
"谁谓鼠无牙，何以穿我墉？"

〔20〕长庆四年：824 年。长庆为唐穆宗年号（821—824）。

〔21〕元微之：元稹(779—831)，唐代诗人。字微之，洛阳人，举明
经，宪宗时任监察御史，累官至宰相。后被劾，出为越州刺史。其诗风
平易，诗论与白居易相似，时称"元白"。 越州：今浙江绍兴。

〔22〕九诸侯：指各地方大员。

〔23〕释典：佛经。

〔24〕天大将军：相传是指挥西北方战争的战神。《石氏星纪》："天
大将军十二星，在娄宿之北"；"中央大星，天之大将也"。此处喻关羽。

〔25〕帝释：又称帝释天，本为印度教神明，位于须弥山顶中央，司
职雷电与战斗，后被佛教吸收为护法神，保护佛陀、佛法与出家人。亦
指关羽。

〔26〕孔曰成仁：《论语·卫灵公》："志士仁人，无求生以害仁，有
杀生以成仁。" 孟曰取义：《孟子·告子上》："生，我所欲也；义，亦
我所欲也。二者不可兼，舍生而取义者也。"

〔27〕《法华》一大事：《法华经》称诸佛世尊欲令众生开佛知见，
使德清净故。即为人解除烦恼、苦难，使得清净。此为《法华经》所说
的一件大事。

〔28〕泐：同"勒"，铭刻。

〔29〕四川歼叛：指万历三大征之一的播州之役。播州土司杨应龙叛
乱，明朝集四川、贵州、湖广等八省之力，于万历二十八年（1600）
平叛。

〔30〕辽西黠(xiá)卤：指当时关外的后金政权。明朝后期，女真族
在东北地区崛起。经努尔哈赤统一各部，势力迅速扩张。万历四十四年
（1616），努尔哈赤在赫图阿拉（今辽宁新宾）称汗，建大金政权，史称后
金。成为明朝严重边患。黠，狡诈。卤，即虏，张岱为避清人所忌而
改。 尚缓天诛：尚未被明朝消灭。

〔31〕"帝君"句：难道关羽只报答曹操而不报答神宗皇帝吗？意
为关羽的神灵也终将护佑明朝。报曹，关羽被曹操俘获后，曹操竭力

笼络，加以优遇。关羽虽不肯降操，仍在阵前为曹操杀颜良，诛文丑作为报答。

〔32〕"左挟"四句：谓关羽统率诸神灵并使用法器而进击。少保，见卷四《于坟》"少保"注。雷部，传说中主管刮风布云、打雷闪电及下雨的部门，此处指雷神。火铃，传说中道士所用的法器。唐皮日休《入林屋洞》诗："腰下佩金兽，手中持火铃。"

〔33〕"昭陵"句：见卷一《岳王坟》附诗"昭陵"注。

〔34〕"蒋庙"句：见卷一张岱《岳坟柱铭》"尚见"句注。

【译文】

北山有两座关帝庙。其中离岳坟近的一座，是万历十五年杭州人施如忠所建。如忠客居燕地，过潞河的时候，遇到大风，船快翻时，恍惚间看见关王率领各位河神前来拯救而得平安，回杭州后就造关帝庙祷告，并祭祀各位河神。宰相张瀚记有此事。

其中离孤山近的那座，旧祠堂狭窄简陋。万历四十二年，金中丞倡导重新修建。太史董其昌手书碑刻记载，内容如下：

"西湖众多寺庙互相连属，寺庙之外，合乎祭法的，只有岳鄂王、于少保与关神三座庙。甲寅年秋天，神宗皇帝一次梦中见圣母在半夜传诏，封关神为伏魔帝君，将甲胄头盔换成了礼服冠冕，军中大旗换成了九条垂饰的旌旗。与五位天帝一样尊崇，众生都由他掌管。比起曹操、司马懿、王莽、桓温之类奸臣大盗，活着被称作贼臣，死了堕入地狱的，何止天壤之别。只是旧祠卑陋，不合诏书之意。金中丞父子于是头一个倡导重建，找到孤山旧址，丈量材料，砌土造墙，修整塑像，历经三年落成。金中丞认为倡议实际上由我发起，托我记载下来。我考证孤山寺又名永福寺。唐朝长庆四年，有僧人在寺中石壁上刻《法华经》。当时元微之出守越州，经过杭州，而杭州刺史白乐天为此作记。有九位地方大员捐钱帮助刻经，其盛况如此。

成毁都有一定原因，金石也可磨砺，经过几百年而为关王庙。以佛典来说，旧寺难道不是天大将军显形，而今祠难道不是所谓帝释天显形吗？圣人舍生而永生，杀身而身存。孔子说成仁，孟子说取义，与《法华经》开悟众生的旨意何异？有人说忠臣义士还得坐蒲团上修行然后才能明白生死，真是妄言。如此，则石壁肖然不动，而石刻经书也没有散裂。

不久前四川消灭叛贼，有如神助，事情上达天聪，并非虚妄。只有辽西金兵尚未被上天诛灭，关王能报答曹操，难道会不报答神宗吗？左路倚仗岳鄂王，右路倚仗于少保，驱使雷神，投掷火铃，昭陵的铁马迎风嘶鸣，更有蒋庙的神兵相助，想必扫荡金兵就如蜀道神兵一般。先前金中丞巡抚福建，借助关王的告知，屡屡歼灭倭寇，报功载入朝廷府册。所以建造关王庙的费用，与其他祠庙相比相差很大，毕竟是有夙缘的。"

关王庙中规制精妙典雅，外观庄严，加上碑碣清雅，楹联工整，均有文采，比起施公建的那座庙来，其雅俗真是不可同日而语。

董其昌《孤山关王庙柱铭》：
忠能择主，鼎足分汉室君臣。
德必有邻[1]，把臂呼岳家父子[2]。

【注释】
〔1〕德必有邻：谓有德的人必定不会孤单。《论语·里仁》："德不孤，必有邻。"
〔2〕把臂：握人手臂，表示亲密。《越绝书》卷一〇《记吴王占梦》："相与把臂而诀。"

【译文】
忠臣选择主人，鼎足而立汉朝君臣。
德行必然有伴，握臂呼唤岳家父子。

宋兆禴《关帝庙柱联》[1]：
从真英雄起家，直参圣贤之位。
以大将军得度[2]，再现帝王之身。

【注释】

〔1〕宋兆禴：见卷一《智果寺》"宋兆禴"注。

〔2〕度：化神。

【译文】

从真英雄起步，直到坐上圣贤之位。

以大将军化神，终于显现帝王之身。


张岱《关帝庙柱对》：

统系让偏安[1]，当代天王归汉室。

《春秋》明大义[2]，后来夫子属关公。


【注释】

〔1〕"统系"句：谓南宋朝廷偏安一隅。统系，帝王世系。

〔2〕《春秋》：春秋时期鲁国编年史书。经过孔子修订，突出了明确君臣名分、斥责乱臣贼子的"微言大义"，成为儒家经典之一。世传关羽好读《春秋左传》。见《三国志·蜀志·关羽传》注引《江表传》。


【译文】

帝系迁于偏安，一代天王属汉室。

《春秋》申明大义，后来夫子是关公。


# 苏 小 小 墓

苏小小者，南齐时钱塘名妓也[1]。貌绝青楼，才空士类，当时莫不艳称。以年少早卒，葬于西泠之坞。芳魂不殁，往往花间出现。宋时有司马槱者[2]，字才仲，在洛下梦一美人搴帷而歌[3]，问其名，曰：

"西陵苏小小也。"问歌何曲，曰："《黄金缕》[4]。"
后五年，才仲以东坡荐举，为秦少章幕下官[5]，因道
其事。少章异之，曰："苏小之墓[6]，今在西泠，何
不酹酒吊之。"才仲往寻其墓拜之。是夜，梦与同寝，
曰："妾愿酬矣。"自是幽昏三载，才仲亦卒于杭，葬
小小墓侧。

【注释】

〔1〕苏小小：南朝齐名妓，其墓在西湖西泠桥畔。　南齐：见卷二
《玉泉寺》注。

〔2〕司马槱（yǒu）：字才仲，宋哲宗元祐间因苏轼推荐，应贤良方正
能极言直谏科，赐同进士出身，累迁河中府司理参军、杭州知府。

〔3〕洛下：洛阳。　搴（qiān）：掀，揭。

〔4〕《黄金缕》：又名《蝶恋花》、《凤栖梧》、《卷珠帘》，词牌名，
原为唐教坊曲名，其词牌始于宋，多用以表达缠绵悱恻之意。

〔5〕秦少章：秦觏（gòu），字少章，北宋高邮（在今江苏）人，秦观
弟。元祐进士，调临安主簿，从苏轼学，有才名。

〔6〕苏小之墓：相传南齐滑州刺史鲍仁为纪念苏小小，依其遗愿，
在西泠桥畔筑墓建亭。一说其墓为伪。1964 年毁亭平墓，2004 年在原址
重建。

【译文】

　　苏小小是南朝齐时钱塘名妓。容貌冠绝青楼，才华超越士大
夫，当时没有不称羡的。因年少早卒，葬于西泠之湖畔。芳魂不
散，常常在花间出现。宋朝有个叫司马槱的，字才仲，曾在洛阳
梦见一位美人揭开帷幕歌唱。问她的名字，答称是西陵苏小小。
又问唱的什么曲子，答称《黄金缕》。五年后，才仲凭苏轼举荐，
担任秦观幕僚，说出了此事。秦观惊诧，说："苏小小之墓，如今
就在西泠，何不洒酒凭吊。"于是才仲前往寻找其墓拜谒。当夜，
梦中与苏小小同寝，她说："妾身的愿望如今实现了。"自此后两
人幽婚三年。才仲最后也死于杭州，就葬在苏小小墓侧。

西陵苏小小诗[1]：

妾乘油壁车，郎跨青骢马[2]。

何处结同心，西陵松柏下。

【注释】

〔1〕西陵苏小小诗：见《玉台新咏》卷一〇《钱塘苏小歌》。西陵，即西泠。

〔2〕"妾乘"二句：妾：古代女子自称。油壁车、青骢马，见卷一《西泠桥》附诗注。

【译文】

妾身坐上油壁车，情郎跨着青骢马。何处誓言结同心？只在西陵松柏下。

又词：

妾本钱塘江上住，花落花开，不管流年度。燕子衔将春色去，纱窗几阵黄梅雨。　　斜插玉梳云半吐，檀板轻敲[1]，唱彻《黄金缕》。梦断彩云无觅处[2]，夜凉明月生南浦[3]。

【注释】

〔1〕檀（tán）板：檀木拍板，用于唱曲时表达节拍。

〔2〕梦断：梦醒。　彩云：多指梦幻中的绚丽云彩。南朝刘勰《文心雕龙·序志》："予生七龄，乃梦彩云若锦，则梦而采之。"

〔3〕南浦：此处指送别之处。南朝江淹《别赋》："送君南浦，伤如之何？"

【译文】

妾家本在钱塘江边住，花落接着花开，不管年华将逝去。燕子衔着春色飞离，打湿纱窗的是几阵黄梅雨。　　斜插玉梳云鬓半露，轻轻响敲檀板，唱响一曲《黄金缕》。彩云梦断已无处觅寻，夜凉明月照耀在南浦。

### 李贺《苏小小》诗[1]：

幽兰露，如啼眼。

无物结同心，烟花不堪剪[2]。

草如茵[3]，松如盖。风为裳，水为珮[4]。

油壁车，久相待。冷翠烛[5]，劳光彩[6]。

西陵下，风吹雨。

**【注释】**

〔1〕李贺(790—816)：唐代诗人。字长吉，福昌(今河南宜阳)人。没落贵族家庭出身，曾任奉礼郎，得韩愈奖掖。后做过幕僚，因病早逝。

〔2〕"烟花"句：意为不能共赏春景。烟花，春天景致。李白《送孟浩然之广陵》："烟花三月下扬州。"

〔3〕茵：毯子。此形容绿草。

〔4〕珮(pèi)：同"佩"，佩戴的饰物。

〔5〕冷翠烛：鬼火。有光而无焰，故云冷翠烛。

〔6〕劳：费。

**【译文】**

幽兰点缀着露珠，恰如她泪眼含光。没有什么能宣示爱情，春日景致已不能一同欣赏。芳草像翠绿的毯子，松叶像宽阔的车盖，清风是她的衣裳，碧水是她的佩带。在油壁车中长久等待。冷翠的鬼火，发出熠熠光彩。西泠湖畔，只有一片风雨声袭来。

### 沈原理《苏小小歌》：

歌声引回波[1]，舞衣散秋影。

梦断别青楼[2]，千秋香骨冷。

青铜镜里双飞鸾，饥乌吊月啼勾栏[3]。

风吹野火火不灭，山妖笑入狐狸穴[4]。

西陵墓下钱塘潮，潮来潮去夕复朝。

墓前杨柳不堪折，春风自绾同心结[5]。

**【注释】**

〔1〕回波：又名回波乐、回波辞，起源于北魏，为燕乐曲调之一，唐时成为教坊乐曲。六言四句，起句例用"回波尔时"四字，下呼物名或人名，单调24字，平韵或仄韵。

〔2〕青楼：妓院。南朝刘邈《万山见采桑人》诗："倡妾不胜愁，结束下青楼。"

〔3〕吊月：在月光下。　勾栏：栏杆。亦指妓院。

〔4〕"山妖"句：指传说中李贺千里到杭州寻找苏小小墓，并梦遇苏小小之事。山妖，指李贺，其作品富于想象，被称作鬼才。狐狸，指苏小小。相传苏小小死后化作狐仙，常出没于西泠附近。

〔5〕绾(wǎn)：把长条形东西如头发盘绕起来打成结。

**【译文】**

歌声引出回波古乐，舞衣散开秋日形影。梦里醒来离别青楼，千年寂寞美人之魂。青铜镜里鸾凤成对地飞翔，月下勾栏边乌鸦饥饿地啼叫。风吹不灭墓边的鬼火，山妖笑着钻入狐狸的巢穴。西泠墓边钱江潮，日复一日潮起又潮落。墓前杨柳已折尽，只有春风独自绾着同心结。

元遗山《题苏小像》[1]：

槐荫庭院宜清昼，帘卷香风透。美人图画阿谁留[2]，都是宣和名笔内家收[3]。　　莺莺燕燕分飞后，粉浅梨花瘦。只除苏小不风流，斜插一枝萱草凤钗头[4]。

【注释】

〔1〕元遗山：元好问（1190—1257），金朝诗人。字裕之，号遗山，秀容（今山西忻县）人。七岁能诗，兴定进士，官尚书省左司员外郎。其作多兴亡之感。金亡不仕，潜心著述，辑有《中州集》。

〔2〕阿(ē)谁：何人。西晋贾充《与妻李夫人联句》："室中有阿谁？叹息声正悲。"

〔3〕宣和：宋徽宗年号（1119—1125）。徽宗雅好书画，在宫内设立画院，搜集编辑历代诗书名画，有《宣和画谱》、《宣和书谱》传世。内家：皇宫。

〔4〕萱草凤钗头：以萱草相饰的凤形玉簪。萱草，又名鹿葱、忘忧，一种野草。

【译文】

槐荫庭院白日清佳，卷帘香风已经吹透。美人图画请谁留下？都是宣和名笔皇宫里收。　莺莺燕燕分飞后，脂粉浅淡梨花瘦。还有谁比苏小更风流，斜插着一枝萱草凤钗头。


徐渭《苏小小墓》诗：

一抔苏小是耶非[1]，绣口花腮烂舞衣。

自古佳人难再得[2]，从今比翼罢双飞。

薤边露眼啼痕浅[3]，松下同心结带稀。

恨不颠狂如大阮[4]，欠将一曲恼兵闺[5]。


【注释】

〔1〕一抔(póu)：原指双手捧起的土。金代元好问《学东坡移居》之四："得损不相偿，抔土填巨壑。"亦指坟土。

〔2〕"自古"句：《汉书·孝武李夫人传》："宁不知倾城与倾国，佳人难再得！"

〔3〕薤(xiè)：草本植物，可食。《薤露》为古挽歌名。

〔4〕大阮：阮籍(210—263)，字嗣宗，三国魏陈留(今河南开封)人。曾任步兵校尉，世称阮步兵。蔑视礼俗，对司马氏不满，常佯狂避祸。因与其侄阮咸同列"竹林七贤"，后人为加以区分，称阮籍为"大阮"，阮咸为"小阮"。

〔5〕"欠将"句：只是自己未能像大阮那样痛哭兵氏女。《晋书·阮籍传》载，兵氏女有才色，未嫁而死。籍不识其父兄，径往哭之，尽哀而还。兵闺，指兵氏女，诗中喻苏小小。

【译文】

黄土垄下的苏小小，才华美貌与绚丽舞衣都已逝去。自古绝色佳人难重遇，从今不再有鸟儿双飞比翼。《薤露》歌中眼角泪痕早已淡去，当年松树下同心衣带不再紧密。恨自己不如癫狂的阮籍，像他哭兵氏女那般为小小痛哭一曲。

# 陆 宣 公 祠

孤山何以祠陆宣公也〔1〕？盖自陆少保炳为世宗乳母之子〔2〕，揽权怙宠，自谓系出宣公，创祠祀之。规制宏厂，吞吐湖山。台榭之盛，概湖无比。炳以势焰，孰有美产，即思攫夺。旁有故锦衣王佐别墅壮丽〔3〕，其孽子不肖，炳乃罗织其罪，勒以献产。捕及其母，故佐妾也。对簿时，子强辩。母膝行前〔4〕，道其子罪甚详。子泣，谓母忍陷其死也。母叱之曰："死即死，尚何说！"指炳座顾曰："而父坐此非一日，作此等事亦非一日，而生汝不肖子，天道也，汝死犹晚！"炳颊发赤，趣遣之出，弗终夺。炳物故，祠没入官，以名贤得不废。隆庆间〔5〕，御史谢廷杰以其祠后增祀两浙名贤〔6〕，益以严光[7]、林逋[8]、赵抃[9]、王十朋[10]、吕祖谦[11]、张九成[12]、杨简[13]、宋濂[14]、王琦[15]、章懋[16]、陈选[17]。会稽进士陶允宜以其父陶大临自制牌版[18]，令人匿之怀中，窃置其旁。时人笑其痴孝。

【注释】

〔1〕陆宣公：陆贽（754—805），唐代大臣。字敬舆，嘉兴（在今浙江）人，大历进士。建中四年（783）朱泚叛乱，赟随德宗奔奉天，起草诏书。后拜兵部侍郎、迁相，期间指陈时弊，所作奏议条理严密，言辞恳切。谥宣。

〔2〕陆少保炳：陆炳（1510—1560），字文孚，明代平湖（在今浙江）人。明世宗乳母子。嘉靖武举进士，署锦衣卫指挥使。与严嵩勾结，陷害夏言，官至左都督。常刺人隐私，罗织罪名抄家，积资数百万。暴卒。少保：这里指太子少保，教导、辅佐太子的官职，从一品，属于虚衔。陆炳曾因功加封太子少保。　世宗：朱厚熜（1507—1567），明朝皇帝。1521 年武宗死，无嗣，由张太后与内阁首辅杨廷和决定，武宗堂弟朱厚熜继位，年号嘉靖。即位之初，通过大礼议掌握权力，并试图重振国政。后期迷信道教，宠信严嵩等权臣，长期不上朝，内忧外患严重。

〔3〕王佐：曾掌锦衣卫，又以缉捕功擢都督同知。后为陆炳所代。

〔4〕膝行：跪地前行，表示敬畏。《史记·项羽本纪》："项羽召见诸侯将，入辕门，无不膝行而前，莫敢仰视。"

〔5〕隆庆：明穆宗年号（1567—1572）。

〔6〕谢廷杰：隆庆六年（1572）以监察御史巡抚两浙，曾辑《王文成公文集》，并重修上虞东山谢安（祖先）墓。

〔7〕严光（前39—41）：字子陵，汉代余姚人。少有高名，与光武帝同游学，刘秀即位后多次征召，光拒之，隐姓埋名，垂钓于富春江。

〔8〕林逋：见卷一《明圣二湖》注。

〔9〕赵抃：见卷一《六贤祠》注。

〔10〕王十朋（1112—1171）：字龟龄，号梅溪，宋代乐清人。绍兴进士，官秘书郎，曾历任知州、龙图阁学士。数次建议整顿朝政，起用抗金将领。任地方官时救灾除弊，有政绩，时人绘像而祀之。

〔11〕吕祖谦（1137—1181）：字伯恭，南宋婺州人，世称东莱先生。隆兴进士，曾为著作郎兼国史编修官，开浙东学派先河。与朱熹、张轼

等善，时称"东南三贤"。有《东莱吕太史集》。

〔12〕张九成（1092—1159）：字子韶，号无垢，宋代钱塘人。绍兴状元。致力经学、佛学，曾任太常博士、权礼部侍郎兼刑部侍郎，为官不附权贵，直言上疏，主张抗金、反对议和，为秦桧所忌，被革职。

〔13〕杨简（1141—1226）：南宋学者。字敬仲，慈溪人。乾道进士，任富阳主簿、温州知府，曾拜陆九渊为师，膺宝谟阁学士。其继承发展心学伦理，承袭性善说，重视道德实践。

〔14〕宋濂（1310—1391）：字景濂，号潜溪，浦江人。朱元璋取婺州，征辟为江南儒学提举，明初迁礼部主事、学士承旨制诰，主修《元史》，为明代开国文臣之首。后遭谪。

〔15〕王琦：字文进，明代仁和人，永乐间会试中副榜，曾任汝州学正、监察御史，升山西按察佥事，以清廉闻名。

〔16〕章懋（1437—1522）：字德懋，号阐然子。明代兰溪人。成化进士，由庶吉士授编修，历福建佥事。家居以读书讲学为事，人称"枫山先生"。曾为南京国子监祭酒，以南京礼部尚书致仕。

〔17〕陈选（1429—1486）：字士贤，明代临海人。天顺进士，授御史，任按察副使。性刚正，平大案，释轻囚，唯严惩赃吏。后任广东布政使，遭诬陷，死于被押解途中。

〔18〕陶允宜：万历进士，官至兵部员外郎、黄州同知。陶大临（1526—1574），字虞臣，明代会稽人，嘉靖进士，授编修，曾参与劾严嵩。万历初，任吏部侍郎。

【译文】

孤山为何建陆宣公祠堂？因为太子少保陆炳是世宗乳母之子，仗宠揽权，自称是宣公陆贽后人，就创建宣公祠堂加以祭祀。祠堂规模宏大，吐纳湖山。台榭之壮阔，全湖独一无二。陆炳权势煊赫，谁有好的产业，就想着加以攫夺。附近有已故锦衣卫王佐的别墅十分弘丽，而他儿子又是个不争气的，于是陆炳罗织罪名，逼迫王佐儿子献出产业。又抓来他母亲，原先是王佐的妾。对簿公堂时，儿子强辩不服，他母亲跪地前行，诉说儿子罪状十分详尽。儿子哭泣，说母亲想陷他于死地。他母亲呵斥道："死就死，还说什么！"又指着陆炳的座位对儿子说："当年你父亲坐在这里不是一天，作此类事也不是一天了，生出你这个不肖的儿子，是老天的报应，你死了还嫌太晚!"陆炳听了脸颊发红，连忙叫他们出去，最终没有夺取其产业。陆炳死后，祠堂被官府没收，因为陆宣公是名贤而未予废弃。隆庆年间，御史谢廷杰在其祠堂后增祀两浙名贤，增加了严光、林逋、赵忭、王十朋、吕祖谦、张九成、杨简、宋濂、王琦、章懋、陈选。会稽进士陶允宜自己制作了父亲陶大临的牌版，令人揣在怀内混进去，偷偷放置在上面这些人的牌位旁边。人们都嘲笑他是痴孝。

祁彪佳《陆宣公祠》诗[1]：

东坡佩服宣公疏[2]，俎豆西泠蘋藻香[3]。

泉石苍凉存意气，山川开涤见文章。

画工界画增金碧[4]，庙貌巍峨见乔皇[5]。

陆炳湖头夸势焰，崇韬乃敢认汾阳[6]。

【注释】

〔1〕祁彪佳：见本书《自序》注。

〔2〕"东坡"句：苏轼曾在《乞校正陆贽奏议进御札子》一文中，推崇陆贽奏疏"聚古今之精英，实治乱之通鉴"。

〔3〕俎豆：见卷一《岳王坟》附诗注。　蘋藻：水草，古时用于祭祀。《左传·襄公二十八年》："济泽之阿，行潦之蘋藻，置诸宗室，季兰尸之，敬也。"

〔4〕界画：一种以宫殿楼阁为题材的传统画，作画时常使用界尺，故称。

〔5〕乔(yù)皇：神名。

〔6〕崇韬：郭崇韬(？—926)，五代雁门(在今山西)人。助后唐灭梁。在后唐官枢密使，拜侍中，封越国公，后因宦官构陷被杀。《新五代史·郭崇韬传》说他冒认郭子仪为祖先："当崇韬用事，自宰相豆卢革、韦悦等皆倾附之……以其姓郭，因以为子仪之后，崇韬遂以为然。其伐蜀也，过子仪墓，下马号恸而去，闻者颇以为笑。"这里讽刺陆炳冒认陆贽为祖先。　汾阳：指郭子仪(697—781)，唐代将领。祖籍太原(今属山西)。以武举中第从军，累迁九原太守。安史之乱爆发，拜朔方

节度使，率兵勤王，收复河北、河东并两京，拜中书令，封汾阳王。

【译文】

　　陆宣公的奏疏连苏轼都很欣赏，西泠祠堂供品散发着芳香。苍凉泉石自含深意，荡涤山川全凭文章。画工界画增添光彩，庙宇巍峨却见乔皇。陆炳敢在湖边夸耀权势，恰如郭崇韬胡乱攀附郭汾阳。

# 六 一 泉

　　六一泉在孤山之南，一名竹阁，一名勤公讲堂。宋元祐六年[1]，东坡先生与惠勤上人同哭欧阳公处也[2]。勤上人讲堂初构，掘地得泉，东坡为作泉铭。以两人皆列欧公门下[3]，此泉方出，适哭公讣，名以六一，犹见公也。其徒作石屋覆泉，且刻铭其上。南渡高宗为康王时，常使金，夜行，见四巨人执殳前驱。登位后，问方士，乃言紫薇垣有四大将，曰：天蓬、天猷、翊圣、真武[4]。帝思报之，遂废竹阁，改延祥观，以祀四巨人。

　　至元初，世祖又废观为帝师祠[5]。泉没于二氏之居二百余年[6]。元季兵火，泉眼复见，但石屋已圮，而泉铭亦为邻僧舁去[7]。洪武初，有僧名行升者，锄荒涤垢，图复旧观。仍树石屋，且求泉铭，复于故处。乃欲建祠堂，以奉祀东坡、勤上人以参寥故事[8]，力有未逮。

　　教授徐一夔为作疏曰[9]："睹兹胜地[10]，实在名邦。勤上人于此幽栖，苏长公因之数至。迹分缃素[11]，同登欧子之门；谊重死生，会哭孤山之下。惟精诚有感通之理，故山岳出迎劳之泉。名聿表于怀贤，忱式昭于荐菊[12]。虽存古迹，必肇新祠。此举非为福田[13]，实欲共成胜事。儒冠僧衲，请恢雅量以相成；山色湖光，行与高峰而共远。愿言乐助，毋诮滥竽[14]。"

【注释】

〔1〕元祐六年：1091 年。元祐为宋哲宗年号。按，欧阳修实际上去世于熙宁五年(1072)。

〔2〕惠勤：余杭人，北宋诗僧，曾于庆历初年游历汴京，声名鹊起。归杭州后与苏轼往来。按，本篇附文《六一泉铭》说欧阳修去世后又过十八年，东坡"为钱塘守"，而惠勤亦"化去久矣"，因此惠勤圆寂当在1090 年以前。此处说 1091 年东坡与惠勤"同哭欧阳公"，年代似有舛误。　上人：对僧人的尊称。　欧阳公：欧阳修，号六一居士，见卷一《明圣二湖》附诗"欧阳修"注。北宋治平三年(1066)，厌倦了官场生活的欧阳修仿效古代隐居之士，为自己取别号"六一居士"，并写有《六一居士传》，自谓藏书一万卷、三代以来金石遗文集录一千卷，有琴一张、棋一局、酒一壶，加上自己一老翁居其间，"岂不为六一乎？"居士，在家修行的信佛人，也可以是文人雅士的自称。

〔3〕"以两人"句：苏轼参加进士考试，主考官即为欧阳修；惠勤曾追随欧阳修，"从公游三十余年，公常称之为聪明才智有学问者，尤长于诗"(《苏轼文集》卷一〇《钱塘勤上人诗集序》)，可以认为是欧阳修弟子，故称两人皆列欧公门下。

〔4〕紫薇垣：星座名，为三垣之一，见《史记·天官书》、《宋书·天文志》。紫薇或作紫微。　天蓬、天猷、翊圣、真武：见本卷《孤山》注。

〔5〕世祖：字儿只斤·忽必烈(1215—1294)，蒙古族，成吉思汗孙。1251 年率军远征云南，灭大理国，1260 年即汗位，1271 年建国号大元，以大都(今北京)为首都，消灭南宋残余势力。统一中国后创建行省制度。庙号世祖。

〔6〕二氏之居：指道观与佛寺。

〔7〕舁(yú)：扛，抬。

〔8〕参寥：即僧道潜。见卷一《智果寺》注。

〔9〕徐一夔(1319—1399)：字大章，元末天台(在今浙江)人，明初任杭州府学教授，明初受征召参与编修礼书。民间传说他因代人撰贺表、其中有"光天之下，天生圣人，为世作则"等句遭朱元璋忌而被杀。

〔10〕睠(juàn)：回头看。《诗经·小雅·大东》："睠言顾之，潸焉出涕。"

〔11〕缁(zī)素：僧人穿缁衣(浅黑色僧衣)，故称缁徒、缁流；素，白色衣服。因此缁素泛指僧俗。

〔12〕"名聿(yù)"二句：称颂苏轼与惠勤的友谊及文才。名聿，指文才。聿，即笔。《说文》："聿，所以书也。楚谓之聿，吴谓之不律，燕谓之弗，秦谓之笔。"忱，忠诚。式，榜样，模式。荐菊，祭祀时献给先人的菊花。

〔13〕福田：佛家谓积善行必有福报，犹如播种田亩，秋收其实。

〔14〕滥竽：即滥竽充数，喻无真才实学。《韩非子·内储说上》谓齐宣王使人吹竽，必三百人合奏。吹技甚劣的南郭处士混迹其中，得享厚禄。新王即位，欲听一一吹奏，南郭处士无法再混，只好逃走。

【译文】

六一泉在孤山南面，又名竹阁，一名勤公讲堂。是宋朝元祐六年，东坡先生与惠勤上人一起祭奠欧阳公的地方。勤上人讲堂刚开始建造时，挖地挖出泉水，东坡为此作了《六一泉铭》。因两人都列欧阳公门下，泉水挖出时，正是欧阳公去世的时候，就以"六一"命名此泉，仿佛欧阳公音容犹在。欧阳修门人建起石屋覆盖泉水，并刻上碑铭。宋高宗南渡前为康王时，经常出使金国，夜里出行见有四个巨人执兵器为前驱。即位后，问方士，方士说是紫微垣有四大将，称天蓬、天猷、翊圣、真武。高宗为了报答神将，便废弃了竹阁，改为延祥观，用来祭祀四个巨人。

至元初年，元世祖又改延祥观为帝师祠。六一泉湮没在佛道的寺观中达二百余年。元末兵火，泉眼再次出现，但石屋已经坍塌，而泉铭也被附近僧人抬走。洪武初年，有个叫行升的僧人，锄荒清扫，希望恢复旧貌。他重建石屋，并且找来旧碑，复立于旧处。还准备建造祠堂，以奉祀东坡、勤上人，像当年参寥子那样，但是力量不足，未能如愿。

　　教授徐一夔为此作了一篇疏文："回顾六一泉胜迹，位于有名的地方。勤上人在此隐居，苏长公因此几番莅临。虽然身份有僧俗之别，却同列欧公门下；同门情谊看重生死，共哭于孤山山麓。精诚才能获得上天回应，山岳也涌出迎接劳苦的泉水。文才表现于怀念先贤，忠忱在祭祀中更加彰显。即使存有古迹，也要新开祠堂。此举并不求回报，实为共襄盛举。儒士僧人间，宽大胸怀才能共成其事；湖光山色中，言行举止要同山峰般高远。愿君乐于帮助，切莫加以嘲笑。"

## 苏轼《六一泉铭》：

　　欧阳文忠公将老[1]，自谓六一居士。予昔通守钱塘，别公于汝阴而南[2]。公曰："西湖僧惠勤甚文而长于诗。吾昔为《山中乐》三章以赠之。子闲于民事，求人于湖山间而不可得，则往从勤乎？"予到官三日，访勤于孤山之下，抵掌而论人物[3]，曰："六一公，天人也。人见其暂寓人间，而不知其乘云驭风，历五岳而跨沧海也。此邦之人，以公不一来为恨。公麾斥八极[4]，何所不至。虽江山之胜，莫适为主[5]，而奇丽秀绝之气，常为能文者用。故吾以为西湖盖公几案间一物耳。"勤语虽怪幻，而理有实然者。明年公薨[6]，予哭于勤舍。又十八年，予为钱塘守，则勤亦化去久矣。访其旧居，则弟子二仲在焉。画公与勤像，事之如生[7]。舍下旧无泉，予未至数月，泉出讲堂之后，孤山之趾，汪然溢流，甚白而甘。即其地凿岩架石为室。

　　二仲谓："师闻公来，出泉以相劳苦，公可无言乎？"乃取勤旧语，推本其意，名之曰"六一泉"。且铭之曰："泉之出也，去公数千里，后公之没十八年，而名之曰'六一'，不几于诞乎？曰：君子之泽，岂独五世而已[8]，盖得其人，则可至于百传。常试与子登孤山而望吴越[9]，歌山中之乐而饮此水，则公之遗风余烈，亦或见于此泉也。"

【注释】

〔1〕欧阳文忠公：指欧阳修。

〔2〕汝阴：县名，今安徽阜阳。参见本卷《苏公堤》"颍上"注。

〔3〕抵掌：击掌。表示谈得投机。《战国策·秦策一》："（苏秦）见说赵王于华屋之下，抵掌而谈，赵王大悦。"

〔4〕"麾斥"句：形容影响之大。麾斥，谓其影响所到。八极，八方极远的地方。《淮南子·地形训》："八纮之外，乃有八极。"

〔5〕莫适为主：不知由谁主宰。

〔6〕薨（hōng）：见卷四《于坟》注。这里指欧阳修的去世。

〔7〕事之如生：意对去世的先人要如同在他们生前那样敬奉。《荀子·礼论》："事死如生，事亡如存。"

〔8〕"君子"两句：古人认为祖先留给子孙的恩惠最多延续五代。《孟子·离娄下》："君子之泽，五世而斩。"此处对这种说法表示异议。

〔9〕常：通"尝"，曾经。

【译文】

欧阳文忠公年老时，自称六一居士。我当年通判钱塘，在汝阴告别欧阳公准备南行。欧阳公说："西湖僧人惠勤很有文采又擅长作诗。我过去曾作《山中乐》三章送给他。你在政事之余，如果在湖山求贤才而不可得，就去寻找惠勤吧。"我到任三天，在孤山下访问惠勤。我们畅快地评论人物，他说："六一公，真是天人！旁人见他暂时寓居人间，却不知道其乘风驾云，历五岳而跨沧海。这个地方的人，都因为欧阳公不来感到遗憾。欧阳公影响之大，无所不至。虽然江山胜迹，不知该由谁来主宰，而奇丽秀绝之气，经常为写文章的人所用。所以我认为西湖只是欧阳公案桌上的一个物品罢了。"惠勤的话虽怪诞，但确实有道理。第二年欧阳公去世，我在惠勤住处祭奠。又过十八年，我任钱塘知府，这时惠勤去世已经很久了。我访问他的旧居，他弟子二仲尚在，他画了欧阳公与惠勤的画像，如他们生前一样侍奉。房屋下原先没有泉水，我来了几个月不到，泉水从讲堂后溢出，孤山山麓，水势汪然，十分清纯而甘甜。于是就在该地凿空巨岩架起石头造了石室。

二仲说："老师听说您要来，出泉水以慰问劳苦，您难道不给他留言吗？"于是我回忆惠勤过去所说的话，推论其意，命名为六一泉，并作铭文："泉水涌出之地，离欧阳公数千里，在欧阳公去世后十八年，还给泉水取名'六一'，不近乎荒诞吗？我认为：君子的恩惠，何止延续五代。如果得到传人，则可延续至百代。我经常试着与您同登孤山而望吴越，歌唱山中之乐饮用这泉水。如此，则欧阳公的遗风余烈，或许可以从这泉水中见到。"

## 白居易《竹阁》诗：

晚坐松檐下，宵眠竹阁间。

清虚当服药，幽独抵归山。

巧未能胜拙，忙应不及闲。

无劳事修炼，只此是玄关[1]。

**【注释】**

〔1〕"无劳"二句：意为无需再费劳苦，此处已经到达完成修炼的入门。玄关，见本卷《孤山》附诗注。

**【译文】**

晚间独坐松树旁的屋檐下，夜里在竹阁间睡眠。清虚的心态等于服食仙药，幽静地独处好似归隐深山。机巧未必能胜过拙朴，奔忙自然比不上空闲。我又何须费力去修炼，此处正是入道的门关。

# 葛　岭

　　葛岭者[1]，葛仙翁稚川修仙地也[2]。仙翁名洪，号抱朴子，句容人也[3]。从祖葛玄，学道得仙术，传其弟子郑隐。洪从隐学，尽得其秘。上党鲍玄妻以女[4]。咸和初[5]，司徒导招补主簿[6]，干宝荐为大著作[7]，皆同辞。闻交趾出丹砂[8]，独求为勾漏令[9]。行至广州，刺史郑岳留之，乃炼丹于罗浮山中[10]。如是者积年。一日，遗书岳曰："当远游京师，克期便发。"岳得书，狼狈往别，而洪坐至日中，兀然若睡，卒年八十一。举尸入棺，轻如蝉蜕，世以为尸解仙去[11]。

　　智果寺西南为初阳台，在锦坞上，仙翁修炼于此。台下有投丹井，今在马氏园。宣德间大旱[12]，马氏甃井得石匣一[13]，石瓶四。匣固不可启。瓶中有丸药若芡实者，啖之[14]，绝无气味，乃弃之。施渔翁独啖一枚，后年百有六岁。浚井后，水遂淤恶不可食，以石匣投之，清冽如故。

【注释】
　　〔1〕葛岭：位于宝石山与栖霞岭之间，绵延数里，海拔125米，以东晋葛洪在此结庐炼丹而得名，与宝石山、栖霞岭共同构成西湖北屏。南麓有抱朴道院。1959年重建初阳台，为观日出胜地。
　　〔2〕葛仙翁稚川：见卷二《灵隐寺》注。
　　〔3〕句容：县名，在今江苏。

〔4〕上党：地名，在今山西长治。　鲍玄：上党人，东晋南海太守，精研道教，葛洪师从之，遂以女妻洪。

〔5〕咸和：晋成帝年号（326—334）。

〔6〕司徒导：王导（276—339），字茂弘，西晋临沂（今属山东）人。司马睿为琅邪王时，参与军谋密策，劝睿移镇建康（今南京）。洛阳倾覆，联合南北士族拥睿称帝，建立东晋，他任司徒（即丞相），时称"王与马，共天下"。　主簿：公府内负责文书簿籍的官员。

〔7〕干宝：字令升，西晋新蔡（今属河南）人。曾召为著作郎。东晋时领修国史，累迁散骑常侍。撰《搜神记》。　大著作：著作郎别称，朝廷中负责修史的官员。

〔8〕交趾：泛指五岭以南地区。西汉置交趾州，其辖境包括今广东、广西两省大部及越南北部地区。

〔9〕勾漏：县名，今广西北流。

〔10〕罗浮山：见本卷《孤山》注。

〔11〕尸解仙去：道家称世间修行者死后假托为尸而化仙去。《抱朴子·论仙》："上士举形升虚，谓之天仙；中士游于名山，谓之地仙；下士先死后蜕，谓之尸解仙。"

〔12〕宣德：明宣宗年号（1426—1435）。

〔13〕甃（zhòu）：在井壁铺砖修缮。

〔14〕啖（dàn）：吃。

【译文】

葛岭，是葛仙人稚川修仙的地方。仙人名洪，号抱朴子，句容人。祖叔葛玄，学道得到仙术，传给弟子郑隐。葛洪师从郑隐，得到其全部真传。上党鲍玄将女儿嫁他为妻。咸和初年，司徒王导招葛洪补为主簿，干宝荐举他为大著作，都辞而不任。葛洪听说交趾出产丹砂，就请求出任勾漏令。走到广州，刺史郑岳将他留下，于是在罗浮山中炼丹。如此过了很多年。一天，他寄信给郑岳："我要远游京师，马上就出发。"郑岳收信，匆忙前往告别。葛洪坐至中午，忽然就如睡去，卒年八十一岁。将其尸体抬进棺材，像蝉蜕下的皮一般轻，世人都以为他成仙而去。

智果寺西南为初阳台，在锦坞之上，葛仙翁曾经在此修炼。

台下有投丹井，如今在马氏园内。宣德年间大旱，马氏修井得到一个石头盒子、四个石头瓶子。盒子坚固无法开启，瓶子中有芡实般的药丸，吃了感觉毫无气味，就扔了。只有一位姓施的渔翁吃了一颗，后来活到一百零六岁。疏浚井后，水又淤塞恶臭不能饮用，将石盒子投下去，才变得像过去那样清洌。

祁豸佳《葛岭》诗[1]：
抱朴游仙去有年，如何姓氏至今传。
钓台千古高风在[2]，汉鼎虽迁尚姓严。

【注释】
　　[1] 祁豸(zhì)佳：字止祥，号雪瓢，彪佳弟。天启举人，任吏部司务。明亡后，拒官衔礼聘，与友结成"云门十子社"，日与老衲蒲团相对，谈世外烟霞，曾以隐居卖画为生。
　　[2] 钓台：相传为东汉严光垂钓处，在今浙江桐庐富春江边。参见本卷《陆宣公祠》注。

【译文】
　　抱朴游仙离开世间多年，为何姓氏至今流传。汉朝虽已过去千载，钓台高人还是姓严。

勾漏灵砂世所稀，携来烹炼作刀圭[1]。
若非渔子年登百，几使还丹变井泥[2]。

【注释】
　　[1] 刀圭：古代药物计量器物，借指药物。
　　[2] 还丹：古代道教炼丹之术。由水银还原为丹砂，谓人服之可白日升天。

【译文】

勾漏的灵砂世上稀有，带来烹炼做成药剂。如不是渔翁年至百岁，还丹术几乎变成井中之泥。

平章甲第半湖边[1]，日日笙歌入画船。
循州一去如烟散[2]，葛岭依然还稚川。

【注释】

〔1〕"平章"句：指贾似道在葛岭所建之园墅。平章，指贾似道，见卷一《明圣二湖》注。甲第，住宅，别墅。

〔2〕"循州"句：指贾似道被罢职，籍没其家，发配循州安置。事见《宋史·贾似道传》。循州，州治在今广东龙川。

【译文】

贾平章住宅占据西湖半边，每日里笙箫鼓乐传入游船。未曾想罢职循州如烟云散，葛岭却依然属于葛稚川。

葛岭孤山隔一丘，昔年放鹤此山头。
高飞莫出西山缺，岭外无人勿久留。

【译文】

葛岭孤山只隔一座山丘，当年放鹤在此山头。高飞莫过了西山谷去，岭外无熟人切勿长久滞留。

# 苏 公 堤

杭州有西湖，颖上亦有西湖[1]，皆为名胜，而东坡连守二郡。其初得颖，颖人曰："内翰只消游湖中[2]，便可以了公事。"秦太虚因作一绝云[3]:"十里荷花菡萏初[4],我公身至有西湖。欲将公事湖中了,见说官闲事亦无。"后东坡到颍,有谢执政启云:"入参两禁[5],每玷北扉之荣[6];出典二邦,迭为西湖之长[7]。"

故其在杭,请浚西湖,聚葑泥,筑长堤,自南之北,横截湖中,遂名苏公堤[8]。夹植桃柳,中为六桥。南渡之后,鼓吹楼船,颇极华丽。后以湖水漱啮[9],堤渐凌夷。入明,成化以前[10],里湖尽为民业,六桥水流如线。正德三年[11],郡守杨孟瑛辟之,西抵北新堤为界,增益苏堤,高二丈,阔五丈三尺,增建里湖六桥,列种万柳,顿复旧观。久之,柳败而稀,堤亦就圮。

嘉靖十二年[12],县令王钶令犯罪轻者种桃柳为赎[13],红紫灿烂,错杂如锦。后以兵火,砍伐殆尽。万历二年[14],盐运使朱炳如复植杨柳[15],又复灿然。迨至崇祯初年,堤上树皆合抱。太守刘梦谦与士夫陈生甫辈时至。二月,作胜会于苏堤。城中括羊角灯、纱灯几万盏,遍挂桃柳树上,下以红毡铺地,冶童名妓[16],纵饮高歌。夜来万蜡齐烧,光明如昼。湖中遥望堤上万蜡,湖影倍之。箫管笙歌,沉沉昧旦[17]。传之京师,太守镌级[18]。

因想东坡守杭之日,春时每遇休暇,必约客湖上,早食于山水佳处。饭毕,每客一舟,令队长一人,各领数妓,任其所之。晡后鸣锣集之,复会望湖亭或竹阁,极欢而罢。至一、二鼓,夜市犹未散,列烛以归。城中士女夹道云集而观之。此真旷古风流，熙世乐事[19]，不可复追也已。

**【注释】**

〔1〕颍上亦有西湖：指颍州西湖。据《颍州府志》卷一《山水》，西湖离颍州郡城西五里，旧广二里，袤十余里。北宋晏殊、欧阳修、苏轼等相继为颍州知州，均曾在此游赏。"轻舟短棹西湖好，绿水逶迤，芳草长堤，隐隐笙歌处处随"（欧阳修《采桑子》），其亭台之胜，诗酒之乐，与杭州西湖并称。欧阳修并在此创建书院，后乞身归颍，终老湖上。苏轼曾于元祐六年（1091）闰八月以龙图阁学士出知颍州，为期近一年。颍上，县名，属颍州（治今安徽阜阳）。金元以后颍州西湖因黄河泛滥几乎淤平，1988 年在阜阳西重辟西湖，面积 10 平方公里。

〔2〕内翰：苏轼曾于元祐元年（1086）九月任翰林学士知制诰（第一次），故称。

〔3〕秦太虚：秦观（1049—1100），字少游，号太虚，北宋高邮（今属江苏）人。元丰进士，官至太常博士、国史馆编修。苏门弟子，以词闻名。

〔4〕菡萏：荷花。见卷一《明圣二湖》附诗注。

〔5〕入参两禁：两次入朝参与机密，起草圣旨，指苏轼先后于元祐元年九月与元祐六年二月两度担任翰林学士知制诰。其职实为皇帝顾问兼秘书，颇称荣耀。

〔6〕玷：玷污，有辱，是苏轼的自谦之词。　北扉之荣：即北门之荣。一般官员只能由南门出入宫禁。唐高宗诏文士草拟诏书，许其从北门出入。苏轼以此自拟。

〔7〕"迭为"句：指苏轼先后担任杭州、颍州知府，两州均以西湖闻名。

〔8〕苏公堤：即苏堤。参见卷一《明圣二湖》注。

〔9〕漱（shù）啮（niè）：指水的冲蚀。

〔10〕成化：明宪宗年号（1465—1487）。

〔11〕正德三年：1508 年。

〔12〕嘉靖十二年：1533 年。

〔13〕钺：音 yì。

〔14〕万历二年：1574 年。

〔15〕朱炳如：字稚文，明代衡阳（今属湖南）人，嘉靖进士，由御史

出守泉州，历官两浙盐运使等，以不附张居正罢官。

　　〔16〕冶童：即童娈，见本卷《十锦塘》附文注。

　　〔17〕昧旦：拂晓之时。《诗经·郑风·鸡鸣》："女曰鸡鸣，男曰昧旦。"

　　〔18〕镌（juān）级：降职。

　　〔19〕熙世：犹言盛世。熙，兴盛。

## 【译文】

　　杭州有西湖，颍上也有西湖，都是名胜，而苏东坡连任两处知府。他当初受任颍上知府，当地人说："苏翰林只需要在湖中游览消遣，就可以办完公务。"秦观于是写了一首绝句说："十里荷花菡萏初，我公身至有西湖。欲将公事湖中了，见说官闲事亦无。"后来东坡到颍上，写下答谢任命的启文："入则参两禁，每沾翰林之荣耀；出则治两地，再为西湖的长官。"

　　苏东坡在杭州，奏请疏浚西湖，挖葑泥，筑长堤，从南至北，横跨湖中，于是名为苏公堤。堤上夹种桃树柳树，中间有六桥。南渡之后，鼓吹楼船，十分华丽。后来因为湖水冲蚀，堤坝逐渐坍塌。到明朝，成化以前，里湖都成了民众产业，六桥水流如线细少。正德三年，郡守杨孟瑛重新加以开辟，西面到北新堤为界，增高苏堤，高两丈，阔五丈三尺，增建里湖六桥，种植万株柳树，立刻恢复了旧貌。但是年月一久，柳树枯败，堤坝又倾坍了。

　　嘉靖十二年，县令王钶令轻罪犯人种植桃树柳树赎罪，红紫灿烂，错杂如锦绣。后来因为战乱，几乎砍伐光。万历二年，盐运使朱炳如再种杨柳，又呈现绚丽景象。到崇祯初年，堤上的树都已粗到需要合抱。太守刘梦谦与士子陈生甫等人经常前来。二月，在苏堤作盛会。搜集城中羊角灯、纱灯几万盏，全挂在桃树柳树上，下面用红毯铺地。那些童娈与名妓，纵酒高歌。入夜，万支蜡烛一起点燃，光亮如白天。湖中遥望堤上万支烛光，湖中倒影加倍明亮。笙箫吹唱，直到天蒙蒙亮。消息传到京师，太守也因此降职。

　　由此想到东坡担任杭州地方官时，春季每遇闲暇，必定约客人来湖上，在山水佳处用早饭。吃完饭，每个客人一条船，令队长一人，各带几个妓女，任其所往。黄昏时鸣锣集中，再去望湖亭或者竹阁，玩到尽兴才走。到一、二鼓时，夜市还未散去，举着成排的蜡烛回家。城中士女聚集在道路两旁观看。这真是旷古风流，盛世乐事，不能再现了。

## 张京元《苏堤小记》：

苏堤度六桥[1]，堤两旁尽种桃柳，萧萧摇落。想二三月，柳叶桃花，游人阗塞，不若此时之为清胜。

【注释】

〔1〕度(duó)：规划，设计。

【译文】

苏堤规划了六桥，堤坝两旁种植桃柳，飘飘摇落。想到二三月间，柳叶桃花，游人填满堤上，却比不上此时清佳。

## 李流芳《题两峰罢雾图》：

三桥龙王堂，望西湖诸山，颇尽其胜。烟林雾障，映带层叠；淡描浓抹，顷刻百态。非董、巨妙笔[1]，不足以发其气韵。余在小筑时，呼小舟桨至堤上，纵步看山，领略最多。然动笔便不似甚矣，气韵之难言也。予友程孟旸《湖上题画》诗云[2]："风堤露塔欲分明，阁雨萦阴两未成。我试画君团扇上，船窗含墨信风行。"此景此诗，此人此画，俱属可想。癸丑八月清晖阁题[3]。

【注释】

〔1〕董、巨：董指董源，见卷一《西泠桥》注。巨即巨然，江宁（今

南京）人，南唐僧人，随后主李煜降宋，至汴京居开宝寺。其山水画师法董源，并称董、巨。

〔2〕程孟旸：见卷一《西泠桥》附诗注。

〔3〕癸丑：指万历四十一年（1613）。　清晖阁：见卷一《西泠桥》附文注。

**【译文】**

三桥龙王堂，眺望西湖各山，颇能看尽其胜景。烟雾笼罩树林，层层映照，浓妆淡描，顷刻之间变幻无穷。非董源、巨然妙笔，不足以描绘其气质风韵。我在小筑时，曾呼唤小船划桨至堤上，信步看山，赏玩的乐趣最多。但是一旦动笔作画就完全不像了，因为气韵难以表现。我朋友程孟旸《湖上题画》诗说："想把风吹过堤岸、露沾湿塔檐画得分明，但楼阁外阴雨萦绕没能画成。我试着画在你的团扇上，舱外正是天黑风吹船儿行。"此景此诗，此人此画，都是可以想象的。癸丑八月清晖阁题。

## 苏轼《筑堤》诗：

六桥横截天汉上，北山始与南屏通。

忽惊二十五万丈〔1〕，老葑席卷苍烟空。

**【注释】**

〔1〕二十五万丈：指苏堤长度，是夸张的说法。

**【译文】**

六桥横跨在银河般的长堤上，北山这才与南屏山连通。忽然惊觉堤长二十五万丈，淤积的葑泥已被席卷一空。

昔日珠楼拥翠钿〔1〕，女墙犹在草芊芊〔2〕。

东风第六桥边柳，不见黄鹂见杜鹃〔3〕。

**【注释】**

〔1〕翠钿：妇女头饰，绿玉所制。唐杜牧《代吴兴妓春初寄薛军事》诗："雾冷侵红粉，春阴扑翠钿。"此处指女子。参见卷一《明圣二湖》附诗"花钿"注。

〔2〕女墙：城墙上凹凸形的小墙。《释名·释宫室》："城上垣……亦曰女墙，言其卑小比之于城。"　芊（qiān）芊：草木茂盛的样子。《列子·力命》："美哉国乎，郁郁芊芊。"

〔3〕"不见"句：表示伤感暮春。黄鹂，早春的鸟，鸣叫清丽。杜鹃，也是春季的鸟，但被认为啼叫孤独凄惨，称作"杜鹃啼血"。李膺《蜀志》：杜鹃"亦曰子规鸟，至春则啼，闻者凄恻"。

**【译文】**

昔日在珠楼上簇拥着美人翠钿，如今女墙尚在芳草也正芊芊。春风吹过第六桥边的柳树，枝叶依依不见黄鹂只见杜鹃。

## 又诗：

惠勤、惠思皆居孤山〔1〕。苏子倅郡〔2〕，以腊日访之，作诗云：

天欲雪时云满湖，楼台明灭山有无。
水清石出鱼可数，林深无人鸟相呼。
腊月不归对妻孥，名寻道人实自娱〔3〕。
道人之居在何许，宝云山前路盘纡。
孤山孤绝谁肯庐，道人有道山不孤。
纸窗竹屋深自暖，拥褐坐睡依团蒲。
天寒路远愁仆夫，整驾催归及未晡〔4〕。
出山回望云水合，但见野鹤盘浮屠〔5〕。
兹游淡泊欢有余，到家恍如梦蘧蘧〔6〕。
作诗火急追亡逋，清景一失后难摹。

【注释】

〔1〕惠勤：见本卷《六一泉》注。 惠思：亦为余杭人，工诗能文，与王安石有交往。

〔2〕倅(cuì)郡：任郡的副职。此处指苏轼第一次至杭州，任通判。

〔3〕道人：有道之人，僧人也可称道人。此处指惠勤、惠思。

〔4〕晡：申刻，黄昏时。

〔5〕浮屠：见卷二《北高峰》注。

〔6〕蘧(qú)蘧：见本书《自序》注。

【译文】

惠勤、惠思都居住在孤山。我任杭州通判时，于腊月前往寻访，作诗如下：

天要下雪浓云笼罩西湖，楼台山峦在苍茫中似有似无。水清可见溪底石头也可数鱼儿，林深无人只有鸟雀相呼。我腊月不回家见妻小，托词访问道人实则自寻幽趣。道人住所在何处？宝云山前路盘迂。孤山孤独有谁肯住，道人得道在山中自然不会孤独。纸窗竹屋既深又暖，披着破棉袄坐睡靠着团蒲。天寒路远仆夫发愁，整理马车催我早归。出山回看云连着水，野鹤环绕寺塔飞。此番寻访淡泊亦快乐，回家仿佛梦依稀。赶快作诗急追忆，以免好景一忘难描绘。

王世贞《泛湖度六桥堤》诗：

拂幰莺啼出谷频〔1〕，长堤天矫跨苍旻〔2〕。

六桥天阔争虹影，五马飙开散曲尘〔3〕。

碧水乍摇如转盼，青山初沐竞舒颦〔4〕。

莫轻杨柳无情思，谁是风流白舍人〔5〕？

【注释】

〔1〕幰(xiǎn)：车前的帷幔，显示官品。《隋书·礼仪志五》：六品以下官员"任自乘犊车，弗许施幰"。王世贞时任杭州太守，故曰拂幰。

〔2〕夭矫：伸展，纵恣。　苍旻（mín）：苍天。

〔3〕五马：古代太守所坐马车由五马所拉，故用"五马"代指太守。《玉台新咏》卷一《日出东南隅行》："使君从南来，五马立踟蹰。"此处是作者自谓。　飙（biāo）：大风。

〔4〕颦（pín）：皱眉。

〔5〕"莫轻"二句：谓西湖上杨柳亦有感情，只是一般游人不能领略。语出白居易诗"绿杨深里白沙堤"，见卷一《玉莲亭》附诗。白舍人，指白居易，因其曾为中书舍人。

【译文】

　　掀开车帘听见莺啼频频传出山谷，又见长堤在苍天下横跨湖面。六桥广阔倒映虹影，五马狂奔散开尘烟。碧水涟漪船儿飘荡，青山沐雨游人舒颜。杨柳并非没有情感，只是风流的白居易不再得见。

李鉴龙《西湖》诗：

花柳曾闻暗六桥，近来游舫甚萧条。

折残画阁堤边失，倒入山光波上摇。

秋水湖心眸一点〔1〕，夜潭塔影黛双描。

兰亭感慨今移此〔2〕，痴对雷峰话寂寥〔3〕。

【注释】

〔1〕湖心眸一点：湖中波光如眼波荡漾。眸，眼珠，眼波。

〔2〕兰亭感慨：指东晋王羲之在《兰亭集序》中所发人生短暂之叹："向之所欣，俯仰之间，已为陈迹，犹不能不以之兴怀。况修短随化，终期于尽。古人云：'死生亦大矣。'岂不痛哉！"

〔3〕雷峰：见卷四《雷峰塔》。

【译文】

　　听说繁花茂柳曾遮掩六桥，近来游船却十分稀少。堤边楼阁已经残破，山影倒映湖中飘摇。秋季的湖心就如眼波荡漾，夜潭的塔影恰似双眉黛描。《兰亭集序》中的感叹正是如此，我痴痴地对着对雷峰塔诉说寂寥。

# 湖 心 亭

湖心亭旧为湖心寺[1]，湖中三塔，此其一也。明弘治间[2]，按察司佥事阴子淑秉宪甚厉[3]。寺僧怙镇守中官[4]，杜门不纳官长。阴廉其奸事[5]，毁之，并去其塔。嘉靖三十一年[6]，太守孙孟寻遗迹，建亭其上。露台亩许，周以石栏，湖山胜概，一览无遗。数年寻圮。万历四年[7]，佥事徐廷裸重建[8]。二十八年，司礼监孙东瀛改为清喜阁[9]，金碧辉煌，规模壮丽，游人望之如海市蜃楼[10]。烟云吞吐，恐滕王阁、岳阳楼俱无甚伟观也[11]。

春时，山景、暖罗、书画、古董[12]，盈砌盈阶，喧阗扰嚷，声息不辨。夜月登此，阒寂凄凉，如入鲛宫海藏。月光晶沁，水气滃之[13]，人稀地僻，不可久留。

【注释】
　　〔1〕湖心亭：与三潭印月、阮公墩并称西湖三岛之一。位于西湖外湖中，面积约10亩。明代嘉靖间建亭其上，又建露台，周以石栏。万历间重建。
　　〔2〕弘治：明孝宗年号（1488—1505）。
　　〔3〕佥事：官名。明代按察使及地方官下置佥事作为幕僚，协办地方事务，或者主管文牍。　阴子淑：字宗孟，明代成都府内江（在今四川）人。成化进士，知荆州，期间修桥筑城，兴学校，建陆九渊祠，累迁江西按察使。　秉宪：执法。

〔4〕镇守中官：朝廷派驻外地监督地方官员的太监。

〔5〕廉：查访，侦查。

〔6〕嘉靖三十一年：1552 年。

〔7〕万历四年：1576 年。

〔8〕徐廷祼（guàn）：字士敏，号少浦，明代人，嘉靖进士。官至浙江布政司参议。

〔9〕清喜阁：一作喜清阁。《西湖游览志》（嘉惠堂本）卷二《孤山三堤胜迹》"湖中旧有三塔"条："万历四年，司礼孙公重修，四碰俱用石砌，上植桃柳，改建喜清阁，后塑文昌神像。"

〔10〕海市蜃（shèn）楼：大气中因光线折射而能在空中看到远处物体的自然现象，多在夏天出现于沿海。古人误以为是蜃吐气而成，故称海市蜃楼。

〔11〕滕王阁：故址在今江西省南昌市赣江边，唐初滕王李元婴为洪州都督时所建。王勃《滕王阁序》"落霞与孤鹜齐飞，秋水共长天一色"等句广泛流传。 岳阳楼：今湖南岳阳西门楼，始建于唐，北宋滕子京重修，以范仲淹《岳阳楼记》闻名。纯木结构，三层，下瞰洞庭湖。为江南三大名楼之一。

〔12〕睺（hóu）罗：又称"摩睺罗"，梵语，古时用土、木、蜡等制成的婴孩形玩具，犹如现在供小孩抱的"娃娃"，多于七夕时送孩子。南宋周密《武林旧事》卷三《乞巧》："七夕节物，多尚果食、茜鸡，及泥孩儿号'摩睺罗'。"

〔13〕瀜：水气弥漫貌。

【译文】

　　湖心亭原为湖心寺。湖中三塔，这是其中之一。明朝弘治年间，按察司佥事阴子淑执法严厉。寺中僧人仗着镇守当地的太监势力，闭门不让地方官进来。阴子淑查访其事，将寺毁去，废弃寺塔。嘉靖三十一年，太守孙孟寻找遗迹，在其上建造亭子。有一亩大小的露台，周围用石栏杆围住。湖山胜景，一览无余。但没几年就倾塌了。万历四年，佥事徐廷祼重建。万历二十八年，司礼太监孙东瀛改建为清喜阁，金碧辉煌，规模宏伟，游人望去如海市蜃楼。湖上烟雾聚散，恐怕滕王阁、岳阳楼也相形见绌了。

　　春天的时候，山景、泥人、书画、古董，满石阶都能看到，喧闹纷扰，说话声都无法辨认。月亮升起时，这里变得寂寞清寒，像走进了东海龙宫。月光如水，一片湿气，人稀地僻，不可久留。

张京元《湖心亭小记》：

湖心亭雄丽空阔。时晚照在山，倒射水面，新月挂东，所不满者半规，金盘玉饼，与夕阳彩翠重轮交网，不觉狂叫欲绝。恨亭中四字匾、隔句对联，填楣盈栋，安得借咸阳一炬[1]，了此业障[2]。

【注释】

〔1〕咸阳一炬：泛指一把火烧光。《史记·项羽本纪》："项羽引兵西屠咸阳……烧秦宫室，火三月不灭。"

〔2〕业障：佛家称有碍修行的罪恶。

【译文】

湖心亭雄丽空阔。傍晚的太阳照在山上，倒映水面，新月东升，但是还未满半圆，如金盘玉饼，与夕阳的彩色轮影交织，令人痴狂叫绝。只恨亭中四字匾额、楹联、塞满了屋梁屋栋。真想借来咸阳一把火，了结这些可恶的东西。

张岱《湖心亭小记》：

崇祯五年十二月[1]，余住西湖。大雪三日，湖中人鸟声俱绝。是日更定矣[2]，余拏一小舟[3]，拥毳衣炉火[4]，独往湖心亭看雪。雾凇沆砀[5]，天与云、与山、与水，上下一白。湖上影子，惟长堤一痕，湖心亭一点，与余舟一芥，舟中人两三粒而已。到亭上，有两人铺毡对坐，一童子烧酒，炉正沸。见余大惊喜，曰："湖中焉得更有此人！"拉余同饮。余强饮三大白而别[6]。问其姓氏，是金陵人[7]，客此。及下船，舟子喃喃曰："莫说相公痴，更有痴似相公者。"

【注释】

〔1〕崇祯五年：1632年。

〔2〕更定：初更开始，相当于晚8时许。

〔3〕拏(ná)：驾船，坐上船。

〔4〕毳(cuì)衣：毛皮衣。北齐刘昼《刘子·适才》："紫貂白狐，制以为裘。郁若庆云，皎如荆玉。此毳衣之美也。"

〔5〕雾凇：冬日雾气凝于树上而冻结成的微粒。　沆(hàng)砀：空中白气。

〔6〕大白：大酒杯。

〔7〕金陵：今南京。

【译文】

崇祯五年十二月，我住在西湖。连续三天大雪，湖中游人和飞鸟的声音都消失了。当夜初更时分，我坐着一艘小船，披着皮衣拥着火炉，独自往湖心亭看雪。当时雾凇弥漫，天与云、与山、与水，一片白色。湖上影子，只有一条长堤，一点湖心亭，和我的一芥小船，船上人影两三粒而已。到湖心亭上，见有两人铺毡对坐，一个童子在旁边煮酒，炉火正旺。他们看到我又惊又喜，说："湖中居然还有您这样的人！"拉着我一同喝酒。我勉强喝了三大杯。告别时问他们的姓氏，说是金陵人，客居在此地。等到我下了船，船夫喃喃自语："不要说相公痴，还有比相公更痴的人呢！"

胡来朝《湖心亭柱铭》[1]：

四季笙歌，尚有穷民悲夜月。

六桥花柳，浑无隙地种桑麻[2]。

【注释】

　　〔1〕胡来朝(1561—1627)：字杼丹，明代赞皇(今属河北)人。万历进士，曾任都察院右佥都御史。因上疏直谏触怒万历帝，忧郁而卒。

　　〔2〕浑：简直，几乎。杜甫《春望》诗："白头搔更短，浑欲不胜簪。"

【译文】

　　四季皆歌舞，依然有穷人悲泣夜月。

　　六桥植花柳，几乎无空地种植桑麻。


郑烨《湖心亭柱铭》：

　　亭立湖心，俨西子载扁舟[1]，雅称雨奇晴好[2]。

　　席开水面，恍东坡游赤壁，偏宜月白风清[3]。


【注释】

　　〔1〕"俨西子"句：相传越王勾践灭吴后，功臣范蠡带西施泛舟湖上，隐居经商。俨，俨然，仿佛。

　　〔2〕雅：极，盛。《后汉书·窦后纪》："及见，雅以为美。"　雨奇晴好：语出苏轼《饮湖上初晴后雨》诗："湖光潋滟晴方好，山色空濛雨亦奇。"

　　〔3〕月白风清：苏轼《后赤壁赋》："有客无酒，有酒无肴，月白风清，如此良夜何。"《后赤壁赋》作于苏轼在黄州期间的元丰五年(1082)十月。参见卷一《智果寺》"东坡守黄州"注。

【译文】

　　湖心立亭，仿佛西施坐小舟，盛赞雨天奇晴天好。

　　水面开筵，恰似东坡游赤壁，偏喜月儿白风儿清。


张岱《清喜阁柱对》：

　　在人为目，且将秋水剪瞳神[1]。

如月当空，偶似微云点河汉。

【注释】

〔1〕"且将"句：语出李贺《唐儿歌》："一双瞳人剪秋水。"

【译文】

湖心亭就像西湖的眼睛，清澈的眼眸望穿秋水。
又像一轮皓月当空，有时如薄云般装点银河。

# 放 生 池

宋时有放生碑，在宝石山下〔1〕。盖天禧四年〔2〕，王钦若请以西湖为放生池〔3〕，禁民网捕，郡守王随为之立碑也〔4〕。今之放生池〔5〕，在湖心亭之南。外有重堤，朱栏屈曲，桥跨如虹，草树蓊翳，尤更岑寂〔6〕。古云三潭印月，即其地也。春时游舫如鹜，至其地者，百不得一。其中佛舍甚精，复阁重楼，迷禽暗日，威仪肃洁，器钵无声。但恨鱼牢幽闭，涨腻不流，刿鬐缺鳞〔7〕，头大尾瘠，鱼若能言，其苦万状。以理揆之〔8〕，孰若纵壑开樊，听其游泳，则物性自遂，深恨俗僧难与解释耳。

昔年余到云栖〔9〕，见鸡鹅豚豕〔10〕，共牢饥饿，日夕挨挤，堕水死者不计其数。余向莲池师再四疏说〔11〕，亦谓未能免俗，聊复尔尔〔12〕。后见兔鹿猵狱亦受禁锁，余曰："鸡凫豚豕，皆藉食于人，若兔鹿猵狱，放之山林，皆能自食，何苦锁禁，待以胥縻〔13〕。"莲师大笑，悉为撤禁，听其所之，见者大快。

**【注释】**

〔1〕宝石山：见卷一《保俶塔》注。

〔2〕天禧四年：1020 年。天禧为宋真宗年号（1017—1021）。

〔3〕王钦若（962—1025）：北宋大臣。字定国，新喻（今江西新余）人，淳化进士。历任翰林学士、参知政事。景德元年（1004）契丹入侵，密请真宗赴金陵，为寇准所阻。曾三度为相，为人奸邪多智数。

〔4〕王随（约 975—1033）：字子正，北宋河阳（今河南孟县）人。真宗时以给事中知杭州。后为宰相。曾删次《景德传灯录》三十卷为《传灯玉英集》十五卷行世。

〔5〕今之放生池：明万历三十五年（1607），钱塘县令聂心汤取湖中葑泥在三潭印月周围筑成堤坝，形成湖中湖，作为放生池。

〔6〕岑寂：见《自叙》注。

〔7〕刿（guì）：割，刺伤。　鬐（qí）：鱼脊鳍。

〔8〕揆（kuí）：测度，推论。

〔9〕云栖：见卷五《云栖》及注。

〔10〕豚（tún）：猪。　羖（gǔ）：黑色公羊。

〔11〕莲池师：见卷五《云栖》及注。

〔12〕"亦谓"二句：《世说新语·任诞》：晋代习俗，七月七日晒衣。阮咸家贫，用竹竿挂大布衣、短裤，晒于庭中，对人说："未能免俗，聊复尔耳。"聊复尔尔，同"聊复尔耳"，表示"姑且这样对付吧"。

〔13〕胥靡：同胥靡，将罪犯羁押，也可指被羁押的罪犯。《庄子·庚楚桑》："胥靡登高而不惧。"

**【译文】**

宋时有放生碑，在宝石山下。原来天禧四年，王钦若请求将西湖作为放生池，禁止民众撒网捕鱼，郡守王随为此立了碑。如今放生池，在湖心亭南侧。外有重重堤坝，朱栏曲折，桥跨如虹，草木碧绿，尤其清净。古时所谓三潭印月就是这里。春季西湖上的游船像鸭群那样多，但是能到这地方的，百不及一。其中佛堂十分精妙，复阁重楼，乱飞的禽鸟掩蔽了太阳。佛堂威严整洁，法器寂静无声。只可恨池里的鱼仿佛进了幽闭的牢房，池水涨滞不流，鱼儿缺鳍少鳞，头大尾巴瘦。如果能说话，鱼儿必定诉苦万状。照道理说，不如疏通水池放出鱼儿，任其畅游，让它们回归天性。只可惜和僧侣、民众都无法说通。

　　前几年我到云栖寺，见鸡、鹅、猪、羊关在一起受饿，成天拥挤不堪，堕入水中死掉的不计其数。我向莲池大师再三劝导，他回答也是未能免俗，姑且只能这样。后来我见兔子、鹿、猴子之类也被禁锢，就说："鸡鸭猪羊，都靠人供食；若是兔鹿猴子，放到山林，都能自己找食，何苦把它们关起来，用绳索羁押呢。"莲池大师听了大笑，就把它们都放了，任凭它们去哪儿，看见的人都十分高兴。

　　陶望龄《放生池》诗[1]：

　　介卢晓牛鸣[2]，冶长识雀哕[3]。

　　吾愿天耳通[4]，达此音声类。

　　群鱼泣妻妾，鸡鹜呼弟妹。

　　不独死可哀，生离亦可慨。

　　闽语既嘤咿[5]，吴听了难会。

　　宁闻闽人肉，忍作吴人脍。

　　可怜登陆鱼，唅喝向人诔[6]。

　　人曰鱼口喑，鱼言人耳背。

　　何当破网罗，施之以无畏[7]。

【注释】

　　〔1〕陶望龄：见卷一《昭庆寺》附文注。

　　〔2〕介卢：即介葛卢，春秋时介国君主，相传懂兽语。

　　〔3〕冶长：公冶长，春秋时齐国人，孔门弟子，据说通鸟语。明代杨尔曾《韩湘子全传》第二十五回《吕纯阳崔家托梦　张二妈韩府求亲》："我不是公冶长能辨鸟语，又不是葛介卢识得驴鸣。"

　　〔4〕天耳通：佛教六通之一。《俱舍光记》卷二七："修天耳者，若于深阐定中发得色界四大清净造色，住耳根中，即能闻六道众生语言及世种种音声，是如天耳通。"

〔5〕嘤咿：形容说话声如鸟鸣般难懂。

〔6〕"唵（yǎn）喁（yóng）"句：鱼儿都把头抬出水面斥责人。喁，鱼口露出水面。谇（suì），责怪，埋怨。

〔7〕施之以无畏：即施与无畏，意为扫除一切恐惧感。无畏施为佛教所谓三施之一（另二为财施、法施）。《法华经》卷七《普门品》："足观世音菩萨摩诃萨，于怖畏难之中能施无畏，是故此娑婆世界，皆号之为施无畏者。"

## 【译文】

介卢懂得牛叫，冶长明白鸟鸣。我愿天耳皆通，沟通此类声音。群鱼在哭泣妻妾，鸡鸭正呼唤弟妹。不单死去可怜，活着离别也实在伤悲。闽语咿呀不解，吴语亦难通晓。未闻拿闽人煮肉，怎忍将吴人变佳肴。可怜鱼儿被捉，抬头斥责人类。人说鱼儿哑巴，鱼说人类耳背。如何破除网罗，扫尽一切怖畏。

昔有二勇者，操刀相与酤。

曰子我肉也，奚更求食乎[1]。

互割还互啖，彼尽我亦屠。

食彼同自食，举世嗤其愚[2]。

还语血食人[3]，有以异此无？

## 【注释】

〔1〕"昔有"四句：《吕氏春秋·当务》："齐之好勇者，其一人居东郭，其一人居西郭，卒然相遇于涂。曰：'姑相饮乎？'觞数行，曰：'姑求肉乎？'一人曰：'子肉也，我肉也，尚胡革求肉而为？'"相与酤（gū）：互相买下对方（准备割其肉）。酤（gū），买。

〔2〕嗤（chī）：嘲笑。

〔3〕血食人：指吃荤腥之人。《汉书·高帝纪》："祭者尚血腥，故曰血食也。"

**【译文】**

　　过去曾有两位勇士，持刀相互割肉吃。声称你我身上都有肉，何必另外买肉去。互相割肉互相吃，他被吃尽我命无。吃他难道不是吃自己，世人都笑其蠢愚。我问专吃荤腥者，所为与此不同乎？

　　吴越王钱镠于西湖上税渔，名"使宅渔"。一日，罗隐入谒[1]，壁有《磻溪垂钓图》[2]，王命题之。题云："吕望当年展庙谟[3]，直钩钓国又何如[4]？假令身住西湖上，也是应供使宅鱼。"王即罢渔税。

**【注释】**

　　[1] 罗隐：见卷一《保俶塔》注。

　　[2] 磻（bō）溪垂钓：磻溪，在陕西宝鸡渭河之滨。商朝末年，吕望在此垂钓遇周文王，同载而归，后佐周灭商。

　　[3] 吕望：姜姓，吕氏，名尚，字子牙，商朝末年人。家贫，钓于渭滨磻溪。周文王遇之与其对话，大悦，载以归，称姜太公。佐文王灭商。武王尊为师尚父，封于齐，为齐国始祖。　庙谟：或作庙谋，朝廷对国事的谋略。《后汉书·光武纪赞》："明明庙谋，赳赳雄断。"

　　[4] 直钩钓国：吕望垂钓使用直钩，不置鱼饵，声称不为钓鱼，专钓王者，表示希望遇到国之明主。因此，吕望钓鱼完全是摆摆样子。

**【译文】**

　　吴越王钱镠在西湖上征收鱼税，称"使宅渔"。一天，罗隐去面见吴越王，墙上有《磻溪垂钓图》，吴越王命其题诗。罗隐题道："太公当年施展谋略，直钩钓国又能如何？假使身住西湖上，太公也难逃使宅渔。"吴越王见后，立即罢免了使宅渔税。

## 放生池柱对：

天地一网罟[1]，欲度众生谁解脱。

飞潜皆性命，但存此念即菩提[2]。

**【注释】**

〔1〕罟(gǔ)：渔网。

〔2〕菩提：梵语，即明辨善恶、觉悟真理。

**【译文】**

天地即为一大网，解脱众生哪个真能做到。

飞鸟游鱼皆性命，只存此念就能觉悟真理。

# 醉 白 楼

杭州刺史白乐天啸傲湖山时[1]，有野客赵羽者，湖楼最畅，乐天常过其家，痛饮竟日，绝不分官民体。羽得与乐天通往来，索其题楼。乐天即颜之曰"醉白"[2]，在茅家埠[3]，今改吴庄。一松苍翠，飞带如虬[4]，大有古色，真数百年物。当日白公，想定盘礴其下[5]。

**【注释】**

〔1〕啸傲：歌咏自得，不受拘束。陶潜《饮酒》诗："啸傲东轩下，聊复得此生。"

〔2〕颜：题写匾额。 醉白：白居易所题醉白楼，在茅家埠水面西南。今重建。

〔3〕茅家埠：村庄，因当地多茅草及茅姓人家而得名，在杭州大麦岭旁花家山，东临杨公堤，南为丁家山。分上、下茅家埠，是往天竺三寺和龙井的枢纽，水陆交通要道，也是香客云集处。

〔4〕虬(qiú)：没有角的龙。

〔5〕盘礴：箕踞而坐。此处意为不受拘束地饮酒吟诗。

**【译文】**

　　杭州刺史白乐天在杭州歌咏西湖山水时，平民赵羽的湖边楼阁最舒心。乐天常常经过他家，痛饮一整天，完全不分官民等级。赵羽因而得以与乐天交往，请他为楼阁题额。乐天就题写了匾额"醉白"，在茅家埠，如今改称吴庄。当地一株松树苍翠盘绕如虬龙一般，十分古色古香，真是几百年的古树了。遥想当年的白公，一定曾在树下舒展双腿，自在地吟诗。


　　倪元璐《醉白楼》诗[1]：
　　金沙深处白公堤[2]，太守行春信马蹄。
　　冶艳桃花供祗应[3]，迷离烟柳藉提携。
　　闲时风月为常主，到处鸥凫是小傒[4]。
　　野老偶然同一醉，山楼何必更留题。


**【注释】**

　　〔1〕倪元璐：见卷一《岳王坟》注。
　　〔2〕金沙：金沙港，位于曲院旁。有涧入湖，其港沙皆金色。
　　〔3〕祗应：侍奉，当差。
　　〔4〕凫(fú)：野鸭。　小傒：见《自序》注。诗中把西湖的禽鸟想象为随从仆役。


**【译文】**

　　金沙港深处就是白公堤，想当年太守踏春纵马此地。艳冶的桃花前来奉侍，迷蒙的烟柳可供携提。闲时风月就是主人，鸥凫到处充当仆傒。野老偶然一同醉饮，山楼何须再留下题词。

# 小 青 佛 舍

　　小青[1]，广陵人[2]。十岁遇老尼，口授《心经》[3]，一过成诵。尼曰："是儿早慧福薄，乞付我作弟子。"母不许。长好读书，解音律，善奕棋。误落武林富人，为其小妇。大妇奇妒，凌逼万状。一日携小青往天竺，大妇曰："西方佛无量，乃世独礼大士[4]，何耶?"小青曰："以慈悲故耳。"大妇笑曰："我亦慈悲若。"乃匿之孤山佛舍，令一尼与俱。

小青无事，辄临池自照，好与影语，絮絮如问答，人见辄止。故其诗有"瘦影自临春水照，卿须怜我我怜卿"之句。后病瘵[5]，绝粒，日饮梨汁少许，奄奄待尽。乃呼画师写照，更换再三，都不谓似。后画师注视良久，匠意妖纤[6]。乃曰："是矣。"以梨酒供之榻前，连呼："小青!小青!"一恸而绝，年仅十八。遗诗一帙。大妇闻其死，立至佛舍，索其图并诗焚之，遽去。

【注释】

〔1〕小青：相传为明代万历间人，名冯玄玄。其墓在孤山。

〔2〕广陵：今江苏扬州。

〔3〕《心经》：佛经名，即《般若波罗蜜多心经》。有七种汉文译本，以唐玄奘所译最为知名。此经说明以"般若"（智慧）观察宇宙万事万物自性本空的道理，证悟无所得的境界。全文仅200余字，便于持诵，在佛教中甚为流行。

〔4〕大士：指观世音菩萨。

〔5〕瘵(zhài)：肺病，亦指灾祸。《诗经·大雅·瞻卬》："邦靡有定，士民其瘵。"

〔6〕妖纤：细致精妙。

【译文】

小青，广陵人。十岁时遇到一个老尼姑，老尼姑教她《心经》，读一遍就能背诵。老尼姑说："这孩子早慧却命薄，还是给我作徒弟吧。"她母亲不答应。小青长大了，好读书，懂音律，善于下棋。误跟杭州富商，当了人家小妾。正妻特别妒忌，千方百计加以欺凌。一天带小青去天竺寺，正妻问："西方佛无数，人们却独独礼拜观音大士，为何？"小青说："因为大士慈悲。"正妻笑道："我也是那样慈悲。"于是把小青藏在孤山佛舍，与一个尼姑住在一起。

小青无事时，经常在池塘前看自己的影子，喜欢与影子说话，一问一答说个不停，有人来就不说了。所以她的诗有"瘦影自临春水照，卿须怜我我怜卿"的句子。后来她得了严重的肺病，吃不了饭，每天只喝一些梨汁，奄奄一息。于是叫来画师给她画像，换了三个画师，都说画得不像。第四位画师注视她许久，画得精妙，小青说："这幅是了。"她用梨酒把画像供在床前，连连呼叫："小青！小青！"大哭后断气，只有十八岁，留下一卷遗诗。正妻听说她死了，立刻到佛舍，要去画像与诗，一把火烧尽，就走了。

小青《拜慈云阁》诗〔1〕：
稽首慈云大士前，莫生西土莫生天。
愿将一滴杨枝水，洒作人间并蒂莲〔2〕。

【注释】
〔1〕慈云阁：又名大悲阁，以阁内安置供人拜谒的观音菩萨像而得名。
〔2〕"愿将"二句：表示请菩萨成全人间真情。　杨枝水：佛教称能为人消灾弭祸、使万物复苏的甘露。相传杨枝观音又称药王观音，为《佛像图汇》所列三十三观音之首，其形象一般左手托净瓶，右手持杨枝，蘸瓶中甘露水洒向凡间，以消除烦恼，普救人世。元张翥《送谟侍者还江阴》诗："杨枝偏洒瓶中水，贝叶时翻笈内经。"　并蒂莲：莲花的一种，一茎生两花，花各有蒂，为荷花中极品，常用以象征百年好合，永结同心。

【译文】

叩头跪拜在观音菩萨面前，我不求往生西方也不求升天。只愿您用一滴杨枝水，洒向人间生出并蒂莲。


又《拜苏小小墓》诗：

西泠芳草绮粼粼，内信传来唤踏青。

杯酒自浇苏小墓，可知妾是意中人。

【译文】

西泠芳草沾着露珠清澈明净，家里传信唤我去踏青。一杯酒浇奠苏小小墓前，"可知小女是与您心意相通的人？"

# 卷　四

## 西湖南路

### 柳　洲　亭

　　柳洲亭[1]，宋初为丰乐楼[2]。高宗移汴民居杭地嘉、湖诸郡[3]，时岁丰稔，建此楼以与民同乐，故名。门以左，孙东瀛建问水亭[4]。高柳长堤，楼船画舫会合亭前，雁次相缀。朝则解维，暮则收缆。车马喧阗，驺从嘈杂[5]，一派人声，扰嚷不已。

　　堤之东尽为三义庙。过小桥折而北，则吾大父之寄园、铨部戴斐君之别墅[6]。折而南，则钱麟武阁学、商等轩冢宰、祁世培柱史、余武贞殿撰、陈襄范掌科各家园亭[7]，鳞集于此。过此，则孝廉黄元辰之池上轩[8]、富春周中翰之芙蓉园[9]，比闾皆是。

　　今当兵燹之后[10]，半椽不剩，瓦砾齐肩，蓬蒿满目。李文叔作《洛阳名园记》[11]，谓以名园之兴废，卜洛阳之盛衰[12]；以洛阳之盛衰，卜天下之治乱。诚哉言也！余于甲午年[13]，偶涉于此，故宫离黍[14]，荆棘铜驼[15]，感慨悲伤，几效桑苎翁之游苕溪[16]，夜必恸哭而返[17]。

【注释】

〔1〕柳洲亭：南宋初建于涌金门外，因当年自涌金门至钱塘门沿城五里堤岸遍植垂柳而得名。亭上可俯瞰西湖，元末毁。明嘉靖二十年（1541）在此建柳洲别馆，后仍名柳洲亭。万历二十八年（1600）孙隆又在亭旁建问水亭。

〔2〕宋初：应为南宋初。

〔3〕高宗：见卷三《孤山》注。　汴：汴京（今河南开封）。　嘉、湖：分别为今浙江嘉兴与湖州。南宋初年，因中原战乱，汴京一带居民大规模南迁。嘉兴是移民过江向临安和浙东迁移的必经之路，因此多有迁入。崇德县（治今桐乡南）为上层移民较多的地方，仅洲钱市一地"南渡初士大夫来寓者殆二十家"。湖州采取保境安民和赈济饥民措施，"傍郡之饥者""咸负襁而来，至无以容"；由于安置有方，"蒙全活者不可胜计"。移民的激增导致当地垦荒和经济的开发，使之成为"五方杂处、户口繁庶"的地区。

〔4〕问水亭：在柳洲亭左，为游人上船、归泊之处，后改名听水亭。

〔5〕驺（zōu）从：显贵外出时的侍从。宋杨万里《归自豫章复过西山》诗："我行莫笑无驺从，自有西山管送迎。"

〔6〕铨部：即吏部，古代中央六部之一。　戴斐君：戴澳，字斐君，奉天人，官至奉天府丞。

〔7〕钱麟武、商等轩、祁世培、余武贞：各见卷一《自序》注。阁学：指钱象坤曾经担任的武英殿大学士。　柱史：指御史。因周代有柱下史之官，相当于汉以后的御史，所以后人也以柱史作为御史的美称。唐杜甫《陪王侍御同登东山最高顶》诗："邑中上客有柱史，多暇日陪骢马游。"　殿撰：指余武贞曾经担任的经筵讲席。　掌科：指各科都给事中，为负责监察六部的官职。

〔8〕孝廉：本为汉代选举官吏的两种科目，孝即孝子，廉为廉洁之士。汉武帝曾令郡国举孝廉各一人，后合称孝廉。历代以孝廉为举人的别称。

〔9〕富春：今浙江富阳。

〔10〕兵燹：见卷三《秦楼》"兵燹"注。

〔11〕李文叔：李格非，字文叔，北宋齐州章丘（在今山东）人，李清照父。熙宁进士，为太学博士，曾任京东提点刑狱。工词章，作《洛阳名园记》一卷，记洛阳各大名园十八处、市集一处及其历史变迁、景物形胜、亭榭布置、花木种类等。此处引文见该书《论曰》部分。

〔12〕卜：占卜，预言。

〔13〕甲午：指清顺治十一年(1654)。

〔14〕故宫离黍：意为昔日宫殿，今已荒芜，即亡国。典出《诗经·王风·黍离》。

〔15〕荆棘铜驼：宫门前的铜驼被弃于荆蔓野草中，喻亡国。《晋书·索靖传》："靖有先识远量，知天下将乱，指洛阳宫门铜驼叹曰：'会见汝在荆棘中耳。'"

〔16〕桑苎翁：陆羽(733—804)，字鸿渐，唐代竟陵(今湖北天门)人，一生嗜茶品茶，著《茶经》，为第一部茶学专著，被称为茶仙、茶圣。曾隐居苕(tiáo)溪，自称桑苎翁，意为种植桑树、储存桑叶的老农。苕溪，浙江北部的河流，由于沿河盛长芦苇，当地居民称芦花为"苕"而得名。分为东、西两条，出天目山入太湖。

〔17〕恸哭而返：陆羽隐居苕溪期间，唐德宗派遣颜真卿去劝降叛将李希烈，结果颜真卿被害；京师又发生了朱泚(zǐ)叛乱，差一点攻陷德宗所在的奉天(今陕西乾县)；紧接着又有朝臣谋反，德宗被迫逃离。听到这些接二连三的噩耗，陆羽不免悲痛哭泣。张岱借此自喻。

【译文】

柳洲亭，宋朝初年为丰乐楼。宋高宗迁徙汴京百姓到杭州一带的嘉兴、湖州各府居住，岁收丰稔，建造此楼与民同乐，所以取此名。门的左面，孙东瀛建有问水亭。高高的柳树，长长的堤岸，楼船画舫都集合到亭前，首尾衔接，列队如雁。早上解缆，傍晚收缆。车马喧嚣，随从嘈杂，一片人声鼎沸，热闹不已。

堤岸的最东端是三义庙。过了小桥向北拐弯，有我祖父的寄园、吏部戴斐君的别墅。向南，是阁学钱麟武、冢宰商等轩、柱史祁世培、殿撰余武贞、掌科陈襄范各家的园亭，集中在此。再过去，则是孝廉黄元辰的池上轩、富春周中翰的芙蓉园，一家紧挨一家。

如今兵火之后，半根椽子都不剩下，瓦砾堆积，野草满目。李文叔作《洛阳名园记》，说以名园的兴废，可知洛阳的盛衰；以洛阳的盛衰，可知天下的治乱，真是说得对！我在甲午年，偶然经过此地，故国已亡，世乱荒凉，感慨悲伤，不由效仿桑苎翁陆羽游苕溪，夜晚必定痛哭后才返回。

张杰《柳洲亭》诗<sup>[1]</sup>：

谁为鸿濛凿此陂<sup>[2]</sup>，涌金门外即瑶池<sup>[3]</sup>。

平沙水月三千顷，画舫笙歌十二时。

今古有诗难绝唱，乾坤无地可争奇。

溶溶漾漾年年绿，销尽黄金总不知。

**【注释】**

〔1〕张杰：字子兴，号平洲生，明代仁和人。

〔2〕鸿濛：一作鸿蒙，传说中宇宙形成以前的混沌状态，万物皆从中开辟。《庄子·在宥》："云将东游，过扶摇之枝，而适遭鸿蒙。"

〔3〕涌金门：见卷一《自序》"涌金门"注。 瑶池：古代神话中神仙所居的地方。唐李商隐《瑶池》诗："瑶池阿母绮窗开。"此处指西湖。

**【译文】**

谁替天地开凿这水岸，涌金门外就是西湖瑶池。沙滩月下湖水三千顷，画舫湖中歌舞十二时。古今诗篇唱不尽此地美景，天下无处可与西湖争奇。年复一年溶溶绿水，融尽黄金也无人得知。

王思任《问水亭》诗：

我来一清步，犹未拾寒烟。

灯外兼星外，沙边更槛边。

孤山供好月，高雁语空天。

辛苦西湖水，人还即熟眠。

**【译文】**

我来亭边脚步轻轻，尚未遇到夜间寒烟。灯光与星光交相辉映，沙石与门槛紧紧相连。孤山头有一轮美月，大雁飞过鸣叫长天。真是辛苦西湖湖水，人一离开她仿佛就沉入睡眠。

赵汝愚《丰乐楼柳梢青》词[1]：

水月光中，烟霞影里，涌出楼台。空外笙箫，云间笑语，人在蓬莱。　　天香暗逐风回，正十里荷花盛开。买个小舟，山南游遍，山北归来。

**【注释】**

〔1〕赵汝愚（1140—1196）：南宋大臣。字子直，江西余干人，乾道进士，除吏部侍郎兼太子侍讲、吏部尚书，参与立宁宗，拜右丞相。遭韩侂胄诬贬，罢相而死。　柳梢青：词牌名。此调或名《陇头月》、《早春怨》，49字，有押平韵与仄韵两种。

**【译文】**

水月光照中，烟霞影子里，显现一座楼台。天空飞扬笙箫声，云间传来欢笑语，人在仙岛蓬莱。　　天香暗暗随风来，十里荷花正盛开。买个小船，去山南游遍，从山北归来。

# 灵　芝　寺

灵芝寺[1]，钱武肃王之故苑也。地产灵芝，舍以为寺。至宋而规制浸宏，高、孝两朝四临幸焉[2]。内有浮碧轩、依光堂，为新进士题名之所。元末毁，明永乐初僧竺源再造，万历二十二年重修[3]。余幼时至其中看牡丹，干高丈余，而花蕊烂熳，开至数千余朵，湖中夸为盛事。

寺畔有显应观，高宗以祀崔府君也[4]。崔名子玉，唐贞观间为磁州鎣阳令[5]，有异政，民生祠之，既卒，为神。高宗为康王时，避金兵，走钜鹿，马毙，冒雨独行，路值三歧，莫知所往。忽有白马在道，鞚驭乘之[6]，驰至崔祠，马忽不见。但见祠马赭汗如雨[7]，遂避宿祠中。梦神以杖击地，促其行。趋出门，马复在户，乘至斜桥，会耿仲南来迎[8]，策马过涧，见水即化。视之，乃崔府君祠中泥马也[9]。及即位，立祠报德，累朝崇奉异常。六月六日是其生辰，游人阗塞。

**【注释】**

〔1〕灵芝寺：在杭州涌金门南。

〔2〕孝：指宋孝宗赵眘(shèn，1127—1194)，南宋第二代皇帝。字元永，高宗养子，被立为皇太子。绍兴三十二年(1162)，高宗禅位于赵眘。在位期间，任用主战派，平反岳飞冤狱，加强集权，锐意收复中原。淳熙十六年(1189)，禅位于赵惇(光宗)。

〔3〕万历二十二年：1594年。

〔4〕"寺畔"二句：显应观，原在汴京，南宋移至杭州。崔府君，姓崔名珏，唐朝贞观间进士，为长子(在今山西)县令，有政绩，百姓敬称府君，死后奉为神明。相传曾以泥马助宋高宗渡河。各处建祠以祀。

〔5〕磁州：今河北磁县，旧为磁州，治滏阳。 鎣阳令：原文称崔珏为贞观间(627—649)鎣阳县令。据《旧唐书》与《新唐书》《地理志》，磁州无鎣阳县，只领有滏阳等县，鎣阳应为滏阳，因字形近而误。

〔6〕鞚(kòng)驭：策马奔驰。鞚，马勒。《隋书·陈茂传》："高祖将挑战，茂固止不得，因捉马鞚。"

〔7〕赭(zhě)：赤色。此处指马的毛色。

〔8〕耿仲南：当为耿南仲(?—1129)，字希道，开封人，元丰进士。曾任户部员外郎。钦宗时拜资政殿大学士、门下侍郎。金军入侵，主张割地求和。高宗即位后，被言者论劾主和误国之罪，遭贬黜卒。

〔9〕此文崔祠泥马的故事，与卷一《岳王庙》、卷三《关王祠》的泥兵湿蒋庙故事一样，都是高宗杜撰出来作为其登基为受天命、得到神灵护祐的证据。

【译文】

　　灵芝寺，是钱武肃王的旧苑，因出产灵芝，于是将其捐给了寺庙。到宋朝规模更加宏伟，高宗、孝宗两代曾四次临幸。其中有浮碧轩、依光堂，是新科进士题名的地方。元末毁，明朝永乐初年僧人竺源再造，万历二十二年重修。我幼年曾进去看牡丹，花干高一丈多，花蕊烂漫，开至数千朵，湖中夸赞为盛事。

　　寺边有显应观，是高宗祭祀崔府君的地方。崔府君名子玉，唐朝贞观间为磁州鎏（滏）阳令，政绩卓异，民间给他建了生祠。去世后奉为神明。高宗为康王时，躲避金兵，经过钜鹿，马也死了，康王冒雨一人前行，来到一个三岔路口，不知该走哪条路。忽见路上有匹白马，急忙拉缰上鞍跨马，奔驰到崔府君祠，马忽然不见了，只见祠里的泥马汗如雨下，于是在祠中住宿。梦见神明以杖击地，催促他快走。康王急忙出门，马又活生生在门外等着了。乘马到了斜桥，正好耿仲南过来迎接，康王于是策马跃过了河，哪知马一遇水就化开了。康王一看，原来骑的正是崔府君祠堂中的泥马。等到即位，就建了祠堂报答其恩德，各代尊崇尤盛。六月六日是崔府君生日，游人拥堵。

## 张岱《灵芝寺》诗：

项羽曾悲骓不逝[1]，活马犹然如泥塑。

焉有泥马去如飞，等闲直至黄河渡。

一堆龙骨蜕厓前[2]，迢递芒砀迷云路[3]。

茕茕一介走亡人[4]，身陷柏人脱然过[5]。

建炎尚是小朝廷[6]，百灵亦复加呵护。

【注释】

　　〔1〕"项羽"句：《史记·项羽本纪》云：楚霸王项羽兵败垓下，陷入汉军四面包围。项羽夜饮帐中，唯有美人名虞与骏马名骓伴随。项羽遂歌曰："力拔山兮气盖世，时不利兮骓不逝。骓不逝兮可奈何，虞兮虞兮奈若何！"表示其英雄末路的悲壮。逝，马疾驰。

〔2〕"一堆"句：蜕（tuì）：蛇、蝉等脱下的皮。相传龙也脱下骨，比喻高宗留下痕迹而逃脱险境。按，此篇主要渲染南宋的建立受神灵庇佑。

〔3〕迢（tiáo）递：遥远。西晋嵇康《琴赋》："指苍梧之迢递，临回江之威夷。" 芒砀：即芒砀山，在今河南永城。共有大小山丘二十余座，主峰芒砀山高 156 米。相传汉高祖刘邦在此斩蛇起义。

〔4〕茕（qióng）茕：孤零的样子。

〔5〕"身陷"句：汉高祖刘邦过赵地柏人县，有人图谋杀之。刘邦问左右此地地名，左右答曰"柏人"。刘邦曰："柏人者，迫于人也！"不宿而离去。柏人，县名，西汉初年置，今河北隆尧。

〔6〕建炎：见卷二《上天竺》注。这里指南宋王朝。

## 【译文】

项羽悲哀骏马跑不快，如今活马变成泥塑。泥马如何跑如飞，轻松直到黄河渡？一堆龙骨蜕落在崖前，遥远的芒砀如在云雾。刘邦当年只身逃亡，身陷柏人最终逃去。南宋不过是个小朝廷，百种神灵竟也倍加呵护。

# 钱 王 祠

钱镠，临安石鉴乡人〔1〕，骁勇有谋略。壮而微，贩盐自活。唐僖宗时〔2〕，平浙寇王仙芝〔3〕，拒黄巢〔4〕，灭董昌〔5〕，积功自显。梁开平元年〔6〕，封镠为吴越王。有讽镠拒梁命者，镠笑曰："吾岂失一孙仲谋耶〔7〕！"遂受之。改其乡为临安县，军为锦衣军。是年，省茔垄〔8〕，延故老，旌钺鼓吹〔9〕，振耀山谷。自昔游钓之所，尽蒙以锦绣，或树石至有封官爵者，旧贸盐担，亦裁锦韬之。

一邻媪九十余，携壶泉迎于道左，镠下车亟拜。媪抚其背，以小字呼之曰："钱婆留，喜汝长成。"盖初生时，光怪满室，父惧，将沉于了溪，此媪苦留之，遂字焉。为牛酒大陈，以饮乡人；别张蜀锦为广幄，以饮乡妇[10]。年上八十者饮金爵，百岁者饮玉爵。镠起劝酒，自唱还乡歌以娱宾，曰："玉节还乡兮挂锦衣，父老远近来相随。斗牛光起天无欺，吴越一王驷马归。"时将筑宫殿，望气者言："因故府大之，不过百年；填西湖之半，可得千年。"武肃笑曰："焉有千年而其中不出真主者乎？奈何困吾民为！"遂弗改造。宋熙宁间[11]，苏子瞻守郡，请以龙山废祠妙音院者[12]，改为表忠观以祀之。今废。明嘉靖三十九年[13]，督抚胡宗宪建祠于灵芝寺址[14]，塑三世五王像[15]，春秋致祭，令其十九世孙德洪者守之[16]。郡守陈柯重镌《表忠观碑记》于祠[17]。

【注释】

〔1〕钱镠(liú，852—932)：字具美，晚唐临安人。早年贩私盐，从董昌参与镇压民众起义。后击败董昌，尽有两浙十三州之地。后梁开平元年(907)封吴越王，建立吴越国，建都临安。卒谥武肃王。　临安：县名，在今浙江。　石鉴：或为石镜之讹。钱镠故里有石镜山、石镜营、石镜镇。唐代天复元年(901)，钱镠衣锦还乡，奏置安国衣锦军，宋初改顺化军。太平兴国三年(978)钱俶纳土归宋，改顺化军为临安县。1961年以临安镇为县城。

〔2〕唐僖宗：李儇(xuān，862—888)。咸通十四年(873)即位。长于深宫，热衷于斗鸡游乐，政事听由宦官决定，天下混乱，曾在战乱中屡次逃出长安避难。27岁时因暴疾死。

〔3〕王仙芝(？—878)：唐末民众起义领袖。濮州(今河南范县)人，私盐贩出身。乾符二年(874)聚众起兵反唐，次年发表檄文指斥唐朝罪恶，并转战各州。后战死。

〔4〕黄巢(？—884)：唐末民众起义领袖。曹州冤句(今山东菏泽)

人。乾封二年(875)率众响应王仙芝起义。王战死后被推为首领，称冲天大将军。率军南下，众至百万，又北伐。僖宗中和元年(881)攻入长安，即帝位，国号大齐。后被唐军包围，退出长安，在泰山狼虎谷战败自杀。

〔5〕董昌(？—896)：唐代临安人。初为镇将，后任杭州刺史，因功拜相。朝廷赖其贡奉。后叛唐，乾宁二年(895)于越州称帝，号大越罗平国。次年被钱镠所灭。

〔6〕梁：指后梁。五代中的第一个朝代。唐朝后期，原黄巢部将朱温降唐，被封为宣武军节度使，势力日益增大，于907年废唐哀帝，自立为帝(太祖)，国号梁，史称后梁，建都开封，占有北方大部。923年，后唐军队逼近开封，梁末帝朱友贞自杀，后梁灭亡。　开平元年：907年。开平为梁太祖朱温年号。

〔7〕孙仲谋：孙权(182—252)，字仲谋，东汉富春(今浙江富阳)人。继承父兄据有江表，为吴国国君。208年联合刘备于赤壁大破曹军，后又在夷陵之战中打败刘备，形成三国鼎立局面。曹丕称帝，孙权表面接受吴王封号，实则割据江东。229年于武昌称帝。

〔8〕省(xǐng)茔(yíng)垄：回故乡祭祖扫墓。茔，祖墓。

〔9〕旌钺(yuè)鼓吹：旌帜、斧钺与鼓吹，古代帝王出行的仪仗。钺，大斧。

〔10〕"别张"二句：古时男女间非家人通常回避，妇女聚饮用另桌并以帘幕遮蔽。蜀锦，成都特产，由蜀地生产的丝织提花织锦，多用染色的熟丝线织成，兴盛于两汉至隋唐，号称中国四大名锦之一。

〔11〕熙宁：宋神宗年号(1068—1077)。

〔12〕龙山：即玉皇山，介于西湖与钱塘江之间，海拔239米，因山顶建有玉龙道院而得名。五代时从明州迎取阿育王像供奉于此，亦称育王山。

〔13〕嘉靖三十九年：1560年。

〔14〕胡宗宪(？—1565)：字汝贞，明代绩溪(在今安徽)人。嘉靖进士。曾为浙江巡抚，受命抗倭，任兵部右侍郎总督军务，以功加太子少保。后被劾为严嵩一党，下狱死。隆庆六年昭雪。　祠：即钱王祠。原为北宋元丰二年(1079)始建于西湖龙山(今玉皇山)南麓的表忠观，南宋末年毁。明嘉靖三十九年(1560)在西湖东岸涌金池南的灵芝寺故址重建表忠观，后通称钱王祠。

〔15〕三世五王：吴越传国三代，先后有五个国君，即钱镠、钱元瓘(guàn)、钱弘佐、钱弘倧(zōng)、钱俶。

〔16〕德洪：钱德洪（1496—1574），名宽，号绪山，钱镠十九世孙。嘉靖进士。曾拜王阳明为师，在各地讲学，传播王学。

〔17〕陈柯：字君则，明代闽县（在今福建）人。嘉靖进士，曾任杭州知府。

## 【译文】

钱镠，临安石鉴乡人，勇猛有谋略。三十多岁还地位卑下，靠贩卖私盐养活自己。唐僖宗时，平定浙江盗贼王仙芝，击退黄巢，灭董昌，屡立战功从而逐渐显赫。后梁开平元年，封钱镠为吴越王。有人劝钱镠拒绝后梁的封赏，钱镠笑道："难道我还做不了一个孙仲谋？"就接受了封赏。于是将自己原来的乡改为临安县，将原来的军改称锦衣军。当年，回乡省亲，请来父老，旌旗斧钺鼓吹，震动山谷。昔日游玩钓鱼的地方，都覆盖上锦绣，甚至有棵树和石头都得到封官赐爵。旧时贩盐的挑担也裁开丝绸覆盖。

一个九十多岁的邻居老婆婆，带着一壶泉水在道边迎接。钱镠下车看到她，连忙对她施礼。老婆婆抚摸着他的背，用小名称呼："钱婆留，真高兴你长大成人了。"原来钱镠刚出生时，满屋子的怪光。父亲害怕，要将他扔到溪里去，是这个老婆婆苦苦哀求留下来，所以取了这个小名。钱镠大摆牛肉、美酒，让乡人享用；另外张挂巨幅蜀锦为帷幕，让乡间妇女在其中饮酒。年纪过八十的用金杯，过百岁的用玉杯。钱镠起身劝酒，自己唱起还乡歌娱乐宾客："玉节还乡披锦衣，远近父老来伴随。斗牛放光天不欺，吴越一王驷马回。"他当时准备建造宫殿，有看云气的人说："就沿用旧府，不过百年之运；填掉半个西湖，可得千年。"钱镠笑道："千年之中还能不另出真命天子？又何必困累我的民众！"就没有改造西湖。

宋朝熙宁间，苏轼担任知府，奏请以龙山废弃的祠堂妙音院改为表忠观用以祭祀钱镠。如今已经废弃。明朝嘉靖三十九年，督抚胡宗宪在灵芝寺旧址建祠，塑了吴越国三代五王像，春秋两季加以祭祀，让钱氏十九代孙钱德洪守祠堂。知府陈柯重新刻写了《表忠观碑记》放在祠堂中。

苏轼《表忠观碑记》：

熙宁十年十月戊子[1]，资政殿大学士、右谏议大夫、知杭州军事臣抃言[2]："故越国王钱氏坟庙，及其父、祖、妃、夫人、子孙之坟，在钱塘者二十有六，在临安者十有一，皆芜秽不治，父老过之，有流涕者。谨按：故武肃王镠，始以乡兵破走黄巢，名闻江淮。复以八都兵讨刘汉宏[3]，并越州以奉董昌，而自居于杭。及昌以越叛，则诛昌而并越，尽有浙东西之地。传其子文穆王元瓘[4]，至其孙忠献王仁佐，遂破李景兵而取福州[5]。而仁佐之弟忠懿王俶又大出兵攻景，以迎周世宗之师[6]。其后，卒以国入觐。三世四王[7]，与五代相为终始。

天下大乱，豪杰蜂起，方是时，以数州之地盗名字者不可胜数，既覆其族，延及于无辜之民，罔有孑遗。而吴越地方千里，带甲十万，铸山煮海，象犀珠玉之富甲于天下，然终不失臣节，贡献相望于道。是以其民至于老死不识兵革，四时嬉游，歌舞之声相闻，至于今不废。其有德于斯民甚厚。皇帝受命，四方僭乱，以次削平。西蜀、江南[8]，负其险远，兵至城下，力屈势穷，然后束手。而河东刘氏百战守死[9]，以抗王师，积骸为城，洒血为池，竭天下之力，仅乃克之。独吴越不待告命[10]，封府库，籍郡县，请吏于朝，视去国如传舍，其有功于朝廷甚大。

昔窦融以河西归汉[11]，光武诏右扶风修其父祖坟茔[12]，祀以太牢[13]。今钱氏功德殆过于融，而未及百年，坟庙不治，行道伤嗟，甚非所以劝奖忠臣、慰答民心之义也。臣愿以龙山废佛寺曰妙音院者为观，使钱氏之孙为道士曰自然者居之。凡坟庙之在钱塘者，以付自然。其在临安者，以付其县之净土寺僧曰道微。岁各度其徒一人[14]，使世掌之。籍其地之所入，以时修其祠宇，封植其草木。有不治者，县令丞察之，甚者，易其人，庶几永终不堕，以称朝廷待钱氏之意。臣抃昧死以闻。"

制曰："可。其妙音院赐改名表忠观。"

铭曰：天目之山[15]，苕水出焉[16]。龙飞凤舞，萃于临安。笃生异人，绝类离群。奋梃大呼[17]，从者如云。仰天誓江，月星晦蒙。强弩射潮[18]，江海为东。杀宏诛昌，奄在吴越。金券玉册，虎符龙节[19]。大城其居，包络山川。左江右湖，控引岛蛮。岁时归休，以燕父老[20]。晔如神人，玉带球马[21]。四十一年[22]，寅畏小心[23]。厥篚相望[24]，大贝南金[25]。五胡昏乱[26]，罔堪托国[27]。三王相承，以符有德。既获所归，弗谋弗咨[28]。先王之志，我维行之。天祚忠孝，世有爵邑。允文允武，子孙千亿[29]。帝谓守臣，治其祠坟。毋俾樵牧[30]，愧其后昆。龙山之阳，岿焉斯宫。匪私于钱，惟以劝忠。非忠无君，非孝无亲。凡百有位，视此刻文。

【注释】
〔1〕熙宁十年：1077年。
〔2〕"资政殿"句：此篇以赵抃名义呈上，故列举赵抃的官衔。资政殿大学士，宋代资政殿为三殿（观文、资政、端明）之一，学士为文学著

作之官，对学士中资望高的加"大"字，为大学士，正三品，出入侍从
以备顾问，无职掌。右谏议大夫，宋代置谏院，以左右谏议大夫为谏院
之长，掌规谏讽谕，从四品。知杭州军事，宋代以朝官任知州，为一州
的长官。知州多兼管一州军事，又称知某州军事。正五品。抃，赵抃，
见卷一《六贤祠》"赵阅道"注。

〔3〕都：晚唐以后军队编制单位。唐僖宗广明元年（880），为应付
"盗贼四起"的局面，杭州一带以"捍卫乡里"的名义，把临安、余杭、
於潜、盐官、新城、唐山、富阳、龙泉八个县的乡兵编为"杭州八都
兵"，共约八千兵力，由董昌、钱镠等分别统领。　刘汉宏（？—886）：
唐朝人。本兖州小吏，从击王仙芝，为宿州刺史，诏授义胜节度使。为
董昌所败亡（一说与钱镠交战兵败被杀）。

〔4〕元瓘：钱镠第五子（一说第七子）钱元瓘，曾任清海节度使，长
兴三年（932）继位，在位十年，卒谥文穆。

〔5〕"至其孙"二句：仁佐：即钱弘佐（928—947），元瓘第六子，继
位后杀诸臣以巩固自己的权位，在位七年，二十岁即去世，谥忠献。李
景，即南唐中主李璟，943—961 年在位，曾割地向后周称臣。944 年，
李璟派兵攻灭了福建的闽国，闽国旧部则向吴越国求救。950 年，钱弘
佐出兵福建，打败南唐军队，占领福州。南唐主帅查文徽被俘，将士死
者万人。

〔6〕"而仁佐之弟"二句：显德二年（955），周世宗发动征讨南唐所
占的淮南之役。与后周军队相呼应，吴越军队分别在常州、福州等地对
南唐军队开战。忠懿王俶，钱俶，见卷一《保俶塔》注。周世宗，即后
周皇帝柴荣（921—959），邢州龙冈（在今河北邢台西南）人。周太祖郭威
养子，显德元年（954）即位后，整顿军事，惩治贪赃，收复失地。后
病卒。

〔7〕三世四王：在钱氏的三世五王中，钱仁倧继位不久就被将领胡
进思所废，另立钱俶。钱仁倧在位期间极短且无建树，所以这里不把他
计入在内。

〔8〕西蜀：指五代十国中的后蜀。当时西川节度使孟知祥趁兵乱割
据蜀中，934 年在成都建国称帝，史称后蜀，占有今四川大部。964 年，
北宋伐蜀，次年蜀帝孟昶投降。但是蜀地由全师雄率领的义兵屡败宋军，
直到一年后才被宋军镇压下去。　江南：即南唐，见卷一《保俶塔》
"唐"注。

〔9〕河东刘氏：指刘氏建立的北汉政权。　北汉：五代时期十国之
一。951 年，后周灭后汉，后汉节度使刘旻在太原称帝，国号汉，史称

北汉，占有今山西中部、陕西与河北部分地区，主要在黄河以东，故称
其河东。宋军多年征讨未果，最后至 979 年才灭北汉。

〔10〕告命：指北宋命令吴越归降的文告。

〔11〕窦融（前 16—62）：字周公，汉代扶风平陵（在今陕西咸阳西
北）人。新莽时为波水将军，割据河西。建武五年（29）归附汉光武帝，
任凉州牧，封安丰侯，受恩遇。

〔12〕光武：汉光武帝刘秀（前 5—57），字文叔，南阳蔡阳（今湖北
枣阳西）人，汉高祖九世孙。早年参加绿林军，取得昆阳之战胜利，在
河北豪强支持下，于建武元年（25）称帝，建立东汉王朝，定都洛阳。
随即镇压赤眉军，削平割据。　　右扶风：汉郡名，在今西安以西，与京
兆、左冯翊并称三辅。此处为官名。

〔13〕太牢：或称大牢，古代帝王贵族用牛、羊、猪三牲全备的祭
礼，在祭祀等级中最为隆重。《公羊传·桓公八年》注："礼，天子、诸
侯、卿大夫，牛羊豕凡三牲，曰大牢。"也有专指用牛的。

〔14〕度：官府为僧尼发给证明其身份的文牒。

〔15〕天目之山：天目山，位于今浙江、安徽两省交界处，因东西峰
顶各有一池宛若双眸而得名。天目山为太湖水系与钱塘江水系分水岭，
也是苕水发源处。主峰清凉峰在今安徽黄山境内，高 1787 米。

〔16〕苕（tiáo）水：见本卷《柳洲亭》"苕溪"注。

〔17〕梃（tǐng）：木棒，一种兵器。《孟子·梁惠王上》："杀人以梃
与刃，有以异乎！"

〔18〕强弩射潮：后梁开平四年（910），钱镠筑海塘，为镇海波，曾
以强弩射潮。弩，弓。

〔19〕"金券"二句：金券，又称铁券，朝廷颁发给功臣的授予其犯
罪免死特权的证书。玉册，赐封王位的诏册。虎符，虎形铜符，为调动
军队的凭证。龙节，使者象征代表朝廷的节杖。钱镠曾先后获得以上
诸物。

〔20〕燕：这里是宴请的意思。

〔21〕玉带球马：《新五代史·吴越世家》：梁太祖"尝问吴越进奏吏
曰：'钱镠平生有所好乎？'吏曰：'好玉带、名马。'太祖笑曰：'真英
雄也。'乃以玉带一匣、打球御马十匹赐之。"

〔22〕四十一年：指钱俶在位期间的 948 至 978 年，以及吴越国灭亡
后他被徙封淮海国王到他去世的 988 年，共四十一年。

〔23〕寅畏：恭敬谨慎。寅，恭敬。《尚书·舜典》："夙夜惟寅。"

〔24〕厥篚（fěi）相望：表示向中原王朝的贡品相望于道，络绎不绝。

厥篚,《尚书·禹贡》:"厥篚织文。"厥即其,篚为圆形竹器。

〔25〕大贝南金:表示珍稀的贡品。大贝,贝之一种,上古以为室器。南金,南方出产的铜。

〔26〕五胡:原指西晋以后攻入中国北方的各少数民族。这里指吴越国所处五代十国割据状态下的各地方政权。

〔27〕罔(wǎng):无,没有。

〔28〕"既获"二句:意为既然找准了自己的位置,就不再另有觊觎。咨,征询,商量,指有所图谋。

〔29〕子孙千亿:极言子孙昌盛。

〔30〕俾(bǐ):使,让。 樵(qiáo):砍柴。

## 【译文】

熙宁十年十月戊子日,资政殿大学士、右谏议大夫、知杭州军事臣赵抃说:"故越国王钱氏坟墓与祠庙,及其父、祖、妃、夫人、子孙之坟墓,在钱塘的有二十六处,在临安的有十一处,都荒芜秽败,无人管理,父老经过这里,不免悲泣。谨按:故武肃王钱镠,起初带领乡兵打败黄巢,名闻江淮。又以八都兵讨伐刘汉宏,吞并越州而拱手让给董昌,自己退居杭州。到董昌以越州反叛,便杀董昌而兼并越州,尽有浙东浙西之地。传位给儿子文穆王钱元瓘,直到其孙忠献王钱仁佐,击破李璟军队攻取福州。而钱仁佐之弟忠懿王钱俶又大举出兵攻伐李璟,以迎接周世宗的军队。之后就以其国投入宋朝。一共三代四王,与五代相始终。

时值天下大乱,豪杰蜂拥而起。当时以几个州的地盘窃取帝王名号的不计其数,最后不但自己覆灭,而且祸害延及无辜百姓,没有保全性命的。而吴越地方千里,甲兵十万,开矿煮海,珍稀珠宝之富天下首屈一指,却始终不失臣下礼节,向天子进贡络绎不绝。因此该国百姓到老死都不认识兵器,一年四季嬉戏游乐,到处听到歌舞之声,到今天依然如此。钱氏对百姓真是有大恩德。宋朝皇帝受天命,先后削平四方僭越反叛者。后蜀、南唐,倚仗其位置遥远、地势险要,直到兵临城下,势竭力穷,才束手就擒。而河东北汉刘氏宁可百战死守,以抵抗王师,死亡无数,流血成河,宋朝竭尽全力才将其拿下。只有吴越国不待朝廷命令,封闭仓库,登记州县户籍,请朝廷派遣官吏,国君离开故国就如离开旅社，对朝廷的功绩也非常大。

　　过去窦融以河西归顺汉朝，光武帝诏令右扶风修其父祖墓陇，用太牢祭祀。如今钱氏功德要超过窦融，而不到百年，坟庙不修，路人都伤心感叹，实在不合奖励忠臣、慰藉民心之义。臣希望以龙山废佛寺观音院为道观，让钱氏后人名为自然的道士居住。凡是坟墓与祠庙在钱塘的，都交付给自然。在临安的，交付给其县净土寺僧道微。每年各度徒弟一人，使世代掌管此事。用这些田地的收入，适时修理钱氏祠庙，培植草木。有不尽职的，县令查究；情节严重的，更换其人，以使永不废弃，符合朝廷善待钱氏之意。臣抃冒死上奏。"

　　诏令："批准。赐妙音院改称表忠观。"

　　铭文说：天目之山，流出苕水。龙飞凤舞，飞向临安。天生异人，出类拔萃。奋梃大呼，从者如云。仰天誓江，月星朦胧。强弩射潮，江海向东。杀宏诛昌，占有吴越。金券玉册，虎符龙节。建造城郭，占据山川。左江右湖，控制蛮族。一年回乡，宴请父老。眼亮如神，玉带名马。四十一年，小心谨慎。竹筐相接，各类贡品。五胡昏乱，祸害国家。三王相继，以符有德。既得其所，不再另谋。先王之志，竭力践行。天佑忠孝，世代封爵。能文能武，子孙满堂。帝命守臣，整治祠墓。不得樵牧，免贻羞愧。龙山之南，岿然宫殿。不为私钱，只为劝忠。不忠无君，不孝无亲。各位官员，来看此铭。


　　张岱《钱王祠》诗：

扼定东南十四州，五王并不事兜鍪[1]。

英雄球马朝天子，带砺山河拥冕旒[2]。

大树千株被锦绶，钱塘万弩射潮头[3]。

五胡纷扰中华地[4]，歌舞西湖近百秋。


【注释】

〔1〕兜鍪：见卷三《关王庙》注。

〔2〕带砺山河：即砺山带河，表示山如砺石，河如衣带，喻年代无穷。《汉书·功臣表》："使黄河如带，泰山若砺，国以永存。"砺，磨刀石。　冕（miǎn）旒（liú）：帝王的帽冠。这里指钱镠即吴越王位。

〔3〕"钱塘"句：参见卷五《六和塔》附诗"八月"句注。

〔4〕"五胡"句：指五代时期各少数民族攻进中原地区。

**【译文】**

占据东南十四个州，前后五王并非热衷战与谋。英雄凭球马进谒天子，山河永固拥戴冕旒。大树千株披上锦绣，钱塘万箭齐射潮头。当年五胡扰乱中华大地，只有西湖歌舞升平近百个春秋。

## 又《钱王祠柱铭》：

力能分土，提乡兵杀宏诛昌；一十四州，鸡犬桑麻，撑住东南半壁。

志在顺天，求真主迎周归宋；九十八年[1]，象犀筐篚，混同吴越一家。

**【注释】**

〔1〕九十八年：唐僖宗广明初年（880），钱镠率三百乡兵于临安石镜镇击败黄巢义军主力，为唐朝立下战功。从此到北宋太平兴国三年（978）吴越国纳土归宋，钱氏势力前后共存在98年。

**【译文】**

力能割据一方，率乡兵杀汉宏诛董昌；一十四州安逸富饶，顶起东南半壁。

志在顺从天意，求明主迎后周归大宋；九十八年贡品不断，吴越联成一家。

# 净 慈 寺

　　净慈寺[1]，周显德元年钱王俶建[2]，号慧日永明院，迎衢州道潜禅师居之[3]。潜尝欲向王求金铸十八阿罗汉[4]，未白也。王忽夜梦十八巨人随行。翌日，道潜以请，王异而许之，始作罗汉堂。宋建隆初[5]，禅师延寿以佛祖大意[6]，经纶正宗，撰《宗镜录》一百卷[7]，遂作宗镜堂。熙宁中，郡守陈襄延僧宗本居之[8]。岁旱，湖水尽涸。寺西隅甘泉出，有金色鳗鱼游焉，因凿井，寺僧千余人饮之不竭，名曰圆照井。南渡时，毁而复建，僧道容鸠工五岁始成[9]。塑五百阿罗汉，以田字殿贮之。绍兴九年[10]，改赐净慈报恩光化寺额。复毁。

　　孝宗时[11]，一僧募缘修殿，日餍酒肉而返，寺僧问其所募钱几何，曰：“尽饱腹中矣。”募化三年，簿上布施金钱，一一开载明白。一日，大喊街头曰：“吾造殿矣。”复置酒肴，大醉市中，扼喉大呕，撒地皆成黄金，众缘自是毕集，而寺遂落成。僧名济颠[12]，识者曰：“是即永明后身也。”

　　嘉泰间[13]，复毁，再建于嘉定三年[14]。寺故闳大，甲于湖山。翰林程珌记之[15]，有“湿红映地，飞翠侵霄[16]，檐转鸾翎[17]，阶排雁齿。星垂珠网，宝殿洞乎琉璃；日耀璇题[18]，金椽耸乎玳瑁[19]”之语。时宰官建议，以京辅佛寺推次甲乙，尊表五山[20]，为诸刹纲领，而净慈与焉。先是，寺僧艰汲，担水湖滨。绍定四年[21]，僧法薰以锡杖扣殿前地，出泉二派，鋈为双井[22]，水得无缺。淳祐十年[23]，建千佛阁，理宗书"华严法界正偏知阁"八字赐之[24]。

元季，湖寺尽毁，而兹寺独存。明洪武间毁，僧法净重建。正统间复毁[25]，僧宗妙复建。万历二十年[26]，司礼监孙隆重修，铸铁鼎，葺钟楼，构井亭，架掉楔[27]。永乐间[28]，建文帝隐遁于此[29]，寺中有其遗像，状貌魁伟，迥异常人。

【注释】

〔1〕净慈寺：位于西湖南岸南屏山慧日峰下，濒临西湖，面朝夕照峰。始建于五代后周显德元年，道潜为开山祖师，延寿为第一位住持。寺有天王殿、大雄宝殿、三圣殿、观音殿、永明塔院等建筑，规模宏大，历来为南山丛林之首。

〔2〕周：指后周，五代的最后一个王朝。951 年，后汉大臣郭威称帝建周朝，定都开封，占有北方大部，史称后周。郭威养子柴荣（周世宗）即位，推行改革，击败北汉与南唐。其幼子柴宗训继位后，960 年，将领赵匡胤发动兵变，夺取帝位，建立北宋。　显德元年：954 年。显德为周世宗柴荣年号。　钱王俶：见卷一《保俶塔》"吴越王俶"注。

〔3〕衢州：在今浙江。　道潜（？—961）：蒲津（在今山西）人，俗姓武，出家于金陵栖岩真寂寺，曾受钱俶命入王府为授菩萨戒，署慈化定惠禅师，为法眼宗僧人，兴建慧日永明院。按：此道潜非苏轼友参寥子。

〔4〕阿罗汉：又称罗汉，见卷二《飞来峰》"罗汉"注。

〔5〕建隆：宋太祖赵匡胤年号（960—963）。

〔6〕延寿（904—975）：五代僧人。俗姓王，字冲元，余杭人。曾为镇将，三十岁出家，后应钱俶之请驻锡永明寺，人称永明大师。雅好诗道，劝钱俶纳土归宋。卒，赐号智觉禅师，被奉为中国净土宗六祖。有《宗镜录》一百卷。

〔7〕《宗镜录》：延寿编，集录佛教诸宗教义，以问答形式阐释宗派。

〔8〕陈襄（1017—1080）：字述古，号古灵先生，北宋侯官（今福州）人。庆历进士，历任知县、枢密院直学士，苏轼为通判时他任杭州知府。

在各地兴学校，以讲求民间利害为务。　宗本（1020—1099）：北宋僧人，俗姓管，十九岁入苏州承天永安寺，曾于苏州瑞光寺开法，徒众达五百人，诏赐"圆照禅师"。后住净慈寺。

〔9〕鸠：聚集。

〔10〕绍兴九年：1139 年。

〔11〕孝宗：见本卷《灵芝寺》"孝"注。

〔12〕济颠（1148—1209）：俗姓李，名修缘，字湖隐，天台（在今浙江）人。少年读书，因家道中落在国清寺出家，十八岁来杭州灵隐寺。后迁净慈寺。因其举止癫狂，饮酒食肉，世称济癫、济公。后圆寂于虎跑。民间相关传说甚多。

〔13〕嘉泰：宋宁宗年号（1201—1204）。

〔14〕嘉定三年：1210 年。嘉定为宋宁宗年号（1208—1224）。

〔15〕程珌（bì，1164—1242）：字怀古，号洺水遗民，南宋休宁（今属安徽）人，绍熙进士，曾为翰林学士，官至礼部尚书。封新安郡侯。擅诗文。

〔16〕飞翠侵霄：寺庙的绿色屋瓦直逼云霄。

〔17〕檐转鸾翎：屋檐转角犹如神鸟展翅飞翔。鸾，凤凰之类的神鸟。翎，羽毛，代指翅膀。

〔18〕璇（xuán）题：对匾额的美称。璇，美玉；题，题额，匾额。

〔19〕玳瑁：指玳瑁纹饰的雕梁。

〔20〕五山：田汝成《西湖游览志余》卷一四《方外玄踪》："嘉定间，品第江南诸寺，以余杭径山寺，钱塘灵隐寺、净慈寺，宁波天童寺、育王寺，为禅院五山。"

〔21〕绍定四年：1231 年。绍定为宋理宗年号（1228—1233）。

〔22〕鐅（qiāo）：同"锹"，挖凿。

〔23〕淳祐十年：1250 年。

〔24〕理宗：见卷二《玉泉寺》"宋理宗"注。

〔25〕正统：明英宗年号（1436—1449）。

〔26〕万历二十年：1592 年。

〔27〕掉楔（xiē）：即绰楔，立于正门两旁、用于表彰或纪念的木柱。

〔28〕永乐：明成祖年号（1403—1424）。

〔29〕建文帝：即明太祖长孙、懿文太子朱标次子朱允炆，1399—1402 年在位，年号建文。在位期间因削藩，致明太祖第四子朱棣率军从北京起兵，攻入南京，夺取帝位。建文帝下落不明，民间传说其隐于寺中。

**【译文】**

净慈寺，后周显德元年吴越王钱俶建，号慧日永明院，迎来衢州道潜禅师居住。道潜曾向钱俶求黄金铸造十八阿罗汉，尚未开口。夜里钱俶忽然梦见有十八巨人随行。次日，道潜开口请求，钱俶惊诧而应允，就开始修建罗汉堂。宋朝建隆初年，永明延寿大师以佛学中的重要思想、经典中的正宗之论，撰写《宗镜录》一百卷，于是建宗镜堂。熙宁中，知府陈襄请来僧人宗本居住。遇到旱年，湖水都干涸了。庙的西面有甘泉流出，有金色鳗鱼在其中游动，于是挖了一口井，寺僧千人也喝不尽，称之为圆照井。南渡时，寺院毁坏了又重建。僧人道容召集工匠用了足足五年才完工。塑造了五百罗汉像，放在田字殿中。绍兴九年，皇帝另赐"净慈报恩光化寺"的匾额。之后寺院又毁。

宋孝宗时，有一僧人化缘重修佛殿，每天喝足酒吃饱肉才返回。寺僧问他募集到多少钱，回答说："都吃到肚子里了。"化缘三年，却把所得布施的钱财，在簿册上一一开列明白。一天，在街上大喊："我要造佛殿了。"又在闹市摆了酒席，喝得酩酊大醉，并抠喉咙大吐，吐到地上都变成黄金。于是集中了众人所化之缘，落成寺庙。僧人名济癫，知道的人说："他就是永明大师的后身。"

嘉泰年间又毁，嘉定三年再建。寺庙的宏伟，在西湖一带称冠。据翰林程珌记载，有"新粉的红墙映大地，殿顶的翠瓦达云霄。檐角高挑如鸾鸟飞翔，石阶排列似大雁成行。缀珠织成网似星空闪烁，宝殿顶上覆盖琉璃；太阳照射在匾额，椽头的玉色如日光耀眼"的描写。当时有主管官员提议，排列京城一带寺庙的优劣，推出五座最好的为各寺庙的表率，净慈寺名列其中。过去，寺僧取水困难，只好到湖边担水。绍定四年，僧人法薰用锡杖敲击殿前地面，涌出两股泉水，于是挖成双井，从此不再缺水。淳祐十年，建千佛阁，宋理宗亲笔御赐"华严法界正偏知阁"八字。

元朝末年，湖边寺庙都毁坏了，只有净慈寺还在，但到明朝洪武时也毁了，僧人法净重新建起。正统年间又毁，僧人宗妙再建。万历二十年，司礼监孙隆重修，铸造铁鼎，修葺钟楼，构建井亭，架设牌坊。永乐年间，建文帝就藏在这里。寺中有他的画像，容貌魁伟，迥异于一般人。

袁宏道《莲花洞小记》：

莲花洞之前为居然亭。亭轩豁可望，每一登览，则湖光献碧，须眉形影，如落镜中。六桥杨柳，一路牵风引浪，萧疏可爱。晴雨烟月，风景互异，净慈之绝胜处也。洞石玲珑若生，巧逾雕镂。余常谓吴山南屏一派皆石骨土肤[1]，中空四达，愈搜愈出。近若宋氏园亭，皆搜得者。又紫阳宫石，为孙内使搜出者甚多[2]。噫，安得五丁神将[3]，挽钱塘江水，将尘泥洗尽，出其奇奥，当何如哉！

**【注释】**

〔1〕吴山：又名胥山，位于西湖东南与钱塘江之间，系紫阳、云居、七宝、伍公等十余座小山的总称，蜿蜒起伏数里，为一条呈弧形的丘冈，因春秋时为吴国南界而得名。因山上旧有城隍庙，俗称城隍山。其最高峰紫阳峰上可西瞰湖山，东观江海。 南屏：见卷一《明圣二湖》附诗"南屏"注。

〔2〕孙内使：即孙隆。

〔3〕五丁：见卷二《飞来峰》附诗"五丁"注。

**【译文】**

莲花洞前为居然亭。亭子视野开阔，可以望见四周。每次登亭四顾，日光洒落在碧绿的水面上，胡须眉毛都可以映照出来，像在镜子里一样。六桥上的杨柳，一路引来风浪，豁达可爱。无论晴雨昼夜，风景各不相同，这是净慈寺最引人入胜的地方。山洞石头造型玲珑如活的一般，其精巧胜过人工雕琢。我常说吴山南屏一带都是石骨头土肌肤，中间空而四面通达，越搜寻越多。最近的如宋氏园亭的石头，都是搜寻得来的。又如紫阳宫石，被孙内使搜出的很多。啊，如何才能得到五丁神将的帮助，引来钱塘江水，将尘泥洗刷干净，显示出更多的奇妙。这该如何办！

王思任《净慈寺》诗[1]：
净寺何年出，西湖长翠微[2]。
佛雄香较细，云饱绿交肥。
岩竹支僧阁，泉花蹴客衣。
酒家莲叶上[3]，鸥鹭往来飞。

【注释】

〔1〕王思任：见卷一《紫云洞》附诗注。

〔2〕翠微：清淡青葱的山色。南朝何逊《仰赠从兄兴宁真南》诗："远江飘素沫，高山郁翠微。"

〔3〕"酒家"句：明初净慈僧广衍于湖滨建藕花居，夏日荷花满湖，至明末废为酒肆。见《西湖游览志》卷三《南山胜迹》。

【译文】

净慈寺是何年建成，西湖常年山色青翠。大雄宝殿香烟细袅袅，云雾充沛树木更壮肥。岩石修竹支撑起了佛阁，泉水浪花溅上了客衣。酒家就建造在荷塘边，鸥鹭往来不停翻飞。

# 小 蓬 莱

小蓬莱在雷峰塔右[1]，宋内侍甘升园也[2]。奇峰如云，古木蓊蔚，理宗常临幸。有御爱松，盖数百年物也。自古称为小蓬莱。石上有宋刻"青云岩"、"鳌峰"等字。今为黄贞父先生读书之地[3]，改名"寓林"，题其石为"奔云"。余谓"奔云"得其情，未得其理。石如滇茶一朵，风雨落之，半入泥土，花瓣棱棱，三四层折。人走其中，如蝶入花心，无须不缀。色黝黑如英石，而苔藓之古，如商彝周鼎入土千年[4]，青绿彻骨也。

贞父先生为文章宗匠，门人数百人。一时知名士，无不出其门下者。余幼时从大父访先生。先生面黧黑，多髭须，毛颊，河目海口[5]，眉棱鼻梁，张口多笑。交际酬酢，八面应之。耳聆客言，目睹来牍，手书回札，口嘱侯奴，杂沓于前，未尝少错。客至，无贵贱，便肉、便饭食之，夜即与同榻。余一书记往，颇秽恶，先生寝食之无异也。

天启丙寅[6]，余至寓林，亭榭倾圮，堂中窀先生遗蜕[7]，不胜人琴之感[8]。今当丁酉[9]，再至其地，墙围俱倒，竟成瓦砾之场。余欲筑室于此，以为东坡先生专祠，往鬻其地[10]，而主人不肯。但林木俱无，苔藓尽剥。"奔云"一石，亦残缺失次，十去其五。数年之后，必鞠为茂草，荡为冷烟矣。菊水桃源[11]，付之一想。

【注释】
〔1〕雷峰塔：见本卷《雷峰塔》"吴越王"句注。　右：西。
〔2〕甘升：宋孝宗时太监，任内侍省押班。后因恃宠纳贿被废死。
〔3〕黄贞父（1558—1626）：黄汝亨，字贞父，号寓庸、寓林居士，明代仁和人。万历进士，曾任江西布政司参议。
〔4〕彝：见卷一《昭庆寺》附文"鼎彝"注。
〔5〕河目海口：形容眼、口的宽阔。
〔6〕天启丙寅：天启六年（1626）。
〔7〕窀（zhūn）：埋葬。　遗蜕（tuì）：此处指遗像与遗物。
〔8〕"不胜"句：伤叹人琴俱亡，恸悼死者。《世说新语·伤逝》：王子敬素好琴而病亡，王子猷来奔丧，"径入坐灵床上，取子敬琴弹。弦

既不调，掷地云：'子敬，子敬，人琴俱亡！'因恸绝良久。月余亦卒。"

〔9〕丁酉：清顺治十四年（1657）。

〔10〕鬻(yù)：购买。

〔11〕菊水桃源：古代传说中的隐居佳处。菊水，水名，在今河南内乡西北。《艺文类聚》八一《风俗通》："南阳郦县有甘谷"；"谷中有三十余家，不复穿井，悉饮此水，上寿百二三十，中百余，下七八十者，名大夭。菊花轻身益气故也。"桃源，东晋陶潜在《桃花源记》中描绘的世外隐居处。其略云，晋太元中，有武陵人捕鱼为业，缘溪行，忽逢桃花林，又入一山口，豁然开朗，土地平旷，屋舍俨然，男女衣着，悉如外人，见渔人而惊，自云先世避秦乱来此，遂与外人间隔。问今是何世，乃不知有汉，无论魏晋。渔人出，后欲重返，迷不复得路。

## 【译文】

小蓬莱在雷峰塔的右边，是宋朝太监甘升的园子。其中奇峰如云，古树蓊郁，理宗经常亲临。园中有御爱松，是几百年的古树了。此处自古被称为小蓬莱。园石上有宋朝刻的"青云岩"、"鳌峰"等字。如今是黄贞父先生读书的地方，改名"寓林"，给石头题名为"奔云"。我认为"奔云"符合其情，却不符合其理。石头就像一朵云南山茶花，风雨袭来，就有一半入了泥土，花瓣折叠成三四层。人走进园中，就像蝴蝶飞入花心，没有一根花蕊不留连的。花色黝黑如石英，而苔藓的古老，像商周青铜器那样埋入土中千年，青绿已经深入入骨髓。

贞父先生为文章巨匠，门徒达数百人。一时享有名望的读书人，无不出自其门下。我儿时跟着祖父访问先生。记得他面色黧黑，胡须浓密，脸颊多毛，眼睛、嘴巴像河、海般宽阔，四方眉毛，鼻子直挺，一开口总是笑呵呵的，交际应酬，方方面面都能顾到。耳朵聆听客人说话，眼睛在看来信，手在写回信，嘴里在嘱咐仆人，诸事零碎，却没有一点出错。有客人来，不分贵贱，就简单地请吃顿便饭，夜里与他同床共眠。我家有个抄写文书的仆人前往，人很肮脏，先生供他食宿与供别人没有两样。

天启六年，我到寓林，只见亭榭倒塌，堂中安置着先生的遗像，不禁有人琴俱亡的感叹。如今丁酉年，再到其地，连围墙都倒了，竟然成了一片瓦砾废墟。我打算在此筑屋，作为东坡先生的祠堂，就前往买地，主人却不肯出售。而且当地已没有树木，苔藓剥落殆尽。"奔云"石也已经残缺剥落，十分里失去了五分。再过几年，必然变为茂草，如冷烟散尽。菊花桃源景象，只能在想象中了。

张岱《小蓬莱奔云石》诗：
滇茶初着花，忽为风雨落。
簇簇起波棱，层层界轮廓。
如蝶缀花心，步步堪咀嚼。
薜萝杂松楸[1]，阴翳罩轻幕。
色同黑漆古，苔斑解竹箨[2]。
土绣鼎彝文[3]，翡翠兼丹臒[4]。
雕琢真鬼工，仍然归浑朴。
须得十年许，解衣恣盘礴[5]。
况遇主人贤，胸中有丘壑。
此石是寒山，吾语尔能诺。

【注释】
　　[1] 楸(qiū)：树名。《庄子·人世间》："宋有荆氏者，宜楸柏桑。"
　　[2] 竹箨(tuó)：竹子。箨是竹子的青皮。
　　[3] 鼎彝文：泛指青铜器上的铭纹，其文字又称金文、钟鼎文。
　　[4] 丹臒：见卷一《岳王坟》附诗"丹臒"注。这里形容古代青铜器出土后透露出紫色。
　　[5] "解衣"句：形容箕踞无拘束的样子。江淹《豫章颂》："下贯金壤，上笼赤霄。盘薄广结，捎瑟曾乔。"

【译文】
　　初春时节滇茶花怒放，忽被无情风雨打落。片片簇起棱角，层层显示轮廓。蝴蝶飞来留连花心，漫走步步均可咀嚼。薜萝夹杂松树与楸树，树荫笼罩好似轻幕。颜色如同远古黑漆，苔藓长上斑纹青竹。泥土显露青铜刻纹，翡翠兼有丹红颜色。鬼斧神工雕琢，仍然可归浑朴。算来费了十年，宽衣毫无拘束。何况主人贤能，胸中自有丘壑。此石或是寒山，我说你能应诺。

# 雷 峰 塔

　　雷峰者[1]，南屏山之支麓也。穿窿回映，旧名中峰，亦名回峰。宋有雷就者居之，故名雷峰。吴越王于此建塔[2]，始以十三级为准，拟高千尺。后财力不敷，止建七级。古称王妃塔。元末失火，仅存塔心。雷峰夕照，遂为西湖十景之一[3]。

　　曾见李长蘅题画有云[4]："吾友闻子将尝言[5]：'湖上两浮屠，保俶如美人，雷峰如老衲。'予极赏之。辛亥在小筑[6]，与沈方回池上看荷花[7]，辄作一诗，中有句云：'雷峰倚天如醉翁。'严印持见之[8]，跃然曰：'子将老衲不如子醉翁，尤得其情态也。'盖余在湖上山楼，朝夕与雷峰相对，而暮山紫气，此翁颓然其间[9]，尤为醉心。然予诗落句云：'此翁情淡如烟水。'则未尝不以子将老衲之言为宗耳。癸丑十月醉后题[10]。"

【注释】

　　[1] 雷峰：见卷一《明圣二湖》附诗"雷峰夕照"注。

　　[2] "吴越王"句：雷峰塔，吴越王钱俶于北宋太平兴国元年（976）所建。一说建造于北宋开宝（968—975）年间。塔位于其所在的南屏山支脉，砖木结构楼阁式塔，八面七层。俗传湖中有白蛇、青蛇两怪，镇压

塔下。在北宋已经形成"雷峰夕照"景观。历代屡毁屡修。1924 年倒塌。2002 年新塔落成。

〔3〕西湖十景：见卷一《明圣二湖》附诗"西湖十景"注。

〔4〕李长蘅：见卷一《西泠桥》附诗"李流芳"注。

〔5〕闻子将：闻启祥，字子将，晚明杭州人，为诸生祭酒二十年，万历间中举，屡受征辟，坚辞不就。入复社。

〔6〕辛亥：指万历三十九年（1611）。

〔7〕沈方回：据李流芳《檀园集》所记，此处当为邹方回。邹方回，见卷一《西泠桥》附文"小筑"注。

〔8〕严印持：见卷三《孤山》注。

〔9〕"此翁"句：描述雷峰塔，语出欧阳修《醉翁亭记》："苍颜白发，颓然乎其间者，太守醉也。"

〔10〕癸丑：指万历四十一年（1613）。

## 【译文】

雷峰，是南屏山旁支。峰峦回照，旧名中峰，又称回峰。宋朝有个叫雷就的人居住在此，所以叫雷峰。吴越王在此建塔，一开始准备建十三级，高千尺，后来财力不继，只建了七级。古称王妃塔。元朝末年失火，只剩下塔心部分。雷峰夕照，就成为西湖十景之一。

曾见李长蘅题画说："我朋友闻子将曾经说：'湖上有两座塔，保俶塔如美人，雷峰塔如老僧。'我非常赞成。辛亥年在小筑，与沈方回一起看池上荷花，当即作一诗，其中有一句说：'雷峰倚天如醉翁。'严印持见后欣然说：'子将说的老僧不如您说的醉翁，醉翁尤得雷峰神韵。'因为我在湖上山楼，每天早晚与雷峰相对，而这老者颓然在暮山紫气中，尤其令人沉醉。但是我的诗最后说：'此翁情淡如烟水。'则未必不以子将所说老僧为宗旨。癸丑十月醉后题。"

林逋《雷峰》诗：

中峰一径分，盘折上幽云。

夕照前林见，秋涛隔岸闻。

长松标古翠，疏竹动微薰[1]。
自爱苏门啸[2]，怀贤事不群[3]。

【注释】

〔1〕薰(xūn)：香气。

〔2〕苏门啸：《世说新语·栖逸》载，阮籍曾在苏门长啸，声闻数百步。后喻高士情怀。苏门，山名。

〔3〕"怀贤"句：三国曹植《薤露行》："怀此王佐才，慷慨独不群。"不群，不俗，不一般。

【译文】

中峰一条小路盘绕，盘曲直上天际云层。前林看见雷峰夕照，对岸听得秋季涛声。高大的松树显现苍古青翠，萧疏的竹影摇动微香袭人。我倾慕阮籍苏门长啸，怀念前贤超凡脱俗的神韵。

张岱《雷峰塔》诗：

闻子状雷峰，老僧挂偏裻[1]。
日日看西湖，一生看不足。

【注释】

〔1〕偏裻(dú)：偏衣，两色合成的衣服，表示衣服破旧。裻，衣背缝。《国语·晋语一》："是故使申生伐东山，衣之偏裻之衣。"注："裻在中，左右异，故曰偏。"

【译文】

听人形容雷峰塔，恰似老僧披破衫。每日遥看西湖景，看了一生未觉厌。

时有薰风至，西湖是酒床。

醉翁潦倒立，一口吸西江[1]。

【注释】
　〔1〕"一口"句：明代瞿汝稷《指月录》卷九《襄州居士庞蕴》：庞蕴谒见马祖道一禅师，"问曰：'不与万法为侣者是甚么人？'"马祖曰："'待汝一口吸尽西江水，即向汝道。'士于言下顿领玄旨。"此处表示欲做不可能之事。

【译文】
　暖风阵阵吹来，西湖恰如酒缸。醉翁昏沉倒立，一口吸尽西江。

惨淡一雷峰，如何擅夕照。
遍体是烟霞，掀髯复长啸。

【译文】
　斑驳破败的雷峰塔，如何独占夕阳照耀。遍体染上烟霞，掀须又是长啸。

怪石集南屏，寓林为其窟。
岂是米襄阳，端严具袍笏[1]。

【注释】
　〔1〕"岂是"二句：见卷二《飞来峰》注。米襄阳，见卷一《明圣二湖》附诗"米癫"注。

【译文】
　南屏堆集怪石，寓林就是巢窟。莫非是那米芾，端庄并带袍笏。

# 包 衙 庄

西湖之船有楼，实包副使涵所创为之[1]。大小三号：头号置歌筵，储歌童；次载书画；再次侑美人[2]。涵老以声伎非侍妾比，仿石季伦、宋子京家法[3]，都令见客。常靓妆走马，婴姗勃窣[4]，穿柳过之，以为笑乐。明槛绮疏[5]，曼讴其下[6]，撅篥弹筝[7]，声如莺试。客至，则歌童演剧，队舞鼓吹，无不绝伦。乘兴一出，住必浃旬[8]，观者相逐，问其所止。

南园在雷峰塔下，北园在飞来峰下。两地皆石薮[9]，积牒磊砢[10]，无非奇峭。但亦借作溪涧桥梁，不于山上叠山，大有文理。大厅以拱斗抬梁，偷其中间四柱，队舞狮子甚畅。

北园作八卦房，园亭如规，分作八格，形如扇面。当其狭处，横亘一床，帐前后开合，下里帐则床向外，下外帐则床向内。涵老居其中，扃上开明窗[11]，焚香倚枕，则八床面面皆出。穷奢极欲，老于西湖者二十年。金谷、郿坞[12]，着一毫寒俭不得，索性繁华到底，亦杭州人所谓"左右是左右"也[13]。

西湖大家何所不有，西子有时亦贮金屋[14]。呫呫书空[15]，则穷措大耳[16]。

【注释】

〔1〕包副使涵所：包应登，字涵所，明代钱塘人。万历进士，官福

建提学副使，后归卧西湖，以声色自娱，与张岱祖父张汝霖友善。包衙庄为其别墅，分南北两园，南园在雷峰塔下，北园在呼猿洞旁。

〔2〕偫(zhì)：储备。《汉书·平帝纪》："天下吏民，亡得置什器储偫。"

〔3〕石季伦(249—300)：石崇，字季伦，西晋渤海南皮(今河北南皮)人。封安阳乡侯，任荆州刺史，为一时巨富。身边常有十余婢侍列，蓄妓绿珠。又于河阳(今河南孟县西北)置金谷别馆，曾与贵戚王恺斗富。后被杀。 宋子京：宋祁(998—1061)，字子京，北宋安陆(在今湖北)人，天圣进士，历任制诰、翰林学士，进工部尚书。与欧阳修同撰《新唐书》。家蓄声伎，客至，辄令出见。

〔4〕媻(pán)姗勃窣(sù)：谓行走迟缓。媻姗，即媻珊，同蹒跚，盘旋、缓行貌。勃窣，跛行貌。司马相如《子虚赋》："媻珊勃窣，上乎金堤。"

〔5〕明槛绮疏：华丽的门槛与窗户。绮疏，雕饰花纹的窗户。《后汉书·梁冀传》："窗牖皆有绮疏青琐(青琐，所刻青色图纹)，图以云气仙灵。"

〔6〕曼讴：形容歌声美妙。

〔7〕擫(yè)籥(yuè)：指弹奏乐器。擫，用指头按；籥，古代一种管乐器。《诗经·邶风·简兮》："左手执籥。"传："籥，六孔。"

〔8〕浃(jiā)旬：十天。东汉《卫尉衡方碑》："受任浃旬，庵离寝疾。"

〔9〕石薮(sǒu)：石头堆积处。

〔10〕积牒：重叠。《淮南子·本经训》："积牒旋石。"牒，同"叠"。 磊砢(luǒ)：众多的样子。司马相如《上林赋》："水玉磊砢。"

〔11〕扃(jiōng)：门户。

〔12〕金谷：又称金谷园，西晋贵族石崇的别墅，在洛阳郊外。园周围几十里，内筑台凿池，金谷水萦绕其间，房屋金碧辉煌。石崇死后，园由朝廷没收而荒芜。 郿坞：汉末太师董卓所筑城堡，董卓从洛阳退居于此，号称"万岁坞"。其中粮谷金银、珍宝奇玩堆积如山。故城在今陕西眉县东北。

〔13〕"左右是左右"：意为"横竖这样了"、"索性这样了"。

〔14〕西子：此指西施那样的绝色美女。 贮金屋：汉武帝幼时，喜姑母女阿娇，云："若得阿娇作妇，当作金屋贮之。"事见班固《汉武故事》。

〔15〕咄咄书空：东晋殷浩于永和(345—356)间拜建武将军、扬州刺

史，参朝政以抗桓温。后率军北征，败归，黜为民，终日以指向空中作"咄咄怪事"四字。咄咄，惊叹声。事见《世说新语·黜免》。

〔16〕措大：寒酸书生。见卷一《明圣二湖》注。

**【译文】**

　　西湖的船有楼，其实为包涵所副使所创。按大小分为三号：头号安排歌舞筵席，安置歌童；次一等的载书画；再次的安置美女。包涵所认为声伎不是侍妾可比的，模仿石崇、宋祁家法，都让她们见客。她们经常盛妆骑马，跌跌撞撞地穿过柳树枝叶取乐。在绮丽的门窗之下轻歌曼舞，按篥弹筝，声如莺啼。有客人来，就有歌童演戏，列队舞蹈鼓吹，无不绝妙。有兴致外出，在船上一住就是十天，围观的人追赶着问船要到哪里去。

　　南园在雷峰塔下，北园在飞来峰下。两座园子都用石块堆积假山，样子都奇异峻峭，但也构筑了溪涧桥梁，而不仅仅山上叠山，很有章法。大厅使用斗拱支撑屋梁，暗暗省却中间四根柱子，即使一队人来舞狮也定够宽敞。

　　北园是八卦房，园中亭子如圆规画出，分作八格，形状如扇面。在其狭窄处，横放一张床，帐子前后都可开合，挂里帐床就向外，挂外帐床就向里。包涵所住在中间，锁上开明窗，焚香靠枕，八床各面就逐一出现。他穷奢极欲，在西湖过了二十年。堪比石崇的金谷、董卓的郿坞，一丝一毫也不节省，索性繁华到底，就是杭州人所说的"左右是左右"了。西湖大家望族无所不有，有时甚至把西子那样的美女都纳入金屋。认为是怪事的，不过是穷酸书生罢了。

　　　陈函辉《南屏包庄》诗[1]：
　　　独创楼船水上行，一天夜气识金银。
　　　歌喉裂石惊鱼鸟，灯火分光入藻蘋[2]。
　　　潇洒西园出声伎[3]，豪华金谷集文人[4]。
　　　自来寂寞皆唐突[5]，虽是逋仙亦恨贫[6]。

【注释】

〔1〕陈函辉(1589—1645)：字木叔，号小寒山子、寒椒道人，晚明临海(在今浙江)人。崇祯进士，补靖江县令，参与鲁王政权，任礼部侍郎，失败后投水自沉。

〔2〕藻蘋：即蘋藻。见卷三《陆宣公祠》附诗"蘋藻"注。

〔3〕西园：曹操在邺都所建的园墅，为君臣宴游之所。此处比拟包衙庄。

〔4〕"豪华"句：晋代石崇曾邀集众多文人墨客在金谷园中诗酒作乐。

〔5〕唐突：此处意为孤独、落魄。

〔6〕逋仙：指林逋。

【译文】

独创楼船在西湖中航行，一夜雾气闪烁识金银。歌喉石裂惊动鱼鸟，灯火分光映照藻蘋。潇洒西园盛产歌伎，豪华金谷集结文人。古来寂寞都会落魄，纵然林逋也难免恨贫。

# 南 高 峰

南高峰在南北诸山之界[1]，羊肠佶屈，松篁葱蒨[2]，非芒鞋布袜，努策支筇[3]，不可陟也。塔居峰顶，晋天福间建[4]，崇宁、乾道两度重修[5]。元季毁。旧七级，今存三级。

塔中四望，则东瞰平芜，烟销日出，尽湖中之景。南俯大江，波涛洶洑，舟楫隐见杳霭间。西接岩窦，怪石翔舞，洞穴邃密。其侧有瑞应像[6]，巧若鬼工。北瞰陵阜，陂陀曼延[7]，箭栝丛出[8]，麰麦连云[9]。山椒巨石屹如峨冠者，名先照坛，相传道者镇魔处。峰顶有钵盂潭、颍川泉，大旱不涸，大雨不盈。潭侧有白

# 龙洞。

**【注释】**

〔1〕南高峰：在南山石坞烟霞山后，高 257 米。山上悬崖峭壁，洞穴邃密，古木参天，怪石尤多。峰上有砖塔，相传后晋天福中建。

〔2〕筼：竹子。 葱蒨（qiàn）：翠绿。

〔3〕努策支筇（qióng）：拄着拐杖。努、支，均是拄拐；策、筇，拐杖。

〔4〕天福：见卷二《玉泉寺》"天福三年"注。

〔5〕崇宁：宋徽宗年号（1102—1106）。 乾道：宋孝宗年号（1165—1173）。

〔6〕瑞应：天降祥瑞以应人君之德者。《史记·孝武纪》："天子苑有白鹿，以其皮为币，以发瑞应，造白金焉。"

〔7〕陂陀：指缓慢倾斜的山坡。 曼延：即蔓延，形容山坡的广袤。

〔8〕箭栎（lì）丛出：即竹木丛生。箭，竹子。栎，一种树木。

〔9〕麰（móu）麦：大麦。

**【译文】**

南高峰在南北各山之间，羊肠小道弯曲盘旋，松树竹林苍翠，除非穿草鞋布袜，支着拐杖，否则无法攀爬。塔在山顶，建于后晋天福年间，崇宁、乾道年间两次重修。元朝末年毁。过去塔有七级，今存三级。

从塔中往外四顾，东面看平野，晨雾散尽旭日升起，湖景尽收眼底。南面看江流脉脉，波涛起伏，雾霭间隐约可以看到船只。西面靠近岩石山洞，怪石如舞，洞穴深邃，一侧有吉瑞像，巧夺天工。北面有山陵，山坡平缓，竹木丛生，大麦一望无际。山脚有块像高帽的巨石，叫作先照坛，相传是修道者镇压妖魔的地方。峰顶有钵盂潭、颍川泉，大旱天不会干涸，大雨天水也不会溢出。潭的一边有白龙洞。

## 道隐《南高峰》诗[1]：

南北高峰两郁葱，朝朝滃渤海烟封[2]。

极颠螺髻飞云栈，半岭峨冠怪石供。

三级浮屠巢老鹘[3]，一泓清水蓁痴龙[4]。

倘思济胜烦携具[5]，布袜芒鞋策短筇[6]。

**【注释】**

〔1〕道隐：见卷二《玉泉寺》附诗"道隐"注。

〔2〕滃(wěng)渤：江水或雾气涌出貌。东晋郭璞《江赋》："气滃渤以雾杳。"

〔3〕鹘(gǔ)：一种猛禽。

〔4〕痴龙：原为传说中的神羊。鲁迅《古小说钩沉》辑《幽明录》略称，晋时洛下有人误入一洞穴，所历幽远，凡过九处城郭，人皆长三丈。最后所至，苦饥馁，长人指柏树下一羊谓痴龙，令跪捋羊须，初得一珠由长人取，谓食之与天地等寿；次得一珠亦由长人取，谓食之延年；复取一珠，由捋者啖，充饥而已。此处指水中神龙。

〔5〕"倘思"句：意为如果拥有健康的体魄。语出《世说新语·栖逸》："非徒有胜情，实有济胜之具。"济胜之具，能够攀越胜境的体质。

〔6〕筇(qióng)：竹杖。

**【译文】**

南北高峰郁郁葱葱，每日晨雾海烟朦胧。山顶如螺髻横跨云栈，半山似峨帽怪石峥嵘。浮屠三级栖息着老鹘，一泓清水生长有痴龙。倘若能翻山越岭到达胜境，我必定穿布袜草鞋拐着短筇。

# 烟 霞 石 屋

由太子湾南折而上为石屋岭[1]。过岭为大仁禅寺[2]，寺左为烟霞石屋。屋高厂虚明[3]，行迤二丈六尺，状如轩榭，可布几筵。洞上周镌罗汉五百十六身。

其底邃窄通幽，阴翳杳霭。侧有蝙蝠洞，蝙蝠大者如鸦，挂搭连牵，互衔其尾。粪作奇臭，古庙高梁，多受其累。会稽禹庙亦然[4]。由山椒右旋为新庵[5]，王子安璋、陈章侯洪绶尝读书其中[6]。余往访之，见石如飞来峰，初经洗出，洁不去肤，隽不伤骨[7]，一洗杨髡凿佛之惨。峭壁奇峰，忽露生面，为之大快。

建炎间[8]，里人避兵其内，数千人皆获免。岭下有水乐洞，嘉泰间为杨郡王别圃[9]。垒石筑亭，结构精雅。年久芜秽不治，水乐绝响。贾秋壑以厚直得之[10]，命寺僧深求水乐所以兴废者，不得其说。一日，秋壑往游，俯睨旁听，悠然有会，曰："谷虚而后能应，水激而后能响，今水潴其中[11]，土壅其外，欲其发响，得乎？"亟命疏壅导潴，有声从洞涧出，节奏自然。二百年胜概，一日始复。乃筑亭，以所得东坡真迹，刻置其上。

【注释】

〔1〕太子湾：地名，在西湖南、九曜山西，为南宋太子攒园（停放棺木处），故名 石屋岭：以石屋洞得名，岭上有苏轼题字。

〔2〕大仁禅寺：即大仁寺，俗称石屋（即文中烟霞石屋）洞，位于南高峰下满觉陇石屋岭南麓。北宋开宝七年（974）吴越王钱俶建。石屋洞甚为宽敞，可摆宴席。明代成化间重建，有丘濬为记。

〔3〕厂：宽敞。

〔4〕禹庙：在今浙江绍兴东南禹陵旁。

〔5〕山椒：山陵，山峦。

〔6〕王子安璋（wěi）：王璋，字子安，绍兴人，晚明名士，"云门十子"之一。与陈洪绶、张岱等刊印《水浒叶子》。 陈章侯：即陈洪绶，见卷二《岣嵝山房》"陈章侯"注。

〔7〕隽(juàn)不伤骨：谓山峰秀丽，石未秃露。

〔8〕建炎：宋高宗年号（1127—1130）。

〔9〕嘉泰：见本卷《净慈寺》注。杨郡王：杨存中（1102—1166），本名沂中，字正甫，代州崞县（在今山西）人，南宋初将领，曾任益州观察使、殿前都指挥使，封同安郡王。权宠甚盛，以太师致仕。

〔10〕贾秋壑：见卷一《明圣二湖》"贾似道"注。　厚直：重金。直通值。

〔11〕潴(zhū)：水因被堵塞而停积。《宋史·河渠志一》："流出复潴，曰哈喇海。"

## 【译文】

从太子湾往南拐弯向上就到了石屋岭。过石屋岭是大仁禅寺，寺左边是烟霞石屋。石屋高大宽敞明亮，长达二丈六尺，外观如轩榭，可布置筵席。洞上遍刻五百十六罗汉。洞底深邃通幽，阴凉迷蒙。旁边有蝙蝠洞，蝙蝠大得如乌鸦一般，互相搭挂牵连，首尾衔接。其粪便奇臭，古庙的屋梁，大多受到污染，会稽庙也是。从山底右拐为新庵，王子安、陈洪绶曾在其中读书。我前往探访，见里面石头和飞来峰很像，曾经过洗刷，洁净而不侵害其肌理，俏丽而不伤及其骨架，完全洗尽杨髡凿佛的惨状。峭壁奇峰，忽然显示生机，令人大为兴奋。

建炎年间，乡里人躲避兵乱藏在这里，几千人得以活下来。岭下有水乐洞，嘉泰年间为杨郡王别圃。堆起石头筑亭，构造精致。年月一长，就倾颓无人整理，水乐洞也不再发出悦耳声响了。贾似道以高价购得，命寺僧下去探寻水乐洞废毁的缘故，仍然得不到解答。一天，贾似道前往游玩，俯下身子聆听，悠然有所领悟，说："山谷空虚才能回应，水流激湍才能声响。现在水滞留在其中，土拥堵在其外，要让它发声，可能吗？"立刻下令疏通堵塞，果然有声音从洞洞发出，节奏自然。二百年前的胜景，一下子就恢复了。于是建起亭子，把所获得的东坡真迹，镌刻在亭上。

## 苏轼《水乐洞小记》：

钱塘东南有水乐洞，泉流岩中，皆自然宫商〔1〕。又自灵隐、下天竺而上，至上天竺，溪行两山间，巨石磊磊如牛羊，其声空砻然[2]，真若钟鼓，乃知庄生所谓天籁[3]，盖无在不有也。

【注释】

〔1〕宫商：古代音阶宫、商、角、徵、羽中的二级，代指音乐。

〔2〕砻(lóng)然：磨物的声音，形容声响。

〔3〕庄生所谓天籁：庄生，庄子。天籁，自然界的声响。《庄子·齐物论》曾论述天籁，如称"夫吹万不同，而使其自己也。咸其自取，怒者其谁耶？"意为天籁虽然有万般不同，但使其声音发出和停息的都出于自身，并非由别人控制。籁，指箫，古代一种管状乐器，或指从该乐器孔穴里发出的声响。

【译文】

钱塘东南有个水乐洞，泉水流淌在岩石间，发出自然的乐声。又从灵隐、下天竺往上，到上天竺，两山间溪流潺潺，巨大的岩石状如牛羊，传出磨石一般的隆隆声响，真像钟鼓之声。于是明白庄子所说的天籁，实际上无处不在。

### 袁宏道《烟霞洞小记》：

烟霞洞，亦古亦幽，凉沁入骨，乳汁涔涔下[1]。石屋虚明开朗，如一片云，欹侧而立[2]；又如轩榭，可布几筵。余凡两过石屋，为佣奴所据，嘈杂若市，俱不得意而归。

【注释】

〔1〕乳汁：指石钟乳水滴。　涔(cén)涔：水不停滴下的样子。

〔2〕欹(qī)侧：倾斜。

【译文】

　　烟霞洞，古朴而幽静，凉气沁骨，石钟乳汁滴滴淌下。石洞开阔明亮，像一片云，倾斜而立；又像轩榭，可以摆下筵席。我先后两次到过石屋，见洞内奴仆拥挤，如市场一般嘈杂，都不尽兴就回去了。


　　张京元《石屋小记》：

　　石屋寺，寺卑下无可观。岩下石龛，方广十笏[1]，遂以屋称。屋内，好事者置一石榻，可坐。四旁刻石像如傀儡，殊不雅驯。想以幽僻得名耳。出石屋西，上下山坡夹道皆丛桂，秋时着花，香闻数十里，堪称金粟世界。

【注释】

　　〔1〕笏（hù）：见卷二《飞来峰》注。一笏长度为二尺六寸。

【译文】

　　石屋寺，低矮简陋没有什么可看的。岩下有石洞，方圆二十六尺，所以称之为石屋。石屋内，好事者放了一张石床，可坐。四边刻的石像如木偶一般，很不雅观。想来这个寺就靠偏僻幽静得名。出了石屋往西，上下山坡道路两边都是桂花树，秋季桂花开，香飘几十里，称得上金粟世界。


　　又《烟霞寺小记》：

　　烟霞寺在山上，亦荒落，系中贵孙隆易创[1]，颇新整。殿后开宕取土[2]，石骨尽出，巉峭可观。由殿右稍上两三盘，经象鼻峰东折数十武[3]，为烟霞洞。洞外小亭踞之，望钱塘如带。

【注释】

〔1〕中贵：有权势的太监。

〔2〕宕(dàng)：开采土、石的洞。

〔3〕武：古时距离单位。六尺为步，半步为武。

【译文】

烟霞寺在山上，周围也十分荒凉。寺是中贵孙隆所创建，十分新整。在佛殿后面凿洞取土，石骨都显露出来，突兀峥嵘，值得一看。由佛殿右边稍微往上转两三个弯，经象鼻峰东拐几十武，就是烟霞洞。洞外矗立着一个小亭子，从亭中看钱塘江宛如一条绸带。

## 李流芳《题烟霞春洞画》：

从烟霞寺山门下眺，林壑窈窕，非复人境。李花时尤奇，真琼林瑶岛也。犹记与闲孟、无际[1]，自法相寺至烟霞洞，小憩亭子，渴甚，无从得酒。见两伧父携榼至[2]，闲孟口流涎，遽从乞饮，伧父不顾。予辈大怪。偶见梁间恶诗书一板上，乃抉而掷之。伧父跄踉而走。念此辄喷饭不已也。

【注释】

〔1〕闲孟：郑胤骥，字闲孟，嘉定人。好谈经济。为李流芳亲家。　无际：汪明际，初字叔达，后改无际，号雪庵。嘉定人。万历举人，选寿昌(今浙江建德)教喻，终营缮司主事。通《易》学，工诗画，与李流芳友善。

〔2〕伧(cāng)父：鄙陋之夫，乡人。《世说新语·雅量》："昨有一伧父来寄亭中。"　榼(kē)：盛酒的器具。《左传·成公十六年》："使行人执榼承饮。"

【译文】

从烟霞寺山门往下望，树林、沟壑玲珑，仿佛不在人世间。李花吐艳季节景色尤为奇特，真是琼林仙岛。我还记得与闲孟、无际从法相寺走到烟霞洞，在亭中小憩，口干舌燥，却没有酒。见两个乡人带着酒榼前来，闲孟垂涎欲滴，于是向他们讨酒喝，乡人不理睬。我们十分惊讶。不经意看到梁上一块写着拙劣诗书的木板，就取下来向他们砸去，乡人抱头鼠窜。一想到这里就令人喷饭不已。

# 高 丽 寺

高丽寺本名慧因寺[1]，后唐天成二年[2]，吴越钱武肃王建也。宋元丰八年[3]，高丽国王子僧统义天入贡[4]，因请净源法师学贤首教[5]。元祐二年[6]，以金书汉译《华严经》三百部入寺[7]，施金建华严大阁藏塔以尊崇之。元祐四年，统义天以祭奠净源为名，兼进金塔二座。杭州刺史苏轼疏言[8]："外夷不可使屡入中国，以疏边防，金塔宜却弗受。"神宗从之。

元延祐四年[9]，高丽沈王奉诏进香幡经于此[10]。至正末毁[11]。洪武初重葺。俗称高丽寺。础石精工，藏轮宏丽[12]，两山所无。万历间，僧如通重修。余少时从先宜人至寺烧香[13]，出钱三百，命舆人推转轮藏，轮转呀呀，如鼓吹初作。后旋转熟滑，藏轮如飞，推者莫及。

【注释】

〔1〕高丽寺：又名慧因寺，吴越王钱镠建于后唐天成二年（927）。寺

位于赤山埠与玉岑山之间、小麦岭下，寺后有慧因涧，经寺侧流入西湖。毁于元末，明初重建。近代又毁。高丽，又称高句丽，朝鲜历史上的王朝。

〔2〕后唐：五代之一。唐朝灭亡后，923 年，河东节度使李克用（沙陀族）子李存勖称帝，定都洛阳，改元同光，仍沿用唐国号，以兴唐为号召，占有北方大部，史称后唐。936 年石敬瑭借辽兵攻入洛阳，后唐灭亡。 天成二年：927 年。天成为后唐明宗李嗣源年号（926—930）。

〔3〕元丰八年：1085 年。元丰为宋神宗年号（1078—1085）。

〔4〕义天（1055—1101）：俗姓王，名煦，高丽僧人。出身王室，十五岁封号佑世僧统，1085 年入北宋，在杭州随净源法师受华严宗，后又到天竺寺学习天台教义，到灵芝寺学戒律，返回后致力弘扬高丽天台宗，并管理高丽全国佛教事务，门下弟子逾千人。去世后谥号大觉国师。

〔5〕净源法师（1011—1086）：宋代华严宗学者，俗姓杨，字伯长，号潜叟。泉州晋江（在今福建）人。初从五台承迁学《华严经》，后回南方师事长水子璇，听《楞严经》、《圆觉经》，继子璇后振兴华严宗风，时称中兴教主。 贤首教：即华严宗，佛教派别名，出现于南朝末至隋，法藏贤首法师为其三祖，并著《华严经略疏》确立教旨，故名。

〔6〕元祐二年：1087 年。元祐为宋哲宗年号（1086—1093）。

〔7〕《华严经》：全称《大方广佛华严经》，佛教华严宗主要典籍。通行东晋佛驮跋陀罗所译十卷本和唐朝实叉难陀所译八十卷本。该经主要宣说"法界缘起"说与"顿入佛地"思想，并提出"六相"范畴，说明世界万物之间相互依存、相互制约的关系。

〔8〕刺史：见卷二《集庆寺》"刺史"注。这里借用旧名，指地方长官。 苏轼疏言：指苏轼上《论高丽进奉状》，主张不接受高丽所进金塔。

〔9〕延祐四年：1317 年。延祐为元仁宗年号（1314—1319）。

〔10〕高丽沈王：王璋，高丽国王，元朝驸马。南宋至元初与高丽很少有佛教联系。此时沈王奉命入元，先至杭州慧因寺翻译藏经，两年后携带御香、紫衣入天目山，由中峰明本以《真际说》开示授法。

〔11〕至正：元顺帝年号（1341—1368）。

〔12〕藏轮：寺庙中贮经的柱状物，八面，能旋转。相传若推动此轮，与持诵诸经无异。

〔13〕先宜人：指张岱已故母亲陶氏，其为山阴士绅陶允嘉之女，卒于万历四十七年（1619）。明代五品命妇封赠宜人。

【译文】

　　高丽寺本名慧因寺，后唐天成二年由吴越王钱镠所建。宋朝元丰八年，高丽国王子僧人统义天入贡，并请来净源法师，跟法师学贤首教。元祐二年，以金箔书写汉译本《华严经》三百部藏入寺内，并施舍黄金建华严大阁藏塔以示尊崇。元祐四年，统义天以祭奠净源为名，又进献金塔两座。杭州刺史苏轼上疏说："不可让外夷屡屡进入中国，有损于边防，金塔宜谢绝不受。"为神宗所采纳。

　　元朝延祐四年，高丽沈王奉诏进献香幡经过此处。元至正末年毁。洪武初年重修，俗称高丽寺。柱础精致，藏轮宏伟，为两山所无。万历年间，僧人如通重修。我少年时跟随先母到寺里烧香，出钱三百，命轿夫推转轮藏，轮转发出呀呀声响，像鼓吹乐器刚开始响起的声音。随后旋转熟滑，转轮如飞，推的人都跟不上了。

# 法　相　寺

　　法相寺俗称长耳相[1]。后唐时，有僧法真，有异相，耳长九寸，上过于顶，下可结颐[2]，号长耳和尚。天成二年[3]，自天台国清寒岩来游[4]，钱武肃王待以宾礼，居法相院。至宋乾祐四年正月六日[5]，无疾，坐方丈[6]，集徒众，沐浴，趺跏而逝[7]。弟子辈漆其真身，供佛龛，谓是定光佛后身[8]。妇女祈求子嗣者，悬幡设供无虚日。以此法相名著一时。寺后有锡杖泉，水盆活石[9]。僧厨香洁，斋供精良。寺前茭白笋，其嫩如玉，其香如兰，入口甘芳，天下无比。然须在新秋八月，余时不能也。

**【注释】**

〔1〕法相寺：后唐天成二年（927），有僧人行修（佛号法真，相传其长耳，人称"长耳和尚"）来杭，钱镠待为上宾。天福四年（939），吴越王钱元瓘在赤山埠颖秀坞建寺，以长耳和尚为住持。曾因久旱无水，长耳和尚以锡杖击地，引泉而出，名"锡杖泉"。北宋大中祥符九年（1016）改名法相寺。　长耳相：似应为长耳寺。

〔2〕结颐：与下颌平。

〔3〕天成二年：927 年。天成为后唐明宗年号（926—929）。

〔4〕"自天台"句：意为从天台县的国清寺与寒岩寺来到杭州法相寺。天台，县名，在今浙江。国清，即国清寺，始创于隋文帝开皇八年（588）。隋代高僧智越在此创天台宗，为佛教天台宗发源地。日本天台宗以国清寺为祖庭。寒岩，亦在天台县，为天台山半山上的一个巨大石洞，相传唐代诗僧寒山子曾在洞中久住。洞前有寒岩寺，建于后梁开平元年（907），初名崇福寺，后改名福善寺、寒岩寺。

〔5〕宋乾祐四年：宋代无乾祐年号，或当为宋太祖乾德四年（966）。

〔6〕方丈：见卷二《灵隐寺》"方丈"注。

〔7〕跌（fū）跏（jiā）：佛教徒双足交叠的坐姿。

〔8〕定光佛：即燃灯佛。大乘经所说久远劫前出世的古佛，以其生时周身有光如灯而得名。

〔9〕活石：一种石质疏松的软石，易吸水，可长苔藓，民间称之为"活石"。

**【译文】**

法相寺俗称长耳相。后唐时，有个叫法真的僧人，相貌异常，耳朵长九寸，上面比头顶还高，下面与下颌持平，号称长耳和尚。天成二年，从天台国清寺寒岩云游而来，钱镠以宾客礼接待，就住在法相寺。至宋朝乾祐四年正月六日，并无疾病，坐在室内，召集众徒弟，沐浴后，盘腿端坐着去世。徒弟们给他真身涂上漆，供在佛龛，说是定光佛后身。妇女都前来祈求生儿子，佛龛前没有一天不悬挂幡旗设置供品。法相寺由此名动一时。寺庙后有锡杖泉，水盆中长有活石。厨房整洁，香气四溢，斋饭精致。庙前茭白、笋类如玉一般白嫩，香气如兰，入口甘甜，天下无双。但是必须在新秋八月品尝，其余日子不行。

袁宏道《法相寺拜长耳和尚肉身戏题》：

轮相居然足<sup>[1]</sup>，漆光与鉴新。

神魂知也未，爪齿幻耶真。

骨董休疑客，庄严不待人。

饶他金与石，到此亦成尘。

**【注释】**

〔1〕轮相：千辐轮一般的佛足掌纹。《观佛三味海经》一《序观地品》："自有众生乐观如来足下平满，不容一毛，足下千辐轮相。"

**【译文】**

足底掌纹居然和佛足相似，漆光铮亮有如新磨的明镜。神魂是否还有知觉，指甲牙齿亦幻亦真。古董面前不要怀疑，庄严肉身不可妄论。管他金子或者石头，最终也难免变为灰尘。

徐渭《法相寺看活石》：

莲花不在水<sup>[1]</sup>，分叶簇青山。

径折虽能入，峰迷不待还。

取蒲量石长<sup>[2]</sup>，问竹到溪湾。

莫怪掩斜日，明朝恐未闲。

**【注释】**

〔1〕莲花：比喻佛门妙法，亦作"莲华"。

〔2〕蒲：蒲草。

**【译文】**

佛门妙法莲华非生于水，分枝散叶丛集在青山。小路弯弯曲曲虽能进，峰峦迷迷蒙蒙无可还。取来蒲草丈量活石大小，寻找竹子一路走到溪湾。不要埋怨今天太阳将落，明天只怕更无空闲。

张京元《法相寺小记》：

法相寺不甚丽，而香火骈集。定光禅师长耳遗蜕[1]，妇人谒之，以为宜男，争摩顶腹，漆光可鉴。寺右数十武，度小桥，折而上，为锡杖泉。涓涓细流，虽大旱不竭。经流处，僧置一砂缸，挹注供爨[2]。久之，水土锈结，蒲生其上，厚几数寸，竟不见缸质，因名蒲缸。倘可铲置研池炉足，古董家不秦汉不道矣[3]。

【注释】

〔1〕遗蜕：这里指外表覆以金漆的肉身。
〔2〕挹(yì)注供爨(cuàn)：舀水煮饭。挹，取水，舀水。爨，炊事。
〔3〕"古董"句：意为古董家必定认为是秦汉古董。

【译文】

法相寺并不宏丽，但香火云集。定光禅师的长耳肉身，妇女认为求拜会生男孩，争着去抚摸其头顶与腹部，以至其漆光可以照人。出寺往右走几十武距离，过小桥，转弯向上，有锡杖泉。涓涓细流，即使遇到大旱也不会干涸。泉水流经的地方，僧人放了一口砂缸，往里注水用来煮饭。日子一久，缸中的水土出现锈结，长出苔蒲，有几寸厚，缸原来的材质倒看不出了，因此称作蒲缸。如果可以铲平并安装研池炉足，古董家一定认为是秦汉的古董了。

李流芳《题法相山亭画》：

去年在法相，有送友人诗云："十年法相松间寺，此日淹留却共君。忽忽送君无长物[1]，半间亭子一溪云。"时与方回、孟旸避暑竹阁，连夜风雨，泉声轰轰不绝。又有题扇头小景一诗："夜半溪阁响，不知风雨歇。起视杳霭间，悠然见微月。"一时会心，不知作何语。今日展此，亦自可思也。壬子十月大佛寺倚醉楼灯下题[2]。

**【注释】**

〔1〕长物：剩余之物。

〔2〕壬子：指万历四十年（1612）。　大佛寺：即大石佛寺，见卷一《大佛头》注。

**【译文】**

去年在法相寺，有一首送友人诗说："十年法相松间寺，此日淹留却共君。忽忽送君无长物，半间亭子一溪云。"当时与方回、孟旸在竹阁避暑，连夜风雨，泉声轰隆不停。又有题扇头小景诗一首："夜半溪阁响，不知风雨歇。起视杳霭间，悠然见微月。"一时颇有感触，不知该说什么。今日展开看这幅画，也可以作个念想了。壬子十月大佛寺倚醉楼灯下题写。

# 于　坟

于少保公以再造功[1]，受冤身死，被刑之日，阴霾翳天[2]，行路踣叹。夫人流山海关，梦公曰："吾形殊而魂不乱，独目无光明，借汝眼光见形于皇帝[3]。"翌日，夫人丧其明。会奉天门灾[4]，英庙临视[5]，公形见火光中。上悯然念其忠，乃诏贷夫人归。又梦公还眼光，目复明也。公遗骸，都督陈逵密嘱瘗藏[6]。继子冕请葬钱塘祖茔，得旨奉葬于此。

成化二年[7]，廷议始白。上遣行人马瞹谕祭[8]。其词略曰："当国家之多难，保社稷以无虞[9]；惟公道以自持，为权奸之所害。先帝已知其枉，而朕心实怜其忠。"弘治七年赐谥曰"肃愍"[10]，建祠曰"旌功"。万历十八年[11]，改谥"忠肃"。四十二年，御使杨鹤为公增廓祠宇[12]，庙貌巍焕，属云间陈继儒作碑记之[13]。

碑曰："大抵忠臣为国，不惜死，亦不惜名。不惜死，然后有豪杰之敢[14]；不惜名，然后有圣贤之闷[15]。黄河之排山倒海，是其敢也；即能伏流地中万三千里，又能千里一曲，是其闷也。昔者土木之变，裕陵北狩[16]，公痛哭抗疏，止南迁之议，召勤王之师[17]。卤拥帝至大同[18]，至宣府[19]，至京城下，皆登城谢曰：'赖天地宗社之灵，国有君矣。'此一见《左传》[20]：楚人伏兵车，执宋公以伐宋。公子目夷令宋人应之曰：'赖社稷之灵，国已有君矣。'楚人知虽执宋公，犹不得宋国，于是释宋公。又一见《廉颇传》[21]：秦王逼赵王会渑池[22]。廉颇送至境曰：'王行，度道里会遇礼毕还[23]，不过三十日。不还，则请立太子为王，以绝秦望。'又再见《王旦传》[24]：契丹犯边，帝幸澶州[25]。旦曰：'十日之内，未有捷报，当何如？'帝默然良久，曰：'立皇太子。'三者，公读书得力处也。由前言之，公为宋之目夷；由后言之，公不为廉颇、旦，何也？呜呼！茂陵之立而复废[26]，废而后当立，谁不知之？公之识，岂出王直、李侃、朱英下[27]？又岂出锺同、章纶下[28]？

盖公相时度势，有不当言者，有不必言者。当裕陵在卤，茂陵在储，拒父则卫辄[29]，迎父则高宗[30]，战不可，和不可，无一而可。为制卤地，此不当言也。裕陵既返，见济蒉[31]，郕王病[32]，天人攸归，非裕陵而谁？又非茂陵而谁？明率百官，朝请复辟，直以遵晦待时耳，此不必言也。若徐有贞、曹、石夺门之举[33]，乃变局，非正局；乃劫局，非迟局；乃纵横家局，非社稷大臣局也。或曰：盍去诸[34]？呜呼！公何可去也。公在则裕陵安，而茂陵亦安。若公诤之，而公去之，则南宫之锢[35]，不将烛影斧声乎[36]？东宫之废后[37]，不将宋之德昭乎[38]？公虽欲调郕王之兄弟，而实密护吾君之父子，乃知回銮，公功；其他日得以复辟，公功也；复储亦公功也。人能见所见，而不能见所不见。能见者，豪杰之敢；不能见者，圣贤之闷。敢于任死，而闷于暴君，公真古大臣之用心也哉！"

公祠既盛，而四方之祈梦至者接踵，而答如响。

【注释】

〔1〕于少保公：于谦（1398—1457），字廷益，钱塘人。明英宗时任兵部右侍郎。正统十四年（1449），瓦剌部落首领也先率军进攻明朝，英宗在太监王振挟持下亲征。王振又让英宗绕道临幸他家乡蔚州（今河北蔚县），结果在土木堡（今河北怀来东）被也先追及，将士疲劳饥渴，仓促应战，死伤过半。英宗被俘，王振死于乱军中。史称"土木堡之变"。瓦剌军进而兵临北京城下。于谦等拥英宗弟郕王即帝位，是为景宗，并遥尊英宗为太上皇。于谦任兵部尚书，力驳南迁之议，坚守京师，击退瓦剌，因功封少保。次年英宗回归。景泰八年（1457），景宗因病不能视政，太监曹吉祥，以及石亨、徐有贞等人发动兵变，夺宫门，拥戴英宗复位，废景宗，杀于谦。史称"夺门之变"。于坟位于杭州三台山，

坐西朝东。少保，见卷三《陆宣公祠》注。

〔2〕阴霾(mái)：烟、尘等造成的浑浊雾气。　翳(yì)：遮蔽。

〔3〕形见：即"形现。"

〔4〕奉天门：明永乐间迁都北京并建造皇城，永乐十八年(1420)建成奉天门，为前三殿正门，皇帝接见大臣议事之处。嘉靖四十一年(1562)改称皇极门，清朝称太和门。

〔5〕英庙：指明英宗朱祁镇(1427—1464)，明宣宗朱瞻基长子。年九岁即帝位，年号正统。

〔6〕瘗(yì)：掩埋，埋藏。

〔7〕成化二年：1466年。

〔8〕行人：朝廷中掌传旨、册封的官职。　马璇(xuán)：字季明，天顺进士，曾奉使封琉球中山王，有官声。

〔9〕社稷：土、谷之神，古代国家无不立庙坛加以祭祀，所以社稷象征国家。

〔10〕弘治七年：1494年。

〔11〕万历十八年：1590年。

〔12〕杨鹤(？—1635)：字修龄，号无山，明代武陵(在今湖南)人，万历进士，初任知县，查明贵州土官水西安氏土地户口贡赋。崇祯时官至兵部右侍郎，总督陕西三边军务。因主张安抚起义军，被劾下狱，发配袁州，卒于戍所。　祠宇：于谦得以平反后，弘治二年(1489)在三台山麓于谦墓旁建祠。以后屡次修缮扩建。现存建筑为清同治八年(1869)重建的旧迹，1998年修缮后重新开放。

〔13〕云间陈继儒：见卷一《六贤祠》"陈眉公"注。

〔14〕敢：胆略，担当。

〔15〕闷：暂时的妥协，忍辱负重，与上句"敢"字相对。

〔16〕裕陵北狩：指土木之变中英宗被俘之事。裕陵，英宗的陵寝，亦指英宗。狩，古代将皇帝出征、逃跑或被俘婉称为"狩"或"猎"。

〔17〕勤王：君主陷于危难时，各地军队前往救驾。

〔18〕卤：即虏，指瓦剌军队。　大同：在今山西。

〔19〕宣府：今河北宣化。

〔20〕《左传》：应为《公羊传·僖公二十一年》。此系误记。

〔21〕《廉颇传》：指《史记·廉颇蔺相如列传》。廉颇，战国时赵国大将。

〔22〕渑(miǎn)池：县名，在今河南。

〔23〕"度(duó)道里"句：按照走的天数，估量仪式已经完成。

〔24〕《王旦传》：指《宋史·王旦传》。王旦（957—1017）：北宋大臣。字子明，大名莘县（在今山东）人，太平兴国进士，累官同知枢密院事、参知政事。辽朝进犯，从真宗征澶州。留守京师的雍王病重，王旦又驰还回京接任留守重任。史载其夙夜在公，确保了京师的安全。

〔25〕澶（chán）州：古称澶渊，在今河南濮阳西南。北宋景德五年（1004），辽军再次逼近澶州，威胁东京。参知政事王钦若主张放弃东京出逃，宰相寇准力促真宗亲征抗敌。真宗至澶州，与辽和议立盟，规定宋每年向辽输银十万两、绢二十万匹；沿边州军各守疆界，两地人户不得交侵。盟约以屈辱妥协暂退辽兵，史称"澶渊之盟"。

〔26〕"茂陵"句：茂陵，明宪宗朱见深陵寝，代指朱见深（1447—1487），英宗长子。朱见深曾被立为太子，代宗即位后废为沂王。英宗复位，再立为太子。天顺八年（1464）即位，年号成化。在位期间恢复景宗帝号，为于谦平反。庙号宪宗。

〔27〕"岂出王直"句：王直等三人，均为当时支持景宗与于谦的大臣。王直（1379—1462），字行俭，号抑庵，明代泰和（在今江西）人。永乐进士，选入翰林，不久入内阁，拜吏部尚书。土木之变时劝郕王即帝位，每推崇于谦。夺门变后主动请辞。李侃（1407—1485），字希正，顺天府东安（在今北京）人。正统进士，迁都给事中，有直声。天顺间擢山西巡抚，力振纲纪。朱英（1417—1485），字时杰，号诚庵，湖广桂阳（在今湖南）人。正统进士，授御史、布政使，入掌都察院，加太子少保。

〔28〕"又岂出锺同"句：锺同等二人，均为主张恢复朱见深皇储之位的大臣。锺同（1424—1455），字世京，永丰（在今江西）人。景泰进士，授御史，上疏论时政，言及复英宗子皇储事，忤景宗，下狱杖死。章纶（1413—1485），字大经，乐清（在今浙江）人。正统进士，景泰间为礼部仪制郎中，因奏请复朱见深皇储位忤旨下狱，遭酷刑濒死。英宗复辟获释，擢礼部右侍郎，后告老还乡。

〔29〕卫辄：卫出公。《史记·卫康叔世家》载，卫太子荆聩因罪奔宋，卫人立荆聩子辄为君，是为出公。荆聩欲入国，"卫人闻之，发兵击荆聩"，乃不得入。

〔30〕高宗：指宋高宗赵构，其偏安江南，为保君位，并不真想迎回徽、钦二帝。

〔31〕见济：朱见济（1448—1453），明景宗朱祁钰之子。土木之变中，英宗被俘，英宗子朱见深被立为太子，由时为郕王的朱祁钰监国。朱祁钰继位后，于景泰三年（1452）改立朱见济为太子。景泰四年（1453）

卒，谥怀献。　薨(hōng)：古称太子、诸侯死为薨。

〔32〕郕(chéng)王：朱祁钰(1428—1457)，明宣宗次子，朱祁镇(英宗)异母弟，出生当年即封郕王。土木堡之变发生后，朱祁钰由于谦等大臣拥立为帝，年号景泰，遥尊朱祁镇为太上皇，并迫使瓦剌放回朱祁镇。景泰三年，朱祁钰废朱见深太子位，立己子朱见济为太子，但朱见济在次年去世。景泰八年(1457)，曹吉祥等发动夺门之变，拥立朱祁镇复位，废朱祁钰为郕王，一个多月后郕王去世，庙号代宗，史称景宗、景帝。

〔33〕"若徐有贞"句：徐有贞等三人，为当时拥立英宗复辟、废景宗的大臣与太监。徐有贞(1407—1472)，字元玉，号天全，吴县(在今江苏)人。宣德进士，授编修。土木之变时倡言南迁，受于谦斥责。后为石亨定计，拥英宗复辟，封武功伯兼华盖殿大学士，诬杀于谦。曹，曹吉祥(？—1461)，滦州(今河北滦县)人。太监，依王振为监军。景泰间与石亨等率兵，迎英宗复辟，迁司礼监太监，总督三大营。及亨下狱死，吉祥不自安，企图起兵，败亡。石，石亨(？—1460)：渭南(在今陕西)人。嗣父职，善骑射使刀。土木之变后拒瓦剌军，数立功，迁镇朔大将军，封武清侯。迎英宗复辟，废景宗，杀于谦，手握重兵。后下诏狱死。

〔34〕盍(hé)：表示反问，等于"何不"。

〔35〕南宫：英宗返京后的住处。

〔36〕烛影斧声：指弟杀兄而夺帝位的疑案。出自宋太祖赵匡胤召其弟赵光义入内，于烛光下对饮，有人见窗内有斧头晃动的情景，次晨太祖暴亡、光义继位一事。

〔37〕"东宫"句：指景宗立，废原来的太子朱见深。

〔38〕宋之德昭：赵德昭(951—979)，字日新，宋太祖次子。累迁京兆尹，封武功郡王。太平兴国四年(979)从太宗征幽州。军中曾夜惊，不知帝所在，有谋立德昭者。帝闻不悦。斥之，退而自刎。追封魏王。

【译文】

于少保有再造国家的功劳，却受冤屈身死。受刑之日，阴霾蔽日，路人跺脚叹息。夫人被流放山海关，梦到于公对她说："我身体受残害而魄不乱，唯独眼睛不见光亮，因此借你的眼睛到皇帝面前显形。"次日，夫人就失明了。当时奉天门火灾，英宗前往视察，于公在火光中显形。英宗顿生怜悯之心，下诏宽贷夫人回归。夫人又梦到于公归还视力，自己眼睛就复明了。于公的遗骸，都督陈逵暗暗嘱咐收敛。于公的继子于冕请求归葬他在钱塘的祖坟，得旨安葬在这里。

成化二年，经过朝廷讨论，于公的冤狱得以洗白。英宗派行人马璇前往祭奠。其祭词大略说："当时国家多难，于公保卫社稷使之无虞，秉持正义，结果被权奸所害。先帝已经知道其冤屈，而朕确实从心里怜悯其忠诚。"弘治七年赐谥号曰"肃愍"，建立祠堂名"旌功"。万历十八年，改谥号"忠肃"。万历四十二年，御史杨鹤为于公扩建祠堂，外观宏伟而焕然一新，并请云间陈继儒作碑记之。

碑文说："通常忠臣为国，不怕死，也不在乎名声。不怕死，然后有豪杰的担当；不在乎名声，然后有圣贤的沉稳。黄河的排山倒海，是它的担当；既能在地面流淌一万三千里，又能千里一曲，是它的沉稳。昔日土木之变，英宗被俘北去，于公痛哭上疏，阻止南迁的议论，召来勤王的部队。瓦剌贼兵挟持英宗到大同，到宣府，到京城下，各处都登城墙谢绝：'有赖天地祖宗之灵，国家已经有君主了。'此语一见《左传》：楚国人埋伏在兵车中，挟持宋公以讨伐宋国。公子目夷让宋国人回应楚国人说：'有赖社稷之灵，国家已经有君主了。'楚国人于是知道即使挟持了宋公，还是不能得到宋国，就释放了宋公。又一见《廉颇传》：秦王逼迫赵王到渑池会见。廉颇送至边境说：'王前往，我估算路程，等到礼毕返回，不过三十日。如果三十日不返回，则请立太子为王，以断绝秦国的野心。'又再见《王旦传》：契丹侵犯边境，宋真宗亲临澶州。王旦问：'十天之内如果没有捷报，应当怎么办？'真宗沉默许久说：'立皇太子继位。'以上三处，是于公读书有收获处。从前者说，于公就是宋国的目夷；从后者说，于公未能做成廉颇、王旦，这是为什么？唉！宪宗立后又废，废后又当立，谁人不知？于公的见识，难道会比不上王直、李侃、朱英？又会比不上锺同、章纶？

其实于公审时度势，知道有的话不该说，有的话可以不说。当英宗在瓦剌、宪宗为储君，如果拒绝父亲就成了卫辄，迎回父亲就成了宋高宗，战不可，和不可，无一可行。从制约瓦剌考虑，这话是不该说的。英宗返回后，朱见济薨，郕王病，天人何所归，不是英宗又是谁？不是宪宗又是谁？很明显会率领百官上朝请求英宗复辟，只不过暗中等待时机罢了。这话是可以不说的。如徐有贞、曹吉祥、石亨夺门的举动，是政变，并非正当之举；是剧烈的变局，并非稳妥的举动；是纵横家的举动，并非国家大臣所应当的举动。有人说：为什么不离开呢？唉！于公怎么能够离开。于公在则英宗安全，宪宗也安全。如果于公力诤，然后离开，那英宗返回后居住的南宫，不就有斧光烛影了吗？被景宗废立的英宗的皇太子，不就成了宋朝的赵德昭了吗？于公虽然准备另立郕王的兄弟，而实际上在暗暗保护我们的君上父子，可知英宗返回，是于公的功绩；英宗后来得以复辟，也是于公的功绩；恢复皇太子之位，仍然是于公的功绩。旁人只看已经见到的，却看不到不能见到的。能见到的，就是豪杰的胆略；见不到的，就是圣贤的沉稳。敢于赴死，面对暴君而沉稳，于公真是古代贤臣的用心！"

　　于公的祠堂恢复盛况，四方求于公实现其梦想的人接踵而至，于公必定有所回应。


　　王思任《吊于忠肃祠》诗：
　　涕割西湖水，于坟望岳坟。
　　孤烟埋碧血，太白黯妖氛[1]。
　　社稷留还我，头颅掷与君。
　　南城得意骨，何处暮杨闻[2]。


【注释】
　　〔1〕太白：星名，即金星，又称启明星、长庚星。
　　〔2〕"南城"二句：指英宗回归后阴谋复辟的活动。当时有人曾向景宗指出："城南多树，事叵测。"南城，即城南，英宗所居的南宫一带。


【译文】
　　洒泪面对西湖水，于坟遥遥望岳坟。孤烟浓处掩埋碧血，太白黯淡因为妖氛。社稷江山归还我朝，又何惜将头颅抛掷给主君。
南宫正是得意忘形时，暮色中传来阵阵杨笛声。

> 一派笙歌地，千秋寒食朝。
> 白云心浩浩，黄叶泪萧萧。
> 天柱擎鸿社[1]，人生付鹿蕉[2]。
> 北邙今古讳[3]，几突丽山椒[4]。

【注释】

〔1〕天柱：喻于谦墓所在的杭州三台山，位于西湖西南，南高峰之北，海拔100余米。于谦墓在其东麓。　社：指于谦祠。

〔2〕鹿蕉：指梦。《列子·周穆王》："郑人有薪于野者，遇骇鹿，御而击之，毙之。恐人见之也，遽而藏诸隍中，覆之以蕉，不胜其喜。俄而遗其所藏之处，遂以为梦焉。"

〔3〕北邙：洛阳北郊邙山上的古代公卿贵族墓地。

〔4〕"几突"句：谓山上到处是坟墓，表示历史烟云已经散去。几突，指坟堆。丽，附着。山椒，见本卷《烟霞石屋》"山椒"注。

【译文】

此处歌舞升平地，千秋年年寒食节。心如白云浩荡，泪似黄叶飞落。三台有座于祠，人生如梦般壮烈。北邙墓地古来讳谈，名人坟墓遍布山岳。

张溥《吊于忠肃》诗[1]：
栝柏风严辞月明[2]，至今两袖识书生[3]。
青山魂魄分夷夏[4]，白日须眉见太平[5]。
一死钱塘潮尚怒，孤坟岳渚水同清[6]。
莫言软美人如土[7]，夜夜天河望帝京。

【注释】

〔1〕张溥(1602—1641)：晚明文学家。字天如，号西铭，太仓(在今江苏)人。崇祯元年(1628)以选贡生入都，归创复社，后中进士，任庶吉士。崇祯六年召开复社虎丘大会，赴会者数千人，遭官府追查。

〔2〕栝(kuò)：即桧树。《尚书·禹贡》传："柏叶松身曰栝。"

〔3〕"至今"句：于谦《入京》诗："清风两袖朝天去，免得闾阎话短长。"

〔4〕夷夏：夷指周边少数民族；夏即建立中央王朝的华夏族。儒家主张"夷夏之辨"，声称夷夏之间必须有严格区分，不可混淆。

〔5〕须眉：原指男子。此处泛指民众，苍生。

〔6〕岳渚(zhǔ)：指岳庙边的小河流。

〔7〕软美：柔美。《新唐书·李泌传》："严太苦劲，然萧软美可喜。"

【译文】

栝柏气节辞别明月，至今记得两袖清风的书生。青山魂魄区分夷夏，白日苍生终见太平。死后钱塘江潮都发出怒吼，于坟和岳庙的河水同样澄清。莫道人死如土般柔软，于公精神每夜如银河照耀京城。

张岱《于少保祠》诗：

平生有力济危川，百二山河去复旋〔1〕。

宗泽死心援北狩〔2〕，李纲痛哭止南迁〔3〕。

渑池立子还无日〔4〕，社稷呼君别有天。

复辟南宫岂是夺，借公一死取貂蝉〔5〕。

【注释】

〔1〕百二山河：极言因地形险峻，易守难攻，即使攻方拥兵百万，守方等于拥有成倍即二百万兵力。《史记·高祖本纪》："秦，形胜之国，带河山之险，县(同悬)隔千里。持戟百万，秦得百二焉。"索隐："百二者，得百之二。言诸侯持戟百万，秦地险固，一倍于天下，故云得百二

焉，言倍之也。"　去复旋：丢失又收回。

〔2〕宗泽（1059—1128）：北宋将领。字汝霖，婺州义乌（今属浙江）人。靖康初在河北募集义勇抗金。次年留守东京（今河南开封），修武备，用岳飞屡破金兵。多次上书请迎还徽、钦二帝，收复失地，为投降派所阻。忧愤而死，临死犹三呼"过河"。

〔3〕李纲（1083—1140）：南宋初大臣。字伯纪，邵武（今属福建）人，政和进士，北宋末为太常少卿。金兵南侵，纲疏请徽宗禅位太子以号召天下，并反对迁都，积极备战。高宗即位后拜相，主张收复失地。遭陷害排斥。

〔4〕"渑池"句：参见本篇正文所引《史记·廉颇蔺相如列传》。此处指于谦在国难当头、英宗被掳时的废立决断。

〔5〕貂蝉：汉代高官的一种冠饰，借指权势。

【译文】

　　于公有功于国家危难之际，险峻山河失去又得归还。宗泽铁心驰援北狩，李纲痛哭阻止南迁。渑池立太子以备君主不返，社稷盼明君迎来新天。南宫复辟岂是夺位，不过借公一死取得势权。

　　社稷存亡股掌中，反因罪案见精忠。
　　以君孤注忧王旦〔1〕，分我杯羹归太公〔2〕。
　　但使庐陵存外邸〔3〕，自知冕服返桐宫〔4〕。
　　属镂赐死非君意〔5〕，曾道于谦实有功。

【注释】

〔1〕"以君"句：指王旦为国家忧愁，此处以王旦喻于谦。澶渊之盟前，寇准力主真宗出征，大臣王钦若却认为这是将皇帝作赌注，孤注一掷。见《宋史·寇准传》。王旦，见本篇正文注。

〔2〕"分我"句：借用楚汉战争中项羽声称欲烹刘邦父、刘邦答以"必欲烹尔翁，则幸分我一杯羹"，项羽无奈，只好将其父放回的故事，说明于谦不惧也先以人质要挟、迫使其放回英宗。

〔3〕"庐陵"句：李显系高宗与武则天子，高宗死后继位。武则天称

制，显被废为庐陵王。神龙元年（705），武则天被迫让位，显再次登基，是为中宗。诗中以庐陵指复辟前的英宗。

〔4〕"自知"句：谓于谦其实明白英宗终将重登皇位。冕服，君主的礼服，诗中指英宗。桐宫，在今河北临漳，为商汤墓地。商王太甲暴虐，被伊尹放于桐宫。三年后，太甲悔悟，伊尹将其迎回。诗中以伊尹比于谦，认为英宗应该等待时机返宫，而不应以武力夺门。

〔5〕"属镂"句：意为英宗并不想杀于谦，只是在左右的撺掇下才杀之。据说英宗说过"于谦曾有功"的话。这是"为尊者讳"，替英宗开脱。属镂（zhǔ lòu），古剑名。春秋时，大夫伍子胥被吴王赐以属镂自尽。下文"楚国孤臣"，亦指伍子胥。

【译文】

　　国家存亡原在股掌之中，罪案反而更能显现忠诚。孤注一掷令王旦忧虑，不惧要挟愿分一杯羹。只要英宗在外得以保全，自知他终将冕服返宫。宝剑赐死实非旨意，圣上曾说于谦其实有功。

## 杨鹤《于坟华表柱铭》[1]：

赤手挽银河[2]，君自大名垂宇宙[3]。

青山埋白骨，我来何处哭英雄。

【注释】

〔1〕杨鹤：见本篇正文注。

〔2〕挽：拉，牵。

〔3〕"君自"句：语出杜甫《咏怀古迹》诗："诸葛大名垂宇宙。"

【译文】

　　空手牵银河，君自大名垂天下。
　　青山葬忠骨，我来何处哭英雄。

## 又《正祠柱铭》：

千古痛钱塘，并楚国孤臣，白马江边，怒卷千堆夜雪[1]。

两朝冤少保[2]，同岳家父子，夕阳亭里，伤心两地风波[3]。

【注释】
〔1〕"白马"二句：用伍子胥乘素车白马怒卷钱塘潮故事。
〔2〕"两朝"句：宋代岳飞、明代于谦均封太子少保而遭谗害。
〔3〕风波：岳飞被害处（见卷一《岳王坟》"岳鄂王"注）的风波亭是为实指；于谦本无关风波亭，只因夺门风波被害，是为虚指。

【译文】
钱塘千年痛惜，还有楚国孤臣；白马江边，夜晚怒涛卷起千堆雪。
两朝蒙冤少保，如同岳家父子；夕阳亭里，伤心两地分别起风波。

董其昌《于少保祠柱铭》：
赖社稷之灵，国已有君，自分一腔抛热血。
竭股肱之力，继之以死，独留青白在人间[1]。

【注释】
〔1〕"独留"句：于谦《石灰吟》："粉身碎骨全不惜，要留清白在人间。"

【译文】
有赖社稷之灵，国家已有明君，自抛一腔热血。
竭尽全身之力，不惜以死继之，独留青白人间。

张岱《于少保柱铭》：

宋室无谋，岁输卤数万币[1]，和议既成，安得两宫归朔漠[2]。

汉家斗智，幸分我一杯羹，挟求非计，不劳三寸返新丰[3]。

【注释】

〔1〕"岁输"句：南宋王朝建立初期就苟且偷安，不思收复国土。到绍兴十一年（1141）高宗、秦桧加紧向金朝求降。十一月，金朝派使臣到江南"抚谕"，规定了宋朝投降条款，包括宋向金称臣、岁纳银绢，金朝则册封高宗为宋国皇帝。南宋王朝如愿以偿，继续充当金朝的藩臣。

〔2〕"和议"二句：宋金和议成，金国仅归还徽宗灵柩，徽、钦二宗实际并未生还。

〔3〕"不劳"句：不多费口舌，就让太公返回了新丰。指于谦挫败瓦刺的挟持，迫使其放回英宗。参见本篇附张岱诗句"分我杯羹归太公"注。新丰，刘邦建都长安后，为慰藉其父太公的思乡之情，在附近的骊邑（今西安临潼区）仿故乡沛县（在今江苏）丰邑格局而筑造，并将故乡亲友迁居于此。三寸，指舌。南朝梁简文帝《舌赋》："三端所贵，三寸著名。"

【译文】

宋朝无谋略，年年送强敌数万财币；和议既已成立，徽钦二帝如何能从大漠生还。

明朝斗智谋，学刘邦幸分一杯残羹；要挟并非上策，不费唇舌迫使瓦刺放回英宗。

张岱《定香桥小记》[1]：

甲戌十月[2]，携楚生住不系园看红叶[3]。至定香桥，客不期而至者八人：南京曾波臣[4]，东阳赵纯卿<sup>[5]</sup>，金坛彭天锡<sup>[6]</sup>，诸暨陈章侯<sup>[7]</sup>，杭州杨与民、陆九、罗三，女伶陈素芝。余留饮。章侯携缣素为纯卿画古佛<sup>[8]</sup>，波臣为纯卿写照，杨与民弹三弦子<sup>[9]</sup>，罗三唱曲，陆九吹箫。与民出寸许紫檀界尺，据小梧<sup>[10]</sup>，用北调说《金瓶梅》一剧<sup>[11]</sup>，使人绝倒。是夜，彭天锡与罗三、与民串本腔戏<sup>[12]</sup>，妙绝；与楚生、素芝串调腔戏<sup>[13]</sup>，又复妙绝。章侯唱村落小歌，余取琴和之，牙牙如语。纯卿笑曰："恨弟无一长，以侑兄辈酒<sup>[14]</sup>。"余曰："唐裴将军旻居丧<sup>[15]</sup>，请吴道子画天宫壁度亡母<sup>[16]</sup>。道子曰：'将军为我舞剑一回，庶因猛厉以通幽冥。'旻脱缞衣<sup>[17]</sup>，缠结，上马驰骤，挥剑入云，高十数丈，若电光下射，执鞘承之，剑透室而入，观者惊栗。道子奋袂如风，画壁立就。章侯为纯卿画佛，而纯卿舞剑，正今日事也。"纯卿跳身起，取其竹节鞭，重三十斤，作胡旋舞数缠<sup>[18]</sup>，大嚎而罢。

【注释】

〔1〕此篇与《于坟》主题不合，或从别篇误窜。定香桥，一名袁公桥，在苏堤花港观鱼亭前，南宋宝庆(1225—1227)间京尹袁韶建。

〔2〕甲戌：崇祯七年(1634)。

〔3〕楚生：朱楚生，明末调腔戏女艺人。张岱《陶庵梦忆》卷五《朱楚生》："其孤意在眉，其深情在睫，其解意在烟视媚行……终以情死。"　不系园：一名随喜庵，明末名士汪汝谦园墅。

〔4〕曾波臣(1568—1650)：曾鲸，字波臣，福建莆田人，流寓南京，善画人物。

〔5〕东阳：在今浙江。

〔6〕彭天锡：明末金坛(今属江苏)人，本为士人，后沦为戏曲艺人，工丑、净行，善演奸雄。

〔7〕诸暨：在今浙江。　陈章侯：见卷二《岣嵝山房》注。

〔8〕缣（jiān）素：书画用的白绢。

〔9〕杨与民：杭州人，善弹三弦说书。　三弦子：即三弦，拨弦乐器，木制，形长方而四角弧形，两面蒙蟒皮，张三根弦。主要流行于江南，用于伴奏昆曲及江南丝竹合奏。

〔10〕据小梧：敲打木板、木架之类。梧，三国何晏《景福殿赋》："桁梧复叠，势合神离。"李善注："梧，柱也。"这里指为显示曲调节奏或者在说书紧要处为引起听众注意，以"紫檀界尺"敲击木鱼，类似于敲击檀板。

〔11〕北调：金元以来戏曲中的北方声调，其吸取了辽金少数民族音乐元素，较为刚劲豪放，与南曲的柔媚婉约相对。到明代，北调多被南曲同化。　《金瓶梅》：明代章回小说，一百回，作者署"兰陵笑笑声"。其内容借《水浒传》中西门庆、潘金莲故事敷衍而成，反映了明代社会生活，亦多性描写。晚明以后其段落被改编为戏曲。

〔12〕本腔戏：昆曲艺人兼工其他声腔的，称用其本工昆腔演唱的剧目为本腔戏。

〔13〕调腔戏：明末流行于杭州、绍兴一带的剧种，用打击乐器伴奏，由乐师帮腔，部分剧目用昆腔或四平腔演唱。

〔14〕侑（yòu）：助酒。《诗经·小雅·楚茨》："以为酒食，以享以祀，以妥以侑。"

〔15〕裴将军旻（mín）：裴旻，唐人，善射，又善剑舞，与李白诗歌、张旭草书并称三绝，曾官龙华军使。

〔16〕吴道子：见卷二《飞来峰》注。道子画壁、裴旻舞剑事见北宋郭若虚《图画见闻志》卷五《吴道子》。

〔17〕缞（cuī）衣：为亲人服丧而穿的麻服。

〔18〕胡旋舞：来自西域少数民族的舞蹈，唐宋时期十分流行，节奏鲜明欢快，多旋转蹬踏动作，伴奏以打击乐为主。　缠：段落。


【译文】

　　甲戌年十月，我与楚生住在不系园观赏红叶。走到定香桥，有八个不期而至的客人：南京曾波臣，东阳赵纯卿，金坛彭天锡，诸暨陈章侯，杭州杨与民、陆九、罗三，女艺人陈素芝。我留他们喝酒。章侯带着白绢为纯卿画古佛，波臣为纯卿画肖像，杨与民弹三弦子，罗三唱曲，陆九吹箫。与民又拿出一寸来长的紫檀木界尺，吹小梧，用北调说《金瓶梅》一剧，使人叫绝。当夜，彭天锡与罗三、与民反串本腔戏，极妙；与楚生、素芝反串调腔戏，又是妙极。章侯唱乡村小曲，我拿出琴伴奏，声音牙牙如说话。纯卿笑道："只恨小弟无一擅长的，就来给你们喝酒助兴吧。"我说："唐朝裴旻将军居丧期，请吴道子在墙上画天宫超度亡母。吴道子说：'将军为我舞一回剑，用凶猛剑气打通幽冥。'裴旻脱下缞衣，扎好衣服，上马奔驰，挥舞宝剑如插云霄，高数十丈，恍若电光下射，然后持鞘收剑，剑穿透房屋插入剑鞘，观看的人都惊悚不已。吴道子奋挥衣袖如风，画壁立刻完成。如今章侯为纯卿画佛，而纯卿舞剑，正是今天的事情。"纯卿跳起来，取出他的竹节鞭，重三十斤，来了几段胡旋舞，众人大笑而罢。

# 风篁岭

风篁岭[1]，多苍筤篆荡[2]，风韵凄清。至此，林壑深沉，迥出尘表。流淙活活，自龙井而下[3]，四时不绝。岭故丛薄荒密。元丰中[4]，僧辨才浑治洁楚[5]，名曰"风篁岭"。苏子瞻访辨才于龙井，送至岭上，左右惊曰："远公过虎溪矣[6]。"辨才笑曰："杜子有云：与子成二老，来往亦风流[7]。"遂造亭岭上，名曰"过溪"，亦曰"二老"。

子瞻记之，诗云："日月转双毂[8]，古今同一丘[9]。惟此鹤骨老，凛然不知秋。去住两无碍，人土争挽留[10]。去如龙出水，雷雨卷潭秋。来如珠还浦[11]，鱼鳖争骈头。此生暂寄寓，常恐名实浮。我比陶令愧[12]，师为远公优。送我过虎溪，溪水当逆流。聊使此山人，永记二老游。"

**【注释】**

　　〔1〕风篁岭：位于杭州西南，今钱塘门外，棋盘山、天马山以南，为西湖群山南北两大支的交接点，钱塘江与西湖分水岭之一。岭上多竹，周围为龙井茶主要产区之一。

　　〔2〕苍筤(láng)：青色。　筱(xiǎo)：小竹。　簜(dàng)：大竹。《尚书·禹贡》："筱簜既敷。"

　　〔3〕龙井：见卷一《明圣二湖》附诗"龙井"注。

　　〔4〕元丰：宋神宗赵顼年号（1078—1085）。

　　〔5〕淬(cuì)治洁楚：收拾整治、开辟道路。

　　〔6〕"远公"句：远公，指慧远（334—416），雁门楼烦（在今山西）人，东晋高僧。于庐山结白莲社，被推为净土宗始祖。虎溪，位于庐山东林寺前，相传慧远送客不过虎溪，否则必有虎吼。此处指辩才送苏轼出凤凰岭。

　　〔7〕"与子"二句：见杜甫《寄赞上人》诗。二老，语出《孟子·离娄上》："二老者，天下之大老也。"杜甫用以指自己与赞上人。

　　〔8〕双毂(gǔ)：双轮。毂，车轮中间车轴贯入处的圆木，代指车轮。

　　〔9〕"古今"句：语出《汉书·杨恽传》："古与今如一丘之貉。"

　　〔10〕"去住"二句：指辩才住持天竺，学徒盈门，遭人嫉恨而被迫离去。士人挽留，辩才不争，退居龙井，学徒随之。

　　〔11〕"来如"句：据《后汉书·循吏传》，汉合浦郡多产珠宝，原郡守大肆搜刮，遂使珠宝移向别处。后孟尝为太守，革除旧弊，珠宝复还。这里指辩才一度移居南屏，后仍归龙井。

　　〔12〕陶令：陶潜（352—427），东晋诗人。字渊明，自号五柳先生，浔阳柴桑（今江西九江）人。曾任江州祭酒、彭泽县令。因不愿与统治者合作，归隐田园。在任期间，一日访东林寺，慧远送陶潜，不觉过溪，虎大吼，主客笑别。

**【译文】**

　　风篁岭，绿竹猗猗，风韵凄清。来到此处，森林沟壑深沉，与尘世迥然不同。流水潺潺，自龙井而下，四时不断。山岭过去树稀地荒。元丰年间，僧人辩才收拾整治，开辟道路，称为"风篁岭"。苏轼到龙井访问辩才，返回时，辩才送至岭上，左右惊叫："远公已经过虎溪了！"辩才笑道："杜子说：与您成二老，来往也风流。"于是在岭上造了亭子，叫作"过溪"，也叫"二老"。

苏轼记下了此事。有诗说："日月如双轮，古今同一丘。只此鹤骨老，庄严不知秋。去留都无碍，人土争挽留。走如龙出水，雷雨卷潭秋。来如珠还浦，鱼鳖争先后。此辈暂留驻，常惧名声浮。我比陶令愧，师比远公优。送我过虎溪，溪水应逆流。就请山中人，永记二老游。"

李流芳《风篁岭》诗：
林壑深沉处，全凭篆荡迷。
片云藏屋里，二老到云栖。
学士留龙井，远公过虎溪。
烹来石岩白，翠色映玻璃[1]。

【注释】
〔1〕玻璃：当时所谓玻璃，指天然水晶石一类，有各种颜色，并非后世的人造玻璃。

【译文】
山壑树林深沉，全因翠竹遮蔽。一片云朵飘进屋里，二老来到云栖。学士留在龙井，远公走过虎溪。烹煮岩石变白，翠色映照玻璃。

# 龙 井

南山上下有两龙井[1]。上为老龙井，一泓寒碧，清冽异常，弃之丛薄间，无有过而问之者。其地产茶，遂为两山绝品。再上为天门，可通三竺。南为九溪，路通徐村，水出江干[2]。其西为十八涧，路通月轮山，水出六和塔下[3]。

龙井本名延恩衍庆寺[4]。唐乾祐二年[5]，居民募缘改造为报国看经院。宋熙宁中[6]，改寿圣院，东坡书额。绍兴三十一年[7]，改广福院。淳祐六年[8]，改龙井寺。元丰二年[9]，辨才师自天竺归老于此，不复出，与苏子瞻、赵阅道友善[10]。后人建三贤阁祀之，岁久寺圮。万历二十三年[11]，司礼孙公重修，构亭轩，筑桥，锹浴龙池，创霖雨阁，焕然一新，游人骈集。

【注释】

〔1〕龙井：见卷一《明圣二湖》附诗"龙井"注。

〔2〕江干：江边。

〔3〕六和塔：见卷五《六和塔》及注。

〔4〕延恩衍庆寺：坐落于狮峰山落晖坞老龙井旁。始由杭人凌霄募建于五代吴越国时期，称报国看经院，北宋熙宁初年改寿圣院，元丰二年(1079)辨才归隐于此，曾加以修缮。南宋淳祐六年(1246)又改延庆报恩寺(即延恩衍庆寺)。明代称龙井寺，寺内有潮音堂、眠云堂、霖雨阁、楞伽室等建筑。

〔5〕乾祐二年：949年。乾祐为后汉高祖刘知远年号(948—950)，为吴越国所奉。

〔6〕熙宁：宋神宗年号(1068—1077)。

〔7〕绍兴三十一年：1161年。

〔8〕淳祐六年：1246年。

〔9〕元丰二年：1079年。

〔10〕赵阅道：见卷一《六贤祠》注。

〔11〕万历二十三年：1595年。

【译文】

南山上下有两个龙井。上面的是老龙井，一泓碧水寒彻，特别清冽，被遗忘在丛林野草中，经过的路人都不关注。其地出产茶叶，成为两山绝品。再上去为天门，可通往三天竺。南边则为九溪，有路通往徐村，有水通往江边。西边为十八洞，有路通往月轮山，有水通往六和塔下。

龙井寺原名延恩衍庆寺。唐朝乾祐二年，当地人化缘改建为报国看经院。宋朝熙宁中，改寿圣院，苏轼题写了匾额。绍兴三十一年，改广福院。淳祐六年，改龙井寺。元丰二年，辩才师父从天竺寺到这里度过晚年，不再出来，与苏轼、赵阅道交好。后人建造三贤阁祭祀他们。岁月久了，寺宇坍塌。万历二十三年，司礼太监孙隆重修，构建亭轩，筑桥，挖掘浴龙池，建造霖雨阁，面貌焕然一新，游客云集。

# 一 片 云

神运石在龙井寺中，高六尺许，奇怪突兀，特立檐下。有木香一架，穿绕窈窦，蟠若龙蛇。正统十三年[1]，中贵李德驻龙井[2]。天旱，令力士淘之。初得铁牌二十四、玉佛一座、金银一锭，凿大宋元丰年号。后得此石，以八十人舁起之。上有"神运"二字，旁多款识[3]，漶漫不可读[4]，不知何代所镌，大约皆投龙以祈雨者也。风篁岭上有"一片云"石，高可丈许，青润玲珑，巧若镂刻。松磴盘屈，草莽间有石洞，堆砌工致巉岩。石后有片云亭，司礼孙公所构，设石棋枰于前，上镌"兴来临水敲残月，谈罢吟风倚片云"之句。游人倚徙[5]，不忍遽去。

【注释】
〔1〕正统十三年：1448 年。

〔2〕中贵：见卷一《岳王坟》附张景元文注。　李德：据清沈德符《万历野获编》卷六《内臣李德》，其为景泰年间镇守浙江的太监。

〔3〕款识：原指青铜器上的刻文，后指作者在器物上留下的名号、年月等落款。

〔4〕漶(huàn)漫：模糊，不可辨识。

〔5〕倚徙：流连，徘徊。

## 【译文】

神运石在龙井寺中，有六尺来高，形状奇特怪兀，耸立在屋檐下。有一架木香，穿绕石孔中，就像龙蛇缠绕一般。正统十三年，太监李德驻扎龙井，遇到旱天，令壮汉淘井。一开始得到铁牌二十四块、玉佛一座、金银一锭，凿有大宋元丰年号。后来又得到这块石头，用八十人才把它抬起来，上有"神运"二字，旁边有许多款识，字样已经磨平不可辨识，不知哪个朝代所刻，大概都是投献给龙王以祈求雨水的。凤篁岭上有一片云石，高一丈左右，青润玲珑，精巧得像雕刻出来的一样。山上松间石阶盘绕，草丛间有石洞，堆砌整齐的巨岩。石后有片云亭，是司礼监孙公所建，亭前设有石棋枰，上面刻着"兴来临水敲残月，谈罢吟风倚片云"的句子。游客在此徘徊，舍不得马上离去。

### 秦观《龙井题名记》：

元丰二年[1]，中秋后一日，余自吴兴来杭[2]，东还会稽。龙井有辨才大师，以书邀余入山。比出郭，日已夕，航湖至普宁[3]，遇道人参寥，问龙井所遣篮舆[4]，则曰："以不时至，去矣。"

是夕，天宇开霁，林间月明，可数毫发。遂弃舟，从参寥策杖并湖而行。出雷峰，度南屏，濯足于惠因涧，入灵石坞，得支径上凤篁岭，憩于龙井亭，酌泉据石而饮之。自普宁凡经佛寺十五，皆寂不闻人声。道旁庐舍，灯火隐显，草木深郁，流水激激悲鸣，殆非人间之境。行二鼓，始至寿圣院〔5〕，谒辨才于朝音堂〔6〕，明日乃还。

【注释】

〔1〕元丰二年：1079年。

〔2〕吴兴：今浙江湖州。

〔3〕普宁：寺名，又名白莲院，在雷峰之北、白莲洲上，内有铁塔一、石塔二。

〔4〕篮舆：见卷一《明圣二湖》附诗"篮舆"注。

〔5〕寿圣院：见本卷《龙井》"延恩衍庆寺"注。

〔6〕辨才：见卷一《六贤祠》注。 朝音堂：寿圣院讲堂。朝，当作"潮"。《西湖游览志》卷四《南山胜迹》"延恩衍庆寺"条引北宋杨杰《潮音堂》诗："潮来音普闻，潮平音亦歇。孰若此山堂，潮音未尝绝。"

【译文】

元丰二年，中秋后一天，我从吴兴来杭州，往东到了会稽返回。龙井有位辨才大师，来信邀我入山。等到出城，已经是傍晚，在湖上行船到普宁，遇到道人参寥子，我问龙井派来的竹轿在哪里，他回答说"因为你们没按时到，就回去了"。

当天傍晚，云开气爽，树林中明月照耀，可看清脸上毛发。于是上岸，跟参寥子拄着拐杖沿湖并肩而走。出了雷峰，过了南屏，徒步涉过惠因涧。又入灵石坞，从小径上风篁岭，在龙井亭小憩，靠着石头舀起泉水饮用。从普宁寺起一共经过十五座庙宇，都阒寂无声。路边房屋，灯火闪烁，草木深沉，流水湍急鸣响，仿佛已非人间。到二鼓时分，才走到寿圣院，在朝音堂谒见辨才。第二天便回去了。

张京元《龙井小记》：

过风篁岭，是为龙井，即苏端明、米海岳与辩才往来处也[1]。寺北向，门内外修竹琅琅[2]。并在殿左，泉出石罅，甃小园池[3]，下复为方池承之。池中各有巨鱼，而水无腥气。池淙淙下泻，绕寺门而出。小坐与楷亭，玩一片云石。山僧汲水供茗，泉味色俱清。僧容亦枯寂，视诸山迥异。

【注释】

〔1〕苏端明：即苏轼，曾为端明殿学士。　米海岳：即米芾，见卷一《明圣二湖》注。米芾别号海岳外史。

〔2〕琅（láng）琅：形容竹林在风吹动下发出的清爽、响亮的声音。司马相如《子虚赋》：“礧（léi）石相击，琅琅磕（kē）磕。”

〔3〕甃：见卷三《葛岭》“甃”注。

【译文】

过风篁岭，即为龙井寺，也就是苏轼、米芾与辩才往来之地。出寺庙向北，门内外修竹成片。在殿宇左边，有泉水从石缝中涌出，修建了小园池，下面又有方池接水。池中都有大鱼，水无腥气。池水汩汩下泻，绕着寺门流出。在与楷亭坐了片刻，玩赏了一片云石。山上僧人打水供茶，泉水味色俱清。僧人的面貌也冷枯闲寂，与其他山的僧人完全不同。

王稚登《龙井诗》：

深谷盘回入，灵泉瀺沸流[1]。

隔林先作雨，到寺不胜秋。

古殿龙王在，空林鹿女游[2]。

一尊斜日下，独为古人留。

【注释】

〔1〕觱(bì)沸：泉水涌出貌。《诗经·小雅·采菽》："觱沸槛泉，言采其芹。"

〔2〕鹿女：佛经有鹿生之女举步生莲花的故事。见北魏昙曜等译《杂宝藏经》八《莲华夫人缘》。

【译文】

从深深的山谷盘旋而入，灵秀的山泉喷涌成水流。不远处的树林先下起了雨，来到寺中已是萧瑟深秋。听说古殿上还供着龙王，林子空空只有鹿女来游。一轮斜阳照耀之下，独为古人将此庙存留。

袁宏道《龙井》诗：

都说今龙井，幽奇逾昔时。

路迂迷旧处，树古失名儿。

渴仰鸡苏佛〔1〕，乱参玉版师〔2〕。

破筒分谷水，芟草出秦碑。

数盘行井上，百计引泉飞。

画壁屯云族，红栏蚀水衣〔3〕。

路香茶叶长，畦小药苗肥。

宏也学苏子，辨才君是非。

【注释】

〔1〕鸡苏佛：茶的别称。见北宋陶毂《清异录》卷下《茗荈》。

〔2〕玉版师：笋名。北宋惠洪《冷斋夜话》卷七《东坡戏作偈语》："器之觉笋味胜，问此笋何名，东坡曰：'即玉版也。'"

〔3〕水衣：谓苍苔。

【译文】

都说今日龙井寺，幽静玄妙超过旧时。路径迷失要往何处，树木苍苍名字不知。渴了就饮鸡苏佛，到处寻找玉版师。剖开竹筒接一碗泉水，铲除野草显现出秦碑。路径盘旋通往龙井，千方百计引来泉水湍飞。画壁前后白云聚集，朱栏之下青苔翠微。路边的香气是茶叶的馥郁，小块田里草药苗壮肥。我也想来仿效苏轼，与辩才畅谈古今是非。

张岱《龙井柱铭》：
夜壑泉归，渥洼能致千岩雨[1]。
晓堂龙出，崖石皆为一片云。

【注释】

〔1〕渥（wò）洼：原为水名，在安西（今甘肃瓜州）。相传曾在此水中得神马，后亦指代神马。

【译文】

夜里山壑泉水喷涌，好似神马引来千岩雨。
清晨殿堂蛟龙出没，仿佛崖石都成一片云。

# 九溪十八涧

九溪在烟霞岭西[1]，龙井山南。其水屈曲洄环，九折而出，故称九溪。其地径路崎岖，草木蔚秀，人烟旷绝，幽闃静悄，别有天地，自非人间[2]。溪下为十八涧，地故深邃，即缁流非遗世绝俗者，不能久居。按志，涧内有李岩寺、宋阳和王梅园、梅花径等迹[3]，今都湮没无存。而地复辽远，僻处江干，老于西湖者[4]，各名胜地寻讨无遗，问及九溪十八涧，皆茫然不能置对。

**【注释】**

〔1〕九溪：位于西湖西面，烟霞岭西南，北达龙井。九溪有两处源头，西源始于龙井村旁狮子峰，东源始于翁家山腰杨梅岭，两处溪流呈"丫"形向南流淌，一路聚集许多曲折的细涧小溪，统称九溪十八涧，最后汇入钱塘江。

〔2〕"别有"二句：语出李白《山中问答》诗："桃花流水杳然去，别有天地非人间。"

〔3〕阳和王：当为杨和玉，即杨存中，死后追封和王，见本卷《烟霞石屋》注。

〔4〕老于：这里意为熟悉。

**【译文】**

九溪在烟霞岭西面、龙井山南面。水道曲折环绕，转了九个弯而流出，所以称为九溪。当地路径崎岖不平，草木葱郁，人烟极少，幽静无声，别有天地，并非尘世。溪下有十八涧，非常幽深，即使是僧人，如果尚未完全摆脱世俗的也不能久居。根据记载，涧内有李岩寺、宋阳和王梅园、梅花径等遗迹，如今都已湮没无存。而且地处遥远偏僻的江边。在西湖居住多年的人，寻访了各处名胜，当被问到九溪十八涧，却都茫然回答不上来。

李流芳《十八涧》诗：

己酉始至十八涧〔1〕，与孟旸、无际同到徐村第一桥，饭于桥上。溪流淙然，山势回合，坐久不能去。予有诗云："溪九涧十八，到处流活活。我来三月中，春山雨初歇。奔雷与飞霰，耳目两奇绝。悠然向溪坐，况对山嵯峨〔2〕。我欲参云栖，此中解脱法。善哉汪子言〔3〕，闲心随水灭。"无际亦有和余诗，忘之矣。

【注释】

　　〔1〕己酉：万历三十七年(1609)。

　　〔2〕嵯(cuó)嵲(niè)：相当于嵯峨，山势高峻貌。

　　〔3〕汪子：汪明际，见本卷《烟霞石屋》附文"无际"注。

【译文】

　　己酉年第一次到十八涧，与孟旸、无际一起到徐村第一桥，在桥上吃了饭。溪流淙淙，山势回抱，坐久了还不愿离去。我有诗说："溪有十八涧，到处汩汩流。三月我来此，山中春雨方才休。雷声隆隆雾茫茫，耳眼所遇均奇绝。悠然对溪坐，更有山巍峨。我欲参拜云栖寺，寻求世俗解脱法。还是汪子说得好，闲逸之心已经随水流而去。"无际也有和我的诗，已经忘记写了什么。

# 卷　五

## 西湖外景

### 西　溪

　　粟山高六十二丈[1]，周回十八里二百步。山下有石人岭，峭拔凝立，形如人状，双髻耸然[2]。过岭为西溪[3]，居民数百家，聚为村市。相传宋南渡时，高宗初至武林，以其地丰厚，欲都之。后得凤凰山[4]，乃云："西溪且留下。"后人遂以名。地甚幽僻，多古梅，梅格短小，屈曲槎桠[5]，大似黄山松。好事者至其地，买得极小者，列之盆池，以作小景。其地有秋雪庵，一片芦花，明月映之，白如积雪，大是奇景。余谓西湖真江南锦绣之地，入其中者，目厌绮丽，耳厌笙歌，欲寻深溪盘谷，可以避世如桃源、菊水者[6]，当以西溪为最。余友江道闇有精舍在西溪[7]，招余同隐。余以鹿鹿风尘[8]，未能赴之，至今犹有遗恨。

【注释】
　〔1〕粟山：又名栗山，位于灵隐寺西，山下有飞泉。
　〔2〕双髻：古人将头发盘起，束成的两个高高的发髻。
　〔3〕西溪：原为村庄，位于武林山之西，粟山之下，其名来自当地

的一条溪水。东晋县翼建有法华寺，唐代建永兴寺。北宋端拱元年
（988）建镇，宋高宗时称"留下"，为拱卫京师重镇，驻有禁军，明清为
贸易重镇，商贾兴盛。

〔4〕凤凰山：位于西湖东南侧，今杭州市区南部。海拔178米。隋
代开始，凤凰山麓为县衙、州治和王府所在，南宋在此建皇城。南宋皇
城遭后世破坏，经学界考古发掘，近年逐渐显现原来规模。

〔5〕槎（chá）枒（yā）：即槎牙，树木错杂不齐。

〔6〕桃源、菊水：见卷四《小蓬莱》"菊水桃源"注。

〔7〕江道闇（àn）：江浩，字道闇，钱塘人。明亡为僧，更名为智宏，
字梦破，与祁彪佳、黄宗羲皆有交往。　精舍：见卷一《保俶塔》"精
庐"注。

〔8〕鹿鹿风尘：即碌碌风尘，成天忙于俗务。

【译文】

粟山高六十二丈，周围环绕十八里又二百步。山下有石人岭，
峻峭挺拔，形状如人，双髻耸立。过了山是西溪，有居民数百家，
聚集为村市。相传宋朝南渡时，高宗初到杭州，因为其地富饶，
准备建都。后得凤凰山，就说："西溪留下吧。"后人就以"留
下"为此地名。其地十分幽静偏僻，有很多古梅，梅形状短小，
树枝屈曲偃蹇，很像黄山松。好事者来到，买了极小的，列在盆
池，作为小景。有个叫秋雪庵的地方，一片芦花，明月照耀下，
白如积雪，十分奇特。我说西湖真是江南锦绣之地，走进这里的
人，眼睛看厌了绮丽，耳朵听烦了笙歌，想寻找深溪与盘绕的山
谷，可以如桃源、菊水一样避世的，西溪最为合适。我的朋友江
道闇在西溪有精舍，要我同去隐居。我因为风尘羁绊，未能前往，
至今仍有遗恨。

## 王稚登《西溪寄彭钦之书》[1]：

留武林十日许，未尝一至湖上，然遂穷西溪之胜。
舟车程并十八里，皆行山云竹霭中，衣袂尽绿。桂树大
者，两人围之不尽。树下花覆地如黄金，山中人缚帚扫

花售市上，每担仅当脱粟之半耳。往岁行山阴道上〔2〕，大叹其佳，此行似胜。

【注释】

〔1〕王稚登：见卷三《孤山》附诗"王稚登"注。

〔2〕山阴道上：见卷三《十锦塘》"如入"二句注。

【译文】

　　我在杭州滞留十来天，没有去过一次湖边，但是看尽了西溪的胜景。车船行走共十八里，都在山的云气竹的雾霭中穿行，衣服都被染成了绿色。大的桂树，两个人还合抱不拢。树下，遍地落花如黄金一般。山里人扎了扫帚扫花拿到市上出售，每担只值脱壳谷子的一半价钱。过去在山阴的路上行走，由衷赞叹其景色之佳，这里仿佛更胜一筹。

李流芳《题西溪画》：

　　壬子正月晦日〔1〕，同仲锡、子与自云栖翻白沙岭至西溪〔2〕。夹路修篁，行两山间，凡十里，至永兴寺〔3〕。永兴山下夷旷，平畴远村，幽泉老树，点缀各各成致。自永兴至岳庙又十里，梅花绵亘村落，弥望如雪，一似余家西碛山中。是日，饭永兴，登楼啸咏。夜还湖上小筑，同孟旸、印持、子将痛饮。翼日出册子画此。癸丑十月乌镇舟中题〔4〕。

【注释】

〔1〕壬子：万历四十年(1612)。　晦：农历每月的最后一天。

〔2〕仲锡：邹仲锡即邹方回，见卷一《西泠桥》附文"小筑"注。　子与：见卷三《十锦塘》附文"子与"注。　云栖：见本卷《云

栖》注。

〔3〕永兴寺：位于留下（西溪）镇安乐山下。唐代贞观三年（629）由僧悟明开山始建，南宋名僧铁牛大师扩建，净慈寺济癫曾来拜访，后世屡废屡建。

〔4〕癸丑：万历四十一年（1613）。 乌镇：在今浙江桐乡。

**【译文】**

壬子年正月晦日，我与仲锡、子与从云栖翻过白沙岭来到西溪。夹道都是高高的竹子，走在两山间有十里，到了永兴寺。永兴山下平坦开阔，平野远处的村子，幽深的泉水，苍老的树木，分别点缀其间，各成景致。从永兴至岳庙又是十里地，梅花绵亘的村落，看上去如一片雪景，又如在我家西碛山里一样。当天在永兴吃了饭，登楼吟咏诗篇。夜里回到湖边小筑，同孟旸、印持、子将畅饮。第二天取出册子画下这里的景致。癸丑十月乌镇船中题。

杨蟠《西溪》诗[1]：

为爱西溪好，长忧溪水穷。

山源春更落，散入野田中。

**【注释】**

〔1〕杨蟠：见卷二《韬光庵》附诗"杨蟠"注。

**【译文】**

只因喜欢西溪景色，一直担忧溪水流干。春天山泉水位更低，溪水淙淙都流散进野田。

王思任《西溪》诗：

一岭透天目，千溪叫雨头。

石云开绣壁，山骨洗寒流〔1〕。

鸟道苔衣滑，人家竹语幽。

此行不作路，半武百年游〔2〕。

**【注释】**

〔1〕"山骨"句：谓山上的岩石经过了寒流的冲刷。

〔2〕武：见卷三《秦楼》"武"注。

**【译文】**

一座山岭截断天目山脉，千条溪流在呼唤雨头。石上云开显现壮美崖壁，山岩冲刷洗过寒冷水流。小道上到处苔藓溜滑，人家旁竹林语声咽幽。此番行走不沿着路径，半武距离差不多作百年游。

张岱《秋雪庵诗》：

古宕西溪天下闻〔1〕，辋川诗是记游文〔2〕。

庵前老荻飞秋雪〔3〕，林外奇峰耸夏云。

怪石棱层皆露骨，古梅结屈止留筋。

溪山步步堪盘礴〔4〕，植杖听泉到夕曛〔5〕。

**【注释】**

〔1〕古宕：即古荡，地名，在杭州郊外。

〔2〕"辋（wǎng）川"句：谓当地有辋川诗那样的记游文。辋川诗，指唐代诗人王维咏辋川风景诗。辋川，水名，在今陕西省蓝田县南。两山夹峙，川水从此流过。过川口豁然开朗，风景颇殊。王维曾筑别业于此。

〔3〕老荻：秋天的荻。荻是一种与芦苇相似的植物，生长于水边，其花白色。

〔4〕盘礴：这里是流连、徘徊的意思。

〔5〕曛:见卷二《冷泉亭》"曛"注。

【译文】

　　古岩西溪天下闻名,曾有辋川诗歌记游文。庵前老荻飞舞如秋雪,林外奇峰直插穿夏云。怪石高耸突兀露出微骨,古梅树枝虬结只剩老筋。溪山每一步都值得顾盼,我拐杖听泉一直到日沉。

# 虎　跑　泉

　　虎跑寺本名定慧寺[1],唐元和十四年性空师所建[2]。宪宗赐号曰广福院。大中八年改大慈寺[3],僖宗乾符三年加"定慧"二字[4]。宋末毁。元大德七年重建[5]。又毁。明正德十四年[6],宝掌禅师重建[7]。嘉靖十九年又毁[8]。二十四年,山西僧永果再造。今人皆以泉名其寺云。

　　先是,性空师为蒲坂卢氏子[9],得法于百丈海[10],来游此山,乐其灵气郁盘,栖禅其中。苦于无水,意欲他徙。梦神人语曰:"师毋患水,南岳有童子泉,当遣二虎驱来。"翼日,果见二虎跑地出泉[11],清香甘冽,大师遂留。明洪武十一年,学士宋濂朝京[12],道山下。主僧邀濂观泉,寺僧披衣同举梵咒,泉瀵沸而出[13],空中雪舞。濂心异之,为作铭以记。城中好事者取以烹茶,日去千担。寺中有调水符[14],取以为验。

【注释】

　　〔1〕虎跑寺:唐元和十四年(819),僧人寰中(性空大师)来游西湖

西南隅的大慈山,乐其灵气郁盘,遂于山麓开山建寺,唐宪宗赐额广福院,后名定慧寺、虎跑寺。虎跑,大慈山麓幽谷中的泉水,以晶莹甘冽闻名,其涧溪沿一条青石板路而下。民间有性空大师梦见神仙告以此处"二虎跑地作穴"之说,故名。清代乾隆赞之为"天下第三泉"。

〔2〕元和十四年:唐宪宗元和十四年(819)。　性空:唐代僧人,蒲坂(今山西省蒲州市)人。俗姓卢,二十五岁应试中第,后出家,往嵩山受具足戒,后驻锡于大慈山,四方归依参礼者如云。

〔3〕大中八年:854 年。大中为唐宣宗年号(847—859)。

〔4〕乾符三年:876 年。乾符为唐僖宗年号(874—879)。

〔5〕大德七年:1303 年。大德为元成宗年号(1297—1307)。

〔6〕正德十四年:1519 年。

〔7〕宝掌(?—657):中印度僧人,相传出生时左手握拳,有珠在掌中,到七岁出家剃发才展开如常人,故名"宝掌"。魏晋间云游峨眉、五台等名山大刹,后到建业(今南京),遇菩提达摩受禅法。隋开皇十七年(597)到西湖中天竺中印峰,结庐而居,为中天竺寺开山祖师,圆寂时自称已千岁。

〔8〕嘉靖十九年:1540 年。

〔9〕蒲坂:地名,在今山西永济。

〔10〕百丈海:怀海禅师(720—814),唐代僧人。俗姓王,长乐(在今福建)人,幼年出家,初依潮阳西山慧照禅师,后依衡山法朗和尚受具足戒,曾为马相道一禅师侍者三年,后往庐江浮槎寺阅读藏经多年,开悟后因住持江西泰新百丈山,世称百丈海。所制订《百丈清规》,成为后世丛林生活修持的规范。

〔11〕跑:同刨,以足扒土。

〔12〕宋濂:见卷三《陆宣公祠》"宋濂"注。

〔13〕鬝沸:见卷四《一片云》附诗"鬝沸"注。

〔14〕调水符:南宋吴聿《观林诗话》:"东坡爱玉女洞中水,既致两瓶,恐后复取而为使者见绐,因破竹为契,使寺僧藏其一,以为往来之信,戏谓为调水符。"

【译文】

虎跑寺原名定慧寺,唐朝元和十四年性空法师所建,宪宗赐号称广福院。大中八年改大慈寺。僖宗乾符三年加"定慧"二字。宋朝末年毁。元朝大德七年重建,又毁。明朝正德十四年,宝掌禅师重建。嘉靖十九年又毁。二十四年，山西僧人永果再造。现在的人都以泉名称呼这座寺。

早先，性空为蒲坂卢氏的儿子，从百丈海那里学得佛法，来游此山，喜欢这里灵气凝聚，留下修禅。苦于没有水源，准备迁往他处。梦见神人来说："师父不用担心水源，南山有童子泉，我会派二只老虎把泉水带来。"第二天，果然见两只老虎刨地，涌出泉水，清香甘甜，性空就留了下来。明朝洪武十一年，学士宋濂前往京城入朝，经过山下。寺庙主僧邀请宋濂观看泉水，寺僧披着衣服，一起念起咒语，泉水顿时喷涌而出，在空中如雪花飞舞。宋濂心中诧异，写下文章记载。城中好事者取来泉水烹茶，每日千担。寺中有调水符，作为取水凭证。

## 苏轼《虎跑泉》诗：

亭亭石榻东峰上[1]，此老初来百神仰[2]。
虎移泉眼趁行脚[3]，龙作浪花供抚掌[4]。
至今游人灌濯罢，卧听空阶环玦响[5]。
故知此老如此泉，莫作人间去来想。

【注释】

〔1〕亭亭：形容山石孤峻的样子。
〔2〕此老：指性空。
〔3〕行脚：指云游四方的僧人。
〔4〕"龙作"句：见卷二《玉泉寺》。
〔5〕环玦（jué）响：玉器碰撞发出的清脆响声，此处形容泉水湍激声。环玦，玉环与玉玦，均为古人佩戴的玉器，圆形，中间有孔。

【译文】

亭亭石床就在东峰之上，老法师初来百神都敬仰。老虎移动泉眼迎接游僧，蛟龙掀起浪花引人拍掌。至今来客灌水洗濯后，就躺在空阶聆听泉水玉佩般声响。既然知道有这位老法师与泉水，又何必萌生走出尘世的妄想。

袁宏道《虎跑泉》诗：
竹林松涧净无尘，僧老当知寺亦贫。
饥鸟共分香积米[1]，枯枝常足道人薪[2]。
碑头字识开山偈，炉里灰寒护法神。
汲取清泉三四盏，芽茶烹得与尝新。

【注释】
〔1〕香积米：寺庙厨房里的米，参见卷二《灵隐寺》"香积厨"注。
〔2〕道人：此指寺院仆役。

【译文】
竹林松涧洁净无比，僧人老迈可见寺庙清贫。饥饿的群鸟飞来分享米粒，枯败的树枝经常只够庙用柴薪。认得碑文是当年开山偈，炉灰虽冷也曾经供着护法神。舀来清泉三四碗，烹煮芽茶让来客尝尝新。

## 凤 凰 山

唐宋以来，州治皆在凤凰山麓[1]。南渡驻跸[2]，遂为行宫。东坡云："龙飞凤舞入钱塘"[3]，兹盖其右翅也。自吴越以逮南宋，俱于此建都，佳气扶舆[4]，萃于一脉。元时惑于杨髡之说，即故宫建立五寺[5]，筑镇南塔以厌之，而兹山到今落寞。今之州治，即宋之开元故宫[6]，乃凤凰之左翅也。明朝因之，而官司藩臬皆列左方[7]，为东南雄会。岂非王气移易，发泄有时也。故山川坛、八卦田、御教场、万松书院、天真书院<sup>〔8〕</sup>，皆在凤凰山之左右焉。

**【注释】**

〔1〕凤凰山：见本卷《西溪》"凤凰山"注。

〔2〕驻辇(niǎn)：皇帝留驻的地方。辇，皇帝坐的车子。宋高宗于建炎三年(1129)二月从扬州逃到杭州，当年七月下诏升杭州为临安府，又经颠沛流离，于绍兴八年(1138)三月正式下诏定都临安。在此前后，在原杭州衙署基础上建造皇城。经多年经营，在凤凰山东麓形成了一座方圆九里、颇为壮观的宫殿群。

〔3〕"龙飞凤舞入钱塘"：一说此句为东晋郭璞所云。见《杭州府志》卷二一《山水二·钱塘县》。

〔4〕扶舆：即扶摇，形容盘旋而上。唐李白《上李邕》诗："大鹏一日同风起，扶摇直上九万里。"

〔5〕五寺：见本卷《宋大内》。

〔6〕开元故宫：位于皇城以北，凤凰山北麓，南宋杭州涌金门内。

〔7〕官司：指官署。 藩臬：藩司，即布政使；臬司，即按察使，明代省级主要官员，分别负责一省行政与司法。布政使从二品，按察使正三品。

〔8〕山川坛：祭祀山川处。在包家山旁，明初洪武二年(1369)建。 八卦田：凤凰山天龙寺下的宋代籍田(皇帝为表示劝农而亲自耕种的农田)，俯看作八卦状，开辟于高宗绍兴十三年(1143)。 万松书院：在凤凰山北麓万松岭上。相传东晋梁山伯与祝英台曾在此读书，民间亦称梁祝书院，实则始建于唐贞元年间(785—804)，名报恩寺。明弘治十一年(1498)，浙江右参政周木改辟为万松书院，王阳明曾在此讲学。天真书院：在龙山下，建于明嘉靖间，祀新建伯王伯安。

**【译文】**

唐宋以来，杭州州府均在凤凰山麓。宋朝皇室南渡后留驻在这里，于是建立了行宫。苏东坡说："龙飞凤舞入钱塘"，说的就是山麓右侧。从吴越国至南宋，均在此建都，王气扶摇直上，荟萃于这一脉。元朝被杨琏真迦的说法蛊惑，在故宫位置建立五座寺庙，还修筑镇南塔压制山脉，所以此山直到今日都凄清冷寂。

如今的州府，就是宋朝开元故宫，在凤凰山的左侧。明朝沿袭前朝，而官府布政司按察司皆列左方，为东南重要的行政中心。岂不是王气移动，到一定时候就会发散出来吗？山川坛、八卦田、御教场、万松书院、天真书院的旧址，都分布在凤凰山的左右两侧。

苏轼《题万松岭惠明院壁》：

余去此十七年[1]，复与彭城张圣途、丹阳陈辅之同来[2]。院僧梵英，葺治堂宇，比旧加严洁。茗饮芳烈，问："此新茶耶？"英曰："茶性，新旧交则香味复。"余尝见知琴者，言琴不百年，则桐之生意不尽，缓急清浊，常与雨旸寒暑相应。此理与茶相近，故并记之。

【注释】

〔1〕"余去"句：指苏轼在熙宁四年（1071）至杭州任职，到元祐四年（1089）再次任职杭州期间。

〔2〕彭城：即徐州，在今江苏。　张圣途：张天骥，字圣途，号云龙山人，北宋人。好道家修身养性术。　丹阳：在今江苏。　陈辅之：陈辅，字辅之，自号南郭子，北宋金陵人。少为王安石所知，有诗名。

【译文】

我离开此地十七年，又与彭城张圣途、丹阳陈辅之同来。院僧梵英修葺殿堂屋宇，比旧时更加整洁。院里茶味芳香浓烈，我问道："这是新茶吗？"梵英说："茶的特性，新旧季节交替则香味更浓。"我曾经遇到懂得琴的人，说桐木作琴不满百年，木质未散尽，声音的缓急清浊，经常与天气的雨晴寒暑相对应。这道理与茶相近，所以一并加以记载。

徐渭《八仙台》诗：

南山佳处有仙台，台畔风光绝素埃。

嬴女只教迎凤入[1]，桃花莫去引人来[2]。

能令大药飞鸡犬[3]，欲傍中央剪草莱。

旧伴自应寻不见，湖中无此最深隈[4]。

【注释】

〔1〕"嬴女"句：用秦穆公女弄玉嫁萧史、夫妇好吹箫并随凤凰飞去的故事。西汉刘向《列仙传》卷上《萧史》："（萧史）日教弄玉作凤鸣，居数年，吹似凤声，凤凰来止其屋，（穆）公为作凤台，夫妇止其上，不下数年。一旦，皆随凤凰飞去。"此处以凤台比喻八仙台。嬴女，指弄玉。

〔2〕"桃花"句：用陶潜《桃花源记》故事。

〔3〕"能令"句：东汉王充《论衡》卷七《道虚》谓西汉淮南王刘安学道，招致天下道教方士各献仙药，刘安于是"得道"；"举家升天，畜产皆仙。犬吠于天上，鸡鸣于云中"，"此虚言也"。大药，道家的金丹。杜甫《赠李白》诗："苦乏大药资，山林迹如扫。"

〔4〕隈（wēi）：山坳，山水弯曲处。《淮南子·览冥训》："田者不侵畔，渔者不争隈。"注："隈，曲深处。"

【译文】

南山绝佳处有座仙台，台边风光清丽无丝毫尘埃。秦国公主只迎凤凰飞入，世外桃源不要引外人进来。遥想铁拐李的仙丹能让鸡犬飞升，又想在台上学蓝采和把草药采摘。这些神仙伴侣自然已找寻不到，西湖没有比此台更幽深的所在。

袁宏道《天真书院》诗：

百尺颓墙在，三千旧事闻[1]。

野花粘壁粉，山鸟煽炉温。

江亦学之字[2]，田犹画卦文[3]。

儿孙空满眼，谁与荐荒芹〔4〕。

【注释】

〔1〕三千：指孔子的三千弟子。

〔2〕"江亦"句：钱塘江弯曲如"之"字，一名之江。

〔3〕"田犹"句：田地呈八卦形。

〔4〕"谁与"句：谁向孔子进献祭品？这是极言书院之荒芜。

【译文】

天真书院只剩下百尺残墙，诉说着三千弟子的旧事佚闻。野花沾上颓废的白粉壁，山鸟翅膀煽起残存的炉温。江流蜿蜒仿效"之"字，俯瞰田野恰似八卦文。空有满眼儿孙后辈，不知还有谁会来献上祭品。

# 宋 大 内

《宋元拾遗记》：高宗好耽山水，于大内中更造别院〔1〕，曰小西湖〔2〕。自逊位后，退居是地，奇花异卉，金碧辉煌，妇寺宫娥充斥其内，享年八十有一。按钱武肃王年亦八十一，而高宗与之同寿，或曰高宗即武肃后身也。《南渡史》又云：徽宗在汴时〔3〕，梦钱王索还其地，是日即生高宗，后果南渡，钱王所辖之地，尽属版图。畴昔之梦，盖不爽矣〔4〕。元兴，杨琏真伽坏大内以建五寺，曰报国，曰兴元，曰般若，曰仙林，曰尊胜，皆元时所建。按志，报国寺即垂拱殿〔5〕，兴元即芙蓉殿〔6〕，般若即和宁门〔7〕，仙林即延和殿〔8〕，尊胜即福宁殿〔9〕。雕梁画栋，尚有存者。白塔计高二百丈，内藏佛经数十万卷，佛像数千，整饰华靡。取宋南渡诸宗骨殖，杂以牛马之骼，压于塔下，名以镇南。未几，为雷所击，张士诚寻毁之〔10〕。

【注释】

〔1〕大内：指南宋皇城遗址，包括皇宫与御苑等部分。

〔2〕小西湖：位于大内后宫东部。

〔3〕徽宗：见卷一《岳王坟》附诗"两宫"注。

〔4〕不爽：没有差错。《诗经·小雅·蓼萧》："其德不爽，寿考不忘。"

〔5〕垂拱殿：皇宫正殿，位于大内中央偏西，南宫门内，坐北朝南，为屋五间，是皇帝每天上朝接见群臣、议决政事的主要场所。

〔6〕芙蓉殿：位于大内西苑东北角。

〔7〕和宁门：大内北门。

〔8〕延和殿：位于后宫西侧，沿用北宋旧例，殿门朝北，是皇帝听教师讲课、接见群臣，选择人材之处。陆游曾在延和殿受孝宗接见，其《延和殿退朝口号》："才薄何堪试冯翊，恩深犹许对延和。"

〔9〕福宁殿：位于后宫东侧。

〔10〕张士诚（1321—1367）：元代泰州（今属江苏）人，以操舟贩盐为业。元末起事，在高邮（今属江苏）称王，国号大周，又攻占江南各地。降元，任太尉。后败于朱元璋，被俘自缢。

【译文】

《宋元拾遗记》说：宋高宗迷恋山水，在皇宫里又造别院，叫作小西湖。自退位以后，居住在此。奇花异草，金碧辉煌，女官、宫女充斥其中。高宗享年八十一岁，钱武肃王也是八十一岁，高宗与他同寿。有人说高宗是钱武肃王后身。《南渡史》又说，徽宗在汴京时，梦到钱王讨还其地，当天即生下高宗，后来宋室果然南渡，钱王所辖之地，尽归版图。过去的梦果然没有差错。元朝建立，杨琏真伽毁坏皇宫改建五寺，分别叫作报国、兴元、般若、仙林、尊胜，均为元时所建。根据相关记载，报国寺即垂拱殿，兴元寺即芙蓉殿，般若寺即和宁门，仙林寺即延和殿，尊胜寺即福宁殿，雕梁画栋，迄今尚有留存下来的。白塔高达两百丈，内藏佛经数十万卷，佛像数千尊，装饰华丽，用宋朝南渡历代皇帝遗骨，杂以牛马之骸骨，压于塔下，称作镇南。不久被雷击中，元末被张士诚毁去。

谢皋羽《吊宋内》诗[1]：
复道垂杨草乱交[2]，武林无树是前朝。
野猿引子移来宿，搅尽花间翡翠巢。

【注释】
〔1〕谢皋羽（1249—1295）：谢翱，字皋羽，号宋累，福安（今属福建）人，宋末元初文士。曾投文天祥抗元，失败后避居浙东。
〔2〕复道：指皇宫中的道路。

【译文】
旧宫道路的垂杨夹杂野草，杭州只有前朝遗址才树木稀少。野猴带着孩儿前来夜宿，搅翻了花丛间的翠鸟穴巢。

隔江风雨动诸陵，无主园林草自春。
闻说光尧皆堕泪[1]，女官犹是旧宫人。

【注释】
〔1〕光尧：指宋高宗。高宗禅位以后，孝宗所上尊号有"光尧"等字样。

【译文】
隔江风雨落在各座皇陵，无主的园中草木已经回春。说起高宗忍不住落下眼泪，园中女官原来是旧时宫人。

　　紫宫楼阁逼流霞<sup>[1]</sup>，今日凄凉佛子家。
　　寒照下山花雾散，万年枝上挂袈裟<sup>[2]</sup>。

**【注释】**

〔1〕紫宫：指帝王的宫禁。

〔2〕万年枝：冬青树。　袈(jiā)裟：僧衣。南朝慧皎《高僧传》卷四《晋东莞竺僧度》："披袈裟，振锡杖，饮清流。"

**【译文】**

　　当年皇宫楼阁高耸逼近云霞，如今成了凄凉的佛寺殿宇。寒光照耀山下花雾散尽，却见冬青树上挂着僧服。

　　禾黍何人为守阍<sup>[1]</sup>，落花台殿暗销魂<sup>[2]</sup>。
　　朝元阁下归来燕<sup>[3]</sup>，不见当时鹦鹉言<sup>[4]</sup>。

**【注释】**

〔1〕禾黍：谓旧时宫室尽为农田，喻亡国。《诗经·王风·黍离》："彼黍离离，彼稷之苗。行迈靡靡，中心摇摇。知我者谓我心忧，不知我者谓我何求？"　阍：宫门。

〔2〕销魂：悲伤，断肠。

〔3〕朝元阁：也叫老君殿或降圣观，创建于唐高宗乾封元年(666)，为唐代皇家道观，位于陕西临潼骊山。唐李商隐《华清宫》诗："朝元阁迥羽衣新，首按昭阳第一人。"此处泛指旧宫殿。

〔4〕"不见"句：表示南宋已经灭亡。相传高宗在建康(今南京)时，有大赤鹦鹉自江北飞至，口称万岁，高宗见而伤感。事见南宋袁褧《枫窗小牍》卷下"高庙"条。

**【译文】**

　　亡国了还有谁守卫宫门，台殿上的落花令人暗自断魂。只见朝元阁下飞回旧时燕子，当年鹦鹉口称万岁不再听闻。

黄晋卿《吊宋内》诗[1]：

沧海桑田事渺茫，行逢遗老叹荒凉。

为言故国游麋鹿[2]，漫指空山号凤凰[3]。

春尽绿莎迷辇道[4]，雨多苍翠上宫墙。

遥知汴水东流畔，更有平芜与夕阳[5]。

【注释】

〔1〕黄晋卿：黄溍（1277—1357），字晋卿，元代义乌（在今浙江）人。延祐进士，历任县丞、州判官、侍讲学士。善诗文书画，世称元代"儒林四杰"之一。

〔2〕游麋（mí）鹿：亡国后宫苑的荒凉景象。《史记·淮南衡山列传》："臣今见麋鹿游姑苏之台也。"麋鹿，鹿的一种，因其头似马，角似鹿，尾似驴，蹄似牛，又被称为"四不像"，多见于沼泽地。这里泛指野鹿。

〔3〕号凤凰：凤凰鸣叫。《诗经·大雅·卷阿》："凤凰鸣矣，于彼高冈。"

〔4〕辇道：指当年皇宫里的车道。

〔5〕"遥知"二句：谓原来北宋早已亡国，汴京一带更为荒芜。

【译文】

沧海桑田世事茫茫，路上遇着前朝遗老感叹凄凉。说起故国宫殿如今游荡着麋鹿，随手指着空山里正在悲鸣的凤凰。春已尽，只见绿草掩盖辇道；雨水多，翠色悄悄爬上宫墙。遥知汴京东边流水畔，更只剩下成片荒野、一个斜阳。

赵孟頫《宋内》诗：

东南都会帝王州，三月莺花非旧游。

故国金人愁别汉[1]，当年玉马去朝周[2]。

湖山靡靡今犹在[3]，江水茫茫只自流。

千古兴亡尽如此，春风麦秀使人愁[4]。

【注释】

〔1〕"故国"句：喻南宋的灭亡。　金人：见卷一《岳王坟》附诗"函谷"句注。

〔2〕朝周：诸侯朝见周天子，这里指南宋皇帝、太后被金兵掳去的耻辱。

〔3〕靡靡：表示秀丽。司马相如《长门赋》："间徙倚于东厢兮，观夫靡靡而无穷。"

〔4〕麦秀：麦吐穗。《史记·宋微子世家》："麦秀渐渐兮，禾黍油油。"

【译文】

东南都城曾经是帝王之州，如今三月莺花已不同旧游。故国铜人满怀悲哀告别汉宫，当年诸侯骑玉马北去朝周。湖山秀丽至今未改，江水茫茫自顾自流。千古兴亡无不如此，春风里麦子吐穗却令人发愁。

刘基《宋大内》诗[1]：

泽国繁华地，前朝此建都。

青山弥百粤[2]，白水入三吴[3]。

艮岳销王气[4]，坤灵肇帝图[5]。

两宫千里恨，九子一身孤[6]。

设险凭天堑，偷安负海隅。

云霞行殿起，荆棘寝园芜[7]。

币帛敦和议，弓刀抑武夫。

但闻当宁奏，不见立廷呼[8]。

鬼蜮昭华衮[9]，忠良赐属镂[10]。

何劳问社稷[11]，且自作欢娱。

秔稻来吴会，龟鼋出巨区[12]。

至尊危北阙，多士乐西湖[13]。

鹢首驰文舫[14]，龙鳞舞绣襦[15]。

暖波摇襞积[16]，凉月浸氍毹[17]。

紫桂秋风老，红莲晓露濡。

巨螯擎拥剑[18]，香饭漉雕胡[19]。

蜗角乾坤大[20]，鳌头气势殊[21]。

秦庭迷指鹿[22]，周室叹瞻乌[23]。

玉马违京辇[24]，铜驼掷路衢[25]。

含容天地广，养育羽毛俱。

橘柚驰包贡[26]，涂泥赋上腴[27]。

断犀埋越棘[28]，照乘走隋珠[29]。

吊古江山在，怀今岁月逾。

鲸鲵空渤澥[30]，歌咏已唐虞。

鸱革愁何极[31]，羊裘钓不迂[32]。

征鸿暮南去，回首忆莼鲈[33]。


【注释】

〔1〕刘基(1311—1375)：明初大臣。字伯温，青田(今属浙江)人。元统进士，早年为元官，后弃官隐居。受朱元璋聘，多有参议筹谋，任御史中丞，封诚意伯，参定明朝典制。为胡惟庸所谮，忧愤而死(一说被毒死)。

〔2〕弥：遍及。　百粤：即百越，泛指江浙闽粤之地。

〔3〕三吴：见卷一《明圣二湖》附诗"三吴"注。

〔4〕"艮(gèn)岳"句：谓北宋都城汴京被金朝攻陷。艮岳，即艮山。宋徽宗于汴京景龙山侧筑土山，广罗天下奇花异草、珍禽异兽。以

其在京城之艮方（东北方），故名艮。

〔5〕"坤灵"句：意为获神灵护祐，得以再建南宋。坤灵，地神。

〔6〕"九子"句：九子，相传龙生九子，常用以附会帝王之子。《国语·晋语四》谓晋献公"同出九人，唯重耳在"。这里借指宋徽宗诸子均被金人所掳，唯康王一人逃脱，得以继承帝位。

〔7〕寝园：指南宋诸皇陵。

〔8〕"但闻"二句：表示朝上只有每日例行公事的上奏，没有抗敌复仇的呼声。指高宗忘记父兄国耻，不思归复北方。当宁（zhù）奏，向国君上奏。宁，古代宫殿的门屏之间，为君主所在。《礼记·曲礼下》："天子当宁而立。"立廷呼，春秋时，吴王阖闾被越国打败而死。其子夫差继位，要左右每日于廷中呼"夫差，尔忘越王杀尔父乎"，以示不忘报仇。事见《左传·定公十四年》。尔，你。

〔9〕"鬼蜮（yù）"句：表示小人占据高位。鬼蜮，传说中一种害人致病的动物，比喻邪恶小人。华衮，华丽服饰，指高官厚禄。

〔10〕"忠良"句：指高宗杀害岳飞等忠良。属镂，见卷四《于坟》附诗"属镂"句注。

〔11〕社稷：见卷四《于坟》"社稷"注。

〔12〕"秔（jīng）稻"二句：谓南宋偏安的东南一隅物产丰饶。秔，粳米。鼋（yuán），大鳖。吴会，犹言吴越。巨区，同具区，指太湖一带。《尔雅·释地》："吴越之间有具区。"

〔13〕多士：百官，众多贤士。《诗经·大雅·文王》："济济多士，文王以宁。"

〔14〕鹢（yì）首：饰有鹢鸟图案的船头。《淮南子·本经训》："龙舟鹢首，浮吹以娱。"鹢，一种水鸟，形如鹭而大，善飞。 文舫：画舫，装饰华丽的游船。

〔15〕"龙鳞"句：谓歌舞。龙鳞，光彩如鳞甲的服装。东汉班固《西都赋》："沟塍刻镂，原隰龙鳞。"绣襦（rú），绣有图纹的舞衣。

〔16〕"暖波"句：描绘奢华生活。暖波，春日阳光下的波浪。襞（bì）积，衣裙上的褶子。司马相如《子虚赋》："襞积褰（qiān）绉（zhòu），纡徐委曲。"

〔17〕氍（qú）毹（shū）：红毯，画舫地板上的铺设。

〔18〕"巨螯"句：泛指大小螃蟹。拥剑，蟛蜞，一种小螃蟹。左思《吴都赋》注："拥剑，蟹属也。"因其螯锋利得名。

〔19〕雕胡：即菰（gū）米，茭白实，可以做饭。

〔20〕蜗角：极言南宋所占地方之小。

〔21〕"鳌头"句：《列子·汤问》载巨鳌被钓、所负仙山沉没事。这里喻南宋兴起气象不凡，但最终摆脱不了灭亡的命运。

〔22〕"秦庭"句：用秦末赵高指鹿为马事，喻南宋朝廷的黑暗。

〔23〕"周室"句：谓南宋将亡，百姓命运多蹇。瞻乌，语出《诗经·小雅·正月》"瞻乌爰止，于谁之屋"，喻乱世漂泊无依的生民。

〔24〕"玉马"句：指宋末恭帝赵㬎（xiǎn）与金太后被掳北去事。违：离开。京辇（niǎn），京城。

〔25〕"铜驼"句：指亡国。见卷四《柳洲亭》"荆棘铜驼"注。路衢（qú），街路。

〔26〕"橘柚"句：指各地向都城进贡。

〔27〕"涂泥"句：一般的田地也征收上等赋税，表示土地肥沃。

〔28〕断犀：碎裂的珍稀物品。

〔29〕"照乘"句：谓国家财富之多。照乘，照耀车辆的珠宝。《史记·田敬仲完世家》："若寡人国小也，尚有径寸之珠照车前后各十二乘者十枚。"隋珠，隋侯之珠。《淮南子·览冥训》注："隋侯，汉东之国，姬姓诸侯也。隋侯见大蛇伤断，以药傅之。后蛇于江中衔大珠以报之，因曰隋侯之珠，盖明月珠也。"

〔30〕"鲸鲵（ní）"句：形容国内恶人已经绝迹。鲸鲵，鲸鱼，雄的叫鲸，雌的叫鲵。渤澥（xiè），即渤海。

〔31〕"鸱（chī）革"句：表明功臣下场令人哀叹。鸱革或作鸱夷，鸱鸟形的皮袋。鸱，一种鸟类。《史记·伍子胥列传》：吴国功臣伍子胥被赐死后，吴王"取子胥尸盛以鸱夷革，浮之江中"。

〔32〕羊裘：东汉严光在富春江垂钓时所披羊皮衣，借指隐居。　不迁：不迁腐，明智。

〔33〕征鸿：远飞的大雁。　莼鲈：莼菜与鲈鱼，均为江南特产。西晋张翰为吴县（今苏州）人，在洛阳为官，见秋风起而想到家乡的莼鲈，遂辞官回乡。按，从"鸱革愁何极"至此四句，作者表示出不为元朝效力、宁愿隐居的意念。作者后来也走上了反抗元朝的道路。


【译文】

杭州是多水繁华的宝地，前朝在此建成帝都。青山奔踊贯穿百越，河水流淌来到三吴。汴京艮岳虽在王气已灭，倚仗神灵护佑再展帝图。两宫被掳去遗恨千里，九个儿子中只有一个逃出。凭借天堑构筑险要，苟且偷生偏安海隅。云蒸霞蔚南宋行宫顶上，皇陵野草却是一片荒芜。献出币帛只为求和，弓刀入库偏要抑制武夫。只见奏疏称颂太平，不闻有人当廷疾呼。奸佞小人衣冠楚楚，忠良自尽得赐属镂。哪管国家安危百姓饥饱，醉生梦死苟且自娱。粳稻盛产富饶吴地，龟鼋爬行出没太湖。至尊陷入极北冰天雪地，众臣游乐陶醉在西湖。雕饰华美的游船飘荡湖上，歌者舞者身穿锦绣的衣襦。暖阳下裙摆随波光飘舞，清冷的月色笼罩氍毹。秋风吹拂紫桂生长，红莲仰仗晓露滋濡。大小蟹螯举刀舞剑，香饭搅拌自有雕胡。国土局促不过蜗角，鳌头气派却颇为不俗。指鹿为马一如秦廷，不知百姓流离失所的疾苦。皇帝太后被掳北去，铜驼丢弃在草丛旁途。遥想当年国土无垠，养育百姓不遗余力。四裔各族争相来进贡，天下征赋农田肥腴。珠宝随意埋藏荆棘，国家财富不计其数。如今凭吊古代江山何在，感念倏忽岁月已去。渤海已无大鲸鲵，歌功颂德向唐虞。可叹历来功臣无善终，严光隐居垂钓并不迂腐。大雁暮色中展翅南飞而去，回首江南想念起莼菜与鲈鱼。

# 梵 天 寺

　　梵天寺在山川坛后[1]，宋乾德四年钱吴越王建[2]，名南塔。治平十年[3]，改梵天寺。元元统中毁[4]，明永乐十五年重建[5]。有石塔二、灵鳗井、金井。先是，四明阿育王寺有灵鳗井[6]。武肃王迎阿育王舍利归梵天寺奉之，凿井南廊，灵鳗忽见，僧赞有记[7]。

　　东坡倅杭时，寺僧守诠住此。东坡过访，见其壁间诗有："落日寒蝉鸣，独归林下寺。柴扉夜未掩，片月随行履。惟闻犬吠声，又入青萝去。"东坡援笔和之曰："但闻烟外钟，不见烟中寺。幽人行未已，草露湿芒履。惟应山头月，夜夜照来去。"清远幽深，其气味自合。

**【注释】**

〔1〕梵天寺：位于今杭州上城区凤凰山南麓笤帚湾。一说后唐天祐元年(904)，钱镠受封吴王时在凤凰山南麓建。后梁贞明二年(916)，钱镠命其从弟从明州(宁波)阿育王寺取回佛舍利供奉。北宋乾德四年(966)钱俶重建，铸钱镠等三王铜像供于寺内。北宋治平年间(1064—1067)，取名梵天寺。南宋时毁，明永乐十五年(1417)重建。今存经幢两座与鳗鱼井。

〔2〕乾德四年：宋太祖赵匡胤乾德四年(966)。

〔3〕治平十年：治平为宋英宗年号，一共四年(1064—1067)。此处说治平十年，有误。

〔4〕元统：元顺帝年号(1333—1335)。

〔5〕永乐十五年：1417年。

〔6〕四明：山名，位于今浙江东部的宁绍地区，峰峦挺拔，林木茂盛，主峰在今嵊州市境内，海拔1018米。四明也是宁波的别称。　阿育王寺：在今宁波鄞州区，晋人得古印度国王阿育王舍利，建塔于此，并建广利寺，至梁武帝时改名阿育王寺。

〔7〕僧赞：一作赞宁，北宋初年僧人，德清(在今浙江)人，在灵隐寺习南山律，吴越王钱俶署为两浙僧统，赐"明义示文大师"号。

**【译文】**

　　梵天寺在山川坛后，北宋乾德四年吴越王钱镠所建，称南塔。治平十年，改梵天寺。元朝元统年间毁。明朝永乐十五年重建。寺中有两座石塔，还有灵鳗井、金井。先前，四明阿育王寺有灵鳗井。钱镠迎阿育王舍利归梵天寺供奉，在南廊凿井时，灵鳗忽然显现，僧赞有记。苏轼在杭州任通判时，寺僧守诠住在此处。苏轼来访问，见他墙上有诗道："落日寒蝉鸣，独归林下寺。柴扉夜未掩，片月随行履。惟闻犬吠声，又入青萝去。"苏轼提笔和道："但闻烟外钟，不见烟中寺。幽人行未已，草露湿芒履。惟应山头月，夜夜照来去。"诗境清远幽静，其气味互相吻合。

## 苏轼《梵天寺题名》：

余十五年前，杖藜芒履，往来南北山。此间鱼鸟皆相识，况诸道人乎！再至惘然，皆晚生，相对但有怆恨。子瞻书。

元祐四年十月十七日[1]，与曹晦之[2]、晁子庄、徐得之[3]、王元直[4]、秦少章同来[5]，时主僧皆出，庭户寂然，徙倚久之。东坡书。

【注释】

〔1〕元祐四年：1089 年。当时苏轼第二次到杭州任职，距第一次任满离开杭州已经十五年。

〔2〕曹晦之：曹矩，字晦之，北宋休宁（今属安徽）人。

〔3〕徐得之：字思任，北宋临江（今江西清江）人，《三朝北盟会编》编者徐梦莘弟。淳熙进士，官至通直郎。能诗文。

〔4〕王元直：王箴，字元直，苏轼妻弟。

〔5〕秦少章：秦觏。见卷三《苏小小墓》"秦少章"注。

【译文】

十五年前，我拄着拐杖，穿着草鞋，往来南北山间。此间的鱼鸟都与我熟识，何况是各位道人！等到再来就迷茫了，都是晚辈，面对面只有惘怅与遗恨。子瞻书。

元祐四年十月十七日，与曹晦之、晁子庄、徐得之、王元直、秦少章一同来梵天寺。当时寺庙里的主要僧人都外出了，院子里寂静无声，我在里面徘徊了许久。东坡书。

# 胜 果 寺

胜果寺[1]，唐乾宁间[2]，无著禅师建[3]。其地松径盘纡，涧淙潺潺[4]。罗刹石在其前，凤凰山列其后，江景之胜无过此。出南塔而上，即其地也。宋熙宁间[5]，在寺僧清顺住此[6]。顺约介寡交，无大故不入城市。士夫有以米粟馈者，受不过数斗，盎贮几上[7]，日取二三合啖之[8]。蔬笋之供，恒缺乏也。一日，东坡至胜果，见壁间有小诗云："竹暗不通日，泉声落如雨。春风自有期，桃李乱深坞。"问谁所作，或以清顺对。东坡即与接谈，声名顿起。

【注释】

〔1〕胜果寺：又名圣果寺，位于凤凰山笤帚湾内山坞。始建于隋朝开皇二年(582)。唐乾宁三年(896)，无著禅师重建，规模扩大，有大雄宝殿、观音殿、西方殿等，并有巨钟。自唐宋至明，历千年。

〔2〕乾宁：唐昭宗年号(894—898)。

〔3〕无著禅师(820—900)：名文喜，嘉兴朱氏，七岁出家，曾至五台山朝礼文殊菩萨，又往洪州拜仰山为师。吴越王钱镠奏赐紫衣，署无著禅师。

〔4〕潺潺(zhuó)：即瀺灂，流水声。宋玉《高唐赋》："巨石溺溺之瀺灂兮，沫潼潼而高厉。"

〔5〕熙宁：见卷四《钱王祠》"熙宁"注。

〔6〕清顺：字怡然，宋僧，曾为灵岩禅寺主持。诗文负一时重名。

〔7〕盎贮：存放在盎中。盎，一种容器，大腹敛口。

〔8〕合：量词，十合为一升，十升为一斗。

【译文】

胜果寺，唐朝乾宁年间，由无著禅师创建。周围松树小路盘绕，涧溪流水潺潺。罗刹石在寺前，凤凰山在寺后，江景的壮丽没有比这里更好的了。走出南塔向上，就是胜果寺一带。宋朝熙宁年间，在寺僧清顺住在这里。清顺性格简朴孤独，很少与人交往，没有大事不入城市。士人有米谷馈赠，他不过接受几斗，储放在桌几上的盎里，每天取出两三合食用。寺里菜蔬供给经常短缺。一天，苏东坡到胜果寺，见墙上有小诗说："竹暗不通日，泉声落如雨。春风自有期，桃李乱深坞。"问是谁写的，有人说是清顺。东坡就与他对话，从此清顺声名鹊起。

僧圆净《胜果寺》诗[1]：
深林容鸟道，古洞隐春萝。
天迥闻潮早，江空得月多。
冰霜丛草木，舟楫玩风波。
岩下幽栖处，时闻白石歌[2]。

【注释】

〔1〕圆净：昭庆寺寺僧。

〔2〕白石歌：春秋时宁戚所唱《饭牛歌》，因其有"白石"之语而得名"白石歌"。见《史记·鲁仲连邹阳列传》集解。这里借指农人的歌声。

【译文】

深邃的树林只容鸟儿经过，幽古的洞穴深藏于藤萝。天空回转潮声早早传来，江面广阔明月光照更多。草木丛中结起冰霜，船儿在风浪中上下颠簸。岩下幽静栖息的地方，时常传出农人的《白石歌》。

僧处默《胜果寺》诗[1]：
路自中峰上，盘回出薜萝。
到江吴地尽，隔岸越山多。
古木丛青霭，遥天浸白波。
下方城郭近[2]，钟磬杂笙歌。

【注释】

〔1〕处默：唐末诗僧，金华(在今浙江)人，幼年于兰溪某寺出家，

与安国寺僧贯休为邻，常以诗唱和。

　　〔2〕下方：指人间，俗界，对天或佛界而言。

## 【译文】

　　路自中峰沿山坡伸展，盘旋之间绕过了薜萝。钱塘江到这里已是吴地边界，遥望对岸则是越山巍峨。古树丛林披上翠色，遥远天空似乎浸入白波。俗界城郭就在附近，钟磬声声夹杂着笙歌。

# 五　云　山

　　五云山去城南二十里，冈阜深秀，林峦蔚起，高千丈，周回十五里。沿江自徐村进路，绕山盘曲而上，凡六里，有七十二湾，石磴千级。山中有伏虎亭，梯以石城[1]，以便往来。至顶半，冈名月轮山[2]，上有天井，大旱不竭。东为大湾，北为马鞍，西为云坞，南为高丽[3]，又东为排山。五峰森列，驾轶云霞，俯视南北两峰，若锥朋立。长江带绕，西湖镜开，江上帆樯，小若鸥凫，出没烟波，真奇观也。宋时每岁腊前，僧必捧雪表进[4]，黎明入城中，霰犹未集[5]，盖其地高寒，见雪独早也。山顶有真际寺[6]，供五福神[7]，贸易者必到神前借本、持其所挂楮镪去[8]，获利则加倍还之。借乞甚多，楮镪恒缺。即尊神放债，亦未免穷愁。为之掀髯一笑。

## 【注释】

　　〔1〕城(cè)：台阶。
　　〔2〕月轮山：见本卷《六和塔》"月轮峰"注。

〔3〕高丽：指高丽寺，见卷四《高丽寺》及其注。

〔4〕雪表：臣民向皇帝庆贺瑞雪的表文。

〔5〕霰（xiàn）犹未集：霰为空中降落的白色不透明小冰粒，多在下雪前出现。此句谓山上已下雪，城中尚未出现霰。

〔6〕真际寺：又称真际院，吴越将领凌超所建，曰静虑庵。北宋大中祥符（1008—1016）间，改赐庵额曰真际院。该寺面临钱塘江，背绕西湖，因山势较高，能环视南北二峰，远眺帆樯，人称名胜。

〔7〕五福神：民间所祀招财、进宝等五路财神。五福，一说为寿、福、康宁、攸好德、考终命，见《文昌大洞仙经》。

〔8〕楮（chǔ）镪（qiāng）：祭供时焚化用的纸钱。文中指商贩来寺中所取祭神的纸钱，用以祈神护祐招财。

## 【译文】

五云山在城南二十里，山冈秀丽，林峰巍峨，高达千丈，周围十五里。沿着江边自徐村过来，绕山盘旋而上，有六里路，七十二弯，石阶千级。山中有伏虎亭，以石阶为梯，便于往来。至离山顶一半的高度，有座山冈名月轮山，上有天井，大旱也不干涸。东边是大湾，北边是马鞍山，西面为云坞，南边为高丽寺，再东边是排山。五座山峰并列，驾驭着云霞，鸟瞰南北两峰，就像一个个锥子并列。长江如环绕的玉带，西湖如打开的明镜，江面帆船如鸥鸟一般渺小，出没于烟波之中，真是奇观。宋朝每年腊月前，僧人都会将祝贺瑞雪的表文呈上，黎明进城，雾霰尚未起。因为山冈高寒，见雪特别早。山顶有真际寺，供奉五福神。做买卖的都会到神前借本钱，取走那里所挂的纸币，赚到钱后加倍归还。来取钱的人很多，纸币总是不够。看来就算神仙放债，也未免有穷窘的时候。不免为之拈胡须一笑。

## 袁宏道《御教场小记》：

余始慕五云之胜，刻期欲登，将以次登南高峰。及一观御教场，游心顿尽。石篑尝以余不登保俶塔为笑〔1〕。余谓西湖之景，愈下愈胜，高则树薄山瘦，草髡

石秃，千顷湖光，缩为杯子。北高峰、御教场是其样
也。虽眼界稍阔，然我身长不过六尺，睁眼不见十里，
安用许大地方为哉！石篑无以难。

**【注释】**

〔1〕石篑：见卷一《昭庆寺》附文"陶周望"注。

**【译文】**

我当初仰慕五云山的胜景，就定下日子准备去攀登，准备随
后再登南高峰。等到看了御校场，游玩的心情顿时全无。石篑曾
经笑我不登保俶塔。我说西湖景色，越低越好，高处则树薄山削，
草芜石秃，千顷湖光，缩小为一个杯子。北高峰、御校场就是那
样。虽然高处眼界开阔一些，但是我身长不过六尺，睁开眼睛看
不到十里，要用这么大地方干什么！石篑也无法驳倒我。

# 云　栖

云栖〔1〕，宋熙宁间有僧志逢者居此〔2〕，能伏虎，
世称伏虎禅师。天禧中〔3〕，赐真济院额。明弘治间为洪
水所圮。隆庆五年〔4〕，莲池大师名袾宏〔5〕，字佛慧，仁
和沈氏子，为博士弟子，试必高等，性好清净，出入二
氏〔6〕。子殇妇殁。一日阅《慧灯集》〔7〕，失手碎茶瓯，
有省，乃视妻子为鹖臭布衫〔8〕，于世相一笔尽勾。作歌
寄意，弃而专事佛，虽学使者屠公力挽之〔9〕，不回也。
从蜀师剃度受具，游方至伏牛〔10〕，坐炼呓语，忽现旧
习，而所谓一笔勾者，更隐隐现。去经东昌府谢居士
家〔11〕，乃更释然，作偈曰："二十年前事可疑，三千里

外遇何奇。焚香执戟浑如梦，魔佛空争是与非。"当是时，似已惑破心空，然终不自以为悟。

归得古云栖寺旧址，结茅默坐，悬铛煮糜[12]，日仅一食。胸挂铁牌，题曰："铁若开花，方与人说。"久之，檀越争为构室[13]，渐成丛林[14]，弟子日进。其说主南山戒律[15]、东林净土[16]，先行《戒疏发隐》，后行《弥陀疏钞》[17]。一时江左诸儒皆来就正。

王侍郎宗沐问[18]："夜来老鼠唧唧，说尽一部《华严经》？"师云："猫儿突出时如何？[19]"自代云："走却法师，留下讲案。[20]"又书颂云："老鼠唧唧，《华严》历历。奇哉王侍郎，却被畜生惑。猫儿突出画堂前，床头说法无消息。大方广佛《华严经》，世主妙严品第一。[21]"其持论严正，诘解精微。监司守相下车就语[22]，侃侃略无屈。海内名贤，望而心折。孝定皇太后绘像宫中礼焉[23]，赐蟒袈裟，不敢服，被衲敝帏，终身无改。斋惟蔬菜[24]。有至寺者，高官舆从，一概平等，几无加豆[25]。

仁和樊令问[26]："心杂乱，何时得静？"师曰："置之一处，无事不办。"坐中一士人曰："专格一物[27]，是置之一处，办得何事？"师曰："论格物，只当依朱子豁然贯通去[28]，何事不办得？"或问："何不贵前知？"师曰："譬如两人观《琵琶记》[29]，一人不曾见，一人见而预道之，毕竟同看终场，能增减一出否耶？"

甬东屠隆于净慈寺迎师观所著《昙花传奇》[30]，虞淳熙以师梵行素严阻之〔31〕。师竟偕诸绅衿临场谛观讫，无所忤。寺必设戒，绝钗钏声，而时抚琴弄箫，以乐其脾神。晚著《禅关策进》〔32〕。其所述，峭似高峰、冷似冰者，庶几似之矣。喜乐天之达，选行其诗。平居笑谈谐谑，洒脱委蛇，有永公清散之风〔33〕。未尝一味槁木死灰〔34〕，若宋旭所议担板汉〔35〕，真不可思议人也。出家五十年，种种具嘱语中。万历乙卯六月晦日〔36〕，书辞诸友，还山设斋，分表施衬〔37〕，若将远行者。七月三日，卒仆不语，次日复醒。弟子辈问后事，举嘱语对。四日之午，命移面西向，循首开目，同无疾时，哆哪念佛〔38〕，趺坐而逝〔39〕。

往吴有神李昙降毗山，谓师是古佛。而杨靖安万春尝见师现佛身〔40〕，施食吴中。一信士窥空室，四鬼持灯至，忽列三莲座，师坐其一，佛像也。乩仙之灵者云〔41〕，张果听师说《心赋》于永明。李屯部妇素不信佛〔42〕，偏受师戒，逾年屈三指化〔43〕，云身是梵僧阿那吉多〔44〕。而僧俗将坐脱时，多请说戒、说法。然师自名凡夫，诸事恐呵责，不敢以闻。化前一日，漏语见一大莲华盖，不复能秘其往生之奇云。

【注释】

〔1〕云栖：古寺。位于西湖西南，五云山云栖坞内，因茂竹上常有彩云栖留而得名。乾德五年(967)吴越王钱俶始建云栖寺，北宋治平二年(1065)改名栖真院。明代复名云栖，由莲池法师住持中兴，戒规严格，专弘净土法门，其周围山高林密，云层环绕，有"云栖梵径"之名。

〔2〕熙宁：宋神宗年号(1068—1077)。　志逢：号大扇和尚，贯通

三学，了达性相，吴越王钱俶召赐紫衣，为筑云栖寺居之。相传当地多虎，志逢每携大扇乞钱买肉饲虎，虎遇之则驯服，故世称"伏虎禅师"。

〔3〕天禧：宋真宗年号（1017—1021）。

〔4〕隆庆五年：1571 年。

〔5〕莲池：沈袾（zhū）宏（1535—1615），字佛慧，号莲池，又称云栖大师。明代仁和人，出身望族，三十二岁落发为僧，专主净土法门，倡导禅净双修，致力于融合二宗，主持云栖道场四十余年，被称为明代四大名僧之一，著作编为《云栖法汇》。

〔6〕二氏：佛、儒二教。

〔7〕《慧灯集》：元代华严宗名僧仲华文才所著。仲华文才主张通宗会意，视语言文字为糟粕。元世祖忽必烈赐号"释源宗主"，为五台山佑国寺开山住持。

〔8〕鹘（hú）臭布衫：表示臭秽之物。鹘，鸷鸟，人工饲养的一种猛禽。

〔9〕学使者：即提学使，明代主管一省教育的官员。 屠公：屠羲英，字淳卿，宣城（今属安徽）人，曾任浙江提学副使。

〔10〕伏牛：伏牛山，在今河南西南部，为秦岭东段余脉。海拔 1000 米左右，是黄河、淮河与长江三大水系的重要分水岭。

〔11〕东昌府：明代改东昌路为东昌府，治聊城（今属山东）。

〔12〕铛（dāng）：釜类容器，用于烧煮。 糜：粥。

〔13〕檀越：施主。唐道宣《广弘明集》卷二三《南齐禅林寺尼净秀行状》："乃得七十檀越，设供果，食皆精。"

〔14〕丛林：成片的寺院。

〔15〕南山：佛教南山宗，唐代道宣所创，提倡四分律。因其住终南山，故称。

〔16〕东林净土：指佛教净土宗，因其始祖慧远住庐山东林寺而得名。

〔17〕《戒疏发隐》、《弥陀疏钞》：均为莲池所著疏，阐发佛理。

〔18〕王侍郎宗沐：王宗沐（1524—1592），字新甫，号敬所，明代临海（在今浙江）人。嘉靖进士，任江西提学副使、刑部侍郎，并在白鹿洞聚集生徒讲学。

〔19〕突出：突然出现。

〔20〕"走却"二句：指老鼠逃走。法师，这里戏称"说尽《华严经》"的老鼠。

〔21〕"老鼠唧唧"八句：引用有关莲池回复王宗沐的一段禅宗公案，

显示莲池的论辩机锋和《华严经》的严肃深邃，说明佛教经典并非俗人所能理解。画堂，有画饰的厅堂。

〔22〕监司守相：泛指省府地方官。监司，按察使。守相，郡守或诸侯之相。

〔23〕孝定皇太后：明穆宗贵妃、明神宗生母李太后。十五岁入裕王府为侍女，后为侧妃、贵妃，神宗即位为皇太后。

〔24〕蓏(luǒ)：瓜果类。

〔25〕加豆：加菜。豆，古代盛食物的容器。

〔26〕仁和：县名，治今杭州。

〔27〕专格一物：格物，中国古代指推究事务原理的方式。《礼记·大学》："致知在格物，物格而后知至。"

〔28〕朱子：朱熹(1130—1200)，南宋思想家。字元晦，号晦庵，婺源(在今江西)人。绍兴进士。曾为知州，主张救荒革弊，抗击金兵。兼采二程、周敦颐理学，主持白鹿洞、岳麓书院，时称朱子。有《四书集注》等，后人编有《朱子语类》。　豁然贯通：程朱理学的认识论用语。朱熹认为豁然贯通是下学上达的必经阶段。明理必须格物，贯通便是"举天下万物之理而一以贯之"，即以心之一理贯万物之万理。如此，"众物之表里精粗无不到，而吾心之全体大用无不明矣"。该理论强调内外合一与认识过程量的积累，认为渐进过程可以完成，经过一定量的积累便可豁然贯通。

〔29〕《琵琶记》：明代传奇，高明撰，被誉为传奇之祖，写蔡伯喈与赵五娘夫妻团聚故事。

〔30〕"甬东"句：屠隆：见卷一《哇哇宕》附诗注。净慈寺，见卷四《净慈寺》。《昙花传奇》，又名《昙花记》，屠隆所撰南戏，写唐代木清泰遍游东方蓬莱与西方净土修行成道、其家中昙花盛开的故事。按，屠隆于万历二十四年(1596)居杭州南山，与莲池等游，讲论佛法；二十六年作《昙花记》，此后该剧于苏、杭一带演出。三十年八月，屠隆与虞淳熙等共赴金沙滩西湖大会，会上演出《昙花记》；九月，屠隆携家班在嘉兴烟雨楼演《昙花记》。翌年五月，屠隆在杭州净慈寺再与虞淳熙等聚。在此期间，屠隆应有于净慈寺请莲池观看《昙花记》之举。

〔31〕虞淳熙(1553—1621)：字长孺，明代钱塘人，万历进士，曾任礼部员外郎。曾从莲池习净土宗。后隐居。　梵行：清净无欲的修行，这里指莲池严格的佛门规矩。

〔32〕《禅关策进》：禅书。莲池禅师初阅《禅门佛祖纲目》，得之古

尊宿刻苦参禅之轨范；又阅《五灯会元》等语录集传，遂择取其中涉及参禅用心事，删繁述要，辑为此书，共计110条，其中以南岳下尤其是元明临济宗禅者之事迹为多，万历以后刊行，为修禅者必读。

〔33〕永公：指晋僧慧永，居庐山西林寺。《莲社高僧传》："永公清散之风乃多于远师（指慧远）也。"

〔34〕槁木死灰：形容身心如死，无一丝生机。《庄子·齐物论》："形固可使如槁木，心固可使如死灰乎？"

〔35〕宋旭：字石门，号石门、石门山人，嘉兴（在今浙江）人。晚明文士，其画有名，为吴门派支流。后为僧，法名祖玄。　担板：即呆板。

〔36〕万历乙卯：万历四十三年（1615）。　晦日：阴历每月最后一日。

〔37〕分表施衬：将财物平分给众僧。

〔38〕哆哪：张口的样子。

〔39〕趺坐：双足交叠而坐。

〔40〕杨万春：明代钱塘人。万历举人，曾任上杭、靖安县令。

〔41〕乩（jī）仙：求神问仙，算卦。　灵：灵验。

〔42〕屯部：明代工部四属部之一，亦称屯田部、屯田清吏司。此处指屯部郎中，屯部的主官。

〔43〕屈三指化：死时有三个指头弯曲，据说是信佛的表示。

〔44〕阿那吉多：又作阿尼律陀，释迦牟尼叔父之子，在释迦牟尼成道返乡时皈依，为"十大弟子"之一。传说于佛说法时酣睡受责，后立誓不眠，得"天眼"，能见天上地下六道众生。


【译文】

　　云栖，北宋熙宁年间有个叫志逢的僧人曾居住于此，他能降服老虎，人称伏虎禅师。天禧年间，御赐真济院的匾额。明弘治年间被洪水冲垮。隆庆五年，有位池莲大师名袾宏、字佛慧的，是仁和沈氏的儿子，为博士弟子，凡是考试必定成绩优秀，性格好清静，对儒学、佛法都有很深的研究。他儿子夭亡，妻子也死了。有一天他读《慧灯集》，失手打破茶壶，忽然有了醒悟，明白妻儿不过是臭布衫，应该在世上一笔勾销。于是写诗抒发胸臆，丢弃俗世而专门事佛，即使提学使屠公竭力挽留，他也不回头。跟着四川的师父剃度受牒，云游至伏牛山，修炼时说起梦话，忽然重现旧日情境，而所谓一笔勾销的妻儿，又在心中隐隐显现。

他前往东昌府谢居士家后，就想通了，作偈语道："二十年前事可疑，三千里外遇何奇。焚香执戟浑如梦，魔佛空争是与非。"当时，他似乎已经摆脱心中迷惑得到解脱，但是始终不自以为得道证悟。

他回到古云栖寺旧址，在草房里默坐，悬着锅子煮稀饭，每天只吃一顿。胸前挂着铁牌，上面写着："等到铁树开花，我才和人说话。"时间一久，施主们争相为他建造房屋，渐渐成了大片的寺院，弟子也越来越多。他的学说主张南山戒律、东林净土宗，先后有《戒疏发隐》、《弥陀疏钞》等著作行世，一时间江南学者都来请教。

王宗沐侍郎问道："夜里老鼠唧唧叫，是在说尽一部《华严经》吗？"莲池大师说："如果猫儿突然出现怎么办？"接着自己代他回答："当然是逃走了法师，只留下讲案。"又写下颂词："老鼠唧唧，《华严》历历。奇哉王侍郎，却被畜生惑。猫儿突出画堂前，床头说法无消息。大方广佛《华严经》，世主妙严品第一。"他佛法严正，解释精确。地方官上任伊始都来与他对话，他侃侃而谈，不卑不亢。海内有名的贤人，望而心服。孝定皇太后将他的画像挂在宫中礼敬，赐给他蟒袍袈裟，他却不敢穿，只穿破衣，用破帐，一辈子都这样。每天吃的，都是简单蔬菜。有来到寺里的，哪怕是高官及其随从，一概平等，并不多加碗碟。

仁和县樊县令问："心里杂乱，何时可以安静？"莲池大师说："将心放于一处，无事不会成功。"旁边有一位士人说："专门推究一件事，也就是将心放于一处，能办成什么事呢？"莲池大师说："说起推究事理，只要依照朱子豁然贯通法，有什么事情办不成？"又有人问："为什么不重视过去的知识？"莲池大师说："譬如两人同看《琵琶记》，一个人以前没看过，一人看过所以能预先说出戏的内容，但毕竟是一起看到底的，能增减一出吗？"

甬东屠隆在净慈寺迎接莲池大师看他创作的《昙花传奇》，虞淳熙以莲池大师佛教修行历来严正而加以阻止。莲池大师却与各位缙绅一起临场看到全剧结束，并没觉得被冒犯。寺庙内都设有戒律，断绝妇人乐声，他却经常抚琴吹箫，以愉悦脾神。莲池大师晚年著有《禅关策进》。他的著述，如高峰般峻峭，如冰雪

般冷峻，就差不多是他的风格了。他喜欢白乐天的豁达，选编了
他的诗集。平时笑谈诙谐，洒脱委婉，有慧永禅师清散的风格。
他并不是完全槁木死灰，如宋旭所谈论的呆板汉，真是不可思议
的人物。出家五十年，各种事情均在遗嘱中备好。万历乙卯年六
月晦日，他写信向各位朋友告辞，回到庙中设立斋饭，将财物平
分给众僧，好像准备远行一样。七月三日，就倒下说不出话，次
日又清醒过来。弟子辈问他后事，一一以遗嘱的内容回答。四日
中午，命人将他脸部移向西面，张开眼睛，如未生病时一样，张
口念佛，跏趺坐着去世。

　　过去吴地有位叫李昙的神仙降临毗山，称莲池大师是古佛。
而靖安杨万春曾见到莲池大师显作佛身，在吴地施舍食物。一个
信士窥见空房里，有四个鬼持着灯火到来，忽然出现三个莲花座，
莲池大师就坐在其中之一，显现佛像。乩仙灵验的人说，张果听
莲池大师在永明那里解说《心赋》。屯部李郎中的夫人历来不信
佛，偏偏接受了莲池大师的教诲，过了一年就弯曲三个指头去世
了，说自己是梵僧阿那吉多化身。僧俗将坐化时，多请说戒、说
法。但是莲池大师自称凡夫，这些传闻恐怕被人斥责，不愿张扬。
坐化前一天，他泄露天机说看到一个大的莲花顶盖，无法再掩盖
其往生的奇事了。


　　袁宏道《云栖小记》：

　　云栖在五云山下，篮舆行竹树中，七八里始到，奥
僻非常，莲池和尚栖止处也。莲池戒律精严，于道虽不
大彻，然不为无所见者。至于单提念佛一门，则尤为直
捷简要，六个字中[1]，旋天转地，何劳捏目更趋狂
解[2]，然则虽谓莲池一无所悟可也。一无所悟，是真阿
弥，请急着眼[3]。


【注释】
　　〔1〕六个字：佛教净土宗称只需念"南无阿弥陀佛"六个字，便可

往生。

〔2〕捏目：比喻妄念。　狂解：指袁宏道对狂禅、烂禅的批判。

〔3〕急着眼：抓紧思考。

**【译文】**

云栖在五云山下，竹轿在竹林中走七八里才能到，异常偏僻。这里是莲池和尚所住的地方。莲池戒律非常严谨，对于佛学即使不算大彻大悟，但也不是没有领悟的。至于他倡导的念佛一门，尤其直接简要，"南无阿弥陀佛"六个字里，已经包天含地，何必捏着眼睛去胡乱解释，那么其实说莲池一无所悟也不是不可以。一无所悟，才是真正的阿弥陀佛，请立刻着眼于此加以思考。

李流芳《云栖春雪图跋》：

余春夏秋常在西湖，但未见寒山而归。甲辰〔1〕，同二王参云栖〔2〕。时已二月，大雪盈尺。出赤山步，一路琼枝玉干，披拂照曜。望江南诸山，皑皑云端，尤可爱也。庚戌秋〔3〕，与白民看雪两堤〔4〕。余既归，白民独留，迟雪至腊尽。是岁竟无雪，怏怏而返。世间事各有缘，固不可以意求也。癸丑阳月题〔5〕。

**【注释】**

〔1〕甲辰：指万历三十二年（1604）。

〔2〕二王：王志坚（1576—1633），字弱生，号淑士，明代昆山（在今江苏）人。万历间为南京兵部主事，迁员外郎中，号称"昆山三才子"之一。王志长，志坚弟，万历举人。

〔3〕庚戌：万历三十八年（1610）。

〔4〕白民：朱鹭，字白民，明代吴江（在今江苏）人，于苏州莲花峰修佛。

〔5〕癸丑：万历四十一年（1613）。　阳月：十月。

【译文】

我春夏秋三季常在西湖，只是未见到冬日寒山就回来了。甲辰年，与王氏兄弟一起拜访云栖。当时已经二月，大雪积了一尺多。走出赤山，一路上树枝被白雪覆盖，阳光下摇曳着光芒。眺望江南诸山，云端皑皑白雪，尤其可爱。庚戌年秋天，与白民一起赏苏堤、白堤上的白雪。我回来了，白民还留在那里，等雪直到腊月末。但这一年竟然没有雪，他只好闷闷不乐地回来了。人间的事各有因缘，本来不可以刻意索求。癸丑年阳月题。

又《题雪山图》：

甲子嘉平月九日大雪[1]，泊舟阊门[2]，作此图。忆往岁在西湖遇雪，雪后两山出云，上下一白，不辨其为云为雪也。余画时目中有雪，而意中有云，观者指为云山图，不知乃画雪山耳。放笔一笑。

【注释】

〔1〕甲子：指天启四年（1624）。 嘉平月：腊月，十二月。《史记·秦始皇本纪》："三十一年十二月，更名腊曰嘉平。"

〔2〕阊门：苏州古城西门，上有城楼，传为春秋伍子胥所筑。阊，意为通天之气，得天护佑。西晋陆机《吴趋行》诗："阊门何峨峨，飞阁跨通波。"明清时阊门一带为繁华之地。

【译文】

甲子年腊月大雪，在阊门停船，作了这幅画。回忆往年在西湖遇到下雪，雪后两山间飘出云白，上下一样白色，辨别不清是云是雪。我作画时眼中看见的是雪，而心里想的是云，看画的人说是云山图，却不知画的是雪山啊。放下笔忍不住笑起来。

张岱《赠莲池大师柱对》：

说法平台，生公一语石一语[1]。

栖真斗室[2]，老僧半间云半间。

【注释】

〔1〕生公：见卷二《灵隐寺》附诗注。

〔2〕栖真：道家谓保根本，养元神。南朝陶弘景《真诰》卷二《运象二》："栖真者安恬愉。"佛教谓坐禅。

【译文】

在平台上滔滔不绝说法，生公说一句石头说一句。

于斗室中面对墙壁坐禅，老僧占半间云朵占半间。

# 六　和　塔

月轮峰在龙山之南[1]。月轮者，肖其形也。宋张君房为钱塘令[2]，宿月轮山，夜见桂子下塔，雾旋穗散坠如牵牛子[3]。峰旁有六和塔[4]，宋开宝三年[5]，智觉禅师筑之以镇江潮[6]。塔九级，高五十余丈，撑空突兀，跨陆府川。海船方泛者[7]，以塔灯为之向导。宣和中，毁于方腊之乱[8]。绍兴二十三年[9]，僧智昙改造七级。明嘉靖十二年毁[10]。中有汤思退等汇写佛说四十二章、李伯时石刻观音大士像[11]。塔下为渡鱼山，隔岸剡中诸山[12]，历历可数也。

【注释】

〔1〕月轮峰：《西湖游览志》卷二四："月轮山在龙山南，行如圆月，其高耸者为月轮峰。"　龙山：见卷四《钱王祠》"龙山"注。

〔2〕张君房：北宋安陆（今属湖北）人，景德进士，充集贤校理。大中祥符中谪官宁海。时真宗崇尚道教，经人举荐，君房于杭州主持校对整理秘阁道书，编纂修成《大宋天宫宝藏》四千五百余卷进之。

〔3〕牵牛子：牵牛花为一年生蔓草，花浅碧略红，其果实称牵牛子。

〔4〕六和塔：位于月轮峰上，钱塘江南岸。此地原为吴越国王的南果园，北宋开宝三年钱弘俶舍园造六和塔，并建塔院。"六合"一词即佛家所说"六和合"或"六和敬"，讲僧人修炼。现存塔身于南宋乾道元年（1165）完工，外观十三层木檐。重建于清光绪二十六年（1900）。

〔5〕开宝三年：宋太祖开宝三年（970）。

〔6〕智觉禅师：即延寿。见卷四《净慈寺》"延寿"注。

〔7〕方：疑当为"夜"字。

〔8〕方腊（1074—1121）之乱：指方腊领导的民众起义。方腊，北宋青溪（今浙江淳安西）人，雇工出身。徽宗以花石纲酷害百姓，方腊因而于宣和二年（1120）率众起义，自号圣公，建立政权，一度攻占杭州。不久遭宋军镇压，退守帮源洞，因叛徒告密被捕遇害。

〔9〕绍兴二十三年：1153 年。

〔10〕嘉靖十二年：1533 年。

〔11〕汤思退（？—1164）：字进之，宋代处州（今浙江丽水）人，中博学鸿词科，附秦桧。官至知枢密院事。力主与金朝和议并割地，遭劾贬，忧郁而死。　李伯时（1049—1106）：李公麟，字伯时，号龙眠山人，北宋舒州（今属安徽）人。举进士，曾任御史检法，好古博识。所画人物尤精。

〔12〕剡（yǎn）中：汉置剡县，今浙江嵊州一带。李白《秋下荆门》诗："自爱名山入剡中。"

**【译文】**

月轮峰在龙山南面。所谓月轮，是描述其形状。宋朝张君房任钱塘县令，曾住在月轮山，夜里见桂花落下塔，雾旋穗散如牵牛子落下一般。峰旁有六和塔，北宋开宝三年，智觉禅师修建以镇江潮。塔九层，高五十余丈，突兀凌空，横跨陆地俯视江河。海船夜航的人，以塔灯作为向导。宣和年间，在方腊叛乱时毁坏。绍兴二十三年，僧智昙重建为七级。明嘉靖十二年毁。塔里有汤思退等人汇录的佛经四十二章、李伯时石刻观音菩萨像。塔下为渡鱼山，隔岸剡中诸山，历历可见。

李流芳《题六和塔晓骑图》：

燕子矶上台[1]，龙潭驿口路[2]。

昔时并马行，梦中亦同趣。

后来五云山[3]，遥对西兴渡[4]。

绝壁瞰江立，恍与此境遇。

人生能几何，江山幸如故。

重来复相携，此乐不可喻。

置身画图中，那复言归去。

行当寻云栖，云栖渺何处。

此予甲辰与王淑士、平仲参云栖舟中为题画诗[5]，今日展予所画《六和塔晓骑图》，此境恍然，重为题此。壬子十月六日[6]，定香桥舟中[7]。

【注释】

〔1〕燕子矶：地名。在今南京郊外长江边，三面悬空，状如飞燕。

〔2〕龙潭：地名，在今江苏句容附近。

〔3〕五云山：见本卷《五云山》。

〔4〕西兴渡：位于钱塘江口、今杭州滨江区，为大运河起点，商旅汇集。

〔5〕甲辰：指万历三十二年(1604)。

〔6〕壬子：指万历四十年(1612)。

〔7〕定香桥：见卷四《于坟》附文"定香桥"注。

【译文】

　　燕子矶上有石台，驿口正对龙潭路。昔日曾经并辔策马骑行，梦里依稀忆起同样乐趣。后来到此五云山，遥遥面对西兴渡。悬崖绝壁看江潮涌起，仿佛重温当年境遇。人生能够有多久，江山幸运依然如故。重逢又是携手同游，其中快乐不言而喻。置身图画中的景致，哪里还肯说要回去。此行要去寻找云栖，云栖渺茫究竟在何处？

这是甲辰年我与王淑士、平仲参在云栖船中写的题画诗，今天展看我所画《六和塔晓骑图》，当时境况仿佛重现，再予题写。壬子十月六日，题于定香桥船中。

## 吴琚《六和塔应制》词[1]：

玉虹遥挂，望青山、隐隐如一抹[2]。忽觉天风吹海立[3]，好似春雷初发。白马凌空[4]，琼鳌驾水，日夜朝天阙。飞龙舞凤，郁葱环拱吴越。　　此景天下应无，东南形胜，伟观真奇绝。好似吴儿飞彩帜[5]，蹴起一江秋雪。黄屋天临[6]，水犀云拥[7]，看击中流楫[8]。晚来波静，海门飞上明月。（右调《酹江月》[9]）

【注释】

〔1〕吴琚(jū)：字居父，号云壑，宋代开封(今属河南)人，宋高宗吴皇后侄，以恩荫授临安通判，位至少师。工翰墨。　应制：奉皇帝之命。

〔2〕"隐隐"句：此句原文漏一字，致使全词亦缺一字。

〔3〕"忽觉"句：苏轼《有美堂暴雨》："天外黑风吹海立，浙东飞雨过江来。"

〔4〕白马：喻潮头。此用伍子胥素车白马立潮头事。见《太平广记》卷二九一"伍子胥"条。

〔5〕"好似"句：周密《武林旧事》卷三《观潮》："吴儿善泅者数百，皆披发文身，手持十幅大彩旗，争先鼓勇，溯迎而上，出没于鲸波万仞中。"

〔6〕"黄屋"句：表示皇帝亲临。黄屋，古代帝王御用的黄缯车盖。

〔7〕水犀：相传为犀牛的一种，多生活于水中。此指水军。《国语·越语上》："今夫差衣水犀之甲者，亿有三千。"亿，古称十万。亿有三千即十万三千。

〔8〕"看击"句：意为看水中船只在奋力击桨前行。楫(jí)，桨。舟楫，指船只。

〔9〕《酹(lèi)江月》：词牌名，即《念奴娇》，从苏轼《念奴娇·赤壁怀古》"一樽还酹江月"句引出。一百字，仄韵，宜用入声韵。酹，以酒洒地表示祭奠。

## 【译文】

天上挂着玉虹，看青山，隐约如一笔画成。天风忽把海水吹起，恰如春雷第一声，潮头如白马腾空，琼鳌游水，日夜向皇宫。飞龙舞凤，蓊郁环绕吴越。　　此种景色天下唯一，东南名胜，真是宏伟奇绝。好似吴人舞彩旗，掀起一江秋雪。黄屋从天降临，水犀簇拥，船儿中流击楫。傍晚波平，海门飞升明月。

## 杨维桢《观潮》诗[1]：

八月十八睡龙死[2]，海龟夜食罗刹水[3]。

须臾海辟龛赭门，地卷银龙薄于纸[4]。

艮山移来天子宫[5]，宫前一箭随西风[6]。

劫灰欲洗蛇鬼穴[7]，婆留折铁犹争雄[8]。

望海楼头夸景好[9]，断鳌已走金银岛[10]。

天吴一夜海水移，马蹀沙田食沙草[11]。

厓山楼船归不归[12]，七岁呱呱啼轵道[13]。

## 【注释】

〔1〕杨维桢：见卷一《岳王坟》注。按，此诗从钱塘江潮联想吴越至宋末战降兴衰，是作者对自然景致剧变和王朝更迭的概括与感慨。

〔2〕"八月"句：表示当日钱镠射死(一说射伤)钱塘潮神。阴历八月十八日，相传为伍子胥自刎的日子，潮头最高，是海宁观潮最佳的日子。民间将此日作为潮神生日，用以祭祀伍子胥并观潮。　　睡龙死：相传钱镠为了打败钱塘江潮水，命令两万将士于八月十八日当天，每人都带铁弓和五支铁箭分列江两岸。当潮水涌来时，万箭齐放，但是直到十万支箭全部射完，仍然未能压制潮水。于是钱镠亲自上阵，一箭射进潮

水中，潮水立刻停止奔涌，江面顿时风平浪静。随后又在江边筑成了一条海塘。

〔3〕罗刹水：见卷二《北高峰》"罗刹江"注。

〔4〕"须臾"二句：描写潮水奔腾而来的景象。龛赭门，指钱塘江口南北两侧的龛（kān）、赭（zhě）两座岛礁（分别属今杭州萧山区与海宁县）如大门一样矗立。以前钱塘江潮主要从龛山与南岸之间的"南大门"通过；唐宋以后，"南大门"逐渐壅塞，涌潮主流改道赭山与北岸之间的"北大门"，海宁县的五十余公里海岸线直接裸露在涌潮面前，导致潮灾频发。辟，同避。银龙，喻水浪。

〔5〕"艮山"句：谓北宋南宋交替。艮山，参见本卷《宋大内》附诗"艮岳"注。

〔6〕"宫前"句：相传宋钦宗被囚金国，监者愿射箭以卜，钦宗仰天祝祷，监者果一箭射中。

〔7〕"劫灰"句：谓千万年海潮汹涌冲刷，欲洗尽龙蛇鬼怪之穴。

〔8〕"婆留"句：谓吴越虽国小被灭，神灵亦欲争雄。婆留，钱镠小名。折铁，折铁剑，状似刀，重仅一斤四两，喻钱镠所占土地狭小。

〔9〕望海楼：杭州古楼名，原在凤凰山上，建于唐武德七年（624），高十丈。楼前环绕台榭。白昼可望海潮，入夜可见万家灯火。苏轼《望海楼晚景五绝》："海上涛头一线来，楼前指顾雪成堆。"宋室南迁后，移建于候潮门外新址。曾屡次修缮，毁于近代。

〔10〕"断鳌"句：谓鳌足虽断而未死，仍奔逃向仙岛。喻南宋抗元残余势力的最后抵抗。鳌，又称黑鳌，传说中的一种大龟，背负陆地与海岛。《淮南子·览冥训》：女娲"断鳌足以立四极"。金银岛，喻厓山，见下文。

〔11〕"天吴"二句：指时势巨变，沧海桑田。天吴，水神名。《山海经·海外东经》："朝阳之国，神曰天吴，是为水伯。"此指海水。蹀（dié），踩，踏。《淮南子·俶真训》："耳分八风之调，足蹀阳阿之舞。"

〔12〕"厓山"句：是有关南宋灭亡的史实。南宋恭帝德祐二年（1276），元军抵达临安（杭州）前，恭帝异母兄赵昰（shì）被封为益王，恭帝异母弟赵昺（bǐng）被封为广王，由众臣护送前往福州。五月，年仅七岁的赵昰被立为帝（端宗），改元景炎，端宗母杨妃为太后，垂帘听政，以福州为首都，建小朝廷抗元。景炎三年（1278），端宗病死，六岁的赵昺即位（末帝），改元祥兴，陆秀夫为左丞相，张世杰为枢密副使。翌年（1279）二月，元军大举追击张世杰所率宋军于厓山（今广东新会南，

当时是海岛），宋军战败，陆秀夫背负末帝投海自尽，杨太后也投海死，军民跟随投海者数以万计。南宋灭亡。张世杰率部分船队冲出重围，数日后，因船遇风浪倾覆，张世杰溺水而亡。

〔13〕"七岁"句：南宋咸淳十年（1274），度宗病死，年仅四岁的长子赵㬎（xiǎn）即位，是为恭帝，由太皇太后谢氏垂帘听政。在元军的进攻下，南宋军队节节败退。德祐二年（1276）三月，元军抵达临安东北。恭帝等出降。轵道，在长安东。秦刘邦入关，秦朝七岁幼主子婴哭泣着在轵道向刘邦投降。此处借指宋恭帝向元军投降。

【译文】

八月十八是睡龙死去的日子，海龟夜里痛饮钱塘江水。海水瞬间从凫赭门间冲过，卷起银龙般的潮水比纸还薄。徽宗把艮岳移来皇宫，钦宗仰天祝祷一箭随西风。战火洗尽龙蛇鬼穴，钱镠小国还要争雄。望海楼头人称景色好，断鳌已经退到金银岛。水神一夜移去海水，马踩在海滩上嚼食沙草。厓山楼船一去不回，七岁小儿呱呱哭在轵道。

## 徐渭《映江楼看潮》诗：

鱼鳞金甲屯牙帐〔1〕，翻身却指潮头上。

秋风吹雪下江门，万里琼花卷层浪。

传道吴王渡越时，三千强弩射潮低〔2〕。

今朝筵上看传令，暂放胥涛掣水犀。

【注释】

〔1〕鱼鳞金甲：身披盔甲的军士。　牙帐：将帅军帐，因其前立有牙旗。杜甫《董卿嘉荣十韵》："闻道君牙帐，防秋近青霄。"

〔2〕"传道"二句：苏轼《八月十五日看潮五绝》："安得夫差水犀手，三千强弩射潮低。"自注："吴越王尝以弓弩射潮头，与海神战，自尔水不近城。"

【译文】

鱼鳞金甲士兵驻牙帐，转身却指潮头上。有如秋风吹雪下江门，万里波涛卷巨浪。相传吴王攻越时，三千强弩射得潮头低。今朝筵上传军令，暂放波涛只要捉水犀。

# 镇　海　楼

镇海楼旧名朝天门[1]，吴越王钱氏建。规石为门，上架危楼。楼基垒石高四丈四尺，东西五十六步，南北半之。左右石级登楼，楼连基高十有一丈。元至正中[2]，改拱北楼。明洪武八年[3]，更名来远楼，后以字画不祥[4]，乃更名镇海。火于成化十年[5]，再造于嘉靖三十五年[6]，是年九月又火，总制胡宗宪重建[7]。

楼成，进幕士徐渭曰[8]："是当记，子为我草。"草就以进，公赏之，曰："闻子久侉矣。"趋召掌计[9]，廪银之两百二十为秀才庐。渭谢侈不敢[10]。公曰："我愧晋公，子于是文乃遂能愧湜，倘用福先寺事数字以责我酬，我其薄矣，何侈为[11]！"

渭感公语，乃拜赐持归。尽橐中卖文物如公数[12]，买城东南地十亩，有屋二十有二间，小池二，以鱼以荷；木之类，果木材三种，凡数十株；长篱亘亩，护以枸杞，外有竹数十个，笋迸云。客至，网鱼烧笋，佐以落果，醉而咏歌。始屋陈而无次，稍序新之，遂颜其堂曰"酬字"[13]。

【注释】

〔1〕镇海楼：由朝天门改建。朝天门在吴山东麓。

〔2〕至正：元顺帝年号（1341—1368）。

〔3〕洪武八年：1375 年。

〔4〕字画不祥："来"与"远（遠）"二字分别包含"丧"、"哀"等字形，据说不祥。

〔5〕成化十年：1474 年。

〔6〕嘉靖三十五年：1556 年。

〔7〕胡宗宪：见卷四《钱王祠》注。因其曾总督浙闽军务，故称总制。

〔8〕进：此处表示召进。 幕士：幕僚。 徐渭：见卷一《岳王坟》附诗注。

〔9〕掌计：军中负责财务的官员。

〔10〕谢侈不敢：因为觉得赏赐太多，不敢接受而谢绝。

〔11〕"我愧晋公"五句：意为给的报酬不多，是胡宗宪表示自谦。唐代皇甫湜（shí）为晋国公裴度作福先寺碑文三千字，度厚谢之。皇甫湜却怒酬劳太少，见《新唐书·皇甫湜传》。湜，皇甫湜（777—835），字持正，睦州新安（今属浙江）人。进士及第，累迁殿中侍御史，坐事免官。长于散文。裴度（765—839），字中立，唐代闻喜（在今山西）人。贞元进士，任御史中丞。数度为相，支持宪宗削藩，曾亲自出镇平定淮西叛乱。封晋国公。何侈为，哪里谈得上奢侈。

〔12〕文物：指文章书画等作品。 如公数：表示在胡宗宪的赏赐以外，加上自己的同样数量的钱财。

〔13〕字：在房屋门上题写匾额。


【译文】

　　镇海楼旧称朝天门，为吴越王钱氏所建。将石头堆砌成门，上面建造高楼。楼基所堆石块高四丈四尺，东西五十六步，南北为其一半。左右边都有石阶登楼。楼带基石高十一丈。元朝至正年间改为拱北楼。明朝洪武八年，更名来远楼。后来因为觉得字形不吉利，于是更名镇海楼。成化十年被火焚毁，嘉靖三十五年再造，当年九月又遇火灾，总制胡宗宪重建。

　　楼建成，胡宗宪叫来幕僚徐渭，对他说："这事应当记下，请您为我起草。"徐渭起草完奉上，胡宗宪十分赞赏，说："听说您在外面漂泊已久了。"召来会计，要用自己的俸禄一百二十两为他建秀才屋。徐渭表示过于奢靡，不敢收而谢绝之。胡宗宪说："我比不上晋国公，您有此文，能让皇甫湜惭愧。如果用福先寺一事的数字来向我要酬劳，我给的钱是少了，哪里谈得上奢靡！"

徐渭感悟胡宗宪所说，这才拜谢，拿着赏赐回去。另外加上卖文章书画所得和赏赐同样数量的钱财，买了城东南十亩地，有屋子二十二间，小池塘两个，养鱼种荷花。栽种树木，有果树三种，共几十棵；长篱笆圈了一亩，以枸杞围护，另有数十株竹子，竹笋挺拔直指天空。有客人来，就捕鱼烧笋，吃落下的果实，喝醉了唱歌。一开始屋内陈设杂乱，以后渐渐整齐，于是给厅堂题写了"酬字"的匾额。

### 徐渭《镇海楼记》[1]：

镇海楼相传为吴越钱氏所建，用以朝望汴京，表臣服之意。其基址、楼台、门户、栏楯[2]，极高广壮丽，具载别志中。

楼在钱氏时，名朝天门。元至正中，更名拱北楼。皇明洪武八年，更名来远。时有术者病其名之书画不祥，后果验，乃更今名。火于成化十年，再建于嘉靖三十五年，九月又火。予奉命总督直浙闽军务，开府于杭，而方移师治寇[3]，驻嘉兴，比归，始与某官某等谋复之。

人有以不急病者。予曰："镇海楼建当府城之中，跨通衢，截吴山麓，其四面有名山大海、江湖潮汐之胜，一望苍茫，可数百里。民庐舍百万户，其间村市官私之景，不可亿计[4]，而可以指顾得者[5]，惟此楼为杰特之观[6]。至于岛屿浩渺，亦宛在吾掌股间。高蒿长骞[7]，有俯压百蛮气。而东夷之以贡献过此者[8]，亦往往瞻拜低回而始去。故四方来者，无不趋仰以为观游的。如此者累数百年，而一旦废之，使民若失所归，非所以昭太平、悦远迩[9]。

非特如此已也，其所贮钟鼓刻漏之具[10]，四时气候之榜，令民知昏晓，时作息，寒暑启闭，桑麻种植渔佃，诸如此类，是居者之指南也。而一旦废之，使民憪然迷所往，非所以示节序，全利用。且人传钱氏以臣服宋而建，此事昭著已久。至方国珍时[11]，求缓死于我高皇，犹知借镠事以请。诚使今海上群丑而亦得知钱氏事，其祈款如珍之初词，则有补于臣道不细，顾可使其迹湮没而不章耶？予职清海徼[12]，视今日务，莫有急于此者。公等第营之，毋浚征于民，而务先以己。"

于是予与某官某等，捐于公者计银凡若干，募于民者若干。遂集工材，始事于某年月日。计所构，甓石为门，上架楼，楼基垒石，高若干丈尺。东西若干步，南北半之。左右级曲而达于楼，楼之高又若干丈。凡七楹，础百。巨钟一，鼓大小九，时序榜各有差，贮其中，悉如成化时制。盖历几年月而成。始楼未成时，剧寇满海上，予移师往讨，日不暇至。于今五年，寇剧者禽[13]，来者遁，居者慑不敢来，海始晏然，而楼适成，故从其旧名"镇海"。

【注释】

〔1〕此文即前《镇海楼》中所称"楼成，进幕士徐渭曰：'是当记，

子为我草。'草就以进，公赏之"之文。

〔2〕栏楯(shǔn)：栏杆。

〔3〕治寇：胡宗宪当时奉派至东南沿海防备倭寇。下文"海上群丑"亦指倭寇。

〔4〕亿：极言其多。

〔5〕指顾：一指一瞥之间，形容极其短暂。唐王勃《彭州九陇县龙怀寺碑》："蠖动螟飞，起雷霆于指顾。"

〔6〕杰特：高耸显眼。

〔7〕高翥(zhǔ)长骞(qiān)：展翅飞翔。翥，骞，均表示飞腾。东汉张衡《西京赋》："凤骞翥于甍(méng)标(屋顶)。"

〔8〕东夷：指东方的各民族与诸侯国。

〔9〕迩(ěr)：近。《诗经·周南·汝坟》："虽则如毁，父母孔迩。"

〔10〕钟鼓刻漏：古时显示时辰的器具。刻漏，古代计时工具，以铜铸成壶，刻有度数，底部有孔，壶中水逐渐漏出，根据刻度显示可以知道时辰。

〔11〕方国珍(1319—1374)：元代黄岩(在今浙江)人，有勇力，世以贩盐航海为生，聚众劫掠。元末起事，一度降元，元朝任为海道漕运万户、行省参政。后因势穷力竭，于至元二十七年(1367)效法钱镠，归降朱元璋并守土一方。

〔12〕海徼(jiǎo)：近海区域。唐刘长卿《赠元容州》诗："海徼长无成。"此处指倭寇猖狂的东南沿海。

〔13〕禽：通擒。


【译文】

镇海楼相传为吴越钱氏所建，用来远眺汴京，表示臣服的意思。其基址、楼台、门户、栏杆，均极高大宏伟，在别志中有详细记载。

钱氏时，楼称朝天门。元朝至正年间，改名拱北楼。皇明洪武八年，更名来远。当时有算卦者称楼名笔画不吉利，后来果然应验，就改称现在的名字。成化十年遭遇火灾，嘉靖三十五年重建，当年九月又着火。我奉命总督直隶与浙江、福建省军务，于杭州设置公府，正调动兵力防备倭寇，驻兵嘉兴，回来后，才与几位官员商议修复镇海楼之事。

有人认为此事不急而加以批评。我说："镇海楼位置在府城中央，横跨大街，截断吴山山麓，四面有名山大海、江湖潮汐的胜景，苍茫数百里。百姓房屋百万户，其间村庄城镇官府私铺的景象，不可以巨万计，但可以屈指数出的，只有此楼壮伟突出。在楼上看岛屿浩渺，好像就在我手掌之间。楼顶如鸟儿长空展翅，有压倒百蛮的气势。东夷人因进贡而路过的，也往往瞻拜徘徊后才离去。所以四方来客，无不前来仰望作为观赏游玩的景点。如此这般已经几百年了，而一旦废弃，使百姓好像丢了自己的归宿一样，这不是显扬太平、吸引远近四方的做法。

不仅如此，楼中收藏的钟鼓刻漏器具，四季节气贴榜，可以让百姓知道晨夕，定时作息，寒暑始末，桑麻种植渔佃，诸如此类，是居民的指南。而一旦废弃，百姓茫然不知所往，不能获知节气，充分利用。而且传说钱氏通过向宋朝臣服而建此楼，此事久已昭然。到方国珍时，向我高皇帝乞求缓死，尚且知道借钱镠故事情求。倘若如今海上群丑也知道钱氏的事情，如方国珍的言词一般臣服，则有助臣下之道不小，难道能够使这样的事迹湮没不闻？我的职责在平定海疆，看当今的事务，没有比修楼更急的了。你们只管营造，但不要向民众苛征赋税，务必自己做出表率。"

于是我与几位官员，向官府捐银若干，向民众募集若干。从而备齐了工料，于某年某月开始动工。根据塔的架构设计，砌石为门，上面架楼，楼基垒起石块，高若干丈若干尺。东西长若干步，南北各占一半。左右阶梯曲折通往楼上，楼高又有若干丈。一共七个门面，础石百级。另有一口大钟，大小九个鼓，并有各种时序榜，贮存在楼中，均如成化年间规制。一共经过了数年数月而建成。楼未建成时，海上到处是倭寇，我率军去征讨，每天没有空闲。至今五年，倭寇已经就擒，来犯的已经逃遁，盘踞各处的迫于威慑不敢前来，海上才开始太平，而此楼正好建成，所以沿用其旧名"镇海"。

张岱《镇海楼》诗：
钱氏称臣历数传，危楼突兀署朝天。

越山吴地方隅尽，大海长江指顾连。

使到百蛮皆礼拜，潮来九折自盘旋。

成嘉到此经三火[1]，皆值王师靖海年。

都护当年筑废楼，文长作记此中游[2]。

适逢困鳄来投辖[3]，正值饥鹰自下鞲[4]。

严武题诗属杜甫[5]，曹瞒拆字忌杨修[6]。

而今纵有青藤笔，更讨何人数字酬[7]！

【注释】

〔1〕成嘉：成化(1465—1487)与嘉靖(1522—1566)。

〔2〕文长：指徐渭。

〔3〕投辖：古代车厢两端的键叫作辖，去辖则车不能行。《汉书·陈遵传》："遵嗜酒，每大饮，宾客满堂，辄关门，取宾客车辖投井中，虽有急，终不得去。"因此投辖表示留客，此处指前往投靠而不离开。

〔4〕下鞲(gòu)：鹰停落在人的臂套上，喻海寇归顺明朝。

〔5〕"严武"句：写严武对杜甫的信任。严武(726—765)，字季鹰，唐代华州(今陕西华县)人。以荫迁，任殿中侍御史、剑南节度使。广德二年(764)，击退进攻四川的吐蕃，威震一方。杜甫(712—770)，唐代诗人。字子美，号少陵野老，巩县(在今河南)人。早年屡试不第，目睹统治集团腐败。安史之乱爆发后，逃出长安投奔肃宗，一度任工部主事，辗转流徙。其作品对中国古典诗歌影响很大，被称为"诗圣"。杜甫流落成都期间，生活贫困，曾得到严武帮助，并有诗唱和。严给杜诗《寄题杜二锦江野亭》曰："莫倚善题鹦鹉赋，何须不着鸂鶒冠"，婉劝杜甫不要恃才傲物，应该出来做官。后来杜甫确实做过严武的幕僚。属，同嘱。此句比喻胡宗宪与徐渭的关系，与下句形成鲜明对照。

〔6〕曹瞒：即曹操，见卷三《关王庙》注。　杨修(175—2219)：字德祖，东汉华阴(在今陕西)人。举孝廉，为丞相曹操幕府主簿，曾屡次猜破曹操心机，为操所忌，后寻机杀之。

〔7〕"而今"二句：用胡宗宪重酬徐渭(青藤)事，感叹自己怀才不遇。

**【译文】**

　　钱氏向宋朝称臣得传数代，高楼耸立原名朝天。越山吴水到此是边境，大海江涛在此紧紧相连。百蛮使节到楼下无不施礼，潮水涌来九曲尽盘旋。成嘉以来三次火灾，都发生在王师平定贼寇之年。都护当年重修废楼，徐渭撰写此篇记游。恰逢困鳄准备归顺，正值饥鹰诚意来投。严武题诗嘱咐杜甫，曹操拆字猜忌杨修。如今纵有徐渭文笔，又能向谁讨来字酬！

# 伍　公　祠

　　吴王既赐子胥死，乃取其尸盛以鸱夷之革，浮之江中[1]。子胥因流扬波，依潮来往，荡激堤岸，势不可御。或有见其银铠雪狮，素车白马，立在潮头者，遂为之立庙[2]。每岁仲秋既望[3]，潮水极大，杭人以旗鼓迎之。弄潮之戏，盖始于此。宋大中祥符间[4]，赐额曰"忠靖"，封英烈王。嘉、熙间[5]，海潮大溢。京兆赵与权祷于神[6]，水患顿息，乃奏建英卫阁于庙中。元末毁，明初重建。有唐卢元辅《胥山铭序》、宋王安石《庙碑铭》[7]。

**【注释】**

　　[1]"吴王"三句：见本卷《宋大内》附诗注。子胥：伍子胥（前559—前484），名员，字子胥，春秋晚期楚国人。其父为楚平王太傅，因受陷害，全家被杀，仅伍子胥逃到吴国。子胥帮助公子光刺杀王僚夺得吴王位（即阖闾），为大夫。前506年，子胥率吴军攻入楚都，掘平王墓，鞭尸三百以示报仇，吴国称霸一时。《史记·伍子胥列传》：吴王夫差继位后，不听子胥劝谏，受纳越王勾践重贿与侍奉，并听信太宰伯嚭谗言，谓子胥图谋反叛，赠剑令其自尽。子胥要门客"抉吾眼县（悬）吴东门之上，以观越寇之入灭吴也"。九年后，吴国果然为越军所灭。民

间传说其后化神，统辖钱塘江巨潮。唐以后，历代多次为伍子胥封侯封王。

　　〔2〕庙：指伍公庙，又称伍公祠、忠清庙。伍子胥屈死，吴人极为同情，在吴山为其立庙，此为杭州最早的真人神庙，素有吴山第一庙之称。唐代元和十年（815）杭州刺史卢元辅重修该庙。后世不断修缮。今存清代部分建筑。

　　〔3〕仲秋：秋季的第二个月，即阴历八月。　既望：每月的十五日。

　　〔4〕大中祥符：宋真宗年号（1008—1022）。

　　〔5〕嘉、熙：北宋嘉祐（1056—1063）与熙宁（1068—1077），分别是仁宗与神宗年号。

　　〔6〕京兆：指京兆尹，原为汉代掌治京师的官员。此处借指权知开封府，北宋京城开封的长官。　赵与权：《西湖游览志》卷一二《南山城内胜迹》作赵与欢，字悦道，赵宋宗室。嘉定进士，累迁户部侍郎，资政殿大学士。尽心民事，人称"赵佛子"。

　　〔7〕卢元辅（775—830）：字子望，唐代滑州（今河南滑县）人，进士及第，授崇文馆校书郎，德宗时历任杭、常、绛三州刺史，官至兵部侍郎。以名节著。　《胥山铭序》：有"有吴行人，伍公子胥，陪吴之职。得死直言，千五百年，庙貌不改"等440余字。　王安石（1021—1086）：北宋政治家、改革家。字介甫，临川（今属江西）人。庆历进士。历任知县、通判，曾上万言书，倡言改革。神宗熙宁间两度为相，推行变法。因保守派得势，新法皆废。有《王临川集》。　《庙碑铭》：有"烈烈子胥，发节穷迹，遂为策臣，奋不顾躯"等80字。两文均见《西湖游览志》卷一二《南山城内胜迹》。

【译文】

　　吴王赐死伍子胥后，将其尸体放在皮袋内，随江漂浮。子胥顺着江流，扬起波浪，随潮水往来，冲激堤岸，势不可阻。有人看见他身着银色铠甲，后面跟着白狮，并有素车白马，站立在潮头，于是为他建立祠庙。每年八月十五，潮水极大，杭州人用旗子与鼓迎接他。弄潮的节目，就从此开始。北宋大中祥符年间，御赐"忠靖"的匾额，封伍子胥为英烈王。嘉祐、熙宁间，海潮冲上岸，地方官赵与权向伍子胥的神灵祈祷，水患立即平息。于是奏请在祠庙中建英卫阁。元朝末年祠庙毁，明朝初年重建，有唐朝卢元辅的《胥山铭序》、宋朝王安石的《庙碑铭》。

高启《伍公祠》诗[1]：

地大天荒霸业空，曾于青史叹遗功。

鞭尸楚墓生前孝，抉眼吴门死后忠。

魂压怒涛翻白浪，剑埋冤血起腥风。

我来无限伤心事，尽在吴山烟雨中[2]。

【注释】

〔1〕高启：卷一《岳王坟》附诗"高启"注。

〔2〕吴山：见卷四净慈寺附文"吴山"注。

【译文】

地大天阔霸业一场空，我向青史感叹至伟功。鞭尸楚墓是生前孝，挖眼吴门属死后忠。魂魄压怒涛卷起层层波浪，宝剑埋冤血刮来阵阵腥风。我来此想起无限悲伤事，全部都在吴山的迷蒙烟雨中。

徐渭《伍公庙》诗：

吴山东畔伍公祠，野史评多无定词。

举族何辜同刈草[1]，后人却苦论鞭尸[2]。

退耕始觉投吴早[3]，雪恨终嫌入郢迟[4]。

事到此公真不幸，镯镂依旧遇夫差[5]。

【注释】

〔1〕刈（yì）：割取。

〔2〕"后人"句：后人对伍子胥掘墓鞭尸事有所非议，认为其功于吴而罪于楚。这里用"却苦"字样，表明作者对伍子胥满怀同情，并不认同上述非议。

〔3〕"退耕"句：伍子胥初奔吴，知公子光有大志，乃退而耕于野，

以待机而动。

〔4〕"雪根"句：伍子胥入郢在公元前 506 年，距平王之死已过十一年。郢（yǐng），即郢都，春秋时楚国国都，故址在今湖北江陵西北。伍子胥为父兄报仇，率吴军攻破郢都鞭平王尸三百。

〔5〕"镯（zhuó）镂"句：谓伍子胥最后被夫差所害。镯镂，即属镂，见卷四《于坟》附诗"属镂"注。夫差，见本卷《宋大内》附诗"但闻"句注。

**【译文】**

吴山东麓有伍公祠，野史多评并无定词。全族无辜遭斩尽杀绝，后人却苦苦争论鞭尸。退耕才觉投奔吴国尚早，报仇又嫌打进郢都太迟。事到此公真算不幸，被吴王夫差赐属镂剑而死。

## 张岱《伍相国祠》诗：

突兀吴山云雾迷，潮来潮去大江西。

两山吞吐成婚嫁[1]，万马奔腾应鼓鼙[2]。

清浊溷淆天覆地[3]，玄黄错杂血连泥[4]。

旌幢幡盖威灵远，檄到娥江取候齐[5]。

**【注释】**

〔1〕"两山"句：形容龛、赭两山在潮起潮落中相对矗立，有如婚嫁双方。

〔2〕鼓鼙（pí）：各种军鼓，进军时用以激励将士。《礼记·乐记》："鼓鼙之声讙，讙以立动，动以进众。"鼙，军鼓的一种。

〔3〕溷（hùn）淆：昏暗，混沌。

〔4〕玄黄：黑色与黄色。《易·坤》："夫玄黄者，天地之杂也，天玄而地黄。"

〔5〕"檄（xí）到"句：相传伍子胥死后为潮神，曾檄令曹娥江与钱塘江同涨同退。檄，檄文，古代官府所下达的命令文书。《史记·陈余传》："不攻而降城，不战而略地，传檄而千里定。"娥江，曹娥江，浙江的一条大河，发源于东阳，往北入钱塘江口，是会稽山与四明山的分

水岭。相传东汉曹娥为寻找落水的父亲而投江身亡，故有此名。当地建有曹娥庙。

【译文】

　　吴山高耸环绕云雾，看潮起潮落在大江之西。两山吞吐如谈婚论嫁，万马奔腾似敲响鼓鼙。清浊混沌苍天覆盖大地，黑黄错杂污血混合沙泥。旌旗幡盖威灵远播，檄令曹娥江涨退同时。

　　　从来潮汐有神威，鬼气阴森白日微。
　　　隔岸越山遗恨在[1]，到江吴地故都非。
　　　钱塘一臂鞭雷走，龛赭双颐噀雪飞[2]。
　　　灯火满江风雨急，素车白马相君归[3]。

【注释】

　　〔1〕遗恨：指夫差听信谗言，不纳伍子胥忠言，允许越人媾和，导致吴国亡国。
　　〔2〕"龛赭"句：形容两山夹钱塘江浪花如鼓腮喷雪。　颐：腮。噀(xùn)：喷。《后汉书·栾巴传》注："又饮酒，西南噀之。"
　　〔3〕素车白马：即本篇正文所说"或有见其银铠雪狮，素车白马，立在潮头"。　相君：潮神伍子胥。

【译文】

　　历来潮汐有神勇的威力，鬼气阴森遮住了太阳的光辉。对岸越山存留着遗恨，这边吴国故都面目全非。钱塘江潮奋臂鞭雷，龛赭两山雪浪纷飞。灯火满江风狂雨暴，隐约看见素车白马潮神回归。

# 城　隍　庙

　　吴山城隍庙[1]，宋以前在皇山[2]，旧名永固，绍兴九年徙建于此[3]。宋初，封其神，姓孙名本。永乐时[4]，封其神，为周新。新，南海人[5]，初名日新。文帝常呼"新"[6]，遂为名。以举人为大理寺评事[7]。有疑狱，辄一语决白之。永乐初，拜监察御史[8]，弹劾敢言，人目为"冷面寒铁"。长安中以其名止儿啼。转云南按察使，改浙江。至界，见群蚋飞马首[9]，尾之薮中，得一暴尸，身余一钥、一小铁识。新曰："布贾也。"收取之。既至，使人大市市中布，一一验其端，与识同者皆留之。鞫得盗，召尸家人与布，而置盗法，家人大惊。

新坐堂，有旋风吹叶至，异之。左右曰："此木城中所无，一寺去城差远，独有之。"新曰："其寺僧杀人乎？而冤也。"往树下，发得一妇人尸。他日，有商人自远方夜归，将抵舍，潜置金丛祠石罅中[10]，旦取无有。商白新。新曰："有同行者乎？"曰："无有。""语人乎？"曰："不也，仅语小人妻。"新立命械其妻，考之，得其盗，则其私也[11]。则客暴至，私者在伏匿听取之者也。凡新为政，多类此。新行部，微服视属县，县官触之，收系狱，遂尽知其县中疾苦。明日，县人闻按察使来，共迓不得[12]。新出狱曰："我是。"县官大惊。当是时，周廉使名闻天下。

锦衣卫指挥纪纲者最用事[13]，使千户探事浙中[14]，千户作威福受赇。会新入京，遇诸涿[15]，即捕千户系涿狱。千户逸出，诉纲，纲更诬奏新。上怒，逮之，即至，抗严陛前曰[16]："按察使擒治奸恶，与在内都察院同[17]，陛下所命也，臣奉诏书死，死不憾矣。"
上愈怒，命戮之。临刑大呼曰："生作直臣，死作直
鬼！"是夕，太史奏文星坠[18]，上不怿，问左右周新何
许人。对曰："南海。"上曰："岭外乃有此人。"一日，
上见绯而立者，叱之，问为谁。对曰："臣新也。上帝
谓臣刚直，使臣城隍浙江[19]，为陛下治奸贪吏。"言已
不见。遂封新为浙江都城隍，立庙吴山。

【注释】

〔1〕吴山：见卷四《净慈寺》附文"吴山"注。　城隍庙：民间祭
祀城隍的祠堂。城隍，守护本地城池的神祇，由生前有功于当地者充任。

〔2〕皇山：即凤凰山。

〔3〕绍兴九年：1139 年。

〔4〕永乐：明成祖朱棣年号（1403—1424）。

〔5〕南海：县名，在今广东。

〔6〕文帝：朱棣（1360—1424）：明太祖朱元璋第四子，原封燕王，
就藩北平。建文帝即位后，朱棣发动靖难之役，攻破南京称帝，改元永
乐。在位期间加强集权，编修《永乐大典》，派郑和下西洋。庙号成祖，
谥号至孝文皇帝，故又称"文帝"。

〔7〕大理寺：古代中央审判机关，主官有卿、少卿。　评事：大理寺
负责审理与决断疑狱的官员。

〔8〕监察御史：明清时期中央监察机关都察院官员，分十三道，掌
弹劾与建言。参见本篇"都察院"注。

〔9〕蚋（ruì）：即蠓，蚊子。

〔10〕石䗦（xià）：见卷一《智果寺》"䗦"注。

〔11〕私：此处指偷情者。

〔12〕迓（yà）：迎接。

〔13〕锦衣卫：明代官署。原为皇帝亲军，洪武十五年（1382）设置，
以穿锦绣衣服而得名。明太祖朱元璋特命兼掌刑狱，有巡查缉捕之权。
其长官为指挥使，常由功臣、外戚充任，设同知、佥事、镇抚等官
职。　纪纲（？—1416）：临邑（今属山东）人，明诸生。成祖即位，擢锦

衣卫指挥使，掌诏狱。后为内侍告谋反，被杀。 最用事：权势极大。

〔14〕千户：明代兵制，卫下设千户所，驻重要府州，统兵1120人，分为十个百户所。千户所长官为千户。

〔15〕涿：今河北涿县。

〔16〕抗严：抗辩。 陛前：皇帝龙座的台阶前，意为直面皇帝。

〔17〕都察院：由唐宋御史台发展而来的明代中央监察机关，建立于明初，主官有左右都御史等，下分十三道，设置监察御史分别巡行地方州县，可以受理申诉、弹劾官员、平反冤狱。

〔18〕太史：负责记载历史、历法并观察天像的官员。 文星：又称文昌星、文曲星，旧时传说为主文运的星宿，或用于文士。周新属科举出身，洪武间以诸生身份入太学，建文元年（1399）以乡贡进士任为大理寺评事，所以其被杀以文星坠落象征。

〔19〕城隍：此处作动词，意为充任守护城池的城隍神。

## 【译文】

吴山城隍庙，宋朝以前在皇山上，原名永固，绍兴九年迁建于此。宋朝初年封了庙神，乃是孙本。永乐年间又封庙神，为周新。

周新，南海人，初名日新，文帝常常叫他"新"，就以此为名。他以举人任大理寺评事，有疑难案件，经常一句话就能决断。永乐初年，拜监察御史，敢于弹劾、直言，人称"冷面寒铁"。京城中小孩哭闹，只要提到他的名字，就能止哭。后转任云南按察使，改任浙江。到了省界，见马头边绕飞着一群蚊子，追踪至草丛中，搜索到一具暴毙的尸体，身上留着一把钥匙，一块小铁牌。周新说："这是布商。"将东西收下。到了省内，就派人去市集大量买布，一一验明布端，与那块铁牌相同的就扣留卖主，最后审明，抓获盗贼，找来死者家人，归还布匹，并将盗贼依法惩办，家人极为惊奇。

周新一次上堂，一阵旋风吹来一片树叶，感觉奇怪。左右随从说："这种树本城没有，只有一座寺庙才有，但它离城甚远。"周新说："莫不是庙里和尚杀了人？一定有冤情。"于是前往那树下勘查，果然发现一具女尸。又有一次，有一个商人从远方回来，夜里快到家时，偷偷将黄金藏在庙边的石缝中，到天亮去取却不见了。商人向周新报了案。周新问："有一同走的人吗？"回答："没有。""告诉过人吗？"说："没有，只告诉了我的妻子。"周新立刻命令逮捕其妻，用刑拷问，抓获了盗贼，就是与商人妻子私通的。原来是商人忽然回家，私通者躲在暗处偷听到的。周新处理案件，大多情况都是这样。有一次他新到一个地方上任，穿着百姓衣服巡视属县，县官遇到后，将他收进监狱，于是他知晓了县里百姓的疾苦。第二天，县官他们听说按察使来，一起去迎接却没有等到。周新走出监狱说："我就是。"县官他们大为吃惊。在当时，周新的廉洁名闻天下。

锦衣卫指挥纪纲权势极大，派千户往浙江探听事务，千户作威作福，收受贿赂。正好周新入京，在涿州遇到，即刻逮捕千户关押在涿州监狱。千户逃出来，向纪纲哭诉，纪纲便上奏诬陷周新。皇帝大怒，下令逮捕周新。周新到朝堂上抗诉道："按察使捉拿惩治奸恶，与在京城的都察院一样，都由陛下所任命。臣奉诏令而死，没有遗憾。"皇帝更加生气，下令杀了他。临刑时周新大喊："活着当耿直的臣，死了也要当耿直的鬼！"当天傍晚，太史上奏文星坠落。皇帝闷闷不乐，问左右周新是哪里人。左右回答："南海。"皇帝说："岭外居然有这样的人物。"一天，皇帝看见一个穿红衣站立的人，大声呵斥，问他是谁。对方回答："臣是周新。上帝说臣刚直，让臣当浙江的城隍，为陛下惩治贪官奸吏。"说完就不见了。于是封周新为浙江都城隍，在吴山立庙。

### 张岱《吴山城隍庙》诗：

宣室殷勤问贾生[1]，鬼神情状不能名。

见形白日天颜动，浴血黄泉御座惊。

革伴鸱夷犹有气，身殉豺虎岂无灵[2]。

只愁地下龙逢笑[3]，笑尔奇冤遇圣明。

【注释】

〔1〕"宣室"句：《史记·屈原贾生列传》载，西汉贾谊年少得志，

向文帝提出自己的政治主张，却遭到元老的妒忌与排斥，文帝也渐渐疏远了贾谊，将他贬为长沙王太傅。三年后，文帝又想起贾谊，将他召回。文帝非常谦虚地向贾谊请教，一直谈到半夜。听贾谊讲话过程中，文帝不由自主地身体前倾，甚至挪到了席子的前面。但此时文帝所关心的却是鬼神之事，并非如何改善民生、增强国力。宣室，西汉皇帝召见臣下的谈话处，位于未央宫前。贾生，即贾谊（前201—前169），西汉政论家。洛阳人，十八岁即以善文为郡人称道。文帝时为博士、迁左中大夫，因遭排挤先后任长沙王太傅、梁怀王太傅，抑郁而死，年仅三十三岁。唐李商隐《贾生》诗："宣室求贤访逐臣，贾生才调更无伦。可怜夜半虚前席，不问苍生问鬼神。"写出贾谊郁郁不得志、不能施展自己的政治抱负。

〔2〕"革伴"二句：谓伍子胥蒙受冤屈，死不瞑目，灵魂一直存在。喻周新。革伴鸱夷，见本卷《宋大内》附诗"鸥革"注。

〔3〕龙逢：关龙逢，夏末大臣，直谏桀而被杀。这里喻周新。

【译文】

　　文帝在宣室殿勤询问贾谊，鬼神之事言语怎能说清。朗朗青天显形圣颜耸动，陇下黄泉浴血御驾震惊。鸱鸟皮袋中伍子胥尚未断气，身死豺虎的周新在天有灵。只是地下龙逢在苦笑，笑你虽蒙冤屈好歹还遇着圣明。

　　　　尚方特地出枫宸〔1〕，反向西郊斩直臣。
　　　　思以鬼言回圣主，还将尸谏退金人〔2〕。
　　　　血诚无藉丹为色，寒铁应教金铸身〔3〕。
　　　　坐对江潮多冷面〔4〕，至今冤气未曾伸。

【注释】

　　〔1〕枫宸：指帝居。三国何晏《景福殿赋》："芸芸充庭，槐枫被宸。"

　　〔2〕尸谏：以死谏君。西汉韩婴《韩诗外传》第七卷第二十一章"正直者"条："生以身谏，死以尸谏，可谓直矣。"　　金：众。《尚书·

舜典》：“佥曰：‘伯禹作司空。’”

〔3〕“寒铁”句：意为周新应该得到朝廷的尊崇。金铸身，相传范蠡辅佐越王勾践打败吴国以后，变易姓名，乘小舟隐遁江湖。勾践用黄金铸范蠡像，置之座侧，朝夕与之论政，并令大夫朝拜其像，以示尊崇。

〔4〕冷面：严肃的面容。

【译文】

尚方宝剑皇帝所赐，却在西郊杀了直臣。欲用鬼言报答圣主，又以死谏劝阻众人。本不须借红色表达忠心，寒铁应该用黄金来铸身。坐对江潮面容大多严肃，至今冤气尚未舒伸。

又《城隍庙柱铭》：

厉鬼张巡[1]，敢以血身污白日。

阎罗包老[2]，原将铁面比黄河。

【注释】

〔1〕厉鬼张巡：张巡（709—757）：南阳（今属河南）人（一说蒲州河东，今山西永济人）。开元进士。安史之乱时以真源令坚守睢阳，与太守许远共同抵抗安禄山军。城陷，向西拜曰“臣虽为鬼，誓与贼为厉，以答明恩”而死。后世尊为神祇，或称其为丰都推官，即阴间判官（厉鬼）。

〔2〕阎罗包老：指包拯（999—1062），字希仁，北宋合肥（在今安徽）人。天圣进士，擢升监察御史、知开封府。立朝刚毅，断案严明，时有“关节不到，有阎罗包老”之语。旧小说、戏曲多加神化。

【译文】

厉鬼张巡，敢以血身弄污白日。

阎罗包老，原用铁面比拟黄河。

# 火　德　庙

火德祠在城隍庙右，内为道士精庐。北眺西泠，湖中胜概，尽作盆池小景。南北两峰如研山在案，明圣二湖如水盂在几。窗棂门楍凡见湖者[1]，皆为一幅画图。小则斗方，长则单条，阔则横披，纵则手卷[2]，移步换影。若遇韵人，自当解衣盘礴[3]。画家所谓水墨丹青，淡描浓抹，无所不有。昔人言"一粒粟中藏世界，半升铛里煮山川"[4]，盖谓此也。火居道士能为阳羡书生，则六桥三竺，皆是其鹅笼中物矣[5]。

【注释】

〔1〕棂（líng）：旧时窗户的窗格。　楍（gāo）：门框。

〔2〕"小则斗方"四句：以山水画装帧形式喻西湖景致。斗方，一二尺见方的诗幅或书画页，亦指书画所用方形纸张。单条，挂于壁面的纵向书画条幅。横披，横长条幅，或整张，或对剖，或裁取四分之一的宣纸。横披初行于北宋，南宋以后多见。手卷，书画裱成横幅的长卷，卷舒自如，不能悬挂，供案头观赏。元纪君祥《赵氏孤儿》第四折："我如今将从前屈死的忠臣良将，画成一个手卷。"

〔3〕解衣盘礴：见卷四《小蓬莱》附诗"解衣"句注。

〔4〕昔人：指唐道士吕洞宾。见卷二《韬光庵》"吕纯阳"注。

〔5〕"火居道士"三句：火居道士，有家室的道士，因其供奉香火，又不出世，其烦恼如火焰般炽烈而得名。阳羡，今江苏宜兴。相传东晋阳羡许彦外出，遇一书生求寄彦所携鹅笼中。彦许之。书生出笼，口吐铜盘及其他器皿，陈放酒食谢彦。酒半，复吐一女子，女子口中又吐一男。分手时，书生将其吐出之物一一纳回口中。见《太平广记》卷二八六"阳羡书生"条。六桥，苏堤六桥。

【译文】

火德祠在城隍庙右边，里面是道士居所。北面眺望西泠，西湖中的胜迹，尽为盆池中景观。南北两座山峰如砚台在桌上，明圣二湖如水盂在几案。从窗格门框中看到的西湖景致，都像一幅幅图画。小的是斗方，长的是单条，宽阔的是横披，纵直的是手卷，每走一步就变换了景色。如果遇到文人雅士，自会解衣箕踞细细观赏。画家所谓水墨丹青，淡描浓抹，无所不有。过去人说："一粒粟中藏世界，半升铛里煮山川"，就是形容此番景致。在家的道士能为阳羡书生，则苏堤六桥和三天竺，都是他鹅笼中的东西了。

　　张岱《火德祠》诗：
　　中郎评看湖，登高不如下[1]。
　　千顷一湖光，缩为杯子大。
　　余爱眼界宽，大地收隙罅[2]。
　　瓮牖与窗棂[3]，到眼皆图画。
　　渐入亦渐佳，长康食甘蔗[4]。
　　数笔倪云林[5]，居然胜荆夏[6]。
　　刻画非不工，淡远长声价。
　　余爱道士庐，宁受中郎骂。

【注释】

　　[1]"中郎"二句：见本卷《五云山》附文。中郎，袁宏道，见卷一《明圣二湖》附诗注。从下句"千顷一湖光"起，是张岱自己的观点，认为还是登高远望为佳。

　　[2]"大地"句：谓大地仿佛收缩成缝隙一般狭窄。

　　[3]瓮(wèng)牖(yǒu)：以破瓮之口做的窗户，表示极端贫穷人家的房屋。《庄子·让王》："环堵之室，茨以生草，蓬户不完，桑以为枢而瓮牖。"瓮，陶制容器。牖，古时房屋的窗。

　　[4]"渐入"二句：《晋书·文苑传》：顾恺之"每食甘蔗，必自尾至本。人或怪之，云'渐入佳境'"。长康，顾恺之(346—407)，字长康，东晋无锡(在今江苏)人。曾任通直散骑常侍，人称其有"才绝、画绝、痴绝"三绝，擅画佛像、人物，尤善点睛，被列为"六朝四大家"之一，著有《论画》。

　　[5]倪云林：倪瓒(1301—1374)，元代画家。字元镇，号云林子，无锡人。曾卖田散财，浪迹太湖一带。画宗董源，意境清远萧疏。曾自

谓其画"逸笔草草，不求形似"，为"元四家"之一。

〔6〕荆夏：五代画家荆浩及南宋画家夏圭。 荆浩：见卷一《西泠桥》"洪谷子"注。 夏圭：字禹玉，临安人，早年画人物，后来以山水画著称，宁宗时曾为画院待诏。与同时代的马远均属水墨苍劲一派，世称"马夏"。

【译文】

袁中郎评说西湖，登高不如往下。西湖千顷景色，变成杯子般大。我爱视野宽阔，大地最好缩成隙罅。无论破门破窗，到眼都是图画。景色渐入佳境，就像顾郎吃甘蔗。倪瓒寥寥几笔，居然胜过荆夏。刻画非不细致，淡泊增加声价。我爱道士居所，宁可中郎责骂。

# 芙 蓉 石

芙蓉石今为新安吴氏书屋[1]。山多怪石危峦，缀以松柏，大皆合抱。阶前一石，状若芙蓉，为风雨所坠，半入泥沙。较之寓林奔云[2]，尤为苗壮。但恨主人深爱此石，置之怀抱，半步不离，楼榭逼之，反多阢塞。若得础柱相让，脱离丈许，松石间意，以淡远取之，则妙不可言矣。吴氏世居上山，主人年十八，身无寸缕，人轻之，呼为吴正官[3]。一日早起，拾得银簪一枝，重二铢，即买牛血煮之以食破落户。自此经营五十余年，由徽抵燕，为吴氏之典铺八十有三。东坡曰："一簪之资，可以致富。"观之吴氏，信有然矣。盖此地为某氏花园，先大夫以三百金折其华屋[4]，徙造寄园，而吴氏以厚值售其弃地[5]，在当时以为得计。而今至吴园，见此怪石

奇峰，古松茂柏，在怀之璧，得而复失，真一回相见，
一回懊悔也。


**【注释】**
　　〔1〕芙蓉石：据《杭州府志》卷二九《古迹一》，石高三丈，下承
以石池，水环绕其麓，下平上削，玲珑峭突，势欲插云。以其纹理细密
如芙蓉，故名。上刻有"铁云"两字。
　　〔2〕寓林奔云：卷四《小蓬莱》中描述，其石"如滇茶一朵，风雨
落之，半入泥土，花瓣棱棱，三四层折。人走其中，如蝶入花心，无须
不缀"。
　　〔3〕正官：音近"精光"，为戏称。
　　〔4〕先大夫：指张岱已经去世的父亲，曾为鲁献王右长史。
　　〔5〕售：此处意为买，购入。


**【译文】**
　　芙蓉石今为新安吴氏书屋。山上多怪石高峰，夹杂松柏，树
干粗大都需合抱。阶前有块石头，形状像芙蓉花，被风雨打落，
一半陷入泥沙之中。相对于寓林奔云，更显茁壮。只可惜主人深
爱此石，紧紧看护，半步不离，因为紧靠楼榭，反而显得局促。
如果础柱能够退后一些，离开个一丈左右，松树与石头的意境，
便可以清淡悠远取胜，妙不可言。吴氏世代住在上山，主人十八
岁了，还十分贫穷，别人看轻他，叫他吴正官。一天起得早，捡
到一根银簪，重二铢，就用银簪买来牛血煮了给破落户食用。从
此经营了五十多年，从徽州到燕地，吴氏的店铺有八十三家。东坡
说："一根簪子的本钱，就可以致富。"从吴氏的故事来看，果真如
此。原来此地为我家花园，先父用三百两银子折卖其华丽的房屋，
迁至别处另造寄园，而吴氏以高价买进这块被丢弃的土地。先父在
当时以为赚了一大把。如今我来到吴园，见这怪石奇峰，松柏茂
盛，原先在怀里的宝贝，得了又丢，真是见一回，懊恼一回了。


　　　张岱《芙蓉石》诗：

吴山为石窟，是石必玲珑。

此石但浑朴，不复起奇峰。

花瓣几层折，堕地一芙蓉。

痴然在草际，上覆以长松。

濯磨如结铁，苍翠有苔封。

主人过珍惜，周护以墙墉。

恨无舒展地，支鹤闭韬笼[1]。

仅堪留几席，聊为怪石供

【注释】

〔1〕"支鹤"句：支遁爱鹤，养鹤渐成羽翼想要飞走，就拔了鹤的羽毛。鹤不能再飞，回头看着翅膀十分沮丧。支遁后听从劝解，等鹤羽毛长齐，放其飞走。见《世说新语·言语》。支遁（314—366），俗姓关，字道林，晋代陈留（在今河南）人。二十五岁出家，游京师，后隐居剡县（今浙江嵊州），与王羲之等为友。哀帝曾请进京师建康讲《般若经》。平生好鹤。韬笼，幽暗的鸟笼。

【译文】

吴山是座石头洞府，凡是石头都很玲珑。这块石头只剩浑朴，茁壮坚实并无奇峰。形如花瓣几层折叠，仿佛落地一朵芙蓉。石头痴痴生在草地，石上覆盖高大古松。岁月洗磨有如结铁，石上苔藓苍翠葱茏。可惜主人过分珍惜，石头周围护以墙墉。地块狭小无法舒展，像被支遁养在鹤笼。石前只够放个几案，姑且为这怪石供奉。

# 云　居　庵

云居庵在吴山，居鄙。宋元祐间[1]，为佛印禅师所建[2]。圣水寺，元元贞[3]间，为中峰禅师所建[4]。中峰又号幻住，祝发时[5]，有故宋宫人杨妙锡者，以香盒贮发，而舍利丛生，遂建塔寺中。元末毁。明洪武二十四年[6]，并圣水于云居，赐额曰云居圣水禅寺。岁久殿圮，成化间僧文绅修复之。寺中有中峰自写小像，上有赞云："幻人无此相，此相非幻人。若唤作中峰，镜面添埃尘[7]。"

向言六桥有千树桃柳，其红绿为春事浅深；云居有千树枫柏[8]，其红黄为秋事浅深，今且以薪以樵[9]，不可复问矣。曾见李长蘅题画曰："武林城中招提之胜[10]，当以云居为最。山门前后皆长松，参天蔽日，相传以为中峰手植，岁久浸淫，为寺僧剪伐，什不存一，见之辄有老成凋谢之感。去年五月，自小筑至清波访友寺中，落日坐长廊，沽酒小饮已，裴回城上，望凤凰南屏诸山，沿月踏影而归。翌日，遂为孟旸画此，殊可思也。"

【注释】
〔1〕元祐：宋哲宗年号（1086—1093）。
〔2〕佛印禅师（1032—1098）：宋僧，浮梁（今江西景德镇）人，俗姓林，法名了元，曾住杭州云居庵。与苏轼有往来。
〔3〕元贞：元成宗年号（1295—1297）。
〔4〕中峰禅师（1263—1323）：元僧明本，号中峰，钱塘人。二十五岁出家，修临济宗。后住持天目山狮子院，曾得元仁宗赐号。
〔5〕祝发：断发。《列子·汤问》："南国之人，祝发而裸。"
〔6〕洪武二十四年：1391年。
〔7〕"镜面"句：禅宗用以喻人的心灵。其北派神秀曾作偈语："身是菩提树，心如明镜台。时时勤拂拭，莫使染尘埃。"南派慧能亦作偈

语："菩提本无树，明镜亦非台。本来无一物，何处染尘埃。"

〔8〕桕(jiù)：乌桕树。

〔9〕槱(yǒu)：聚集。《诗经·大雅·棫朴》："芃芃棫朴，薪之槱之。"

〔10〕招提：寺院的别称。谢灵运《山居赋》："建招提于幽峰。"

## 【译文】

云居庵在吴山，位置偏僻。宋朝元祐年间，由印禅法师所建。圣水寺，元朝元贞年间由中峰禅师所建。中峰禅师又号幻住，削发时，有位过去的宋朝宫女杨妙锡，用香盒储存他的头发，盒中生出很多舍利子，于是在寺内建塔供奉。元朝末年毁。明朝洪武二十四年，圣水寺并入云居寺，御赐"云居圣水禅寺"匾额。年岁久了，殿堂倒塌，成化年间僧人文绅加以修复。寺里有中峰禅师自画小像，其上有赞语："幻人无此相，此相非幻人。若唤作中峰，镜面添埃尘。"

过去说苏堤六桥有千株桃树柳树，红花绿柳随春意变化深浅；云居庵有千株枫树柏树，红叶黄叶随秋意变化深浅，如今被砍作柴薪堆积，不能再寻访了。曾见李流芳题画说："杭州城中寺庙的景致，当以云居为第一。山门前后均是长松，遮天蔽日，传说是中峰禅师亲手所种。年月一久，就太滥了，因此被寺僧所砍伐，十株剩下不到一株，看了很有沧桑凋谢的感慨。去年五月，从小筑至清波到寺里访友，夕阳下坐于长廊，买酒小酌。又到城墙上徘徊，眺望凤凰、南屏各山，沿着月光踏着月影回去。次日，就为孟旸画了此画，十分值得回想。"

## 李流芳《云居山红叶记》：

余中秋看月于湖上者三，皆不及待红叶而归。前日舟过塘栖[1]，见数树丹黄可爱，跃然思灵隐、莲峰之约，今日始得一践。及至湖上，霜气未遍，云居山头，千树枫柏尚未有酣意，岂余与红叶缘尚悭与[2]？因忆往岁忍公有代红叶招余诗[3]，余亦率尔有答，聊记于此："二十日西湖，领略犹未了。一朝别尔归，此游殊草草。当我欲别时，千山秋已老。更得少日留，霜酣变林杪。子常为我言，灵隐枫叶好。千红与万紫，乱插向晴昊。烂然列锦绣，森然建旂旐[4]。一生未得见，何异说食饱。"

【注释】

〔1〕塘栖：见卷三《片石居》附诗"塘栖"注。
〔2〕缘尚悭：缘分尚浅薄，无缘。
〔3〕忍公：见卷三《孤山》附文"印持诸兄弟"注。
〔4〕旂(qí)旐(zhào)：泛指各类旗帜。

【译文】

我中秋在西湖上看月亮有三次，都等不及红叶就回去了。前几天船过塘栖，见几株树红黄可爱，就猛然想起前往灵隐、莲峰的计划，今天才得以实现。到了湖上，霜气还没有遍及；云居山头，千株枫树柏树尚未红透，难道我与红叶确实没有缘分吗？因此回忆往年忍公有首代红叶迎接我的诗，我也草率作答，姑且记于此："二十日西湖，领略犹未了。一朝别尔归，此游殊草草。当我欲别时，千山秋已老。更得少日留，霜酣变林杪。子常为我言，灵隐枫叶好。千红与万紫，乱插向晴昊。烂然列锦绣，森然建旂旐。一生未得见，何异说食饱。"

高启《宿幻住栖霞台》诗：

窗白鸟声晓，残钟渡溪水。

此生幽梦回，独在空山里。

松岩留佛灯，叶地响僧履。

予心方湛寂，闲卧白云起。

**【译文】**

　　晨晓窗亮听见鸟鸣，寺钟余声飞过溪水。此生幽梦中几番醒转，独自徘徊在空山里。佛灯照着松下岩石，树叶满地响起僧履。我心清净而无烦恼，闲躺着仰看白云聚起。

　　夏原吉《云居庵》诗[1]：
　　谁辟云居境，峨峨瞰古城。
　　两湖晴送碧，三竺晓分青[2]。
　　经锁千函妙，钟鸣万户惊。
　　此中真可乐，何必访蓬瀛[3]。

**【注释】**

　　[1]夏原吉（1366—1430）：明代大臣。字维喆，湘阴（今属湖南）人。以乡荐入太学，曾为采访使，官至户部尚书、太子少保。任上筹划水利、理财救灾，其政绩为世人所重。
　　[2]三竺：上、中、下三天竺寺。
　　[3]蓬瀛：传说中仙人居住的海岛。

**【译文】**

　　谁人开辟了云居境，巍峨俯瞰这座古城。晴日里两湖碧波起，拂晓时三竺分色青。佛经锁进了多少函盒，钟声震荡将千家惊醒。其中意境真是令人欣喜，何必再去寻访什么仙岛蓬瀛。

　　徐渭《云居庵松下眺城南》诗：
　　夕照不曾残，城头月正团。
　　霞光翻鸟堕，江色上松寒。

市客屠俱集，高空醉屡看。

何妨高渐离，抱却筑来弹[1]。

（城下有瞽目者善弹词[2]。）


**【注释】**

　〔1〕"何妨"二句：高渐离，战国时燕国人，善击筑（一种打击乐器）。沦落咸阳，试图刺杀秦始皇，不中被诛。

　〔2〕瞽(gǔ)：目盲。《庄子·逍遥游》："瞽者无以与乎文章之观。"亦指盲人。


**【译文】**

　夕阳光照尚未退散，城头月亮已正团圆。霞光染红飞鸟忽然坠落，江色中苍松更显得清寒。市集上顾客屠夫熙熙攘攘，高处喝醉屡屡俯瞰。何妨学那高渐离，抱筑前来一曲弹。


# 施　公　庙

　施公庙在石乌龟巷[1]，其神为施全，宋殿前小校也[2]。绍兴二十年二月朔[3]，秦桧入朝，乘肩舆过望仙桥，全挟长刃遮道刺之，透革不中。桧斩之于市，观者如堵墙，中有一人大言曰："此不了汉，不斩何为[4]！"此语甚快。秦桧奸恶，天下万世人皆欲杀之，施全刺之，亦天下万世中一人也。其心其事，原不为岳鄂王起见，今传奇以全为鄂王部将[5]，而岳坟以全入之翊忠祠[6]，则施全此举，反不公不大矣。后人祀公于此，而不配享岳坟，深得施公之心矣。

【注释】

　　〔1〕施公庙：又称施将军庙。在今杭州城内众安桥。

　　〔2〕殿前：即殿前司，宋代禁军机构。

　　〔3〕绍兴二十年：1150 年。　朔：见卷一《昭庆寺》"朔"注。

　　〔4〕"此不了汉"二句：明谓刺贼未能成功的施全，暗指秦桧，秦桧曾声言"某但欲了天下事耳"。

　　〔5〕传奇：兴盛于明代的一种戏曲。形式上继承南戏而来，一个剧本常分为上下两部分，三十出左右，曲牌成套，所有登场角色都可演唱，语言典雅。代表作有《浣纱记》、《鸣凤记》、《牡丹亭》等。

　　〔6〕翊（yì）忠：辅佐忠臣，指帮助岳飞的施全。翊，辅佐，帮助。


【译文】

　　施公庙在石乌龟巷，所供神为施全，宋朝的殿前司小校。绍兴二十年二月朔日，秦桧入朝，坐肩舆过望仙桥，施全用长刀拦道行刺，长刀穿透了秦桧的护甲但未刺到身体。秦桧下令在街市上斩了施全，围观的人堵成一道墙，其中有一人大声说："这个不能了结事情的汉子，不斩还留着干什么！"这话大快人心。秦桧奸恶，天下万代人都想杀他；施全行刺，也是天下万代人中的一个。这心思和举动，原来并不是为了岳飞个人。如今的传奇以施全为岳飞部将，而岳坟又将施全置于翊忠祠，那么施全的这个举动，反而显得不那么无私伟大了。后人在施公庙祭祀他，而不是配享岳坟，深得施公的本意。


　　张岱《施公庙》诗：

　　施殿司，不了汉，刺虎不伤蛇不断。

　　受其反噬齿利剑，杀人媚人报可汗[1]。

　　厉鬼街头白昼现，老奸至此揞其面[2]。

　　邀呼篼拥遮车慢，弃尸漂泊钱塘岸。

　　怒卷胥涛走雷电[3]，雪巘移来天地变[4]。

【注释】

〔1〕"杀人"句：金兀术曾谓秦桧："必杀飞，始可和。"可汗，指金主。

〔2〕揜（yǎn）：同掩。

〔3〕胥涛：相传伍子胥统领的波涛。

〔4〕巇：见卷一《明圣二湖》"雪巇"注。

【译文】

施殿司，未了大事的男子汉，刺虎不成蛇不断。反被其咬牙如剑，奸臣杀人献媚报可汗。白昼街头厉鬼现，老贼到此自揜脸。呼众簇拥车帘遮，丢弃尸体在钱塘畔。胥涛怒卷走雷电，雪峰移来天地变。

# 三　茅　观

三茅观在吴山西南[1]。三茅者，兄弟三人，长曰盈，次曰固，季曰衷，秦初咸阳人也。得道成仙，自汉以来，即崇祀之。第观中三像，一立、一坐、一卧，不知何说。以意度之，或以行立坐卧，皆是修炼功夫，教人不可蹉过耳。宋绍兴二十年[2]，因东京旧名，赐额曰宁寿观。元至元间毁，明洪武初重建。成化十年建昊天阁[3]。嘉靖三十五年[4]，总制胡宗宪以平岛夷功[5]，奏建真武殿。万历二十一年[6]，司礼孙隆重修[7]，并建钟翠亭、三义阁。相传观中有褚遂良小楷《阴符经》墨迹[8]。景定庚申[9]，宋理宗以贾似道有江汉功[10]，赐金帛巨万，不受，诏就本观取《阴符经》，以酬其功。此事殊韵，第不应于贾似道当之耳。余尝谓曹操、贾似道千古奸雄，乃诗文中之有曹孟德，书画中之有贾秋壑，觉其罪业滔天，减却一半。方晓诗文书画，乃能忏悔恶人如此。凡人一窍尚通，可不加意诗文，留心书画哉？

**【注释】**

〔1〕三茅观：又称宁寿观，位于七宝山东北，始建于唐代，祀三茅君。宋高宗曾赐三茅观三件稀世珍宝：宋鼎、唐钟、《阴符经》。元末观毁，明初重建。

〔2〕绍兴二十年：1150 年。

〔3〕成化十年：1474 年。

〔4〕嘉靖三十五年：1556 年。

〔5〕岛夷：指倭寇。

〔6〕万历二十一年：1593 年。

〔7〕司礼：指司礼监太监，见卷一《昭庆寺》"司礼监太监"注。

〔8〕褚遂良(596—658)：唐初大臣。字登善，钱塘人。曾任起居郎、中书令，吏部尚书，封河南郡公。因反对高宗立门第低微的武则天为后而被贬谪至死。其书法为唐初四家之一。　《阴符经》：道教经典之一，成书于汉代。亦称《黄帝阴符经》，一说为唐代李筌所托，一卷，分三篇，内容多道家政治哲学，亦涉及纵横家、兵家及炼丹。有传为太公、范蠡等六家注。

〔9〕景定：宋理宗年号(1260—1264)。　庚申：景定元年(1260)。

〔10〕贾似道有江汉功：宋理宗开庆元年(1259)，蒙古军攻鄂州，贾似道督师江汉，惊恐失措，遣人赴蒙古营乞和，割江南为界，岁奉银绢匹两各二十万。蒙古退兵，鄂围始解。见明代陈邦瞻《宋史纪事本末·蒙古南侵》。

**【译文】**

三茅观在吴山西南。所谓三茅，指兄弟三人，长兄叫盈，二弟叫固，三弟叫衷，是秦朝初年咸阳人。他们得道成仙，从汉朝以来就加以隆重祭祀。只是观中的三座塑像，一个站着，一个坐着，一个躺着，不知有什么说法。我揣度，或许因为行立坐卧，均是修炼功夫，教世人不可蹉跎光阴。宋朝绍兴二十年，沿用东京旧名，御赐"宁寿观"匾额。元朝至元年间毁，明朝洪武初年重建。成化十年建昊天阁。嘉靖三十五年，总制胡宗宪凭借平定倭寇之功，奏请修建真武殿。万历二十一年，司礼监太监孙隆重建，并建钟翠亭、三义阁。相传观中有褚遂良小楷《阴符经》真迹。景定元年，宋理宗因为贾似道在江汉有功，赐予金帛巨万，贾似道没有接受，于是诏令他到三茅观取《阴符经》，作为对他功勋的酬劳。这是一件雅事，只是不应在贾似道身上发生。我曾经说曹操、贾似道为千古奸雄，但是诗文中有曹操、书画中有贾似道，感觉他们的滔天罪孽就减掉了一半。于是明白诗文书画，能够这般使恶人忏悔减罪。平常人尚有一窍可通，还能不留意诗文、书画吗？

徐渭《三茅观观潮》诗：
黄幡绣字金铃重，仙人夜语骑青凤[1]。
宝树攒攒摇绿波[2]，海门数点潮头动。
海神罢舞回腰窄，天地有身存不得。
谁将练带括秋空[3]？谁将古概量春雪[4]？
黑鳌载地几万年[5]，昼夜一身神血干。
升沉不守瞬息事，人间白浪今如此。
白日高高惨不光，冷虹随身萦城隍。
城中那得知城外，却疑寒色来何方。
鹿苑草长文殊死[6]，狮子随人吼祇树[7]。
吴山石头坐秋风，带着高冠拂云雾。

【注释】
　　〔1〕"黄幡"二句：指仙人出现时的形象，表明诗中所述为神仙故事。黄幡，黄色的旗帜。青凤，传说中的青、赤、黄、白、紫五色凤之

一，或称青鸟，为仙人所骑。

〔2〕"宝树"句：谓潮水来到前江中绿波荡漾。攒攒，聚集的样子。

〔3〕练带括秋空：指潮水来时风起云涌。练带，白色绸带。括，掠过。

〔4〕概：量粟麦时刮平斗斛的用具，类似于远处一线潮头。

〔5〕黑鳌载地：见本卷《六和塔》附诗"断鳌"注。

〔6〕鹿苑：又称野鹿苑，古印度地名，为佛说法之处。　文殊：菩萨名，骑青狮，象征智慧锐利威猛。《广弘明集》卷一五《佛德》："文殊渊睿。"

〔7〕"狮子"句：形容佛说法声音洪亮。后秦鸠摩罗什译《维摩诘经·佛国品第一》："演法无畏，犹狮子吼。"祇树，也称祇园，古印度祇陀太子园林，后泛称寺院。唐李顾《题璿公山池》诗："远公遁迹庐山岑，开士幽居祇树林。"

## 【译文】

黄旗绣字金铃声重，仙人夜语骑着青凤。宝树丛丛绿波荡漾，海门点点潮头涌动。海神舞动纤细腰身，席卷天地无所不容。谁用练带掠过秋空，谁用古概称量春雪？黑鳌驮地几万年，昼夜一身神血干。升沉有变瞬息事，人世浪花正如此。白日高照惨淡光，冷虹随身绕城隍。城中不知城外事，却问寒色来何方。鹿苑草长文殊死，狮声洪亮吼祇树。吴山石头迎秋风，头戴高冠拂云雾。

又《三茅观眺雪》诗：

高会集黄冠，琳宫夜坐阑[1]。

梅芳成蕊易，雪谢作花难。

檐月沉怀暖，江峰入坐寒。

暮鸦惊炬火，飞去破烟岚。

## 【注释】

〔1〕琳宫：道观。

【译文】

　　高人云集戴着黄冠，共坐道观直到夜深。梅香生蕊其实容易，雪稀变花却难作成。檐边月落人怀暖意，独坐江峰寒气沉沉。暮色中炬火惊起乌鸦，扑翅直飞上破烟尘。

# 紫　阳　庵

　　紫阳庵在瑞石山[1]。其山秀石玲珑，岩窦窈窕。宋嘉定间，邑人胡杰居此。元至元间[2]，道士徐洞阳得之[3]，改为紫阳庵，其徒丁野鹤修炼于此[4]。一日，召其妻王守素入山，付偈云："懒散六十年，妙用无人识。顺逆俱两忘，虚空镇长寂。"遂抱膝而逝。守素乃奉尸而漆之，端坐如生。妻亦束发为女冠，不下山者二十年。今野鹤真身在殿亭之右。亭中名贤留题甚众。其庵久废，明正统甲子[5]，道士范应虚重建，聂大年为记[6]。万历三十一年[7]，布政史继辰、范涞构空翠亭[8]，撰《紫阳仙迹记》，绘其图景并名公诗，并勒石亭中。

【注释】

　　〔1〕紫阳庵：位于瑞石山麓瑞石洞前，因纪念北宋紫阳派张伯瑞而得名。南宋嘉定间，邑人胡杰居此，建积庆堂。元代至元间，道士徐洞阳改为紫阳庵。其徒丁野鹤弃俗为全真。后废，明代正统间道士范应虚重建，作玉虚、望江二楼。嘉定，宋宁宗年号（1208—1224）。

　　〔2〕至元：元世祖忽必烈年号（1264—1294）。

　　〔3〕徐洞阳：徐宏道，号洞阳，宋元间全真道人，修炼于瑞石山，曾有"不离本性即神仙"之语。卒年八十三岁。

　　〔4〕丁野鹤：钱塘人，住清熙桥，元代延祐初年（1314）四十三岁来

到紫阳庵，拜徐洞阳为师，潜心修炼，吐纳导引，服气辟谷，凡二十余年，有观灯化鹤之异。

〔5〕正统甲子：指明英宗正统九年（1444）。

〔6〕聂大年（1402—1456）：字寿卿，号东轩，明代临川（在今江西）人。博学善诗，人称其诗为三十年来绝唱。正统间仁和县教谕，景泰间征入翰林，客死京师。

〔7〕万历三十一年：1603 年。

〔8〕布政：即布政使，明清时一省行政长官，分左右，从二品。　史继辰：字应之，号念桥，明代溧阳（在今江苏）人，曾为浙江布政使。范涞：见卷一《岳坟》"范涞"注。

**【译文】**

紫阳庵在瑞石山。该山秀石玲珑，岩洞精巧。宋朝嘉定年间，当地人胡杰居住于此。元朝至元年间，由道士徐洞阳得到，改为紫阳庵，他徒弟丁野鹤在此修炼。一天，叫妻子王守素入山，交给她一首偈语："懒散六十年，妙用无人识。顺逆俱两忘，虚空镇长寂。"于是抱膝而去世。守素将其肉身上漆，端坐一如生前。自己也束发做了女道士，二十年不下山。如今野鹤真身还在殿亭右边，亭中有很多名人贤士留下的题词。紫阳庵废弃已久，明朝正统九年，道士范应虚重建，聂大年作了记。万历三十一年，布政使史继辰、范涞建造空翠亭，撰写《紫阳仙迹记》，为此地景致绘图，连带名人诗一并在亭中刻碑。

## 李流芳《题紫阳庵画》：

南山自南高峰逶迤而至城中之吴山，石皆奇秀一色，如龙井、烟霞、南屏、万松、慈云、胜果、紫阳，一岩一壁，皆可累日盘桓。而紫阳精巧，俯仰位置，一一如人意中，尤奇也。余己亥岁与淑士同游[1]，后数至湖上，以畏入城市，多放浪两山间，独与紫阳隔阔。辛亥偕方回访友云居[2]，乃复一至，盖不见十余年，所往来于胸中者，竟失之矣。山水绝胜处，每恍惚不自持，强欲捉之，纵之旋去。此味不可与不知痛痒者道也。余画紫阳时，又失紫阳矣。岂独紫阳哉，凡山水皆不可画，然不可不画也，存其恍惚而已矣。书之以发孟旸一笑。

**【注释】**

〔1〕己亥：指万历二十七年(1599)。

〔2〕辛亥：指万历三十九年(1611)。

**【译文】**

南山从南高峰逶迤至城中的吴山，山石都奇特秀美，如龙井、烟霞石屋、南屏山、万松书院、慈云岭、胜果寺、紫阳庵一带，一块岩石一块峭壁，均可成天流连观赏。而紫阳庵尤其精巧，俯瞰仰视的位置，一如人心中所想，尤为奇特。己亥年我与淑士同游，以后几次到西湖上，因为害怕入城，往往在两山间游荡，总是离紫阳庵很远。辛亥年与方回到云居访问友人，于是再去一次，由于已经十多年不来，过去留存胸中的景致，居然全都忘了。山水绝佳处，往往使我茫然无法自持，勉强捕捉印象，却又稍纵即逝。个中滋味，不可与不知痛痒的旁人言说。我画紫阳庵时，却又失去了紫阳庵。其实不仅是紫阳庵，凡是山水都不宜画出，却又不能不画，只为保留恍惚的印象也好。写下来以供孟旸一笑。

袁宏道《紫阳宫小记》：

余最怕入城。吴山在城内，以是不得遍观，仅匆匆一过紫阳宫耳。紫阳宫石，玲珑窈窕，变态横出，湖石不足方比[1]，梅花道人一幅活水墨也[2]。奈何辱之郡郭之内，使山林懒僻之人亲近不得，可叹哉。

【注释】

〔1〕湖石：太湖石。

〔2〕梅花道人：又作梅道人。见卷二《飞来峰》附诗"梅道人"注。

【译文】

我最怕进城。吴山在城内，所以无法看全，只是匆匆去过一次紫阳宫。紫阳宫石，窈窕剔透，千姿百态，太湖石不足以相比，实在是梅花道人一幅鲜活的水墨画。只是让它屈尊于城郭之内，使山林慵懒之人无法玩赏，真是可叹。

王稚登《紫阳庵丁真人祠》诗[1]：

丹壑断人行，琪花洞里生[2]。

乱崖兼地破，群象逐峰成。

一石一云气，无松无水声。

丁生化鹤处[3]，蜕骨不胜情。

【注释】

〔1〕丁真人：指丁野鹤。

〔2〕琪花：传说中的玉树之花。

〔3〕丁生化鹤：丁生，丁令威，传说为汉代辽东人，在灵虚山学道，成仙后化鹤归乡，站在一华表上叫唤："有鸟有鸟丁令威，去家千岁今来归。城郭如故人民非，何不学仙冢累累。"此处以丁生指丁野鹤。

【译文】

丹色山壑不见行人，玉树之花在洞里萌生。眼见悬崖乱岩地表破碎，仿佛象群追逐山峰形成。一块石头一团云气，没有松树亦无水声。来到丁生当年化鹤处，目睹遗物难以抑情。

董其昌《题紫阳庵》诗：

初邻尘市点灵峰，径转幽深绀殿重[1]。

古洞经春犹闷雪，危厓百尺有欹松。

清猿静叫空坛月，归鹤愁闻故国钟。

石髓年来成汗漫[2]，登临须愧羽人踪[3]。

【注释】

〔1〕绀：天青色。

〔2〕石髓：钟乳石，传说食之能长生。　汗漫：广大，漫无边际。

〔3〕羽人：道家学仙，因此称道士为羽人。唐李中《竹》诗："闲约羽人同赏处，安排棋局就清凉。"

【译文】

初邻都市手指灵峰，转路幽深青殿重重。已到春天古洞口还在飘雪，就在百尺悬崖又见怪松。猿猴清叫遥对空坛明月，仙鹤归来聆听故国悲钟。钟乳石多年来漫无边际，登临愧对仙人遗踪。

# 中国古代名著全本译注丛书

| | |
|---|---|
| 周易译注 | 中说译注 |
| 尚书译注 | 老子译注 |
| 诗经译注 | 庄子译注 |
| 周礼译注 | 列子译注 |
| 仪礼译注 | 孙子译注 |
| 礼记译注 | 鬼谷子译注 |
| 大戴礼记译注 | 六韬·三略译注 |
| 左传译注 | 管子译注 |
| 春秋公羊传译注 | 韩非子译注 |
| 春秋穀梁传译注 | 墨子译注 |
| 论语译注 | 尸子译注 |
| 孟子译注 | 淮南子译注 |
| 孝经译注 | 近思录译注 |
| 尔雅译注 | 传习录译注 |
| 考工记译注 | 齐民要术译注 |
| | 金匮要略译注 |
| 国语译注 | 食疗本草译注 |
| 战国策译注 | 救荒本草译注 |
| 三国志译注 | 饮膳正要译注 |
| 贞观政要译注 | 洗冤集录译注 |
| 吕氏春秋译注 | 周髀算经译注 |
| 商君书译注 | 九章算术译注 |
| 晏子春秋译注 | 茶经译注（外三种）修订本 |
| | 酒经译注 |
| 孔子家语译注 | 天工开物译注 |
| 荀子译注 | 人物志译注 |